这是另一条河流

江河万里　甘苦自知

都有　清清浊浊的沉浮

——

陈年喜

寒夜无声

吴忠全 著

湖南文艺出版社
HUNAN LITERATURE AND ART PUBLISHING HOUSE

博集天卷
CS-BOOKY

图书在版编目（CIP）数据

寒夜无声 / 吴忠全著 . -- 长沙：湖南文艺出版社，2023.11

ISBN 978-7-5726-1436-1

Ⅰ . ①寒… Ⅱ . ①吴… Ⅲ . ①长篇小说—中国—当代 Ⅳ . ① I247.5

中国国家版本馆 CIP 数据核字（2023）第 182337 号

上架建议：畅销 · 悬疑小说

HANYE WUSHENG
寒夜无声

著　　者	吴忠全	
出 版 人	陈新文	
责任编辑	吕苗莉	
监　　制	张微微	
策 划 人	陆俊文	
策划编辑	李　乐	
	陈莎莎	
特约编辑	张晓虹	
营销编辑	胖　丁	
	刘　洋	
版式设计	潘雪琴	
装帧设计	CP1919	
出　　版	湖南文艺出版社	
	（长沙市雨花区东二环一段 508 号　邮编：410014）	
网　　址	www.hnwy.net	
印　　刷	三河市兴博印务有限公司	
经　　销	新华书店	
开　　本	875 mm × 1230 mm　1/32	
字　　数	305 千字	
印　　张	11.75	
版　　次	2023 年 11 月第 1 版	
印　　次	2023 年 11 月第 1 次印刷	
书　　号	ISBN 978-7-5726-1436-1	
定　　价	52.00 元	

若有质量问题，请致电质量监督电话：010-59096394
团购电话：010-59320018

目　录

引子

冬夜，广袤的大地都收起了生机，静谧而苍凉。

城市的边角处，一大片待拆迁的房屋里，鲜有灯火。若目光如锥子能精准地刺破那黑夜，却又能望见一处摇晃的烛火，透过那结满冰花的玻璃窗，露出点热乎气来。

靠近那窗户，漏风的缝隙里，传出一些声响来——先是铁锹铲地的声音，然后是重物落进塑料桶的碰撞声，最后是一个女孩恐惧又颤抖的声音：

"叔叔，你放了我吧……叔叔，我求你了……叔叔，我啥都听你的……"

那个被叫着叔叔的人，却始终不吭声，只剩下越来越粗重的喘息声。

一阵风突然刮来，窗子被吹开了，那烛火摇曳了几下，却稳住了，没熄灭。这回能看清楚了，一个戴着鸭舌帽的中年男人，手里握着铁锹，一锹一锹地往大塑料桶里铲着混凝土。而塑料桶里，站着个小女孩，十岁左右，只比塑料桶高出一个头，而那混凝土已经填到了她的腰。

小女孩浑身发抖，还在不停地央求：

"叔叔，求求你了，我让我妈妈给你送钱来……叔叔，我不想死……"

话音还没落，男人已经不耐烦了，一铁锹拍在了她头上，女孩身子一软，栽倒在塑料桶里。

　　世界安静了，男人长舒了一口气，继续往桶里面填混凝土。很快，混凝土填满了，女孩只露着一个头在外面，像一个被拔掉了刺的仙人球。

　　男人蹲在一旁抽了根烟，歇够了站起身，吃力地把塑料桶往外面挪，一直挪到院子里的三轮车上，然后推着车子出了门。

　　男人推着三轮车，沿着弯曲的小巷往外走，七弯八拐，就到了荒郊野外，无路了，只剩一片无垠的大地，被一冬天的雪覆盖着。

　　男人停下脚步，抬头看天，苍穹荒寂，一颗星星都没有。然后有轻飘飘的东西落了下来，他伸出舌头，吃了一片冰凉。

　　男人继续推着车子往前走，地上留下深深的鞋印和车辙。他越走越远，那车辙像风筝线，在身后也越拉越长。

　　随即洋洋洒洒落下来的雪，如帮凶般，着急忙慌地把鞋印和车辙都覆盖住了。

　　这荒原又恢复了一片白茫茫。

第一章

2006 年。

年底，黑龙江佳城刚下过一场雪，气温骤降到近零下三十摄氏度。程松岩开的警车，在刑警队门前停了一上午，排气管子就结了冰，怎么都打不着火。他回屋拿了个暖水瓶，浇了一阵子热水，才把排气管上的冰融开。

因为耽误这一会儿时间，加上下完雪路滑开车慢，等他赶到小牧羊汤馆时，和人约的时间都过去半小时了。他推门进去，哈气扑了一脸，待哈气散去，才看清靠墙边的桌旁，坐了个三十来岁的女人。她的外套挂在椅背上，身上穿了件红毛衣，脖子上还围了条丝巾。

他看了看女人，又踅摸了一圈，觉得差不多就是这个人，于是搓了搓手，靠近桌前，说："请问你是叫张桂琴吗？"

女人看了看他，说："对啊，我叫张桂琴，你是程松岩？"

程松岩点了点头："我是，不好意思，路上太滑，车开得慢，迟到了。"

张桂琴一笑："没事，我也刚到没一会儿。"

程松岩坐下，拿起菜单要点菜，张桂琴说："我点完了，他家就羊汤好喝，我点了一锅，还点了两个凉菜，一会儿上来你看要是不够再加呗。"

程松岩说了句"行"，然后就没了话。

"你喝啥酒？白的还是啤的？"张桂琴问。

程松岩说："我下午还要回刑警队，不能喝酒。"

"那我整口白的，天怪冷的，暖暖身子。"张桂琴说完端详着程松岩，"你长得还挺精神，比照片好看。"

程松岩被这么直白地一夸，竟有点不好意思："啥精神不精神的，都快四十的人了。"

"四十咋啦？男人这岁数是最禁得住端详的，哎，你一个刑警队队长咋不穿警服呢？穿了肯定更精神吧！"

"我们没啥事都穿便衣，出警方便。"

两人正说着，羊汤端了上来，程松岩盛了一碗，加了点辣椒油、韭菜花和醋，喝了一大口，真鲜。张桂琴不急着喝汤，弄了个扁瓶二锅头，拧开直接对着瓶喝了一口，有点辣，她放下瓶子说："光说你了，你也说说看，对我感觉咋样？"

"你也挺漂亮的。"

"这就完了？"

"还说啥啊？"

"你咋不问问我啥情况？"

"你的情况我都了解，在地下市场出床子^①，第三趟第八个摊位，卖内衣。三年前因为老公出轨离的婚，女儿跟了你，孩子都快上初中了……"

"哎呀妈呀，警察真可怕，你来之前是不是调查过我？"

"没有，是我姐和我讲的，讲得比较细。你呢？我姐也给你讲我了吧？"

"你姐可没和我讲那么细，就说你是刑警队队长，老婆前几年意外去世了，留下个女儿，现在上小学四年级。"

---

① 床子：方言，像床似的货架。

"差不多就这些，你还有别的想了解的吗？"

"别的以后再慢慢了解呗，我就想问问你老婆是咋死的？"

程松岩眼里飘过一丝阴云，喝了口羊肉汤，说："我姐不是说了吗，就是意外。"

张桂琴知道他不想聊，也就没再问，看他碗里空了，又给加了一碗，说："你慢点喝，我还点了两张饼。"

程松岩吃过那两张饼，借口去洗手间，然后把账结了。张桂琴看在眼里，心照不宣，没有拦。

两人出了羊汤馆，张桂琴看到警车，说："真气派，和你在一起肯定特别有安全感。"

"当警察家属其实是很危险的。"

"我还从来没坐过警车呢，你捎我一段呗，我回地下。"

"不顺路。"

"回刑警队正好路过地下，咋不顺路？"

"我不回刑警队，我要去趟医院。"

"去医院干啥？我陪你去。"

"我女儿在那儿住院呢。"

张桂琴脸色一变，说："你女儿得的啥病？大病小病？你姐咋没和我说过？"

"既然她没和你说，那我也不和你说了，其实我今天来见你，也是我姐硬逼着来的。"

张桂琴"哦"了一声，明白了："你老婆去世好几年了，你就没想往前迈一步？"

"我带着女儿过日子挺难的，迈不动。"

"那看来你女儿看病挺费钱啊，你都当刑警队队长了还觉得难。"

程松岩苦笑了下，准备上车。

"等等。"

"我劝你一句，再找个别人去相亲吧。"

"我听你的劝，咱俩都是活得不容易的人，一个不容易再加上另一个不容易，只会更不容易。"张桂琴说着，掏出一百块钱，塞到程松岩手里，"多了也没有，给你闺女买点吃的。"

程松岩不要，张桂琴死活硬塞给他，说就当刚才那顿饭AA了，然后小跑着离开。程松岩没有追，看了看手里的钱，又看了看风中张桂琴的背影，心里挺不是滋味的。他上了车，抽了根烟，启动车子，去了医院。

医院里的暖气还挺足的，程松岩进来没走几步就出汗了。他拎着个塑料袋，里面是刚才在超市买的果冻、AD钙奶、巧克力等零食，都是女儿可可爱吃的。他一路穿过走廊，来到病房里，女儿正坐在病床上看电视，看的是一部东北的情景喜剧，被逗得咯咯直笑。程松岩进来，她也不理，眼睛也不从电视上挪开。

程松岩把电视关了，女儿这才看他，说："爸爸你干啥啊？演得正好笑呢！"

"医生说了，让你多休息，不能一个劲地看电视。"

女儿嘴一撇，说："那我一个人在这儿待着怪没意思的，不看电视干啥？"

"那不会看书啊？这一住半个多月功课落下多少？"

女儿不说话了，从塑料袋里拿出一瓶AD钙奶，吸了起来。

"你大姑呢？咋没在这儿陪着你呢？"

"刚出去，好像上厕所去了吧。"

程松岩又看了看隔壁空着的床铺，说："备备去哪儿了？"

"出院了，今天一大早走的。爸爸，我啥时候能出院啊？"

"你等会儿，我给你问问医生去。"程松岩说着就走出了病房，来到心内科，敲门进去，里面坐着个四十多岁的女人。她穿着白大裰，头顶还戴着帽子，似乎刚从手术台下来，很疲惫地靠在椅子上在揉眼睛。

女医生看到他，正了正身子，说："可可爸爸，你来了。"

陈松岩抱歉地笑着说："孔主任，不好意思，打扰你休息了。"

"没事，我就稍微打个盹儿，有什么事，你说？"

"我也没啥事，就是问问，我家可可这次啥时候能出院？"

孔主任起身从柜子里翻出可可的病例，看了看，说："体征都挺稳定的，再住个两三天，把开的药打完就能出院了。"

程松岩面露喜色："那我知道了，谢谢你孔主任。"刚转身要走，却又被孔主任叫住。

孔主任犹豫了一下，说："可可爸爸，可可虽然这次恢复得挺好，但手术真不能再拖了，如果她下次再住院，情况就会很危险了。"

程松岩脸上的喜色收了回去，沉重地点了点头："我知道了，孔主任，我会尽快让可可做手术的。"

他走出科室，没有回病房，而是来到医院外面，在台阶上点了根烟，一脸忧愁。这时手机响了，是队里的小沈打来的："程队，有案子。"

程松岩赶回刑警队，刚进门，小沈就跑来汇报："今天中午有家长来报案，说孩子不见了，十岁，小女孩。"

"不见多久了？"

"两天了。"

"两天了？怎么才报案？"

"孩子母亲的妹妹死了，两口子去外地奔丧，孩子上学去不了，就把她一个人放家里了，寻思孩子挺懂事的，在家就待几天，应该没问题，可一回来就发现孩子不见了，去学校一打听，都两天没来上学了。"

程松岩接过女孩的照片看了看，挺可爱的，头上扎了两个发鬏，像个哪吒。他问小沈："家里派人去查了吗？"

"老孙带人过去了。"

"那学校呢？"

"我正准备过去呢。"

"那咱俩一起吧。"

女孩在佳城第三小学读四年级，程松岩先是找班主任了解了一下情况。班主任说女孩叫孟欣，学习成绩不错，也特别听话、懂事。

程松岩问："那她最后一天出现在学校，有没有发生什么事情？"

班主任想了想说："就上课下课，没啥特别的事情。"

程松岩又问："那隔天她没来上学，你没联系她家长吗？"

"联系了，可她家的联系方式是个座机，打了没人接，我就想着她应该是和家里人一起出去了。我又问有没有同学知道她为啥没来，有个和她家住得很近的同学说她老姨死了。我就猜测应该是全家去奔丧了，走得急，没来得及请假……"班主任说到这里，有些懊悔，"我当时真该再多打听打听的。"

程松岩安慰班主任："这事不赖你，要赖也赖她父母，不该把孩子一个人扔在家里。"说完他想起自己的女儿，自己不也总是把女儿一个人扔在家里吗？脑子里只闪过这一瞬，他又回过神来，说："能带我去见见班里的同学吗？"

程松岩和小沈来到孟欣的班级，先是问那个和孟欣家住得很近的同学，问她那天放学后有没有再见到孟欣。

那个同学是个女生，看到警察有些紧张，浑身抖索着说，自己家和她家隔着一条街，但是自己爸妈和她爸妈在一个市场里卖东西，她爸妈卖水果，自己爸妈卖调料，她老姨死那件事，就是听自己爸妈说的……

她一句都没回答到正点上，全班同学都笑了。这一笑，她觉得没脸了，趴在桌子上哭了起来。程松岩安慰她，说她说得挺好的，不要哭。她却头也不抬了，只说没看到，那天放学后就没看到了。

程松岩见在她这里问不出什么东西，便问其他同学放学后有没有再见到孟欣，或是知不知道她发生了什么特别的事情。结果四十多个脑袋都在摇头。程松岩叹了口气，转身要走，有个小男孩却怯生生地举起了手。

小沈眼尖，看见了，一个箭步冲过去，说："你知道什么？"

男孩站起来，说："我什么都不知道，就是想问一个问题，警察叔叔，孟欣是不是被拐卖了？"

班主任说："你听谁说的？不许胡说。"

小男孩说："我妈说的，她让我放学后别到处乱跑，说小心被人贩子拐走。"

全班同学都笑了，程松岩板着脸，没说拐卖不拐卖，只说："叔叔会把她找回来，过几天你们就能看到她。"

出了班级，程松岩和小沈在操场的垃圾桶旁抽烟，正是上课时间，整个操场空空荡荡的。程松岩问小沈："老孙那边有消息了吗？"

"老孙那边也刚查完，亲戚邻居问了一大圈，啥都没问到。家里也没找着啥有用的线索。"

"你说两天时间，开车的话，能从咱这儿跑到哪儿？"

"开车的话，就算下雪了道滑，开一开歇一歇，也够到北京了。"

"那坐火车呢？"

"那跑得更远了……"小沈随即反应过来，"队长，你也觉得这小姑娘是被拐卖了？"

"立马让大伙去火车站、汽车站查一查这两天的监控，高速收费站也查一下。"

小沈说了句"明白"，立马掏出手机打电话。

程松岩又抽了一口烟，看向灰蒙蒙的天空，似乎又要下雪了。

然后他顺着那天空望过去，看到孟欣班级门口，有个小男孩蹑手蹑脚地靠过去，趴着窗户往里看。程松岩觉得不对劲，掐灭了烟，走了过去，揪住了小男孩的后衣领。

小男孩吓了一跳，挣扎着要跑，程松岩说："别乱动，我是警察。"小男孩老实了一点。程松岩问他是哪个班的，小男孩说是六班的。程松岩问他来这儿偷看什么，小男孩不说话。程松岩吓唬他："不说？行，那和我去趟警察局，我拷问拷问你。"

"你骗我，警察是不能乱抓人的，再说我也不是坏人。"

"那你是什么人？我看你像小偷，是不是要进去偷东西？"

小男孩脸涨得通红："我不是小偷，我是来找人的！"

"是来找孟欣的吗？"程松岩问。小男孩愣住了。程松岩知道碰对人了，继续说："你为什么上课时间来找她？"

"我两天没见到她了，刚才听说警察来她班级了，就以为她回来了。"

"你和孟欣是好朋友？"

"算是吧，我俩去年一起参加过市里的歌唱比赛，她第五我第六。"

"那她不见的前一天，你放学后见过她吗？"程松岩问。小男孩又不说话了。程松岩蹲下身子，说："你无论知道什么，都告诉叔叔好不好？这对找到孟欣会很有帮助的。"

"那我说了，你可不能告诉别人，特别是不能告诉我们老师和我爸。"

"我保证，一定不说。"

小男孩犹豫了一下，最后选择了相信程松岩，他说："那天放学，我带孟欣去了网吧。她太老实了，从来没去过网吧，那两天正好她爸妈不在，我就说带她去玩玩，她很好奇，就答应了。"

"然后呢？"

"然后我们就一起去了网吧，开了机子，我给她找了个偶像剧看，然后自己打游戏。她看了一会儿，觉得没意思，说还不如回家看电视，就走了。"

"去哪儿了？回家了？"

"应该是回家了吧，我也不知道，我玩得入迷，一直玩到七点多才回家，幸亏我爸出去喝酒了，我才没被发现。"小男孩说完，看到远处一个老师朝教室走过去。他急了，说："我们老师回来了，我得回班级了。"

他说完撒腿就跑，程松岩却又抓住他的后衣领："问你最后一个问题，那个网吧叫什么名字？"

从学校到网吧，要穿过三条马路，左转进一个小胡同，再往里走三十米。程松岩把车子停在胡同口，下了车和小沈一起往里走。到了门前，小沈抬头看了一眼牌匾，说："走光人，这网吧，看名字就知道不正经。"

程松岩拍了下他的脑袋，说："人家是牌匾的灯坏了，缺了笔画，你仔细看，叫超光轮。"

小沈仔细一看，笑了。

两人走进去，吧台有个小太妹，嚼着口香糖，鼻环一拱一拱的。她说："两位大哥是坐大厅还是包间啊？"

小沈亮出证件，说："我们是警察。"

小太妹说："警察咋啦？警察上网也得花钱啊！"

小沈说："我们不是来上网的，我们是来查案子的。"

程松岩接过话，说："你们老板在吗？"

小太妹说："警察大哥，你找我们老板啥事？我是这家店的店长，有事和我说就行。"

程松岩拿出孟欣的照片，说："这个小女孩见过吗？"

小太妹惊呼："这么小的小孩，怎么可能见过？我们这儿未成年人是不能进来的！"

小沈说："你和我扯什么呢？那个小孩不就是未成年人吗？"他指了指不远处座位上的小男孩，看上去也就十一二岁，玩 CS^① 玩得正入迷。

小太妹说："那个不是客人，是我们老板家的孩子。"

小沈当然不信，要和她对质，程松岩摆了摆手，拦住小沈，对小太妹说："你别紧张，我们不是来查未成年人的，两天前有个小女孩从你们这儿出去后就失踪了，监控能给我们调出来看看吗？"

小太妹犹豫了，说："我给我们老板打个电话。"她走进吧台后面的员工休息室里，过了一会儿，出来了，说："你们稍等一下。"然后在吧台前的电脑上操作了一番，把屏幕转了过来，画面显示时间是两天前。

程松岩让小太妹把时间往傍晚调，先是看到孟欣跟着小男孩进来，坐在了监控不到的位置。差不多过了四十分钟，孟欣又独自出现在监控里，然后走了出去。

这就是最后的画面了，时间是 12 月 26 日，下午五点三十三分。

程松岩和小沈出了网吧，看着这条小胡同，是条死胡同，只能原路进原路出。两人往回走，一排的商铺有卖包子的、卖烧烤的、卖小商品的，可每家门前都没装监控。

两人一路走到胡同口，线索断了，有点失落。

小沈跳上车，说："程队，接下来去哪儿啊？是吃点饭还是直接回队里？"

程松岩却停住了脚步，看着胡同对面的十字路口，傍晚人潮汹涌，信号灯不停闪烁。他也上了车子，说："去交通指挥中心。"

---

① CS：指《反恐精英》(*Counter-Strike*)，一种射击类网络游戏。

程松岩和小沈在交通指挥中心的屏幕前，看着胡同口十字路的监控画面，最纵深处，就是那条弯曲的小胡同。程松岩让工作人员把时间调到两天前下午的五点三十三分，然后便盯在那里，一帧一帧地看。

从网吧走到胡同口，最慢也只需要两分钟的时间，可程松岩一直盯到六点钟，都没看到孟欣的身影走出胡同。小沈也纳闷："怎么回事？难道没出来？我这就去胡同里的其他店调查一下，没准嫌疑人就藏在这几家店里。"

程松岩拦住了他，说："你说的有可能，但不管谁拐走了这孩子，也不可能一直藏在店里，肯定要想办法转移出去，只要带着孩子出来，监控就肯定能拍到。"

小沈说："对，这胡同又进不去车，出来时想藏都藏不住。"

程松岩让工作人员把视频的播放速度加快，然后拿了纸和笔，一直在记着什么。他把这两天多的视频都看了一遍，都没有孟欣的身影或是可疑的乔装者。小沈又纳闷了，说："这孩子也不可能凭空消失了啊？"

程松岩点了根烟，抽了几口，把纸亮给小沈看，说："这胡同虽然没有汽车进出，但三轮车倒是不少，这两天一共有六辆送啤酒的，两辆送木炭的，一辆收垃圾的和一辆捡破烂的。"他指着画面里的三轮车，说："你看，这送啤酒的和送木炭的车，上面都没有遮挡物，也没有装下小孩子的空间，应该可以排除嫌疑。所以，能把孟欣带出去的，只有收垃圾的和捡破烂的这两辆车。"

小沈一拍脑袋，说："哎呀妈呀，程队，还是你厉害，我这就去查这两辆三轮车。"

"你别忙三火四的，"程松岩又让工作人员把视频倒退到收垃圾的画面，出现的时间是凌晨三点，"你看这个收垃圾的，不紧不慢的，在胡同口还抽了两根烟，还跟另一个环卫工人唠嗑了很长时间，这个人基本可以排除，没有人车里藏着一个拐来的孩子，还能这么气定神闲。"

小沈说："所以，拐走孟欣的，很可能就是那个捡破烂的？"

此时，屏幕正定格在那个捡破烂的人身上。他戴着鸭舌帽，看不清脸，但从体态来看，应该是个三十岁到四十岁的男人。他出现在胡同口的时间，是两天前的下午五点三十九分，也就是孟欣从网吧出来的六分钟后，然后他向左转弯，监控再也没拍到了。

此时老孙那边又传来了消息，火车站、汽车站和收费站都查了，没出现过孟欣的身影。小沈说："没出城，就还有希望。"

程松岩搓了搓下巴，说："小沈，你饿了吧？"

"可不咋的，都饿过劲了。"

"那咱俩找个地方吃点饭，然后回队里开会。"

程松岩和小沈在街边小店各吃了一碗热面，回到队里，已经是深夜了，老孙等人在哈欠连天地等着开会，一群男人抽得满屋子都是烟。

程松岩把从交通指挥中心监控视频里截下来的画面发给众人，然后部署任务。老孙带一组人，去市里各个废品收购站排查。小沈带人沿路去盘查出城的乡道，经过的各个村镇都不能放过，万一这拐子鸡贼没走高速，这些地方或许能找到线索。另外还有一组人，去网吧胡同附近的店家挨个走访，看有没有人认识这个捡破烂的。

一张网撒了出去，能不能捞到鱼，就全靠运气了。程松岩自己也没闲着，去档案室调出了近些年被捕的人贩子，看最近有没有出狱的。一查还真查到两个，可再追下去，却发现一个现在人在广州倒腾服装，另一个出狱后偷东西，出了车祸，死掉了。这条线，先断了。

接着断掉的是网里的其他几条线。小沈把方圆百里的乡道都穿梭了一遍，县、镇、村屯也都走访了一番，没查到啥可疑的人经过，倒是处理了一起夫妻打架案，还救下一个喝农药的老太太。

老孙也把废品收购站挨个询问了一圈，带回几个岁数体态都差不多的男人，可询问了一下，他们当天都有不在场证明，就又都放走了。

另一组排查了胡同里的店家，人们都说那天下午没注意有人捡破烂。又有人说，以前这里总有个捡破烂的，是个女的，从来没见过有男的。他们又去找之前那个女的，女人却不见了，住的房子是个平房，租的。找到房东，房东说她退租了，那女人的老公前段时间回来了，两人去南方赚大钱去了，就不捡破烂了。

此刻所有断了的线都收回来，是一堆无用的线头。这一番搜查，几天的时间又过去了，对诱拐案件来说，黄金期已经过了。

程松岩心里知道，这孩子找到的概率已经非常渺茫了，但面对失魂落魄的孩子父母，他还要给予希望。于是他便让小沈带着一个新来的刑警继续追查此案，其他警力便被派去查新的案子了。

不是每个案子都能告破，也总会有新的案子把旧的案子掩埋。这是程松岩做刑警十多年后，才能接受的事实。尽管无奈，但多几次这种煎熬，就习惯了，日子还能照常过。

他回到家里，六十多平方米的小两居，没了媳妇后一直乱糟糟的。阳台的白菜和土豆都烂了，他也懒得去清理。他洗了几天来的第一个澡，然后疲惫地瘫倒在床上，临睡之前，想着明天该接女儿出院了。

第二天一早，程松岩去医院接可可，办完出院手续，领着可可往外走，就看到医生护士们在门前挂着彩带和"新年快乐"的装饰品。他这才想起来今天是元旦，2006 年就这么过去了。

可可问："爸爸，元旦了，我可以去游乐园吗？"

"这大冷天的，去游乐园能把耳朵冻掉。"

可可又提议："那去江面上滑冰。"

"你就不能选个暖和点的地方？"

可可又开始想，还没想到新的，程松岩就说："想不到的话，那咱们就去大姑家过元旦吧。"

"大姑天天来看我，我看她都看腻烦了。"

"你这小没良心的，大姑来照看你还照看出错了？"程松岩拍了拍可可的脑瓜，说："今天过元旦，我猜大姑肯定会给你做很多好吃的。"

可可很勉强地点了点头说："那行吧，但咱俩也不能空手去啊。"

"去你大姑家吃饭还用带什么礼物吗？"

"我记得今天也是浩浩哥哥的生日。"

程松岩一拍脑门想起来了，姐姐的儿子宫浩是元旦这天出生的，还真不能空手去。于是他捏了捏可可的脸蛋，说："我闺女脑瓜真好使，你不提爸爸都忘了。"

"你年年忘。"

"谁让他这个生日和元旦搞到一天去了！"

"那大姑当年憋两天再生好了。"

程松岩拍了拍她的头，说："这话到了大姑家可别乱说啊，没大没小的。"

可可吐了吐舌头。

两人拎着蛋糕爬楼梯，可可刚爬到二楼就喊累，让爸爸背。程松岩把女儿背在背上，心里觉得难受，女儿打小就有心脏病，不能剧烈运动，体育课从来都是站一边看。他们住的房子在五楼，女儿爬楼梯费劲，他一直想换个一二楼或是带电梯的，可房价噌噌地涨，根本没办法。

可可趴在程松岩背上，说："大姑家比咱家楼层还高。"

"住得高看得远。"

"那我以后长大了住一百层楼。"

程松岩笑着说："你咋不住到月球上去呢！"

两人说着到了大姑家门前，程松岩把可可放下来，敲了敲门，门打开了，一个十二三岁的小男孩站在门前，说："老舅①，可可，你们来了。"

"浩浩哥哥好。"可可说。

程松岩把蛋糕递给浩浩："祝小寿星生日快乐！"

浩浩看到蛋糕，拎起来就往屋里跑，喊着："妈！你看我老舅给我买啥了！"

程松岩的姐姐一手拿着剪刀一手拿着顶假发走到门前，放下剪刀腾出手给两人拿拖鞋。她说："一个小孩子过生日，你给他买那玩意儿干啥，死啦贵的。"

程松岩说："买蛋糕还能干啥？吃呗。一年就过一个生日，再贵能贵到哪儿去！"

姐姐给可可脱下羽绒服，可可就跑进去和浩浩玩了。程松岩看着姐姐手里的假发，说："你这是干啥啊？自己头发不是挺多的吗？"

"不是给我自己戴，我这不是正练习剪头发吗！我准备在小区后面那条步行街上，支个棚子，给人剪头发。"

"那能有人去吗？现在年轻人理发都去找造型师，又设计又办卡的。"

"年轻人不来，那老头老太太总有吧，人家剪个头十块，我五块，总有人来吧？"

"我看也够呛，老头老太太更计计②。"

"计计就计计吧，不干咋整啊，也不能总在家待着，得想办法赚点钱啊。"

---

① 老舅：在东北方言中指"小舅"。
② 计计：方言，斤斤计较。

"姐夫他们厂子效益不是一直不错吗？"

"今年也不行了，那白瓜子现在谁吃啊，拿回家咱们自己都不嗑。这东西卖不出去，他就拿不到提成，那点死工资啥事都不顶。"

"听着是挺愁人的，等他回来我陪他唠唠嗑，姐夫这人内向，别再憋出啥病来。"

"聊啥啊，又出差了，到处求门路，大过节的都回不来。"

两人边说着边把菜都端上桌，有排骨，有带鱼，还有花生米。程松岩脖子伸向浩浩卧室的方向，喊："浩浩，可可，开饭啦！"

"我俩再玩两把顶大蘑就出来。"可可说道。

"让他俩玩吧，咱俩先吃。"姐姐说着开了瓶白酒，"你今天休假，能喝两口吧？"

"这么一桌子好菜，不喝两口不就浪费了吗？"

程松岩拿酒给姐姐和自己倒上，然后碰杯说："新年快乐。"

姐姐喝了一口，说："新年快乐不快乐不重要，我就希望能多赚点钱。浩浩眼瞅着上初中了，一上初中就得补课，往后花钱的地方多着呢。"

程松岩明白姐姐的难处，喝了口酒，点着头不说话。

姐姐又小声说："这可可的手术，也不能再拖了吧？我看这孩子，脸色越来越不好了。"

"我知道，我把房子挂出去了，可那破玩意儿，也卖不了多少钱。"

姐姐急了，说："那房子可不能卖啊！卖了房，你领着个孩子住哪儿去？租房一个月也不少钱呢！"

"不卖咋整啊，也不能眼看着这孩子遭罪啊！"

姐姐也想不出啥好办法，喝了口闷酒，说："哎，我给你介绍那个桂琴，你俩咋样了？你这两天忙案子，也没和我说。我给她打电话，她也不接。"

程松岩吃了颗花生米，说："她应该是生你气了。"

"生我啥气？我哪儿得罪她了？"

"你是不是瞒着她，没告诉她可可有心脏病？"

姐姐愣了，随即说："这娘们儿也真是的，也不看看自己啥条件，你一个刑警队队长，要不是孩子有病，能和她相亲？"

"你也别这么说人家，她是个好人，自己带女儿过也挺不容易的，想找个条件好的也正常。"

姐姐叹了口气说："行吧，你也别急啊，我再给你踅摸踅摸其他的。"

"姐，你就别给我踅摸了，我真不想再婚，我带着可可过挺好的。"

"你的心思我都明白，你和慧茹有感情，可她也死六七年了，你该往前迈一步了。再说了，你不为你自己，也得为了可可啊，等她再长大一点，身体有啥变化了，和你这个当爸的都没法说。"

"就算这样，那也等过两年再说啊，我现在连可可做手术的钱都凑不到，哪有钱去再婚啊。"

姐姐喝了口酒，说："我给你踅摸人，其实也是为了给可可治病，那个桂琴，我以为她在地下出床子，手里应该有点钱，没想到也是个面上光鲜。"

"姐，你停一下，我咋没听明白呢？你给我介绍人相亲，原来是为了找个人掏钱给可可做手术？"

"也不能让人全掏，能出多少都是个心意，就算全掏了，咱也算借的，到时候手术做完慢慢还呗。"

"我算是听明白了，你这是让我钓富婆呢！"

"你咋说得那么难听呢，那结婚就兴女方看条件，咱男的就不能看看条件了？咱长得精神，还是刑警队队长，咱差啥？"

"得得得，咱是啥也不差，可人家也不是傻子。姐，我严肃地告诉你，这件事就到此为止了，可可的手术费，我自己想办法，你要是再乱整摸人，你家这个门，我就不登了。"

"你瞅你，咋还急眼了呢，那不整摸就不整摸呗。"姐姐举起酒杯，程松岩不理她，她就自己碰程松岩的酒杯，说，"喝一口，这事就当没发生过。"

程松岩闷着气喝了一口，手机就响了，是个陌生号码，他接起来，问："哪位？"

那边声音焦急："是程松岩吗？我是张桂琴。"

程松岩想起来了，那天两人交换了电话号码，但他没存名字。他说："你找我啥事？"

"我女儿丢了，我去报案，派出所说没超过二十四小时不给立案，可我哪儿都找了，就是找不着，我实在没办法了，求你帮帮我行吗？"

"你在哪儿？我去找你！"程松岩挂了电话，起身就要走。

"咋啦？谁给你打电话啊？"

"张桂琴，她孩子丢了，我帮着去找找，我要是晚上不回来，可可就在这儿睡吧。"

姐姐没把孩子丢了当回事，只当是跑哪儿玩去了，就说："快去吧，快去吧，你说这孩子咋还跑丢了，这事也寸，没准你俩真有缘分。"

程松岩没理会姐姐，穿上鞋跑出了门。

程松岩打了辆车直奔张桂琴给的地址，路上隐隐觉得她孩子丢了这事和孟欣那案子没准有关联，便给小沈打了个电话，让他来和自己会合。

冬天天黑得早，三四点钟就擦黑了，程松岩下了出租车，路灯已经亮了，他看到张桂琴在路边等着，身后是家麻辣烫店。

"这是哪儿啊？你家住这里边的小区啊？"程松岩问。

张桂琴说："不是不是，我家闺女就是在这儿丢的。"

程松岩见她急得眼泪汪汪的，就说："你先冷静一下，把孩子怎么丢的和我说一下。"

张桂琴掏出纸巾擦了擦冻红的鼻子，说："今天孩子放假，和我一起出床子，中午的时候她饿了，说想吃麻辣烫，我就给她钱，让她自己在附近吃。以前也总这样，可这次等了一个多小时她也不回来，我就出来找她。她每次吃麻辣烫都来身后这家，老板都认识了，我就问老板她来没来过，老板说来过，吃了一个中碗的，还加了两根烤肠、一瓶酸梅汤。我就问然后呢，老板说然后吃完就走了。我就寻思可能跑哪儿玩去了，这附近有个电玩城，她爱抓娃娃。我又跑那儿找了一圈，店员说没见着。我又给她几个要好的同学家打了电话，问有没有跟她们出去玩，可也都说没有，我这一下就抓瞎了……"

程松岩说："你别急，孩子有没有可能被她爸接走了？"

"不可能，她爸搬去大连了。"

"那有没有可能去了别的亲戚家？"程松岩又问。

张桂琴想了想说："那我再给我小弟打个电话。"

张桂琴走到一旁去打电话，小沈赶了过来，程松岩把事情简单说了一遍，也说出了自己的推测。

小沈听了眉头紧皱，说："我这边这几天还查到了一点消息，我从几个捡破烂的老头那儿打听到，最近他们碰到过一个奇怪的人，每天推辆三轮车，车上堆着纸壳箱、水瓶子啥的，可从来都不卖。"

程松岩说："这人可能就是伪装成捡破烂的，然后拐小孩。那几个老头知道他大概住在哪儿吗？"

"不知道，但一般捡破烂的都住在郊区的平房里，我正带人挨家排查呢。"小沈抬头看了看路口的信号灯，说，"要不要再去交通指挥中心，查查监控？"

"去，你现在就去，有什么消息第一时间告诉我。"

小沈领了命令跑走了。

张桂琴打完电话走了回来，眼睛更红了，应该是和弟弟又哭了一场。

程松岩知道希望不大，但还是问："怎么样？"

"没去我小弟那儿。"张桂琴摇了摇头，然后吸了吸鼻子，又说，"我小弟真不是人，我和他说孩子丢了，他却说活该，说都怪我平时不好好管孩子，上次去他家，孩子还偷摸拿走了他一个对讲机，现在都没还回去……你说都是一个妈生的，他的心咋那么狠呢？"

程松岩想安慰她，却一时又不知说什么好，脑子转了转，把她的话咂摸了一下，却咂摸出了新滋味。他问："你弟弟说你闺女拿了他一个对讲机？"

"是啊，那破玩意儿也不值钱，但我闺女好像挺喜欢，天天别在腰上玩……"

程松岩想了想说："带我去找你弟。"

张桂琴弟弟是个保安，在煤电公司上班。张桂琴带着程松岩在保安亭找到他。他看着程松岩，嬉皮笑脸地说："姐，这就是你新给我找的姐夫啊？那能不能给我在刑警队安排个工作啊？"

程松岩看不惯他，露出一脸的凶相，说："你正经点，你外甥女可能被人拐了，我没空和你在这儿扯皮。你说她拿走你一个对讲机，什么样的，给我看看。"

张桂琴弟弟看程松岩一副不好惹的样子，虽不服气，但还是从腰上拿下一部对讲机，说："就这样式的，我们保安内部用的，她偷走了一个，害得我又买了个二手的。"

程松岩拿过对讲机，说："你们用哪个频道？"

张桂琴弟弟指了指屏幕上显示的数字 403，说："就是这个。"

程松岩又问："你这对讲机通话距离多远？"

张桂琴弟弟说："两三里地吧，再远信号就不好了。"

张桂琴一把抢过对讲机，冲着对讲机喊："梦晨，梦晨，你能听到妈妈说话吗？你要是听到了就吱个声。"

一个男人的声音传来："啥梦晨，啥妈妈啊？这对讲机咋还串台了呢？"

张桂琴弟弟说："姐，你别乱喊，同事该笑话我了。"

张桂琴不理会还要喊，程松岩脑子里却闪过一个念头，如果这孩子真是被拐走的，那这呼喊可能会给她带来危险。于是他把对讲机拿了过来，说："别喊了，可能不在通话范围之内。"然后思考了一下，又说："这对讲机我先带走了。"

张桂琴弟弟说："你不能带走啊，带走了我领导又该骂我了。"

张桂琴说："你外甥女都丢了，你还担心领导骂你！当年我就不该管你，就该让你在笆篱子里蹲着！"

张桂琴弟弟说："蹲着就蹲着，在里面有吃有喝的，还啥也不用干，谁让你多管闲事的！"

这话程松岩听着都来气，他说："你少说两句，下次再犯事落我手里，我让你蹲个够！"

张桂琴弟弟胸口窝火，但也不敢顶撞，张了张嘴，把话都憋了回去。

程松岩又说："领导要是找你，你就说警察破案，对讲机被征用了。还有，你去告诉刚才那个保安，把对讲机关了，别老插话捣乱！"

程松岩说完，拿着对讲机，带着张桂琴走了。张桂琴弟弟一副吃了闷亏的样子，看他们走远才弱弱地说了一句："记得还回来啊……"

程松岩回到刑警队，直奔技术科，推开门，只有一个二十多岁的女生在值班，嘚了根果丹皮在看言情小说，看到程松岩进来，急忙把书往身后藏。

程松岩说："别藏了，都看见了，许丽，我劝你赶紧找人谈个恋爱，保准你不再相信这玩意儿。"

许丽大咧咧一笑，看了看程松岩身后的张桂琴，说："程队，听说你前几天去相亲了，就是这个姐姐吗？"

程松岩一愣，说："这事你咋知道？"

许丽说："小沈说的，全队都知道。"

程松岩想骂脏话，看了看张桂琴，憋了回去，然后把对讲机递给许丽，说："你看看这玩意儿，能定位吗？"

许丽接过去，看了看型号，说："不能，这款没有内置GPS。"

程松岩说："那要是这玩意儿丢了，就没办法找回来？"

许丽说："能找回来，但要用无线电测向。"

程松岩说："那你赶紧给我找一找，就和这个是一个型号的，也用一个频道。"

许丽说："程队，你就别逗我玩了，这咋找啊？无线电测向测的是电波，这城市里到处都是，任何一台对讲机都能发出来，就是找一辈子也不一定能找到你要的那一台啊！"

程松岩听了一脸愁容，挠着后脑勺不知道该咋办，回头看张桂琴。刚才一路都带着希望的她，听到这话，脸也垮了下来，她看了看程松岩，又看了看许丽，突然腿一软，跪了下来，说："程队长，小姑娘，我求求你们了，救救我女儿好不好，我求求你们了，没有我女儿，我也活不下去了……"

程松岩急忙搀扶张桂琴："你这是干啥啊，我又没说不管，你快起来！"

许丽虽不知道发生了啥，但也猜出个大概，帮着程松岩往起扶张桂琴。可张桂琴半个身子不起来，双腿软绵绵地拖在地上，两人再用力，张桂琴的一只鞋子掉落下来，只见袜子殷红一片，她跑了一下午，脚都磨出血了。

看着地砖上的一条条血道子，程松岩和许丽愣住了。

张桂琴趁机挣脱了二人的手，坐在地上，也不管脚疼，急忙用袖子擦地砖上的血，说："对不起，对不起，把地弄脏了。"她擦着擦着，眼泪就噼里啪啦地落了下来，然后整个人猛地趴在地上，号啕痛哭起来，哭声里全都是懊悔和绝望。

那哭声在屋子里转圈圈，跑不出去，程松岩和许丽听着听着，也跟着揪心地红了眼眶。

许丽把张桂琴带到了医务室处理脚上的伤口，程松岩站在门前抽烟。冬夜漫长，风也躲了起来，干冷干冷的。他脑子里还在不时地闪现刚才张桂琴那脚上的血，同为父母，他太明白那抓心挠肝的痛苦，再多往深处想一步，如果换作可可丢了，或是有一天可可被疾病带走了……他不敢多想了，抽烟的手都在颤抖。

这时手机响了，是小沈打来的，一接通，小沈那边就着急忙慌地说："程队，找到了！监控拍到了！"

"你别急，慢慢说。"

"监控拍到了，在麻辣烫店门前的拐弯处，一个捡破烂的骑一辆三轮车，把一个小女孩捂晕后塞进了三轮车里，太他妈胆儿肥了！"

程松岩的烟烫到了手指，他急忙扔掉，说："然后呢？带去哪儿了？"

"他下一次出现是在友谊路和龙石路的交叉口，再下一次是在友谊路和松花街，再然后是起点巷，后面就没了。"

程松岩听着小沈的话，脑子里已经画出一幅城市地图，沿着友谊路，一路向西，龙石路，松花街，过了起点巷，就是郊区了。他让小沈赶紧去起点巷，在那里等着会合。然后他跑回屋子，直奔医务室，喊许丽带上无线电测向设备跟自己走。许丽立马跑回技术科拿设备。

张桂琴的脚刚处理好，现在也知道疼了，一瘸一拐地问程松岩："怎么了？有线索了？"

程松岩点了点头说："你先在这儿休息一下……"

"程队长，你带我一起去吧。"

"出警不能带你去。"

"我求你了，我求你了好不好？让我在这儿干等着，我实在等不下去。"她拉住程松岩的衣服不放。

程松岩又急又火，甩开她，说："这是出警！你以为是闹着玩呢！你这一瘸一拐的，万一拖累了救你女儿怎么办？"

张桂琴像是被吓到似的，松开了手，许丽背着设备过来，不忍心地看了她一眼，跟着程松岩离开了。

两人上了警车，直奔起点巷，等赶到时，看到小沈已经等在那儿了。三人会合，上了同一辆车子，再往前开几百米，就是荒郊野外了。前几天刚下了雪，车灯一照，方圆几里，一片白茫茫，连只野鸡都藏不住。

小沈纳闷："这人能去哪儿呢？"他下车，拿着手电找车轱辘印。

程松岩让许丽试着测向："这荒郊野外的，应该好找电波吧？"

许丽拿出设备，在调试，小沈却跑回来敲车窗，说："找到三轮车轱辘印了。"

程松岩一听赶紧下车，许丽也跟着跑了下来，三人顺着小沈找的车轱辘印，一路往前走。车轱辘印七弯八拐，顺着小路把他们往回带，带进了一片待拆迁的平房区。这里的居民全都搬走了，没有灯火，漆黑一片，车轱辘印消失在一户铁门前。

程松岩关了手电，掏出腰间的手枪，小沈也把枪握在手里。程松岩做了个手势，示意他先进，小沈做保护。许丽没枪，她紧张地放下设备，捡起一根木棍，蹲在大门边。

大门没锁，程松岩推门进去，堆满纸箱和水瓶的三轮车就停在院子里。两人屏息静气，往屋门靠近，程松岩做了个一、二、三的手势，在比到三的时候，一脚把屋门踹开，随即打开手电，只见一个人影嗖的一声，推开后门跑走了。

"站住！"程松岩大吼一声，追了上去，小沈紧跟其后。程松岩跑出后门，看着那个人影朝西边跑去，程松岩朝天上鸣枪，那身影停顿了一下，随即拐了个弯继续跑。程松岩拔腿再追，拐过去看是个死胡同，那人翻墙跳了过去。

程松岩也翻墙跳了过去，可落地时却踩在了废木料的几颗钉子上，他忍痛把木板拔出来，钉子上沾满了血。他顾不了那么多，爬起来继续追，却见自己已经跑回了前门那条路。

许丽仍旧拿着木棍蹲在地上，她刚才听到鸣枪和追跑的声音，可也不敢乱跑，怕添乱出了岔子，就一直守在前门。这时看一个身影跑来，见不是程队和小沈，便一棒子挥了上去，抢在了那人的腿上，那人闷哼了一声，倒在地上。她起身上前又要挥一棍子，但那人却一个翻滚，随即一抬脚，端在了她的肚子上，她吃痛跌坐在了地上，那人爬起来，一瘸一拐地跑走了。

程松岩追了过来，看许丽坐在地上，许丽大吼："别管我，快去抓人！"程松岩越过许丽继续追，一路追出了平房区，面前是一片野湖，在黑夜里泛着微微的白光，那人在冰面上的身影，像是一棵树或是一根玉米秆，摇摇摆摆的。

砰的一声，身后传来枪响，小沈气喘吁吁地站在程松岩身后，朝湖面开了一枪，可是没打到人，但那身影明显矮了一截，他在弓着身子跑。

小沈又开了一枪，还是没打到，便继续追了上去，程松岩瘸着脚跟在身后，看着小沈越来越接近那个身影，却传来扑通一声，小沈的影子消失了。程松岩暗叫不好，咬着牙往前跑，跑到跟前才看清，前面是一个冰窟窿，小沈在水里面挣扎，随着冰碴子起起伏伏，就快要冻僵了。

程松岩急忙匍匐在冰窟窿旁，缓缓爬过去，伸出手，拉住小沈，然后一点点地后退，再后退，才把小沈拉出水，又拉得离冰窟窿远了些才松开手。

小沈翻了个身，气喘吁吁地躺在冰面上，缓了好一阵，哆嗦着说："差一点，差一点就抓到了。"程松岩抬起头，那人的身影早已经消失在夜幕里，再环顾，四面八方，暗夜无星，都没了方向。

程松岩通知了刑警队，老孙带着一伙人赶来在车边会合，车门一打开，张桂琴也从车子里钻了出来。

程松岩说："老孙，你咋把她带来了？"老孙一脸为难。

张桂琴说："程队，你别怪这位大哥，是我硬缠着来的，听说找着人了，那看到我女儿了吗？"

程松岩摇摇头说："你既然来了，就老实在车里待着。"

张桂琴说："我明白，我保证不给你们添麻烦。"

程松岩随即布置任务，先让人把小沈送回去，然后让老孙带人在方圆几公里内，地毯式搜查。

大家领了任务散去。程松岩抽了根烟，准备回刚才那个铁大门的屋子，看看还能找出什么线索，可刚要离去，许丽突然叫住他，说："程队，我测到信号了。"

程松岩一时没反应过来，说："什么？"

"我的无线电测向设备，测到信号了。"

程松岩急忙跳上车，看到测向设备的指针微弱地摆动着。

许丽看着前方的茫茫雪原，说："这荒郊野岭的，咋能有信号呢？"

程松岩说："你快定位一下。"

许丽拧动指针，说："两点钟方向。"

程松岩启动车子，下道，朝那边开去。

张桂琴说："咋啦？找到梦晨啦？"

程松岩做了个噤声的手势，车子缓缓地前进。

许丽又说："九点钟方向。"

车子左转，静谧的旷野，只剩下轮胎碾压雪地的声音。

许丽盯着测向设备，说："信号越来越强了，往前，就在前面。"

可车子却停了下来，程松岩说："车开不过去了。"

许丽抬头，通过风挡玻璃看出去，前面是一道沟壑。程松岩下车，许丽也背着设备跟了下来。程松岩拿着手电来到沟壑旁，手电照下去，沟壑还挺深。他拿手电照着往旁边走，看有没有能绕过去的路，走了几步却觉得异常，前方的沟壑旁，也有浅浅的三轮车辙。

许丽从他身后跑了过来，说："程队，那信号好像就在这附近。"

程松岩点了点头，把三轮车辙照给许丽看。许丽当下明白了，两人沿着车辙往前找，一直到沟壑边缘，找到了一片脚印和一片拖拽的痕迹。两人跟着痕迹再往前几步，便看到沟壑边的一个缓坡，拖拽痕迹和脚印一路下去了。

程松岩掏出枪，让许丽在上面等着，自己小心翼翼地沿着缓坡往下走。可走了两步，之前被钉子扎的脚底突然一痛，没站稳，整个人坐在了地上，顺着雪面滑了下去。

沟壑有两个人那么深，程松岩滑到底，雪面子滚了一头一身。

许丽站在上面喊："程队，你没事吧？"

"没事。"程松岩爬起身，往前走去。走着走着，看到前面有一片漆黑的东西，他用手电对准，是一堆燃烧过的灰烬，他捡了根枝条在灰烬里扒拉，有几片没烧净的衣服。他继续扒拉，枝条碰到灰烬下面的雪里的一个硬东西，他蹲下身，用手去刨，刨出来一个对讲机。这个对讲机因为沉，坠到了雪里，所以只是背面有些烧焦，整体还保存完好。

程松岩看到对讲机还开着，只是调到了静音，他把音量缓缓打开，里面突然传来张桂琴焦急的声音："梦晨！梦晨！你能听到妈妈说话吗？你能听到妈妈说话吗？"

程松岩回头向上看，张桂琴踉踉跄跄地跑到了沟壑边缘，拿着对讲机一直在喊："梦晨！梦晨！你说话！你听到就说话啊！"

程松岩冲着上面的许丽喊："许丽！你快带她回车里！"

许丽拉住张桂琴，往车里拽。程松岩拿着对讲机，继续往前走，前方有几块大石头，突兀地露在雪地上，他靠过去，再靠过去，手电照清楚了，那并不是大石头，而是几个高一米左右的塑料桶，里面灌满了混凝土。

再往前走几步，程松岩停下了脚步，他咽了咽口水，又往前探了探身子，后背瞬间蒙上了一层冷汗，面前的景象，如一个个大型的盆栽，在深夜的旷野里挺立着。

还没等程松岩回过神来，身后却传来一声尖叫，张桂琴挣脱了许丽，从缓坡上滑了下来。

张桂琴踉踉跄跄来到程松岩身边，说："程队，找到梦晨了吗？"

程松岩缓过神来，急忙熄灭了手电的光，但已经来不及了。

张桂琴在那光收回的前一秒，看到了那混凝土里的孩子，其中一个头朝上的，正是她的女儿梦晨，她一瞬间呆住了，然后脚下一软，晕了过去。

第二章

2021 年。

雪原茫茫，森林是苔藓，覆盖住也收留住那不安的雪。

水库旁边的小房子里，一个小孩瑟瑟发抖地站在墙角，恐惧又绝望地看着面前的男人。

男人满脸茂密的胡楂，跟个野人似的，手里攥着根铁丝，缓缓向小孩靠近。小孩又往后挪了半步，已是无路可退。男人猛地扑上来，用铁丝勒住小孩的脖子，小孩奋力挣扎着、蹬踹着，却无济于事，小孩的呼吸跟随着男人的呼吸起伏，越来越弱……

"哎！醒醒，醒醒。"

有人推了推自己，丁唯珺费力地睁开眼，气喘吁吁地环顾了一下，才明白过来自己在哪儿。旁边的操作员是个中年阿姨，说："怎么做个 CT 还睡着了？"

丁唯珺坐起身说："不好意思，昨天加班加得太晚了。"

阿姨说："我一看你眼睛通红的，就知道你没睡好，我不是说话难听啊，现在都鼓励年轻人要拼搏要上进，但也得有个度，你看你，年纪轻轻，身体就出问题了吧，还没结婚生小孩吧？"

丁唯珺不爱听她说话，冷着脸说："我不结婚，也不生小孩。"

"那你总还得要命吧？"

丁唯珺皱着眉头说："我得啥病了？"

"那我哪知道，片子还没出来呢，再说就算出来了，也得主任给你看啊。"

"那你在这儿废什么话。"

"我废什么话了？小姑娘，你怎么这么没礼貌呢？"

丁唯珺不理她，穿上鞋子径自离开，一路走到医院门外，点了根烟，抽了一口，眯着眼睛看天空。南方的冬天很暖和，把梦里的大雪都融化了，她下意识地又回想起了刚才的梦，此刻仍旧心有余悸。

她打开手机，读了一半的资料还停在那里。最近组里分下来一个新选题，叫什么边境风云，就是要做一系列的重大刑事案件纪实报道，这些案件大多发生在20世纪90年代到2000年初，分布在中国的各个边陲。

主任让他们看完了自己挑着去采访，丁唯珺这几天就在抓紧看资料，这杀人的案件看多了，噩梦就找了上来。

这时，她手机响了，是同事刘晓琼打来的。她接听起来，那头急火火地通知她回去开会。她看了眼时间，还要等好几个小时拍的片子和其他的检查报告才都能出来，便掐灭了烟，朝地铁口走去。走了几步，她突然感觉挺累的，索性站在原地，拦了辆出租车，朝公司赶去。

丁唯珺是一名记者，就职于南城报业集团，近些年纸媒衰落，集团转型，旗下的报纸和杂志都上线了 App①，所以对她们采编回来的新闻，时效性已不是第一顺位，现在更重要的是故事性和可传播性，绩效和奖金也直接和这个挂钩。

可丁唯珺却总写不出领导要的爆文。她上一篇文章采访的是一

---

① App：全称 Application，应用程序。

个女人，两年内离了三次婚，她琢磨了半天，给文章起了个感觉能爆的名字——《白富美为何被"前公尽弃"》，好不容易砸起了一些水花，却被当事人投诉了，说她瞎写，自己根本没在KTV坐过台，也没做过整容微调，她这是在抹黑自己。女人带着好几个社会小青年把丁唯珺堵在公司里，道歉已经不管用，非要揍她一顿才解气。丁唯珺虽然憋屈，但也是不吃眼前亏的人，从洗手间跳窗户逃走了。

虽然躲过了一场胖揍，但却躲不过公司内部的处罚，主任在会议上点名批评了她，扣了她的工资和奖金。她不服，说："是你们要流量的，故事的流量和真实性之间，本来就有冲突。"

主任说："你别嘴硬，人家刘晓琼怎么就能兼顾流量和真实性呢？同样写女性，人家那篇《财阀家的女秘书》，怎么就写得那么有深度呢？"

丁唯珺不吭声了，刘晓琼确实写得好，她无力反驳，窝了口气，一连几天见到主任都冷脸躲着走。

今天到了公司，一进会议室，她迎头又撞见了主任，主任看了看她，她看了看其他座位，同事都到了，明显就等她一个人呢。她急忙说："不好意思，不好意思，上午请假去医院了。"

主任板着脸敲了敲桌子说："开会。"

丁唯珺找了个离主任远的位置坐下。主任清了清嗓子说："上次分发的资料都看了吧？今天开会的目的就是领任务，然后去当地走访，写一篇两万字左右的长篇纪实报道。"

主任话音刚落，刘晓琼就举手了，她先选了云南的案件，说是正好可以一边采访一边把蜜月度了。年纪最大的老文，选了离这儿最近的东莞，说老了，远地方懒得去。这话一出，也就没人和他抢了。张晨霖选了也不太远的广西，那是他的老家，熟悉且人脉都在，顺理成章。

最后留下海南和黑龙江两个选项，丁唯珺想选海南，她年幼时就想去，可是却一直因为各种原因没去成。丁唯珺刚要开口，主任却先把去海南的任务给了新来的女实习生，还让她去那里多吃点海鲜、螃蟹、皮皮虾之类，让她记得带点过敏药……

丁唯珺说："我也想去海南。"

主任瞄了她一眼说："海南太晒了，你一个北方人不适应，你还是去黑龙江吧。"

老文搭话："现在 11 月份，那里应该下雪了吧？"

刘晓琼看了看天气说："天哪，都低于零下十摄氏度了。"

丁唯珺冷笑了声说："没事，我不怕冷。"

"那最好了。"主任起身来到她身边，似委以重任般拍了拍她的肩膀，"这次好好写。"

丁唯珺猜测，后面应该还有半句话，"写不好就别回来了"。

离开会议室，丁唯珺回到工位，开始查看自己负责的案件。2006 年底到 2007 年初，黑龙江佳城发生特大凶杀案，有多名儿童被害……她只翻看了几页报道，便觉得心烦，又感觉小腿不舒服，撸起裤腿在上面按了一把，竟浮肿了，凹陷了一个坑。

刘晓琼靠过来说："你刚才走得快，没拿这个。"她递出一封介绍信，是给当地公安局的，内容是希望对方能协助采访工作。丁唯珺说了声"谢谢"，把介绍信收好。

刘晓琼却还没有走的意思，说："你怎么跑医院了呢？身体不舒服啊？"

"最近特别容易累，腿还老浮肿。"

刘晓琼嘿嘿一笑："这不是啥大病，我觉得你可能就是缺男人了，内分泌失调了，找个男人调和调和就好了。"

"你上一边去，上次那谁食欲不振，你也说人家缺男人了，后来发现是怀孕了……"

两人嘻嘻哈哈笑了一阵，刘晓琼还是没有走的意思，而是弓下身子悄声说："你听说了吗？主任他老婆中风了。"

丁唯珺冷笑一声："怪不得主任对新来的小姑娘那么关照，还多吃点海鲜，记得带过敏药。"

"男人都一样，权力就是最好的春药。"刘晓琼说。

"真是这样的话，我就只能认命了，抱抱换包包，我做不来。"

"行了，你也别气了，我看过那小姑娘在学校时的采访稿子，跟小学生作文似的，这次写出来的东西估计也会闹很多笑话。哎，要不我带你去找主任说说，让你和那小姑娘换一换，我在主任面前说话还是很有分量的。"

"晓琼，谢谢你的好意，但这次就算了吧。"

"可黑龙江那么老远，又那么冷……"

"没事，那地方我其实挺熟的。"

"你去旅游过？"

丁唯珺想说那是她的老家，但想了想，话转了个弯："是的，前几年去过一次。"

"听说那边冰雪大世界挺好玩的。"对那个地方，刘晓琼看来比她要有兴趣得多。

丁唯珺随便应付了几句，刘晓琼就被别的事情吸引走了，溜达到另一个同事身边闲聊。

丁唯珺又翻看资料，看了几页，又不舒服起来，那遥远的案子，如蜱虫般，只要多看几眼，就往身体里钻。她又合上了资料，起身去外面抽烟，多抽几口，夕阳就坠落到了江水的另一边。

第二天，丁唯珺先飞到北京，在转机的时候，和佳城的刑警队取得了联系。记者曾经是个让人尊敬或是害怕的名头，但今非昔比，所以现在刑警队那边的态度也就不冷不热的，但也还算周到，指派了一个叫宫浩的警察负责接待她。她在登机前，和宫浩加上了微信，宫浩问她几点落地，要到机场接她。丁唯珺把航班号发了过去，宫浩回了个"收到"，然后说佳城这边冷，让她多穿点。

飞机起飞，丁唯珺坐在靠窗的位置，迷迷糊糊睡了一觉，再醒来，飞机已经快降落了。她透过窗户看出去，初降的夜幕，有种深邃的蓝，机翼底下，这个偏居一隅的小城，已是灯火通明。她不知怎的，竟有了种近乡情怯的触动，童年诸多天寒地冻的记忆都涌了上来，就连那手背，都有了冻疮微痒的感觉。她下意识地挠了挠手背，才回过神来。她一向不喜欢这无用的柔情，唰的一下，把遮阳板合上了。

飞机降落，丁唯珺走出机舱，干冷的空气立马让鼻子里结了冰。这东北小城的机场太小了，没有栈桥也没有摆渡车。她系紧了大衣的扣子，拖着小行李箱朝候机楼走去，一路走到出口，便看到有个二十多岁的男人，穿着警察的棉制服，举着个纸板，上面写着"接丁记者"。丁唯珺朝他挥了挥手，走了过去。

警察热情地伸出手和她握手，说："欢迎丁大记者。"

丁唯珺说："您太客气了，叫我名字就好。"

"那你也叫我名字就好，我叫宫浩，叫我小宫就行，不过你看着比我小，不介意的话叫老宫也行。"

丁唯珺脸色一变，没想出该怎么接话。

宫浩急忙笑着说："开个玩笑，别介意。"

丁唯珺不喜欢这种带有挑逗意味的玩笑，便冷着脸说："这玩笑你经常对女生开吧？"

"我可不是那种人。再说了，我们干刑警的，接触的年轻女性不多。"宫浩一脸认真地说，随即神秘一笑，"最多的都是在 KTV 里，都搂着别人老公呢。"说完看丁唯珺脸色又变了，他满意地哈哈笑了起来。

丁唯珺不想再理会他，拖着行李径直朝前走去，宫浩三两步追上，抢过行李箱，说："我来我来，你都不知道车停在哪儿，一个劲往前走啥啊！"

丁唯珺无奈，只得跟着他往前走，一路出了航站楼，来到露天停车场，在一辆破旧的警车旁站住脚。丁唯珺想坐后座，拉开门却见后座堆满了东西，一堆衣服还有棉被。宫浩把行李箱放进了后备厢，看到丁唯珺愣在那里，就一把把后座的门关上，说："后面太乱了，有时出警困了就在后面对付一宿，你坐副驾吧。"

丁唯珺拉开副驾的门，又看见副驾的座位上有桶吃剩的方便面。宫浩急忙拿起方便面桶，丢到一旁的垃圾桶里，说："不好意思，你飞机晚点了，等你等太久了，就吃了点方便面对付一下。"

这一下让丁唯珺有点愧疚了，她说了句"不好意思"，坐上了车。宫浩绕到驾驶位，也上了车。车子里冰冷，宫浩虽打着了火，但车子还要好一阵才能暖起来。

他看到丁唯珺抱着身子，冷得有点哆嗦，说："你咋就穿这点？没带厚衣服啊？"

丁唯珺摇了摇头："没事。"

宫浩扭身在后座一阵翻腾，拿出一件棉警服递给丁唯珺："我的，不嫌乎就穿上。"

丁唯珺接过衣服，说了声"谢谢"，把衣服裹在了身上，瞬间暖和了一些。

"你吃饭了吗？我带你去吃点吧。"宫浩问。

丁唯珺这才想起今天一整天都没吃什么东西，也觉得饿了，就说："我请你吃吧，你等了我这么久。"

宫浩一笑："扯什么犊子，在东北吃饭能让女生结账吗？带你撸串去，咋样？"

丁唯珺笑着点了点头："我都行。"

宫浩的车子就开了出去。

宫浩开车不稳当，一脚油门一脚刹车的，再加上冰天雪地，车直打滑，没开出多远，丁唯珺就被晃恶心了，急忙叫他停车，她下去蹲在路边吐。

宫浩跟过来："咋啦？你怀孕了？"

丁唯珺瞪了他一眼，用纸巾擦嘴，说："你送我回酒店吧，我不想吃东西了。"

宫浩看出她是真难受，说："那行吧。"

然后两人又回到车里，宫浩又问："你是不是晕机了？这飞机也不稳当是吧？"

"你能不能安静一会儿？好好开车。"

"这是嫌我话多了。"宫浩闭上了嘴巴。

两人一路无话，到了酒店门前，丁唯珺下车，宫浩说："明早九点我来接你，去档案室看卷宗。"

"好的，明天见。"

刚要进酒店，宫浩又在身后喊了一句："半夜有人敲门或是往门缝里塞卡片，你别害怕，也别搭理。"

丁唯珺回了个 OK 的手势，进酒店办理入住。房间在三楼，临街，她一进门就闻到一股烟味，便走到窗边推开窗户，凛冽的寒风刮了进来，这让她舒服了一些。她站在窗边看了会儿街景，这里和年幼时的记忆早已没有半点勾连，只有那抬头可见的星斗，还和童年一样清澈。

咚咚咚，响起几声敲门声。丁唯珺听宫浩的嘱咐没有理会，接着几张卡片真的就塞了进来。丁唯珺关上窗户，拉上窗帘，去浴室洗了个热水澡。出来后她又觉得饿了，便穿上衣服准备下楼去超市买点东西，可一开门便看到门前放着一个塑料袋，打开来，里面都是吃的。

丁唯珺愣住了，随即想到只有可能是宫浩了，便给他发了条信息："东西是你买的吧？"

不一会儿，宫浩回了"不是"，接着又一条："是佳城刑警大队给你买的。"

丁唯珺笑了，回复"谢谢"。然后拿出一盒泡面，烧水煮着吃了，吃着吃着，她突然觉得好安静，窗外街道的嘈杂声都消失了。她端着泡面来到窗前，便看到下雪了，鹅毛大雪片片飘落，是好多年没见过的景色。屋子里暖气充足，手中也捧着温热，那一刻，她突然有了些类似于乡愁的感动。

老话讲，"瑞雪兆丰年"，这是农民的祈盼，雪融化，滋养大地，来年有个好收成。可老话也讲，"大雪无痕"，乾坤一夜玉，骡马乱子都能掩盖。

2007年元旦那夜，程松岩带着五个塑料桶回刑警队，看着车窗外飘着的雪，心也跟着一片片往下沉。本以为的诱拐案，变成了连环杀人案，被害者还都是小孩，这开年的一大棒子，砸得他猝不及防。佳城近些年虽然治安不是太好，但如此恶劣的事件，也好几年没发生过了，上一次是什么时候来着？他自然是清楚地记着，可思路刚要顺着往回爬，车子就到了刑警队。

他下车布置任务，装有孩子尸体的塑料桶被抬到法医室，可法医看着为难，说要请消防部门的同事过来帮忙，把尸体从混凝土里分离出来。程松岩说："请吧，请吧，尽快出结果。"

走出法医室前，他又回头看了一眼那塑料桶里的孩子们，心里翻腾着难受，他想起刚才在沟壑里直接晕过去的张桂琴被许丽送去了医院，便给许丽打了个电话询问情况。许丽那头说张桂琴还没醒。程松岩让她看看张桂琴有没有什么亲戚朋友，随即想到她有个弟弟，但也立马想到那弟弟根本靠不住，便让许丽先陪着，有什么事情通知自己。

挂了电话，他又给自己的姐姐打了一个。姐姐接起电话的声音带着困意："这大半夜的，咋啦？"

"可可要在你那儿多住几天了。"

姐姐听了这个倒来了精神，说："是不是你和张桂琴成了？你现在在哪儿呢？她家里吗？"

"姐，你别总往那方面想，我这一晚上都在帮她找女儿。"

"哦，那找到了吗？"

"找到了，但是死了。"

姐姐听了一惊："啊？这到底咋回事啊？"

"姐，现在这案子正在查，不能给你透露，你这几天一定要看好可可和浩浩，千万别让他们出去乱跑。"

"哦哦，我知道，我一定看住了，那你办案也加点小心。"

程松岩挂了电话，看着雪还在飘着，没有变小的迹象，一层层堆积，刑警队门前的车辙脚印，都默默地消失了。

程松岩点了根烟，皱着眉头抽着，刚抽了两口，老孙带着一群人咝咝哈哈地回来了。程松岩问："有啥结果吗？"

老孙管程松岩要了根烟，点着狠狠抽了两口，说："啥也没找着，这大半夜，野甸子里，四面八方的都能跑，能找着啥？本来想着挨到天亮，去找找脚印，可这一下雪，得，啥都没了。"

"那他的据点查了吗？"

"派人去联系房主了，另外还有俩小年轻在那儿守着呢，但我估计啊，那人不会回来的。"

程松岩点了点头。

"你脚咋样了？"老孙问。

"就被钉子扎了一下，没啥事。"

"那钉子上可能有锈，别破伤风了，赶紧去处理处理吧。"

被老孙这么一提醒，程松岩才感觉到脚疼，扎心地疼，就说："嗯，抽完这根烟就去。"

老孙又抽了一口烟，看着窗外的雪说："一开年就遇见这事，你说这是啥年头啊？"

程松岩苦笑着，给不出答案。

第二天，刑警队成立专案组，程松岩带众人开会，小沈顶着高烧，把各片区派出所接到的几起儿童失踪案归拢过来，等待确认其他几个死者的身份。昨天在拆迁房守了半宿的两个刑警也赶了回来，但没蹲到啥嫌疑人，在屋子里翻了一圈，发现了一些小孩子的书包和用品，还有一床烂被褥，其他再也没啥有用的线索了。技术科的人也去过了，带回来一些毛发和皮屑，正在看能不能提取到DNA。

老孙汇报，房主找到了，是一对老夫妻，因房子要拆迁，搬去隔壁城市的儿子家半年多了，听说家里住进去个杀人犯，吓得高血压都犯了……

老孙正说着，法医带来了尸检报告，一共有五名死者，都是小女孩，年龄在九岁到十三岁不等，每个女孩的死法都不同，有的是被捂死的，有的是被敲死的，还有的是被活活冻死的。

程松岩一边听着法医讲解，一边看着纸质的报告，这些女孩中，死亡时间最久的，是在一个月前。也就是说，凶手是在一个月内，连续杀了五个孩子，这么频繁地作案，到底是为了什么？

他继续往下看报告，下面的一行字，让他的手微微颤抖了起来。法医正好也讲到这里，说："这五名被害者，生前都被性侵过。"

这话一出，一屋子的男人都愤慨了。

小沈狠狠地砸了下桌子："这就是畜生啊！"

老孙说："这世界上变态的人多着呢，但这种，最该千刀万剐。"

有个小刑警说："等我抓到了他，先捏碎他的狗卵子。"

程松岩敲了敲桌子："好了好了，口头泄愤有啥用啊，抓住人才是能耐。"

众人不说话了，程松岩说："老孙，你去通知那些失踪儿童的家属，来认领一下尸体。"

小沈说："我也跟着去，看看能不能在这些家属里找到新的线索。"

"让老孙带别人去吧，你跟我走。"

"去哪儿啊？"小沈问。

"你跟着就行了。"

程松岩带着小沈，又回到了昨晚那个屋子里，他在屋内和院子里四处查看，院子里还有几个空的塑料桶，程松岩踢了踢桶问小沈："这桶在哪儿能买到？"

"满大街都能买到。"

程松岩自言自语："哦，那就基本没法查。"嘀咕完，又在院子里转悠，转悠完又去门前转悠。

小沈跟在身后，说："程队，你到底在踅摸啥呢？"

程松岩不回答，捡起一把破扫帚，说："走。"

两人又回到了车里，程松岩开车重回昨天发现尸体的沟壑，把扫帚扔给小沈，让他在发现尸体的附近扫雪。

小沈嘀咕了一句："这是在扫墓呢？"

程松岩让他别废话，赶紧扫。小沈闷着头扫了大半天，扫出了一身汗，头顶都冒热气了，程松岩才让他停下，说："感冒好一点了没？"

小沈把扫帚一扔，说："你这是在给我治病呢？"

程松岩微微一笑，折身往车边走，边走边说："我前段时间在看一些犯罪心理学的书，一般连环杀人犯杀人的手法或是形式都是固定的。"

"可是这个人，杀五个孩子的手法都不同啊。"

"那你想想，有啥是相同的？"

小沈想了想说："女孩？性侵？未成年？"

"还有呢？什么让你觉得最奇怪？"

小沈一拍脑袋："混凝土！"

"对了，混凝土是水泥、沙、石子搅拌成的，我刚才在他家里，还有在这沟里，都是在找水泥、沙、石子的痕迹，可是根本没有。这种东西，就算他每次都买一点点，或是昨天刚好用完，也不会处理得那么干净。"

"对啊，他连塑料桶和书包啥的都在那儿堆着不管，更不会特意处理水泥、沙、石子。所以……难道是他买了现成的混凝土？"

"这混凝土在冬天，一般十几分钟就冻住了，他骑三轮车，走得不快……"程松岩摩挲着脸颊的胡楂，说到这儿，立马跳上了车子，"小沈，走，咱们回去，看看那间屋子附近，有没有还在施工的工地。"

程松岩和小沈在那屋子方圆两公里的范围内找了一圈，啥都没找着，天气太冷，冬天一到，所有工地就都停工了。两人有些泄气，程松岩也在怀疑是不是查错方向了。

眼看到中午了，两人都有点饿了，就在附近找了个小饭店，点了两盘水饺，一盘是猪肉酸菜馅的，一盘是韭菜虾仁馅的；又点了盘凉拌大拉皮，就着两瓣蒜吃了个饱。

店里饺子汤免费，吃完饺子，两人又要了两碗饺子汤，吸溜吸溜地喝着。程松岩一边喝一边透过满是水汽的窗户往外看，对面平房里，有工人正一盆一盆地往面包车里搬花盆，那花盆里都是花。程松岩不认识花的品种，只看得出那花开得鲜艳，是冬天里不该有的鲜艳。

小沈见他看得出神，一边就着饺子汤吃感冒药，一边问："咋啦程队，想给新女朋友买花啊？"

程松岩作势要用饺子汤泼小沈，说："挺大个小伙子，怎么老爱扯老婆舌。"

小沈嘿嘿一笑："这是关心你嘛。"

程松岩却把碗一放："咱们到对面去看看。"

"咋啦？真要买花啊？"

"给你买个花姑娘。"

两人出了饺子店，面包车已经装好花离开了。程松岩探头进了平房，里面几乎空荡荡的，摆着一张床、一个铁皮炉子，一张支着的桌子上堆着些锅碗瓢盆，不像店也不像个人家，倒像个打更的休息室。

小沈也走了进来，屋子里没人，热乎气倒十足。两人看屋子有后门，便推门出去，这才看明白，后院是好几个塑料布搭建的大棚子，里面种的全都是鲜花，原来这里是个花圃。再细看，有两个大棚子在使用，里面种满了鲜花，另外三个在改建，水泥、沙、石子堆了一堆。程松岩和小沈对看了一眼，朝最远端的那个大棚子走去，那里边有一群人在吵吵嚷嚷着什么。

程松岩和小沈推开大棚的门进去，像是钻进了一个春天，暖融融的。

里面四个男人正在讲话。一个穿着体面的男人在训另外三个，说："就这点活，干一个多月了，再弄不好，我这菜怎么种？还能赶上过年这茬吗？"

一个人回嘴说："你这花圃改菜地，本来就不太好改，那两边的墙都得重砌……"

训话的男人说："净他妈强调困难，就你这样的还说干过大工程呢。"说到这儿，他看见了程松岩和小沈，疑惑地问："二位是？"

程松岩打量了一下这四个人，没有一个身材和昨晚跑走的嫌疑人是相似的，于是亮出证件，说："我们是警察。"

男人听了这话，又一脸愤怒地看着三人："找你们仨谁的？净他妈惹事！"

小沈说："你别激动，没谁惹事，我们是来打听点事的。"

男人脸色缓和了一些，给程松岩和小沈递烟："打听啥事啊？"

程松岩指了指水泥、沙、石子和一旁搅拌好的混凝土，说："这些东西平时谁管啊？"

刚才挨骂的人指了指身旁的男的，说："我俩就是管干活的，除了干活啥也不管。"

程松岩看着剩下的那个男的，二十来岁，小矮个，兜兜齿，说："那就是你管了？"

那人说："是归我管，我除了干活还打更。"

"那最近一个月，你这水泥、沙、石子，还有这混凝土，有没有丢过？或者有谁在这儿买过？"程松岩问。

小矮个一蹦老高，说："肯定没有，我给老板打更，怎么可能偷着卖东西呢！我也敢拍着胸脯发誓，一件东西都没丢过！"

程松岩见他脸红脖子粗的，就点了点头说："你别激动，我们就是来问问，没有就好。"他说完，又对穿着体面的男人说了声"打扰了"，便带着小沈离开。

回到车里，小沈说："程队，就这么走了？"

"走个屁，坐车里等一会儿。"

"等啥啊？"

"你这小子怎么回事？有时挺机灵的，有时又笨了吧唧的，等啥？等人走！"

他正说着，便看到衣着体面的男人出来，开车走了。程松岩下车，小沈也跟了上去，两人进到平房里，就看到小矮个在往炉子里添煤，另外两人在大棚子里忙活着。

小矮个看到程松岩后一愣，说："大哥你咋又回来了？"

程松岩说："刚才你老板在，你肯定不敢说实话，我也没拆穿你，现在你说说吧，到底有没有人来拿过混凝土？"

小矮个又要拍着胸脯发誓，被程松岩拦住了，说："你想好了再说，这是个人命案子，你要是敢说谎，我直接把你带走。"

小矮个慌了，咽了咽口水，但还嘴硬，说："我刚才没说谎，我确实没卖过，也没丢过，那混凝土都是我白给他的。"

"谁？"程松岩问。

"一个男的，捡破烂的，有一天路过我这儿，看我这儿在施工，就问能不能给他半桶，他家里在铺地面，但家里太冷了，混凝土拌不出来。我出于好心，寻思也不是啥值钱东西，就给他了。"

"他就来要过一次吗？"

"要过好几次，昨天还来了呢。"

小沈插话："你就没觉得奇怪？铺个地面这么长时间都没铺完？"

"开始挺奇怪的，但后来他每次来，都给我带盒烟，我就不奇怪了。"

程松岩说："他来过这么多次，你应该记得他长什么样吧？"

"记得记得。"

程松岩让他描述一下。

小沈先让小矮个找来纸和笔，他学过画画，特别是人像素描，他通常能通过描述画出嫌疑人的长相。小沈说："你说吧，长什么样？"

"嗯，嗯，嗯……我说不出来。你要是给我张照片，让我认他，我能认出来，但让我说，不行。"

小沈说："那我问你答，他脸是圆的还是长的？"

"不圆也不长。"

"他眼睛是大还是小？"

"不大不小。"

"那鼻子呢？"

"不高不低。"

"嘴巴呢？"

"中不溜。"

"你逗我玩呢！你是不是找死？"

"我冤枉啊，我哪敢逗警察玩啊。"

"那你说说，他和谁长得像？"

小矮个想了半天："没和谁长得像。"

小沈抬脚想踹他，忍了忍："那他有啥特征吗？能让你记住的。"

小矮个就快哭出来了："两位大哥，别为难我了行吗？他就是可普通的一个人，扔大街上都认不出来的那种。这算吗？"

小沈说："算个屁！你这啥脑袋，啥事都记不住！"

"我小时候发高烧，脑子烧坏了，要不谁年纪轻轻干打更这活啊。"

小沈还要发火，程松岩拦住了他，然后在本子上给小矮个留下了自己的手机号码，说："那你以后想到了啥，或是他再来找你，你就想办法拖住他，然后给我打电话。"

"好的好的。"小矮个见程松岩和小沈要走，又急忙补充了句，"那你们千万不要把这事告诉我老板啊。"

"我们办的是命案，没空管你们这点小事。"小沈说。

"也是也是，那祝你们早点抓住坏人。"

程松岩和小沈回到刑警队，一到门前，便看到张桂琴坐在门前的台阶上，一动不动，像个冰雕，连他们回来都没发现。程松岩示意小沈先进去，留下他和张桂琴两个人，他脱下外套给张桂琴披上，她这才回过神来，一双通红的眼睛看着程松岩，叫了声"程队"，就说不出别的话来了。

程松岩看她手里抱着个书包，昨天还背在孩子身上，今天就是冰冷的遗物了，心里很不是滋味，但不知该如何安慰，也知道语言在此时是多么苍白，于是也只点了点头，然后说："你回家等信吧。"

"不敢回家，家里哪儿哪儿都是孩子的影子。"

"那你找个别的地方住一段时间，在这儿蹲着也不是办法啊，再冻出个好歹。"

"孩子没了，我活着也没劲了。"张桂琴眼睛一闭，眼泪就落了下来。

"你别说这话啊，这犯人还逍遥法外呢，你就不想看他被抓被枪毙吗？"

张桂琴咬着牙，恶狠狠地说："想，我想看他被枪子打烂！"

"那你就好好活着，我一定会让你看到他被绳之以法的。"程松岩说完，拍了拍她的肩膀，走进了刑警队大楼，但在转角处却停了下来，转过身偷偷看着外面。

他看到张桂琴在门前愣了一会儿，然后脱下他的外套，小心翼翼地叠好，放在了门前，接着挺了挺身子，走了。那挺了挺身子的动作，就是活下去的希望，程松岩这些年见被害者家属见得太多，于是也太明白，在悬崖边上的求生里，恨意比爱意更有力量。

看着张桂琴走远，程松岩些微松了口气，然后小跑着上了二楼，在技术科找到许丽，问："犯罪嫌疑人的毛发和皮屑提取出 DNA 了吗？"

"刚提取出来。"许丽说，随即面露为难，"可是拿去和谁比对呢？咱们的 DNA 数据库刚开始建，里面的那几十个数据都比对了，对不上，总不能把全市所有体貌差不多的男人都对一遍吧？"

程松岩眉头紧皱，说："这个确实难办，再说他还住在别人的拆迁房里，是不是本地人都不知道。"

许丽说："那咋整？"

程松岩说："先去找那些有强奸前科的人，把他们挨个对一遍。"

许丽领命离开了，程松岩也出了技术科，在走廊的窗边抽烟。

窗外的雪早就停了，可天还阴晦着，冬天的黄昏来得早，在此刻悄悄地降临。他恍惚回到了多年前的某个日子，那时是夏天，自己还不是队长，城里发生了连环杀人案，他领命追查，却统统徒劳的一个黄昏，景色也跟这眼前一样，在阴晦的天际，突然裂开了一条缝隙，有窄窄的但锐利的光，透了出来。

程松岩正陷入往事，手机的铃声把他唤回神来，是个陌生的号码，他接听，那头问："请问是程警官吗？"

"我是，你是哪位？"

"咱俩下午刚见过，我是给花圃打更的那个人。"

"哦，你想起什么来了？"

"想起来一点小事，但也不知道算不算得上线索。"

"你快说。"

"我记得那个男人说话有点口音，说其他的话倒也都是咱东北话，但就是说二的时候不说二，说成 ler。"

"ler？"

"对，就是 ler。这算线索吗？"

"就这些？"

"就这些。"

"行，也算线索，谢谢你，你要是再想起啥再给我打电话。"

挂了电话，程松岩反复念叨着 ler、ler，总觉得这口音在哪儿听过，然后猛地想起差不多十年前，自己抓过的一个犯人，就是这口音。可事情过了这么久，他吃不准，但能记住当年是和老孙一起去抓的人，便去找老孙。他和老孙一学，老孙说自己也记得有这么一个人，年纪不大，好像是把一个小姑娘给睡了。

程松岩急忙跑到档案室查资料，然后一个人豁然映现眼前：王相佑，1996 年因强奸未成年人被捕，被判刑十年，在两个月前，刚刚出狱。

程松岩召回许丽，带着她火速前往城郊王相佑的父母家，提取了其母亲的 DNA，带回刑警队比对。

程松岩在技术科蹲了一宿，趴在桌子上睡着了，清晨的浓雾透过没关严实的门飘进来时，许丽拿着报告把程松岩摇晃醒，说："程队程队，结果出来了。"

程松岩迷迷糊糊地接过报告，看着上面的比对结果，相似率为 99.95%。他透过门望出去，大雾弥漫，似奶白色的液体在流淌。但等风一吹，雾散尽，天也就该晴了。

2021 年的天，也放晴了。

北方的冬天虽然寒冷，但因有暖气，屋子里倒是比南方暖和得多。丁唯珺这一夜睡得安稳，直到被窗外的噪声吵醒，才发现都八点多了。她下床拉开窗帘，雪已经停了，下得有到小腿那么厚，铲雪车正轰隆隆地清理着街道上的雪，家家门前也都有人拿着铁锹和扫把清扫，一整条街道因为清雪热闹了起来。

丁唯珺的心情也被感染得好了很多，快速洗漱了一番，又稍微打扮了一下，宫浩就来了电话，说在楼下等她。

她下了楼，看到车子停在门前，宫浩正拿着扫把，教女服务员扫雪："你得横着往外划拉，你这竖着往里划拉，那不都划拉到脚面上了吗？"

女服务员说："那横着划拉，我也划拉不动啊，这扫把都快比我高了。"

"你个子是挺矮的，要不你把扫把截一段，或者你穿个高跟鞋扫也行。"

"上一边去，不用你帮忙了，我自个儿慢慢扫。"

丁唯珺看着想笑，走近了说："宫大警官，为人民服务呢？"

"是啊，今天专门为你这个人民服务。"宫浩说着上下打量丁唯珺，"你今天看起来挺带劲啊，脸色也好多了，吃早饭了吗？"

"睡了个好觉，起晚了，没事，不用吃了，我一般都不吃早饭的。"

"这习惯挺好，省钱。那咱们上车走吧。"

丁唯珺一拉开车门就看到副驾上放着几个包子和一杯热牛奶。丁唯珺笑了，心想又来这套。宫浩上了驾驶位，车子开走，看到丁唯珺要打开包子，赶紧说："不许吃啊，这是给豆豆买的。"

"豆豆是谁啊？你女朋友啊？"

"不是，一条退役警犬，我养在刑警队后院了。"

"你还挺爱小动物的。"

"刑警这工作干多了，就发现人有时真不如狗。"

"听你这口气，办了不少大案子啊？"

宫浩自得："那当然，我在刑警队的外号你知道是什么吗？"

"什么？"

"小福尔摩斯。"

"有多小？"丁唯珺说完一愣，急忙解释，"我的意思是，你是多大的时候得到这个称号的？"

"我以为你要和我换位置，自己开车呢。"宫浩嗤笑一声，然后顿了顿说，"其实还真挺小，十二岁。"

"怎么得的称号啊？"

宫浩卖关子："你别急，以后会告诉你，到时你肯定会嗷嗷惊讶。"

丁唯珺翻了个白眼："不用了，我现在就挺惊讶的，当年的小福尔摩斯，现在干起了刑警队里最不受待见的接待工作，你是怎么了？伤仲永了？"

宫浩急了："你说话咋这么难听呢？领导是看我能说会道才让我接待你的。等把你送走，我就接着办大案子去了。"

"你上一个办的大案子是啥？"

"说出来吓死你，一百连环特大盗窃案。就今年夏天的事，第一百货连续五家摊位被盗窃，我蹲了三天，就把案子破了。"

"听起来还像那么回事，那我收回我刚才的话。"

"光收回就完了？你得向我道歉。"

"好，对不起，宫警官。"

"别警官警官地叫着，听着别扭，以后叫宫哥吧。"

"其实还有个更亲切的叫法，宫宫。"丁唯珺说。

"还有个更更亲切的，老宫宫。"宫浩说完，丁唯珺又翻了个白眼。

车子到了刑警队，宫浩拎着包子和牛奶，带着丁唯珺先去了后院，可转了一圈，也没看到警犬。宫浩说："可能是被带走接受采访去了，那是条功勋警犬。"

丁唯珺纳闷："狗还能接受采访？"

"这有啥惊讶的，这不是更说明你们记者有本事吗？狗汪汪两声，你们都能写出千八百字的报道来。"宫浩说着把包子和牛奶递给丁唯珺，"豆豆不在，那便宜你了。"

丁唯珺倒是真饿了，也不和狗争先来后到，接过去说："谢谢豆豆了。"然后一路跟着宫浩去了档案室。

档案室的阿姨在打扫卫生，看到宫浩就说："小福尔摩斯来啦。"

宫浩看了看边走边吃包子的丁唯珺，说："小福尔摩斯今天还给你带来个大嘴巴记者。"

丁唯珺瞪了宫浩一眼，急忙把包子收起来。档案室的阿姨见了说："没事，吃吧吃吧，昨天宫浩和我打过招呼了，说你要来查资料，没事，咱这小地方规矩没那么多，你边吃边看。"

阿姨把丁唯珺带到一张书桌旁，上面已经摆了一个档案盒，说："你就是来看这个的吧？杀了好几个小孩那个案子。"

丁唯珺看着档案盒上的字，101特大杀人案，有点不敢翻开。

宫浩说："你先看着吧，我出去找找豆豆。"然后背着手，吹着口哨走了。

丁唯珺坐下，看了看包子，没再吃，倒是把牛奶打开喝了一口。

阿姨在一旁拖地，说："宫浩又给你讲豆豆的事情了？"

"是的，怎么啦？"

阿姨笑着说："哪有什么豆豆啊，他是逗你玩呢。"

丁唯珺蒙了："啊？"

"他是不是还说什么人不如狗之类的话，最后喂狗的包子给了你，这是变着法儿地埋汰你呢。"

丁唯珺气得牙痒痒，阿姨却笑得更开心了，说："你也别生气，他就那样，挺大个小子没正形，他这么逗过挺多人了，就连我来这儿时都被逗过。"

丁唯珺把牛奶往旁边用力一放，说："就他这样的还能当刑警，还能破案？阿姨，那个什么一百连环盗窃案，真是他破的？"

阿姨说："是，这人不可貌相，他破案真有两下子。那个一百连环盗窃案，邪乎得很，一连五家摊位都丢了东西，最后宫浩硬是把人给抓住了。你猜盗贼是谁？"

丁唯珺被吸引了，说："是谁？"

"是一个老头子！你说谁能想到啊，贼竟然是一个老头子。"

丁唯珺疑惑："贼怎么就不能是老头子啊？"

阿姨一拍手，说："丢的是丝袜，谁能想到是一个老头子偷丝袜啊！哎呀妈呀，啧啧啧，这个世界真是无奇不有……"

丁唯珺彻底无语，想着宫浩一早上就逗了自己这么一大圈，越想越气，她站起身，说："阿姨，这里哪儿能抽烟？"

"走廊里有抽烟的地方。"

丁唯珺起身来到走廊，烟还没点着，就看到不远处会议室的门虚掩着，里面一群刑警在开会。

她悄悄靠过去，贴在门边，目光透过门缝扫过每一张刑警的脸，她想要找到一张曾经熟悉的。正看得出神，有人在身后拍了拍她的肩膀，她回头一看是宫浩。宫浩说："你不在档案室查资料，在这儿偷摸瞅啥呢？"

丁唯珺脸冷下来："与你无关。"

"你不会是特务吧？假装来采访，其实是探听别的消息。"

"你的想象力真丰富，还特别爱夸张，丢了几条丝袜就能说成是特大盗窃案，我猜那金额怎么也得有一百多块钱吧？"

"这阿姨嘴真松，啥都往外倒。"宫浩被拆穿，也不恼火，又说，"其实金额有两百多块钱，有一条黑色网袜比较贵。"

"我懒得和你贫嘴。"丁唯珺走到窗边，掏出根烟点着。

宫浩也跟了过去，伸手要拿丁唯珺的烟，丁唯珺收进口袋里不给他，他说："瞅你这小气样，我是正好抽完了，鞍前马后伺候你，借我根烟还不行吗？"

丁唯珺瞅了瞅他，还是抽出根烟递给他。宫浩点着，抽了一口，看着窗外，突然面色深沉，说："你知道我为什么叫小福尔摩斯吗？"

"不想知道。"

宫浩假装没听见，接着说："你要采访的这个案子，就是因为我才抓到的犯人。"

丁唯珺愣住，侧过头看宫浩，这回他一点都不像是在说谎，那消瘦的侧脸，在透过玻璃的光线下，有了些棱角分明的光影。

丁唯珺的目光里，也多了些岁月的深邃，如果仔细凝望的话，还能在里面洞察出些久远的柔情。这一刻，她有些抑制不住地红了眼眶。

第三章

2007 年。

清晨的大雾还没散尽，程松岩就带着小沈再次来到王相佑家，上次来得匆忙，没细打量，这次一看，才发现这筒子楼已破败不堪，外墙因邻居家着过火，被熏得一大片漆黑。屋子里，墙皮掉了一大片，窗户外面糊了层塑料布，可还有小风往里灌。炉子烧的暖气，也不太热乎，王相佑母亲盖着床棉被，窝在炕上，时不时地咳嗽一阵。

程松岩询问她："王相佑这几天回来过没有？"

王相佑母亲满脸疑惑，小心翼翼地说："咋啦，他又犯事了？"

程松岩想起昨天来采血，怕打草惊蛇，只说了是采集居民信息。现在不能再瞒了，他点了点头。

王相佑母亲声音颤抖，说："啥事啊？"

"还在调查中，希望您能配合。"

"你们是不是找错人了？我家孩子刚放出来两个多月，不会再犯事的。"

"您好好配合我们的调查，没准就能帮您儿子洗清嫌疑。"

"好好，我一定配合调查。"她从炕上爬起来，"我给二位倒点水。"

小沈说："不麻烦了，您就快点告诉我们，王相佑这几天回来过吗？"

"上星期回来过，要了五百块钱，就走了。"

程松岩问："他有手机吗？"

王相佑母亲摇了摇头："没有。"

"那您知道他不在家里时住哪儿吗？"

"他刚出来时，找了个工作，当保安，那地方供吃供住。干了半个来月，不干了，说人家总欺负他。之后就说要自己出去租房子住，我不同意，说'你爸早早地就走了，你弟弟跑去南方了，说是做生意，也一走好几年都没个信，现在就剩咱娘俩相依为命了'。他死活不同意，又哭又闹的，挺大个人了，像个小孩似的在地上打滚。我就给了他点钱，后来住哪儿了他也没告诉我。"

"那前几天他回来，又要钱，有说干啥用吗？"

"还能干啥，吃饭呗，整天啥也不干。唉，可能也是在里面待久了，乍一出来不适应吧，想想我这儿子也挺可怜的……"她说着眼泪就掉了下来。

小沈看不惯王相佑母亲这一出，说："他有什么可怜的？当年强奸，现在一出来又犯罪，我看就是你没教育好！"

"对，对，都是我的错，都是我没教育好孩子，我该死……"

程松岩瞪了小沈一眼，然后接着问："您刚才说王相佑当过半个月保安，是在哪儿啊？"

"是在煤电公司……"话没说利索，她又猛烈地咳嗽起来。

程松岩看她咳嗽得厉害，就问："阿姨，您这咳嗽是老毛病了吧？"

"啥老毛病啊，都是干活落下的病根子。我以前在煤矿干下井的活，时间长了，这肺就出毛病了，干活使不上劲。老板还行，人好，把我辞退了，还给了我点钱。"

程松岩瞅着老太太也挺可怜的，心里挺不是滋味，便点了点头说："那您好好在家歇着，王相佑要是回来了，或是联系您了，您就给我打电话。"

程松岩留下自己的电话号码，和小沈走了。

出了门，小沈说："就这么走了？这老太太的话能信吗？"

"话倒是可信，但也得派两个人在这儿盯着。"

"是，这老太太瞅着就是会帮着儿子逃命的人。"

"当妈的应该都这样吧，所以劝自己孩子自首的才能被称作深明大义。"

"这话有道理。"

"行，那你先在这儿蹲着吧，等叫来了人再换班。"程松岩说完，自己开车要走。

"去哪儿？"小沈问。

"去煤电公司。"

煤电公司在城西，程松岩去过，张桂琴的弟弟张桂斌就是在那儿当保安。程松岩赶到那里，却得知张桂斌今天休假。他和保安科科长打听王相佑，科长说确实有这么个人，但试用期没过就被开除了。

程松岩问："那保安科里，有谁和他比较熟吗？"

科长想了想说："好像见他和张桂斌唠嗑比较多。"

程松岩离开煤电公司，给张桂琴打电话。

张桂琴接起来，第一句就是："凶手抓到了？"

"没有，但是有线索了，你弟弟家在哪儿？你能带我去找他吗？"

张桂琴紧张了起来："你怀疑我弟弟是凶手？不可能，他再浑蛋也不可能杀自己亲外甥女。"

"你弟弟不是凶手，但他可能和凶手认识。"

张桂琴愣了一下，说："好的，你在哪儿？我去找你。"

"我开着车呢，你在哪儿，我去接你。"

程松岩接上张桂琴，把前因后果简单讲了讲。张桂琴也把弟弟的情况说了说，说他爱耍钱，前几年因为耍钱被抓进去一回，花了钱才捞出来的；三十来岁了没结婚，也没有女的能看上他那样的，就连保安这个工作也是托人才送过去的，勉强能弄个温饱吧；他们爸妈去世后，本来有个老房子，被他折腾卖了，钱输光了，现在自己在外面租了个房子住，一群狐朋狗友经常往那儿跑，也都是烂蒜的，没啥正经人。

两人说着到了一个厂子大院，这里原来是机械厂，后来厂子黄了，宿舍楼就变成一个个单间，用来出租了。张桂琴走在前面，程松岩跟在后面，沿着外挂的铁楼梯，上了二楼，在往里数第三间门前，张桂琴停下了脚步，说："就是这儿。"

程松岩让她敲门，张桂琴就敲了敲，说："桂斌啊，你在家吗？程队长找你有事。"屋子里传来一通丁零当啷，楼后面还传来高空坠物的声音。程松岩一看不好，一脚把门踹开，只见张桂斌和几个男人正在把东西往柜子里塞，几张牌九掉在了地上。

程松岩走到窗口，往外看，有个男的坐在地上，捂着脚脖子一脸扭曲，刚才的声音应该就是他从楼上跳了下去。程松岩嗤笑一声，说："就这么往下跳，再高点命都不要了？没事，我不是来抓赌的。"

这话一出，屋里屋外都有了反应，楼下的男人说："妈呀，吓死我了，不早说，这楼白跳了。"屋里的人也都松了口气，说："整得这吓唬人劲。"

张桂斌一肚子怒火冲张桂琴发："姐，你领他来干啥啊？早不来晚不来，我正起点子，刚往回捞钱，现在全给搅和黄了。"

张桂琴忍着火说："你耍钱的事先放一边，程队找你有大事。"

"找我能有啥大事？我犯的最大的事，顶多就是犯赌。"

程松岩亮出王相佑的照片，说："这人你认识吧？和你一起干过半个月的保安。"

"认识啊，咋啦？"

"他最近和你有联系吗？"

张桂斌想了想说："他犯事啦？"

"我问你啥你就回答啥。"

"你这是在我这儿找线索呢？"

"希望你配合我们的工作。"

"行啊，当然配合，但给你们警察提供线索不都有奖赏吗？能先给我点吗？我今天的局也算没被你们白搅和……"

张桂斌话还没说完，张桂琴一个大嘴巴就抽了上去，接着劈头盖脸地打他，说："你知不知道，这个人杀了你外甥女，这时候了你还就知道要钱，你还是不是人啊！"

张桂斌被打蒙了，但很快缓了过来，一把抓住张桂琴的手，说："什么？是他杀的？真的假的？"

不待张桂琴回答，一个赌友抬腿就踹了张桂斌一脚，说："哎呀妈呀，我都看不下去了，知道啥就痛快说呗！我以为我偷孩子学费出来耍钱就够浑蛋了，没想到你比我还不是人。"

张桂斌说："上一边去，有你啥事！"

那人摔门走了，临走还骂骂咧咧的："气死我了，我再也不来找你玩了。"

程松岩拉了张桂斌一把，说："你现在能说了吗？"

"说，说！有啥不能说的，我和这个王相佑，其实也不算太熟，就是在一起喝过两顿酒，可他喝酒也不太爱说话，可蔫巴了。我看他好像也会玩点牌九，就想着圈拢圈拢他，赢他点钱，可他也不玩，没劲透了。"

"你俩就这点交情？"

"是啊，就这点交情。"

"你也是瞎了眼珠子，竟然和杀人犯喝酒。"张桂琴说着又要上去打他。

"那谁能想到啊，他那么闷的一个人，竟然是个杀人犯……"

程松岩问："那你知道他住哪儿吗？"

"我打听人家住哪儿干啥啊？我又不想去他家串门，再说我们要钱的人，就认钱，有时连脸都不认。"

"你再仔细想想，有没有其他有用的线索。"

"要是提前知道他是杀人犯，我还能留点心。关键是不知道啊，他就一个男的，我对他也提不起啥兴趣，就没多打听……"

另一个还没走的赌徒说："你这么一说，我倒是想起点事情来。就上次你和他喝酒，我也在，我还嫌乎菜不好，就整了点干豆腐卷大葱和花生米。"

程松岩说："你也别废话，快说正经的。"

那个人接着说："我记得他好像讲起柳树街那儿有个开锁配钥匙的，老厉害了，不用钥匙，就能把钥匙配出来。"

张桂斌说："这也叫线索？能有啥用？就你还想在警察面前逞个能？"

程松岩却不说话，想了想，和那个男的说："这确实是一个线索，下回你要是再被抓到赌博，我少罚你点钱。"

张桂斌说："那我呢？我也得是同样待遇吧？"

"你另说。"程松岩说完带着张桂琴离开了。

去柳树街，程松岩没让张桂琴再陪着。他要把张桂琴送回家，张桂琴却要在最近的公交车站下车，她说："程队，你赶紧去找线索吧，我就不耽误你的时间了。"

程松岩看着她，几天时间她头发白了一大片，可也说不出什么安慰的话，只说："好的，相信我，一定能抓到凶手的。"

张桂琴说："我信你。"

车子到了公交车站，程松岩看着张桂琴下了车，临关门，还是补了一句："照顾好自己。"

这突来的温情，让张桂琴红了眼眶，她没敢回头，背着身子点了点头，就走进了一天一地的寒风里。

程松岩给小沈打电话，两人在柳树街会合，然后一起去找那家开锁配钥匙的小店。柳树街不长，更像个小巷子，两边都是些小店，灯火也并不明亮。

两人找到开锁配钥匙的店时，天刚擦黑，可店却关了灯落了锁。门前也没有啥联系方式。小沈看了看四周其他店面，都还开着，就纳闷，不年不节的，这人怎么关店这么早？

程松岩走进隔壁的擦鞋店，问："老板在吗？"

蹲在地上给人擦鞋的中年女人搭话了："擦鞋啊？等会儿，还差半只脚了。"

"我不擦鞋，我想和你打听个事，就是隔壁配钥匙的老板，怎么关门这么早啊？"

中年女人抬头看了看墙上的日历，说："正常，今天是周末。"

"周末咋啦？有啥讲究吗？"

"没啥讲究，他就是活得潇洒，每到周末就早早关门去歌舞厅了。"

"你知道他去哪个歌舞厅了吗？"

"有个叫水晶宫的，你知道不？"

"这个我真没听说过。"

小沈在一旁说："我知道，一个小歌舞厅，就在前面不远。"

两人离开擦鞋店，往歌舞厅赶去，路上程松岩问小沈："这个舞厅你是不是平时下班总去啊？"

"哎呀妈呀，给我钱我都不去，现在年轻人都去 KTV，谁还去那地方啊！"

"那你咋知道的？"

"今年我妈过生日，陪她去怀旧过一回，我妈年轻时和厂子里的姐们儿下班了总去那儿跳跳舞，四步快三啥的。那个舞厅这些年也没重新装修过，还是老水泥地面呢。"

"那还真挺老的，我也挺多年没去过这种地方了。"

两人说着到了歌舞厅，门脸贼小，还是个半地下室。沿着楼梯走下去，掀开个棉布门帘子，就进入了歌舞厅。确实如小沈所说，这歌舞厅又老又旧的，四周靠墙摆着皮革卡座，昏暗的灯光下，几个看不清脸的人坐在里面，传来细细碎碎的说笑声。中间一大块空地，就是舞池，头顶的球形灯缓慢地旋转着。舞曲从角落的音响里传出来，刺刺啦啦的，都是年代的回响。

舞池里，只有一个衣服破旧、头发凌乱的中年男人在跳舞，他一只胳膊架着，另一只胳膊半环在空中，瘸着一条腿，一跛一跛地跟着节奏跳动着，像是跳了个寂寞，却周身散发着优雅。

程松岩用胳膊碰了碰小沈，说："他咋一个人跳舞呢？"

"我哪知道，可能是找不着舞伴吧？"

这时，一个老板娘模样的中年女人走了过来，说："两位兄弟，来跳舞啊？别在这儿站着了，找个卡座坐一会儿吧，你别看现在人少，一会儿就该上人了。"

程松岩说："我们是警察，来找人的。"

女人脸色一变。

"你别怕，我和你打听个人，柳树街有个开锁配钥匙的人，每个周末都来这里跳舞。"程松岩指了指舞池里的男人，问，"那个人是他吗？"

女人说："是，就是他。咋啦？他犯事啦？"

程松岩说："没有，就是想和他打听点事。"

小沈问："他咋一个人跳舞呢？"

"以前我也奇怪，以为是瘸子找不着舞伴呢，还主动给他拉过来几个人，结果人家都不要。后来听说好像是他年轻时总和他媳妇跳舞，后来媳妇死了，就剩他一个人了，他就自个儿跳了。"

"还是个挺深情的人。"小沈说着就要上前去找他。

程松岩拉住了小沈："再等一会儿吧，让他跳完这一曲。"

两人便站在原地，看着那男人在舞池里一瘸一拐地转着圈圈，看着看着，两人都看得忧愁了，各点了一根烟。

抽完那根烟，男人的舞也跳完了，程松岩走过去亮出身份，男人很警惕。

程松岩说："别紧张，我就是来和你打听个人。"

男人问："谁？"

程松岩亮出王相佑的照片。

男人把程松岩和小沈带回了自己的店里，从抽屉里翻出一个本子，说每个来配钥匙的，他都做了记录。本子打开，里面密密麻麻一片，他手指头按着往下数，说找到了。程松岩接过本子，看上面写着，12 月 3 日和 1 月 2 日，名字用了化名——王百里，后面写了锁头的型号。

小沈说："你确定是他？"

男人说："确定，就这几天不能记错。"

"这家伙胆儿挺肥啊，咱们那天晚上没抓住他，他隔天就敢露头。"

程松岩问男人："你还记得他来时都说了啥吗？"

男人想了想说："头一次来时没太在意，就记得他问我能不能开锁，说自己家的钥匙丢了。我说能，他说要带我去，我一听地方是个大郊区，我腿脚不利索，就懒得动。开个锁赚个十块八块的，不值当。他说那不去家里咋开，我就说把锁头的型号给我就能配把钥匙。他不信，说我吹牛，我被杠住了，反倒跟着他去了他家。他家是个大铁门，我到那儿看了看锁头，然后现场配了把钥匙出来，直接把门打开了。他都看傻眼了，也服了，还多给了我三十块钱。"

程松岩说："他家是不是在城西起点巷那边？"

"对对对，是一片要拆迁的房子。"

程松岩和小沈对看了一眼，对上了。

小沈说："你给人开锁都不核对一下是不是他自己家吗？"

"我咋核对？管人家要户口本和房产证啊？人家凭什么给我看？我整天事事的，还怎么做生意？"

"那万一是小偷怎么办？你这不成帮凶了吗？"

"你这小警察净开玩笑，连开锁都不会，还当什么小偷啊？"

小沈被噎得没话说，程松岩接过话去，说："那他1月2日来配了哪里的钥匙？"

"他这次来有点古怪，和我一样，瘸了一条腿，我问他咋整的，他说是摔的，就不想多说了。我问他要配什么钥匙，他说火车车厢门的钥匙。我就纳闷了，配这钥匙干吗？他不说，就问我能不能配，我不喜欢别人质疑我的能力，就说开玩笑，当然能。这次他没有再把我拉走，而是拿了个照片给我，照片上就是个火车车厢的锁孔，车厢的这种钥匙我配得不多，就给他多配了几个，让他挨个试试。他拿着钥匙走了，这回给了我一百块钱，之后也没再回来找我，应该是把锁打开了。"

程松岩问："照片你留下了吗？"

"他带走了。"

程松岩又问："那钥匙你还有吗？"

"你要是要的话，我把给他的再给你配一下。"

"那你配吧。"

男人动起手来，程松岩和小沈在一旁看着，心里却都在琢磨：王相佑配火车车厢的钥匙，他要干吗？无论是逃走还是藏身，上火车都不需要配钥匙啊。

两人一时琢磨不出头绪，男人配钥匙倒是配得快，只一会儿工夫，四把差不多的钥匙交给了程松岩。程松岩揣进口袋里，留下个电话号码，让他有情况随时联系自己。

男人看着电话号码，问："警察同志，这个人犯的事大吗？"

程松岩笑了笑，没说大也没说小。

男人说："那看来事挺大的。"

程松岩说："你别瞎猜了，照常开店过日子吧。"

男人点了点头，然后程松岩带着小沈离开了。

离开配钥匙的店，程松岩才想起来，又是一天没吃东西。他要带着小沈去吃饺子，小沈说："我中午就吃的饺子，吃不动了。"

"你还挺挑，那你想吃啥？"

"撸串。"

"那你自己撸去吧。"

"我自己吃多无聊啊，你陪陪我呗。"

"你胆儿挺肥啊，让我一个刑警队队长给你作陪。"

小沈嘿嘿一笑："反正都要吃饭嘛。"

程松岩看了看天，黑黢黢的，说："算了，线索暂时也查到头了，今晚就这样吧。"

"好嘞，那正好咱俩喝两杯。"

"我给你个建议，你找许丽喝，她好像还是单身。"

"和女人喝酒没意思。"

程松岩无奈地摇了摇头，不搭理他，径自上车要离开。

小沈在身后喊："哎！程队，你去哪儿啊？"

"回家！"程松岩一脚油门踩下去，车子就消失在路灯和夜色里。

程松岩站在姐姐家门前，敲了敲门，门打开，姐姐手里还拿着假发在练剪头发。姐姐说："这几天忙坏了吧？抓没抓到人啊？"

程松岩一边脱鞋一边摇了摇头。

"也真是的，一开年咋闹出这么吓人的事，弄得人心惶惶。"

"你可要看好两个孩子啊！"

"我看得死死的，这几天我都不想让他俩去上学了，这学校也是，眼看要放寒假了，就提前放了得了，考试有啥用，又不是考大学。"

"瞅你这话说的，要是出点事就放假，那学校就别办了呗。"

"哎，那个张桂琴，人现在咋样了？"

"能咋样，天塌了呗。"

"要说她也够可怜的，前两年刚离了婚，现在孩子又死了。唉，你说她是不是冲到啥了？要不要带她去找人算算？"

"行，那你正好帮我算算凶手藏哪儿去了。"

程松岩说着来到客厅，看孩子不在，就来到了宫浩的房间门前，门开着，可可看到他扑了过来，说："爸爸，你可算回来了，咱俩啥时候回家啊？"

姐姐靠过来说："看吧，在我家再好吃好喝的也待不住。"

程松岩抱了抱女儿，说："今天晚上就回去。"

姐姐说："都这么晚了，折腾啥啊，都在这儿睡吧。"

可可说："不，我想回家。"

"行，那等你爸吃完饭就带你回去。"姐姐又冲程松岩说，"你是不是没吃饭呢？我给你煮饺子去。"

姐姐说着去了厨房，程松岩看一直不说话的宫浩正在看漫画，就拿过来瞅了瞅，是《名侦探柯南》，就问他："你对这个感兴趣啊？那长大以后可以当警察了。"

宫浩说："我妈说不能当警察，起早贪黑没日没夜的，还赚不着钱。"

程松岩想了想说："你妈说得也对。"

可可说："大姑夫说大姑钻钱眼里去了。"

程松岩笑了笑说："你和浩浩哥哥先玩。"然后去了厨房，看姐姐在烧水、剥蒜，他撸起袖子帮忙。

姐姐说："不用你，你去沙发上坐着看电视吧。"

程松岩没离开，问："姐夫呢？"

"你没听见呼噜声吗？在屋里睡觉呢。"

"这么早就睡觉啊？"

"下午陪客户喝多了，一回来拱那儿就睡了，跟个死猪似的。"

"姐夫这生意谈得咋样啊？"

"不咋样，天天陪喝酒，也陪不出个名堂来，要我说啊，他就不是那套号的。他那人嘴太笨，人还实在，和人喝酒也不会说个场面话，就知道闷头喝，喝完了也不知道安排人去洗个澡唱个歌，就这样的，谁和他做生意啊！"

程松岩笑了，说："姐夫要真是天天去洗澡唱歌，你真能放心？不怕他在外面乱搞？"

"他要是真有那能耐，我也认了，一把年纪了，我也不在乎那些了，我现在只认钱。"

水开了，姐姐把饺子下锅，程松岩也剥完了蒜，回到客厅打开电视等着。电视里正在放电影，赵本山和董洁演的，赵本山和一个胖老娘们儿相亲，挺好笑的。

姐姐把饺子端了过来，程松岩吃了一口，挺烫的。姐姐说："你慢点吃。"

"有酒吗？我想喝两口。"

姐姐去拿，回来带了个杯子，给程松岩倒上，然后小声说："你看没看到，可可的嘴唇又有点发紫了，这个手术还得赶紧做。"

程松岩喝了口酒，辣得咧了咧嘴，说："我知道，可房子还是没人来看。"

"你这年前肯定不好卖，哎，你没问问，可可姥姥姥爷那头，能不能挤出点钱来？"

"他们也没钱，两人的生活都是靠可可她老姨照顾着，可可姥姥有风湿病，姥爷现在有点老年痴呆的前兆，前几个月可可过生日，他们给拿了五百块钱，那都是硬凑的，有一百多都是五块十块的零钱。"

姐姐叹了口气，又给自己拿了个杯子，陪着程松岩喝了两口。

程松岩一边吃，一边心里琢磨着事，时不时看两眼电视，电视里正演到赵本山的徒弟小傅给他出主意，让他把厂子里的旧车厢改造成情人旅馆。看着看着，程松岩突然想到了什么，然后把筷子一放，说："姐，我得出去一趟。"

"咋啦？一惊一乍的，电话也没响啊！"

"回头再和你说。"程松岩接着冲宫浩房间喊，"可可，爸爸明天再来接你！"然后不待有回应，便穿上鞋子跑了出去。

程松岩去烧烤店，把小沈逮了出来，一同逮到的，还有许丽。小沈还真把她叫出来了，两人点的东西刚上齐，要的啤酒还没打开，小沈觉得太可惜了。程松岩说："跟我走，抓到人请你吃大餐。"

许丽也要跟着，还没等程松岩说话，小沈就先说了："抓人这事你就别跟着了，大黑天的东跑西窜，拖后腿。"

许丽说："上次拖后腿的也不知道是谁？冰碴子没少喝吧？"

程松岩说："你俩别斗嘴了，许丽，你回队里等消息，随时待命，小沈跟我走。"

小沈冲许丽做了个嘚瑟的表情，就上了程松岩的车子，这才闻到程松岩身上有酒味，说："程队，要不换我来开车吧。"

"就喝了两小口，不碍事。"

车子一路朝东边开去，东边曾经是林场，前些年砍伐过度，近两年便休养生息了，把一大片林子围成了森林公园，当年拉运木材的小火车，也被拖到里面，变成了一个景点摆设，程松岩要去的就是那里。

小沈听程松岩说是看电影时想到的这条线索，直冲他竖大拇指，说："程队牛啊，这脑瓜子里面的东西，分我一小疙瘩，就够我用半辈子的了。"

"行了，别拍马屁了。"

"我说的都是真心话，我刚才和许丽吃饭，还说整个刑警队我最佩服的人就是你呢。许丽也说你是个好男人，一个人带孩子，还从来不耽误工作。"

"行了，你俩一唱一和，演二人转呢？"

小沈嘿嘿一笑，给程松岩点了根烟。程松岩接过去，抽了一口，又把话茬接了回来，说："我能算啥好男人啊，是，从来不耽误工作，可就是亏待了孩子。"

"程队，可可的病好些了吗？还需要做手术吗？"

程松岩点了点头："要做，正凑钱呢。"

"程队，我有三千多块钱的存款，你拿去用，我这几年也没攒钱的习惯，赚多少花多少……"

"你的心意我领了，你以后又要谈恋爱又要结婚，花钱的地方多着呢。"

小沈还要坚持，车子就开进了森林公园，程松岩把车停在了一条隐秘的小路上，然后下车，示意小沈别再说话，然后带着他徒步往里走。

夜里，林子里漆黑又寂静，两人的脚踩在雪地上，咯吱咯吱声就是最大的声响，偶尔有几只不用飞去南方的鸟，扑棱着翅膀，才算是有了点杂音。两人走得小心翼翼，越靠近小火车脚步越轻，远远地已经能影影绰绰看到小火车了，可车窗仍旧漆黑，没有一丁点光亮。

程松岩掏出手枪，子弹上膛，小沈也跟着做，另一只手已掏出手电，缓缓朝小火车逼近。两人来到小火车旁边，程松岩对准车窗玻璃，猛地打开手电，光照进车厢，照到了地上的一床破被褥，还有一个可移动的便捷小炉子，剩下就啥也没有了。

程松岩绕到车门处，掏出那四把配好的钥匙，一把一把地插进去试，插到第三把，一旋转，门开了。程松岩和小沈对看一眼，虽然屋子里没有人，但看来是找对地方了。

两人在车厢里绕了一圈，没有其他的发现。程松岩摸了摸那小炉子，还热乎着，他说："人应该刚走没多久。"

小沈问："这大晚上的能去哪儿呢？"

程松岩看着叠得板正的被子，说："应该不是匆忙离开的，不管去哪儿，都会再回来。"

"明白了，咱们来个守株待兔。"

程松岩点了点头，然后把门关上，熄灭了手电，靠着车厢壁坐下来。小沈坐在另一侧，两人一时都没有再说话，把感官交给黑夜，慢慢就适应了这漆黑，也能透过窗子看见星光了。听觉渐渐灵透，除了近处彼此的呼吸声，那远方寒风微弱的呼啸声和被雪压断的枝条发出的咔嚓声，都成了这暗夜里的奏鸣曲。

两人就那么干坐了一会儿，不动弹，寒气就逼了上来。

小沈哈了哈冻僵的手，小声说："这么冷，怎么住人啊？"

程松岩也压低声音回答："都逃命了，冻不死就行呗。"

"也是。"小沈想了想又说，"程队，你说这人为什么要杀人啊？"

"为了名为了利为了爱为了仇，为啥都能杀人。"

"那都杀人了，为啥还怕死啊？"

"人要是不怕死的话，活着也没啥劲了。"

小沈咂摸了咂摸这句话，说："那程队，你怕死吗？"

"当然怕，不过以前不怕，刚当上警察那阵子，好像被洗了脑似的，觉得抓坏人可光荣了，牺牲了也是光荣的。后来有了老婆，又有了孩子，牵挂多了，就觉得哪怕赖活着也挺好的。"

"当年嫂子那事我也听说了……"

小沈话刚露了个头，程松岩就比了个嘘的手势，外面有了动静，咯吱咯吱踩雪的声音。程松岩握紧手里的枪，缓缓起身，趴在窗前往外看，有个黑影，在远处晃悠。

程松岩做了个手势，和小沈两人悄悄走出车厢，溜着边往黑影靠近。那黑影却突然往反方向跑走，程松岩和小沈拔腿就追，那黑影却越跑越快，程松岩觉得不对劲，打开手电，光亮里照到一只动物的影子，再晃几下后消失了。

小沈说："啥呀？不是人啊？"

"是只傻狍子。"

小沈嘿嘿一笑："咱俩追了它这么远，咱俩才是傻狍子。"

程松岩不吭声，两人往回走，小沈说："这个王相佑，大半夜的去哪儿了呢？怎么还不回来？"

程松岩想了想，也觉得蹊跷，按理说这么隐蔽的住处，他不会换啊，待在哪儿都比这儿招摇。他掏出手机给配钥匙的男人打电话，对方却关机。他琢磨了一下，觉得不对劲，带着小沈就往回跑。

小沈问："咋啦？"

"你觉得配钥匙的有没有可能泄露了消息？"

"你觉得他俩是一伙的？不能吧，一伙的还给咱俩配这火车厢钥匙干啥？"

"不撒谎总比撒谎容易吧，但也有可能是半路搭的伙，配钥匙的事，本子里都记录了，他怕被拆穿。"

"那他图啥？也图小女孩？"

"图啥我不知道，这些也都是猜测，咱俩分两路，你继续在这儿待着，我再回去找配钥匙的。"

程松岩开着车子往回赶，一路上又给配钥匙的打了好几个电话，都是关机。他越来越觉得不对劲，却也不知道配钥匙的人住在哪儿，便开到了他的店门前，没想到店里的灯还真亮着，他急匆匆下车推开店门，却呆住了。屋子里一片狼藉，配钥匙的男人倒在地上，身子底下，血淌了一地。

程松岩缓缓靠近配钥匙的，蹲下身试了试鼻息，还没断气，便把他抱上了车子。他一边开车，一边给许丽打电话，让她来配钥匙的店里搜集信息，然后一路疾驰把人送到了医院，心里不停地犯嘀咕，这事越来越奇怪了。

医院里，配钥匙的人被送进了急救室抢救，程松岩又折回店里，许丽和技术科的同事已经在搜集痕迹了。

许丽看程松岩衣服上有一大片血迹，担心地问："程队，你受伤了？"

"我没事，是受害者的血，你们搜集得咋样了？"

"提取到了五六个人的指纹，但这开店人来人往的，挺正常的。"

"有没有新鲜的？"

"这五六枚比起来，相对新鲜的是这两枚。"许丽拿出来给程松岩看。

"立马和王相佑的比对，看有没有他的。"

许丽带着指纹回队里比对了，很快结果出来了，确实有一枚是王相佑的。

程松岩立马给小沈打了个电话，说："别蹲了，王相佑不会回去了。"

程松岩派人开车去把小沈接了回来，自己则等在医院里，在走廊里来回踱步，暗暗祈求配钥匙的不要有事，只要他活着，就还有突破口。

又过了十几分钟，抢救室的门终于打开了，程松岩急忙冲过去向医生询问情况。医生没有摇头，也没有说遗憾，只说脱离了生命危险，但人还在昏迷中。

这就是好消息了，只要是好消息就不怕再等等。程松岩来到医院门口，点了根烟抽，刚抽了两口，小沈就跑了过来，问怎么回事，程松岩简要讲了一下，说王相佑今晚去过配钥匙的店里，极有可能是他打伤了配钥匙的。

小沈说："那说明这两人不是一伙的。"

程松岩点了点头，小沈从兜里掏出一个小盒子，说："这是我在车厢里找到的，觉得是条线索。"程松岩接过盒子，打开看到里面是一对耳环，塑料的，不是啥值钱的东西，也看不出啥其他名堂，便让小沈把东西收好，回刑警队交给许丽，看能不能检测出什么东西来，然后让被害者的家属也都认一认。

小沈带着东西离开，剩下程松岩一个人守着。他回到走廊里，看到时钟指向零点，新的一天又来了，也可以说旧的一天又过去了，他距离王相佑又近了一步，甚至是咫尺之遥，可那刚刚触碰到一点的绳索，偏偏不结实，轻轻一抓就绷断了。

他找了把长椅，蜷缩在上面，想要眯一会儿。走廊的暖气不足，他感到后背发凉，便脱下外套盖在身上，那衣服上的血气，便一阵阵往鼻子里钻。

他太困了，管不了那么多了，就着那腥气入梦。在将睡未睡的恍惚里，他想起小时候，去围观杀牛，一刀子捅到牛脖子里去，血哗哗地像水龙头似的往外流。那牛泪眼汪汪地看着人们，也不反抗。

那血腥的气味很快弥漫到每一个围观者的身边，那些人不嫌弃，仍旧是一脸看热闹地笑。

一个囫囵觉，就到了天明，寂静的走廊热闹了起来，洗漱、散步、打早饭的人，来来往往，没有人比病人更期待天亮，孤独的黑夜散尽，又多活了一天。

程松岩揉了揉后脖颈坐起来，有点落枕了，他起身去了趟洗手间，再回来时小沈已经站在了病房门口，手里还拎着包子和豆浆。

程松岩说："来得挺早啊。"

"一宿没睡，陪着许丽做检验呢。"

"那耳环里检测出啥了没有？"

"啥也没检测出来，也没有家属认领，我看啊，没准就是王相佑在哪儿随手捡的，咱们是饿疯了，瞅啥都像鸡腿，都想啃两口。"

程松岩呵呵一笑，接过包子和豆浆，一边吃一边在心里琢磨。包子刚吃了两口，配钥匙的就醒了过来。

小沈说："程队，你慢慢吃，我去问他。"

程松岩却把吃了两口的包子收好交给小沈，向病房走去。小沈拎着东西，跟了上去。

配钥匙的看到程松岩，虚弱地笑了笑，说："警察同志，瞅你衣服上都是血，昨天是你救了我吧？谢谢你啊，不然我这条命就搭里面了。"

程松岩点了点头，问他："昨天发生了什么？"

配钥匙的眼里发狠，说："那个王相佑真他妈不是东西，下手真他妈狠。"然后停顿了一下，才细细回忆起昨晚的事情。

昨晚程松岩和小沈离开后，配钥匙的坐了一会儿，准备去舞厅继续跳舞。可这时王相佑就进来了，说让他帮忙配个那种绳锁的钥匙。配钥匙的为了不打草惊蛇，就给他配了。等他拿着钥匙一走，配钥匙的就立马给程松岩打电话。

可电话号码还没按完，王相佑却掉头回来了，说忘给钱了。配钥匙的急忙合上手机，但王相佑看出他的慌张了，就问他在给谁打电话，配钥匙的说没谁，就给朋友。王相佑不信，抢过手机，也发现了程松岩留下号码的卡片，就问他这个人是不是警察，配钥匙的否认了，说警察给他留电话干啥啊。王相佑还是不信，从口袋里掏出一把刀，威胁配钥匙的说实话。配钥匙的怕了，便说确实是警察，还求王相佑放过他。但王相佑面露凶色，在配钥匙的肚子上狠狠捅了两刀，然后拿着手机离开了。

配钥匙的讲完经过，说："警察同志，你得派人保护我啊，我怕王相佑知道我没死，还会来报复我。"

程松岩点了点头说："不好意思，连累你了。"

小沈说："你别怕，以后我天天在这儿守着你。"

配钥匙的说："那我就放心了，我这是瘸了一条腿，不然我估计能和他打个平手。"

程松岩思考了一下，问配钥匙的："王相佑昨天来你这儿，说是要配绳索的钥匙？"

配钥匙的说："是的，就是那种铁链子的锁头，平时能锁自行车、摩托车、三轮车啥的。"

小沈说："三轮车？那看来他还要继续作案啊，他这是要顶风作案，胆儿也太肥了吧！我还真来劲了，我必须亲手抓住他！"

程松岩说："咋抓？"

小沈被问得愣住了，说："程队，你说咋抓就咋抓，我听你的。"

程松岩苦笑了一下，没有再说话。他起身踱步到床边，看着这冬日的晨光，它从来都不是明媚暖人的，只是在那儿温暾地亮着，遥远、无力。这和某些希望很像，渺茫着，但存在着，想着再努把劲就能抓住了，可是却没有施力点。这也和此刻很像，知道罪犯在周围、在城市、在人潮之中，却无法精确地捕捉到，只能被动地等在那里，等待他再次行动，再次把罪恶蔓延，然后自己就拼了命地扑上去，阻止不了上一次，也阻止不了这一次，只能把希望寄托在下一次，再下一次……

这种近乎绝望的心情，上一次出现是什么时候？是八年前了吧？那个世纪末的夏天，白日漫长，黄昏过后的很长一段时间里，天光都不会收回，几颗着急的星星在东边亮起，而西边的天际，还有着厚重的蓝色。田野里突然燃起了火焰，在夏夜温柔的晚风中，摇晃着，摇晃着，把他关于人生所有的美梦，都摇醒了。

第四章

2021 年。

丁唯珺在昏暗的档案室里，一边看着卷宗，一边把有用的信息记录在本子上。黄昏来得早，天光一点点地收回，她看得吃力，想起身把头顶的灯打着，可刚站起来，却又一下子跌坐回了椅子。

坐太久，腿麻了，她揉了揉腿，灯却自己亮了，她抬起头，看到宫浩站在门前。

"黑咕隆咚的，咋不开灯呢？"宫浩看到她揉着腿，又说，"腿咋啦？看资料这活按理说该费眼睛不该费腿啊。"

"你管不着。"

"这事我还真管得着，档案室下班了，你不能再看了。"

"你等我一会儿，我还差一点就看完了。"

"看到哪儿了？"

"看到配钥匙的被捅了两刀，线索断了。然后省里领导来巡查，高度重视这个案子，省公安厅发了通缉令。"

"看到这儿就差不多了，后面也没啥了，就是过了一个多月，经热心市民提供重要线索，刑警程某将王相佑抓捕归案。"

"可是你之前不是说，这个案子能破，和你有很大关系吗，你在哪儿呢？"

"你笨啊，我就是那个热心市民。"

丁唯珺急忙翻看资料，上面确实写着：经本市学生宫浩提供线索，刑警队队长程松岩将其抓捕归案，王相佑对所犯罪行供认不讳，被判处死刑。

丁唯珺疑惑："还真是你提供的线索，那时你才多大啊？"

"我那时十二岁，上小学六年级，所以被叫作小福尔摩斯。"

"那你是怎么发现线索的？"

"想知道？"

"非常想。"

"那这算是采访吗？"

"是专访。"

"那你得请我吃饭。"

"没问题，咱们边吃边聊，你想吃什么？"

"今天刚下过雪，挺冷的，想吃点热乎的。"

城北刚开了一家清宫铜锅涮，锅是一水儿的景泰蓝，服务员也都穿着清宫戏服，宫女太监都能端盘子，来了客人都齐声呼喊："恭迎圣驾回宫。"

宫浩和丁唯珺找了个靠窗的位置，一桌子的菜摆了上来，丁唯珺还点了瓶白酒，晃了晃，说："你能喝点吧？"

"下班了当然能喝。"

丁唯珺给宫浩倒酒，倒完又给自己的杯子满上。

宫浩说："没看出来，你也挺能喝啊！"

"走南闯北的，不会喝点能行吗！"

宫浩神秘兮兮地问："你们记者也陪酒啊？"

丁唯珺翻了个白眼："是啊，中国不都是酒桌文化嘛，喝了酒好办事，就像是现在。"

"这话可不能乱说，我可没让你陪酒，这要是传到我领导耳朵里，我就得去看档案室了。其实我去看档案室也没啥，但就是那个阿姨的工作该丢了，你随便说了句话，一个和你只有一面之缘的阿姨丢了工作，这就是你们记者的力量吧？"

"行了，磨叽。"

"说我磨叽？我多洒脱的一个人啊。"

"那行，别说了，都在酒里了。"

丁唯珺举起酒杯和宫浩的碰了碰，喝了一口，挺辣的，然后擦了擦嘴，说："你讲讲吧，当年是怎么发现王相佑的线索的？"

"专访这就开始了？"

"不然呢？"

宫浩却把头转向窗外，有个小男孩在马路上抽陀螺，鞭子抽得啪啪响。宫浩说："你玩过这玩意儿吗？这东西和人很像，想要立着，就得不停地转圈圈，不停地被鞭子抽。"

丁唯珺不明白他为啥又把话题扯开，刚要打断他，却听到他幽幽地说："我当年就和这小孩差不多高，那时觉得自己要上中学了，是个小大人。现在回头看，真是个小屁孩啊！"

2007 年，春节是 2 月中旬过的，那个春节过得不太愉快，先是宫浩他老舅在除夕夜的饭桌上哭了，是因为喝多了酒，更是因为女儿的病，哭完又趴在马桶上吐了好一阵，才被扶进屋睡觉。接着大年初五，宫浩他爸和他妈吵了一架，本来一家人要去镇上给爷爷拜年，就变成他和他爸两个人去。

他爸借了辆厂子里的面包车，面包车贼破，处处透风，宫浩坐在副驾，冻得直哆嗦，加上路上颠簸，他哆嗦得就更厉害了。他爸看不出儿子冷，叼着根烟直磨叽："你妈这个人，和我结婚十来年了，还是胳膊肘往外拐，从来都是护着她家那些人。她弟弟的女儿要做手术，自己凑不齐手术费，她跟着着急上火有啥用？咱家要是有钱，给拿些，一点都不犯毛病，可是咱家这日子也过得紧啊，你妈下岗了，我这厂子也小半年没开出工资了。"他说到这儿，弹了弹烟灰，又抽了口烟说："好好地去给你爷爷拜年，临出门又打起主意，说你爷爷有养老金，这些年没准攒了不少。你说她这人咋心里没一点数呢？你爷爷这些年都跟你姑住一块，我做儿子的其实没出啥力，你姑和你姑夫，是双下岗家庭，两人靠着赶集卖袜子赚钱，容易吗？特别不容易，一冬天那手上的冻疮就没好过。你爷爷和他们住在一起，有钱能不往外掏吗！这让我咋开口啊？你说，这事她做得对吗？"

"好像是不对。"宫浩被烟呛得直咳嗽，转了转眼珠子又说，"可是可可的病也不能不管啊。"

"对啊，不能不管啊。唉，儿子，你珍惜现在吧，人长大了，全都是难事。"他爸把烟掐灭，说完看了看宫浩，"算了，这话你现在也听不懂。"

宫浩当时确实听不太懂，只觉得大人的事情，大人自有解决办法，他也没太往心里去，只想着一会儿到了爷爷家，爷爷会给自己红包，这个钱他可得藏好，不能被他妈要去说给存着，之前那些年每年都说给存着，也不知道给存哪儿去了。

到了爷爷家，宫浩响亮地给爷爷和姑姑、姑父拜年，爷爷给了宫浩一个红包，宫浩立马揣进棉裤兜里了。姑姑、姑父表面看起来挺热情，可眼睛就往他爸拎来的东西上瞄，那些白瓜子礼盒都是他爸厂子里卖不出的东西，姑姑和姑父半拉眼瞧不上。

爷爷让姑姑赶快做饭，姑姑却说："爸，你是不是想吃鱼啊？我看铁道边有卖江里捞上来的鱼的，可新鲜了，活蹦乱跳的。"

宫浩他爸知道这是给自己递话呢，急忙说："真的吗？那我去看看。"

姑姑说："哥，那你买两条呗，一条今天炖了，再留一条过正月十五吃。"

"行啊。"宫浩他爸说着就往外面走，爷爷追上来，偷偷塞给他爸一百块钱。他爸不要，说："你给我钱干啥啊？"

爷爷说："别逞能，你好几个月开不出来工资了，你媳妇都打电话和我说了。"

宫浩他爸脸上挂不住，说："这败家娘们儿说这些干啥。"但还是拿了钱，上了街。

宫浩从屋里追出来，说："爸，我和你一起去。"

宫浩去是为了看热闹，铁道边算是个小集市，但不卖零七碎八的东西，只卖野味，啥野生鱼啊，野鸡野兔啊，有时还有野猪和狍子肉。

两人到了铁道边，他爸也不急着挑鱼，而是和熟人唠嗑。

熟人递根烟，说："回来啦？"

"嗯，才回来。"

"你媳妇呢？"

"哦，她忙，没回来。你媳妇呢？哦，去年问过了，和人跑了……"

宫浩顺着铁道边溜达，逗了逗野兔子，还差点被野鸡叨一口。瞅前面一帮人围在一起，他凑过头去看，一张动物皮子铺在地上，毛上还沾着血。围观的人说这是狼皮。

有人说："好多年没见过狼了。"

有人说："这不会是哈士奇吧？"

"上一边去，"卖皮子的人亮出胳膊上的伤口，"看，我这儿就是被狼咬的。"

又有人说："这狼皮能做啥啊？能给我几缕毛吗？我做毛笔。"说着就伸手去薅毛。

卖狼皮的说："哎哎哎，你干啥呢？这么自来熟呢！"

宫浩看着觉得无聊了，便离开继续往前走。这时，他看到一辆港田三轮车停在路口，一个戴着大棉帽子、满脸大胡子的男人下了车，从车上拎出两只野鸡，走到卖野鸡的摊主面前，问："你收不？"

卖野鸡的说："收啥啊？我自个儿的都卖不出去呢。"

大胡子男人说："我便宜卖。"

"多便宜？"

"你在这儿卖多少钱一只？"

"五十。"

"那你二十收不收？"

卖野鸡的眼珠子转了转："十五你卖不卖？"

"行，给你吧。"

卖野鸡的把钱给了大胡子，大胡子转身走了，卖野鸡的又追了上去，说："我给你留个电话，以后有了再给我。"

大胡子说："不用留了，我有了就来这儿找你。"

卖野鸡的不干，非要给电话，一拉扯，大胡子的帽子掉了，他急忙捡起来，戴上，但也就在这一瞬间，宫浩觉得这人有点眼熟，好像在哪儿见过。

他心里转了几个弯，等他想起是市里满大街贴着的通缉令上面的人时，大胡子已经骑上港田三轮车离开了。宫浩拔腿就追，可港田三轮车开得挺快，一溜烟就上了大路。宫浩看路边有辆自行车没上锁，也不管那么多了，骑起来就追了上去。

宫浩去年夏天刚学会骑自行车，是为了上中学用的，现在竟派上了用场。他站起身子猛蹬，大风跟刀子似的，把他的小脸刮得生疼，吹进怀里，又把羽绒服后背鼓了个大包。他不管疼也不管冷，在冰天雪地里逆风骑行，可双腿怎么也赶不上发动机，出了小镇，一转弯，港田三轮车就消失了。

宫浩停下来，稍微喘息了一会儿，脑子里又供上了氧，能思考了。他环顾了一下四周，发现有个小山坡是制高点，便丢下车子往上面跑。山上全都是积雪，他深一脚浅一脚，摔了好几个跟头，终于还是爬了上去。他站在山顶举目四望，港田三轮车蓝色的车身在一片白茫茫中格外醒目，它如黑白电视里的唯一的一块色斑，在山脚下的路上蜿蜒着。

宫浩判断了一下，以自己的速度，跑下山时，港田三轮车肯定又没影了，便急中生智，在山顶找了块木板，又撅了两根树枝，做了个简易的滑雪工具，一路如《林海雪原》里的英雄般，风驰电掣地往山下滑。但他技术也不太好，滑一会儿连滚带爬一会儿，脸上和手上，都让树枝划了好多个口子，最后一个急刹车，整个人在地上骨碌了几圈，翻滚到大雪壳子里，又费了好大的劲，才爬了出来。他顶着一脑袋的雪，看到港田三轮车的尾巴消失在了转弯处。

他又急忙站起来，跑到公路上，拼了命地往前追。一个转弯处，迎面猛地开来一辆大货车，他一个侧身闪了过去，另一辆大货车又冲过来，他躺在地上，大货车的底盘擦着他的鼻子开过去。

他心惊肉跳地爬起来，继续追，便看到港田三轮车停在了水库边的一个小房子那里，那是夏天洪涝期看水库的人住的房子，一到冬天，里面就空了。他确定了这个人的藏身之所后，又一路拼了命地跑回镇子上，给他老舅程松岩打了个电话，说查到了重要线索。

他老舅一开始还不信，后来在他的强烈说服下，才带着人来，把这人抓捕了。带回警察局后把这人的胡子一剃，还真是那个叫王相佑的杀人犯！那一刻，全体警员都鼓起掌来。

宫浩讲完这些，口干喝了口水，却看到本来一直在记录的丁唯珺，停下了笔，很疑惑地看着他。宫浩说："咋啦？咋不记了？"

"我觉得有点不真实。"

"哪儿不真实？"

"就是从追车滑雪那段开始，太像动作片了，太浮夸了。"

宫浩嘿嘿一笑："那段确实是我编的，不然这个故事太没劲了，一点都不精彩，根本配不上小福尔摩斯这个称号。"

丁唯珺一脸无奈，说："真实的到底是怎么回事？"

"真实的就是我在卖野鸡的那里看到了那个人，觉得有点眼熟，就给我老舅打电话了。然后他一通寻找，在水库边的房子里，抓到了人。"

丁唯珺点了点头，然后收起了本子。

宫浩说："这就完了？"

"完了。"

"那你的'边境风云'里，会写我说的这一段吗？"

"应该会写，但不会写动作片那段。"

"就没有一点商量的余地？"

丁唯珺摇了摇头，端起了酒杯，说："谢谢你告诉我这些。"

宫浩和她碰了碰杯子，有点失落，说："行吧，不客气，不写就不写吧。"

丁唯珺喝了口酒，吃了两口菜，说："那你立了这么大功，没给你点奖励啊？"

"给我发了个热心市民的奖状，然后我爷爷给我的红包，我妈没要走。"

丁唯珺看着宫浩一脸得意的样子，说："就这点奖励你还挺开心的。"

"对一个小孩子来说，挺好了。"

丁唯珺点了点头，两人的话就都到了头。宫浩吃了口菜，丁唯珺寻思了一下，说："那后来可可的手术做了吗？"

"做了，能不做吗？最后挨家凑凑钱，谁也不能眼睁睁看着她就那么没了啊。我还记得做手术的时候，我和我妈、我老舅都等在手术室门前，我还蹲在墙角暗暗发誓，如果我妹妹能够手术成功，我一辈子没出息赚不着大钱也没关系。"宫浩说着笑了笑，自嘲道，"现在看来愿望是成真了。"

丁唯珺也跟着笑了笑，但不是觉得好笑，而是听了这些话，心里突然升起一股柔软，可能是几口酒下肚，理智被卸了下来，这眼前的火锅也把窗外的寒夜阻挡了。她看着宫浩的眼睛，也多了些不该有的温柔，心里喃喃地说："你怎么那么善良啊？"然后她又举起酒杯说："很高兴认识你。"

"认识两天了，才说这话啊。"

丁唯珺托着下巴，笑了，心里却觉得认识眼前这个男人好久了。

宫浩把杯子里的酒都干了，说："咋样？敞亮吧！"

"那我也不能掉链子啊！"丁唯珺说完也把酒干了。

宫浩哈哈地笑，说："东北话有魔力吧，你才来两天都会说了。"

丁唯珺突然有点想把心打开一些，她吃了口菜，说："我其实就是东北人。"

"别逗我了，你那说话的口音不像。"

"我是在外面待久了，口音变了。"

"那你是东北哪儿的？辽宁的还是吉林的？"

"就是这儿的。"

"行了，别扯淡了。"

"不信算了。"

宫浩却问："你真是这儿的？那你家以前住哪儿？"

这话把丁唯珺问住了，回答不上来。

宫浩说："咋了？没家啊？总不会整天睡大街吧？"

丁唯珺咬了咬筷子，说："对，就是整天睡大街。"

"停停停，你怎么也开始编故事了呢？"宫浩说完冲服务员招手，让她加点汤。

这时，丁唯珺的手机响起，她看到是刘晓琼打来的，便去了洗手间接电话。

刘晓琼问她："采访得怎么样了？"

"挺顺利的，资料搜集得差不多了。"她问刘晓琼，"你呢？"

"还是你动作快，我这还啥都没做呢，来了两天光顾着玩了。我老公也是玩疯了，现在正和摩梭人一起跳舞呢。"

丁唯珺呵呵笑了笑："听起来就挺好玩的。"

"你也在那边玩几天呗，不用急着回来，写东西在哪儿写不是写？"

"这边天寒地冻，没啥好玩的，我打算明天就回去了。"

"那你回来帮我带点哈尔滨红肠呗，我婆婆喜欢吃。"

"你啥时候开始讨好婆婆了？"

"她的老房子要拆迁了，再不讨好来不及了。"

"你这真是现上轿子现打耳洞。"

刘晓琼笑了笑："行啦，没事了，你忙吧。"

"就这点事啊？那发个信息给我说就行了呗。"

刘晓琼顿了顿，说："其实还有个事，今年咱们公司优秀员工的评选要开始了，你一定要投我一票啊。"

"没问题，不投你投谁啊！"

"行，还是你好说话。哎，我从云南回去，你有没有啥想带的？"

"那我得想想，想好了和你说。"

挂了电话，丁唯珺在洗手台理了理头发，走出去，来到吧台前结账，服务员说结完了。她走回桌边，看到宫浩不见了，透过窗户看出去，他正站在门前抽烟。

丁唯珺走出去，问他："你怎么把账结了？"

"见你第一面时不都说了吗，不能让女人结账。"

丁唯珺笑了："给我一根烟。"

宫浩递给她一根，说："这就算还你了啊。"

"你这人记性还挺好，两不相欠呗。"

"咋的？你还想欠我点啥啊？"

丁唯珺不说话，把烟点着，抽了两口说："我明天就要走了。"

宫浩有些意外："这么着急？"

"资料搜集得差不多了，单位那边还有事。"

宫浩心里突然有点失落："哦，那机票订了吗？几点的，我送你去机场。"

"还没呢，一会儿回酒店订。"

"行，订好了给我发个信息。"

两人说到这儿，突然就没了话，夜风不解风情，跟着他们一起抽烟，烟也很快就抽完了。

丁唯珺说："那我回酒店了。"

"我送你吧。"

"你喝酒了，不能开车，记得叫个代驾。"

"行。"

两人就在门前散去，车子在前面，宫浩往左走，丁唯珺往右走去拦出租车。

宫浩走了几步，突然回头，说："哎！我妹妹可可叫我去唱KTV，你要不要一起去？"

丁唯珺也回头，说："我唱歌不好听。"

"那就坐着听别人唱呗，就当给你送行了。"

"行，那你过来吧，咱俩打车去。"

宫浩一溜小跑站在了丁唯珺身边。

灯光一晃，魑魅魍魉。

KTV里，当年体育课都不能上的小女孩，如今跟着舞曲活蹦乱跳。可可现在是实习医生，心血管科的，一边实习一边读研，一起来唱 KTV 的几个小姐妹，也都是医院的同事。

宫浩一进去，对这几个人都脸熟，说："这家伙，都出来玩了，你们医院黄啦？"

"哥，你刚才不是说在出任务，不来吗？"可可说完看到宫浩身后的丁唯珺，"这个大高个姐姐是谁啊？这就是你今天的任务吗？"

"你还真说对了，给你们介绍一下，这位叫丁唯珺，是记者，来采访案件的。"

几个女孩都点头打招呼，有一个和宫浩比较熟，戴着八百度的近视眼镜，说："这还是第一次见宫哥带女生出来玩，我们以前还猜宫哥是不是喜欢男的呢！"

"你拉倒吧，你那眼镜片和啤酒瓶底子一样厚，还能分得清男的女的吗？"

可可把丁唯珺拉到沙发边坐下，说："你喝点啥？别拘束，他们就爱瞎胡闹。"

丁唯珺拿过一瓶矿泉水，说："你们玩你们的，我在这儿坐一会儿就行。"

宫浩靠过来把矿泉水拿走，说："到这地方还喝水啊？"一瓶啤酒递了过来。丁唯珺也没推辞，接了过去。

"看来还是我哥说话好使。"可可冲宫浩挤了挤眼睛，"哥，你和丁姐合唱一首咋样？"

八百度近视的女生说："可拉倒吧，别让宫哥唱了，上回和我对唱《广岛之恋》，那调跑得，差点没把我带沟里去。"

宫浩说："哦，我算是知道了，怪不得我第二天去找你缝针，你给我扎得那么疼，原来是报复啊！这我得说你啊，当医生的针眼可以扎得小，但心眼可不能这么小啊！"

其他女生嘻嘻哈哈地笑了起来，去点歌唱歌了。

丁唯珺问宫浩："你为啥缝针啊？"

"作为一个警察，出点血流点汗，那不是挺正常吗！"

可可说："是，我哥可勇猛了，抓小偷，人赃并获，追缴了八十多块，都不够缝针的钱。"

宫浩说："是，对咱们来说，八十多块钱没啥，可对卖茶叶蛋的老太太，那没准就是笔巨款呢！"

"是，老太太老感谢他了，一连给他往刑警队送了一星期的茶叶蛋，吃得我哥脸色都发黑，不知道的还以为专门去美黑了呢！"

"上一边去，可别埋汰我了。"宫浩喝了口啤酒。

可可说："你别一个人喝啊，把丁姐晾在那儿，人家又不是白开水。"

"那咱仨一起碰一个吧。"宫浩说着举起酒瓶，和丁唯珺、可可碰，几个小女生也围了过来一起碰。

一堆酒瓶子碰在一起，八百度近视的女生起高调，说："我给大家旋一个。"其他人便起哄地嗷嗷直叫。只见她拿起酒瓶用力在茶几上一磕，啤酒沫子冒出一堆，然后她对瓶吹了起来，一边吹一边摇晃啤酒瓶，很快，一瓶酒见底了。

大家又嗷嗷起哄，酒精让大家又变回了孩子。丁唯珺看着这一屋子的热闹，心中很多的冰川都有了融化的迹象，那童年里的记忆和乡愁，都有了不可名状的回眸，如小火般慢慢地往上拱，把一池水煮热。她也跟着嗷嗷地叫了起来，不知不觉地把手中的整瓶酒都喝光了。

她去上了个洗手间，火锅店的白酒和这里的啤酒融在一起，她的头就有些晕。回来一时忘了包厢号，只记得差不多是这附近，她便一扇门一扇门地推开，都混乱，都嘈杂，都不是。直到再推开一扇，看到一个人四肢不协调地扭着身子，她才知道找对了。

她靠在门边，看着宫浩一边扭动身子一边唱着歌："阿珍爱上了阿强，在一个有星星的夜晚，飞机从头顶飞过，流星也划破那夜空，虽然说人生并没有什么意义，但是爱情确实让生活更加美丽……"

她听着看着，就有点呆住了，都没有注意到自己上扬的嘴角，眼里的大风把一整个冬天的大雾都吹没了，似乎只在那目光里，就能看到日光朗朗。

"丁姐，你干吗呢？怎么站在门口啊？"

可可喊了她一声，她才回过神来，说："哦，没事，我再去趟洗手间。"

可她回过神，却并没有去洗手间，而是去门外抽了根烟，外套落在屋里了，有点冷。没事，正好可以让脸颊凉一凉，让心脏冷静一下……真不该喝这么多酒的，她暗想着，长长地吐了口烟，抬头看，星星还真挺多的。

第二天一早，丁唯珺起床收拾行李，昨夜的酒精还没完全散去，身体不是太舒服，精神也很萎靡。她磨磨蹭蹭地收拾好，下楼退了房，就看到宫浩已经等在门前，头发乱糟糟的，靠在车旁边发呆。

她走过去，问宫浩："发什么呆呢？"

宫浩回过神来，说："昨天喝多了，难受。"

"我也是。"

宫浩苦笑一声："下回可别喝这么多了。"

他说完帮着丁唯珺把行李箱放进车里，丁唯珺就上了副驾，副驾上放着包子和豆浆。丁唯珺拿起来放到一旁，宫浩说："这回是给你买的，吃吧。"

"没胃口。"

"没胃口也得硬吃点，这样酒醒得快。"

"你还挺有经验。"

"都是些没用的经验。"

车子往机场开，因为宿醉，两人都没太说话。丁唯珺把头靠在车窗上，一路看着窗外的风景，鳞次栉比的店铺，低矮的平房，倒退的杨树，无垠的大地，茫茫的雪原，车子就这么切换着风景到了机场。

宫浩停下车子，说了句废话："到了。"

丁唯珺说："机场离市区还挺近。"

"小地方到哪儿都近。"

丁唯珺下了车。宫浩帮她把行李箱拿下来。丁唯珺接过去，说："这几天辛苦你了。"然后很正式地伸出手。

宫浩和她握了握，说："有空再来玩。"

"好的，你以后要是去深圳，给我打电话。"

"行，常联系。"

话说到这儿就到头了，丁唯珺拖着行李箱往候机楼走，走了两步听见宫浩在身后喊她："你等一下！"她回过头，见宫浩从后备厢里拿出两个礼盒来，跑到她身边说："这个差点忘了。"

丁唯珺看到是两盒哈尔滨红肠，说："你咋知道我要买这个？"

"不好意思，那个火锅店的洗手间不隔音，我不是故意偷听的。"

"多少钱？我给你。"

"别扯犊子了，没多少钱，比在机场里买便宜多了，就当送你的礼物吧。"宫浩说着，把盒子塞到丁唯珺手里，跑走了。

丁唯珺拎着礼盒和行李箱进了候机楼，来早了，还没开始值机，她坐在椅子上，呆呆地看着人来人往，这世界那么多人，认识的没几个。她发了会儿呆，看了看时间，已经到了值机时间，可柜台还没通知可以值机，便起身去问，却被告知，暴雪预警，飞机延误了。

她走到窗边，看到天空阴晦，厚厚的云层压在房顶，像是童年的旧梦，踮起脚戳一戳，就有羽毛落下来。

她猛然觉得这是个预兆，或是命运之类的指引，更可能只是昨夜的酒劲太大，到现在还让她恍惚——恍惚于这个偏居一隅、寒风刺骨的小城，已经时过境迁、天翻地覆，已经可以给她一捧寒冬里的炉火，把往前往后的岁月都焐热。

她掏出手机，拨通了宫浩的电话，说了个谎："航班取消了，你能来接我回去吗？"

咕嘟咕嘟，小泥炉里的鸡汤翻滚起来时，雪就落了下来。

宫浩和丁唯珺坐在街边的小店里，客人不多，进来的都哆哆嗦嗦，抖抖身子跺跺脚，说一下雪，这天就嘎嘎冷啊。

宫浩给丁唯珺盛了一碗鸡汤，说："这就叫作人不留客天留客。"

丁唯珺接过鸡汤，说："你希望我走？"

宫浩急忙说："没有没有，我就是猛地想起这句话。"

丁唯珺喝了口鸡汤，说："那你的意思是不想让我走？"

宫浩被问愣住了，缓了一下说："当然啊，我们这儿又不是厕所，用不着这么来去匆匆的，来都来了，多玩两天嘛。"他顿了顿，又说："我觉得你这人还挺好的。"

"我也觉得你挺好的。"丁唯珺说完就直勾勾地看着宫浩。

宫浩和她对视了几秒，自己先扛不住了，躲开眼神，嬉皮笑脸地说："我就是杜蕾斯，用过的都说好。"

丁唯珺白了他一眼，把喝光的碗递过去，说："再给我盛一碗。"

"好，为人民服务。"宫浩盛好汤，又添了几块肉，递回去，"你别光喝汤，最后闹了个水饱，也吃几块肉，你尝尝，这都是溜达鸡的肉，老香了。"

丁唯珺啃了一块鸡肉，确实好吃，用纸巾擦了擦手，说："你对女生都这么好吗？"

"好吗？我咋没觉得？好像对男的也这样。"

"哦，中央空调。"

"这叫与人为善。"

"你谈过几个女朋友？"

"问这个干啥？"

"你不会没谈过吧？"

"对，我还是个处男。"

"谈没谈过恋爱和是不是处男没关系。"

"这话也可以倒过来说，是不是处男和谈没谈过恋爱没关系。"

丁唯珺笑了："你这人就是不着调，还警察呢。"

"彼此彼此吧，你和警察聊是不是处男，也不是啥好群众。"

隔壁桌的女人带着孩子来喝鸡汤，她用手捂住了小孩的耳朵，很嫌弃地瞪了宫浩和丁唯珺一眼，说："你俩小年轻想唠骚嗑去找个没人的地方唠去，这大庭广众的，害不害臊？"

这话一说，其他没听见的客人和服务员都把目光投了过来，闹得宫浩和丁唯珺都挺尴尬的，两人低头吸溜吸溜喝汤，不敢再说话。但这沉默也挺尴尬的，过了几分钟，宫浩憋不住了，说："哎，那你机票改签了吗？啥时再飞走啊？"

"我打算多待几天，正好也想把那个采访再深挖一点。"

"好啊，那除了当司机，还需要我配合什么吗？"

丁唯珺想了想说："王相佑的母亲还活着吗？你能带我去看看她吗？"

"看他妈干啥啊，带你去看他本人不就完了？"

丁唯珺愣住了："你什么意思，王相佑还活着？"

宫浩点了点头。

丁唯珺震惊了："他不是被判死刑了吗？"

"后来改判成无期了。"

丁唯珺疑惑："为什么？"

"我也不知道，但死刑改判无期，那不是经常有的事吗？"

丁唯珺"哦哦"地点了点头说："那要是采访他，是去监狱吗？方便吗？"

"不用去监狱，他前段时间保外就医了，在江边的疗养院住着呢，那里环境老好了。你要去吗？要去的话，我现在就安排，应该下午就能见到。"

丁唯珺又夹了一块鸡肉，啃了两口，手一滑，掉到了碗里，鸡汤溅进了眼睛。她捂住眼睛，拿纸巾擦。

宫浩说："没事吧？要不要用水冲一冲？"

"没事。"丁唯珺顿了顿，拿下纸巾，眼睛还是有点红，"你带我去。"

江边疗养院，说是在江边，实际是在江中央的小岛上，那岛上长满了柳树，在夏天是个挺热闹的旅游景点，游船快艇来往频繁。冬天里江水结了冰，徒步就能上岛，去玩的人反而少了，大家都更喜欢在冰面上滑冰、拉爬犁、抽冰尜。

宫浩把车子停在江边，带着丁唯珺下到冰面上，慢慢出溜着往前走。下雪天，冰上玩的人也少了，丁唯珺远远看着那江中心的小岛，矗立在一天一地缓缓飘落的大雪中，苍凉又孤寂。

宫浩说："你穿的鞋好走吗？要不你蹲下，我像拉爬犁似的拉你过去。"

"一般不都是狗才拉爬犁吗？"没待宫浩反应，丁唯珺上前一把挎住他的胳膊，"你扶着我走就行了。"

宫浩被她这么一挎，整个人都有点不自然，冬天把他的身子冻得僵硬，他连头都不敢乱扭，脑子短路了几秒，就没接上话。

丁唯珺说："你怎么了？不是挺能贫的吗！"

宫浩这才缓过来："呃，呃，我正寻思事呢。"

"啥事？"

"我寻思这世界真不公平，让一个杀人犯住这么好的疗养院。"

"这不都是你们公安部门安排的吗？"

"公安部门可没那么贱，他保外就医都是自费的。"

"那王相佑哪儿来的钱住这么好的地方？他家拆迁了？"

宫浩呵呵一笑："我们这地方又不是大城市，拆迁能分多少钱啊。"

"那是怎么回事？"

"是他弟，他弟当年是小混混，后来去南方混了几年，回来后脸一抹重新做人了，从小工做到了包工头，现在是建筑公司老板了，这个疗养院就是他盖的。"

"听起来还挺传奇的。"

"你对他有没有兴趣？要不要也采访采访，再做个新的报道？"

"算了，我对别人的发家史没啥兴趣。"

两人说着就上了岛，小径七弯八拐，到了疗养院门前。宫浩来之前已经打过招呼，有个看起来像是保姆的人，把他们往屋子里领。沿着走廊，一路走到最里面，保姆离去，宫浩要推门进去，却见丁唯珺落在了身后，脚步有了迟疑。

宫浩问："咋啦？"

"没事。"

可宫浩还是看到她脸色发白，不自觉握紧的拳头也在发抖。宫浩说："你害怕？"

丁唯珺深吸了口气说："没事。"

"你放松点，没啥事，杀人犯也是人，和普通人没啥两样。"说着他推开了门，"王相佑，有记者来采访你了，你又要成大名人了。"

丁唯珺看着那门被缓缓地推开，病床上躺着一个中年男人，身上盖着被子，却也盖不住身材的枯瘦。他缓缓地转过头来，那初见的苍老的五官，确实和同龄的路人没什么分别。但当丁唯珺的目光和他的目光对上的一刻，她还是难免心生战栗。

他那双如夜行动物的眼睛，似多年的罪恶都缓慢地沉进了眼底，他因露出讨好的笑容而缓缓堆起的眼角纹，长成了冬季里的植被，插到混凝土里，朝着天外生长。

无数个惨烈的画面闪过丁唯珺的脑海，档案里那些老旧的照片，冰天雪地里的塑料桶，堆满破烂的三轮车，混凝土里的血肉……恐惧把丁唯珺紧紧包裹住，让她无法动弹，她试了试，用尽全身力气往前迈去，但是不能，她一点都无法向前。

那就往后吧，往后退似乎轻松点，她缓缓地后退着步子，一步，两步，三步，然后猛地转身，逃走了。

宫浩把丁唯珺送回酒店。

丁唯珺到了酒店门前，人才缓过来一些，说："对不起，我是不是太没出息了？"

"这有啥啊，很正常。我刚当警察时，第一次跟着去抓人，说是一群小混混打架斗殴，可到了却发现是拿着片刀相拼，我还没靠太近呢，就觉得脚底下踩了个东西，我抬脚一看，血淋糊拉的，再一细看，竟然是一个大拇指头。我吓得一屁股就坐在地上了，同事还以为我滑倒了呢，让我赶快起来。可是那腿软得哪能站起来啊，就只能在地上掉了个头，爬着逃走。后来同事总笑话我，说还以为我是匍匐前进去炸碉堡呢。"

丁唯珺笑了："谢谢你宽慰我。"

"你好好休息，有啥事就给我打电话。"

丁唯珺应和着，下了车子进了酒店，又开了个房间，进去便栽倒在床上，突然觉得非常疲惫，迷迷糊糊地睡了过去，还做了些稀奇古怪的梦。梦中还是有王相佑，还是有那些孩子的尸体，还有新年里的鞭炮，老旧的绿皮火车，一路向南，没有归期。

丁唯珺醒来时天已经黑了，她也没开灯，仍旧躺在床上，心里的恐惧慢慢散去。她给刘晓琼打了个电话，把下午发生的事情讲了讲。

刘晓琼却笑话了她一阵，说："这有什么好怕的，那个警察不是在旁边吗？"

"我知道，可是我看见他就是紧张，就是觉得恐惧，就是浑身不舒服。"

"我教你一个方法，你把他的脸想象成大白菜或是大萝卜啥的，反正不是人的东西就行，这样就不害怕了。"

"你这是把我当成要上台演讲的小学生啦？这能一样吗？这可是杀人犯。"

刘晓琼没接话，那头好像有点事情，她说着："马上，马上就走。"

"你先忙吧，我不打扰你了，那个红肠我先给你邮回去吧。"

"行，那谢谢你啊，刚才是我老公，非催着我陪他去逛夜市，你说有啥好逛的，去了也是买一堆破旅游纪念品，回家连打开都不会打开的。"

"旅游嘛，不都是干这种蠢事吗！"

丁唯珺说完就要挂电话，刘晓琼却有些神秘地说："珺珺啊，我和你说件事，我是听说的，真的只是听说，那个……咱们部门好像要裁员，你在名单上。"

丁唯珺愣了一下，随即说："哦，如果是真的也不奇怪，我写不出来好的报道，主任也一直瞧不上我，不裁我裁谁啊！"

"就算是真的，你也别放弃啊，就不能想想办法扭转局面？"

"咋扭转啊？"

"现在不正好有个机会摆在你面前吗？采访杀人犯本犯，多难得的事啊。你就不好奇他为什么杀人，还是杀那么多未成年人？你就算啥也不挖，单把他的心路历程写出来，也够吸引眼球了。好了，我不和你说了，我老公又催我了……"

丁唯珺挂了电话，起身摸黑走到窗前，拉开窗帘，街灯就照了进来。

这座小城，一入夜，就落入安宁的圈套，罪恶都躲在里面安息。她问自己：要把它挖出来看看吗？不是什么记者的使命感，只是为了保住工作，还有满足那么一点点好奇心。一个人为什么要杀另一个人呢？或许这和一个人为什么爱上另一个人一样，都很机缘巧合，都值得被挖掘。

她再次解锁手机，给宫浩发了条信息："我明天还想去见王相佑，你能陪我去吗？"

片刻后，宫浩回了个"OK"。

第五章

再见王相佑，天已经放晴了，朗朗日光照在江面上，牛鬼蛇神都悄然隐遁。

丁唯珺还是有些怕，便尽量不去看王相佑的眼睛，坐得也故意离他稍远一些。

王相佑似乎也不太愿意与人接触，把椅子又往后挪了挪，说："我的病老是咳嗽，口水别喷到你。"

宫浩陪在一旁，说："这些年监狱没白待啊，还挺讲礼貌的。"

王相佑讨好似的笑了笑，完全是一副改造好的模样，看不出半点穷凶极恶的影子。

丁唯珺摊开本子，问王相佑："你在监狱里改造了这么多年，现在回头看，对那些当年被你杀害的孩子，有什么想说的吗？"

王相佑条件反射般站起来，身体绷直，说："我对不起祖国，对不起人民，更对不起父母，我是一时鬼迷心窍才会做出伤天害理的事情，感谢党和人民给了我一个改造的机会，让我重新做人。"

宫浩听了嘿嘿一笑，说："这套嗑你倒是背得利索，知道你的觉悟了，快坐下吧。"

王相佑老实地坐回椅子。丁唯珺把本子合上，起身示意宫浩出去说话。两人出了房间。

在走廊里，丁唯珺说："要不你先回去吧，你刚才也看到了，你在这儿，我啥也问不出来。"

"我回去你不害怕啊？"

"今天比昨天好点了。再说了，我这也是心理恐惧，他现在虚弱成那样，对我构不成实质的威胁。"

"那可不能这么说，万一你把他问急眼了，他突然发起疯来怎么办？这杀人犯的心，还是很难琢磨的。"

丁唯珺一脸为难："那怎么办啊？"

"这样吧，你进去采访，我呢，就在门口等着，有啥事你尖叫一声我就冲进去。"

丁唯珺想了想说："那也行，就是辛苦你了，这走廊连把椅子都没有。"

"行了，你快进去吧，椅子还不好办吗？你信不信，我只要打个电话，他们连床都能给我搬来。"

丁唯珺笑了，又转身回了房间，王相佑急忙站起身，丁唯珺说："你别这么拘束，身体不好，快坐下吧。"

王相佑往门口看了看，说："那个宫警官呢？"

"他有事去忙了，再说我也看出来了，他在这儿，你比较拘束。"

王相佑点了点头说："这些年习惯了。"

"那现在就剩咱们俩了，放松点了吗？"

"好多了。"

"那我一会儿问你问题，你也不用紧张，你的案子已经过去十几年了，该交代的也全都交代了，不会因为我的采访而生出什么变数。"

王相佑苦笑了下："我明白，一个快死的人了，还能有啥变数啊！"说完，侧过身子咳嗽了起来。

等他的咳嗽平息，丁唯珺说："你的身体是哪里出了问题？"

王相佑指了指胸口："肺子，在监狱里啥活都干，和我妈一个毛病。"

"你妈还在世吗？"

"不在了，我进去没几年就走了，唉，因为我这事，她走也走得不甘心。听我弟弟说，我妈咽气之前一直在叨咕，埋怨自己没养好我们，说这个妈当得不称职，两个孩子都进过监狱……"

丁唯珺已经拿着本子默默做起了记录，她说："你弟弟现在不是成为大老板了吗？"

"对，我弟弟都能重新做人，所以这事不怪我妈。"

"那你觉得怪谁？"

"谁也不怪，怪我自己。"他顿了顿，"要是硬怪在谁头上，那就怪命运吧。"

听到这话，丁唯珺从本子里抬起眼，看到王相佑侧过了身子，他透过落地窗看着江面说："今天天气还挺好的。"

"是的，过来的时候江上有挺多人在滑冰呢。"

"天气好，能见度就高，你使劲往岸那头看，是不是影影绰绰能看到几个大烟囱？"

丁唯珺起身站到窗边，阳光有些晃眼，她手搭凉棚，尽力看出去，却只看到岸那头一片高楼林立。她回过身摇了摇头。

王相佑失落地说："哦，我记错了，那几个烟囱好多年前就拆了。"

"那几个烟囱是什么厂子的？"

"是炼钢厂的，我年轻时就在那里上班。"他仍旧注视着岸那头，眯着的眼睛里，似乎看到了一场大雾把江水两岸都围住。待雾散尽，高楼退隐，整座城市最高的建筑又变成了大烟囱。下班时刻，工厂大院的门前，身着工装的人们鱼贯而出，此起彼伏的自行车铃声，把城市都吵沸腾了，但仔细听，那仿佛也是整个时代的晚钟。

1995年，二十岁的王相佑在炼钢厂机修班，已经当了快三年的学徒了。他整天跟着老师傅拧螺丝，给机器上油，工装上从来都是油脂麻花的，就没清爽过。

　　三年前，他父亲得肝癌去世了，说实话他也没太难过。他父亲也是机修班的师傅，干了半辈子，也没混上半个官当。仕途不顺，他父亲就看什么都不顺眼，憋闷得整天喝大酒，喝完了还耍酒疯，打老婆孩子。后来查出肝癌，他父亲也没把酒戒了，眼见着肚子越来越大了，知道活不长，反而更放肆了。喝多了躺在炕上，眼睛通红地骂人，骂的都是以前的同事，那些人后来不是科长就是副厂长，可当他们提着点东西来看他父亲时，他父亲又觍着脸说恭维话，说感谢厂子里的照顾，自己是要死的人了，医药费能不能多报点。

　　医药费最后不知道多报没多报，倒是等他死后，厂子里来人通知，王相佑可以接父亲的班去厂子里工作。王相佑母亲听了很高兴，挨了丈夫那么多年的打都忘记了，一个劲说丈夫的好，说死了都给儿子安排好了出路。那时王相佑初中毕业一年多了，高中没考上，整天在街上闲逛，和一群同样没考上高中的同学，今天去下河捞鱼，明天去录像厅看黄片，就快成小混混了。

　　但他其实也不想当小混混，他性子偏软，人也瘦小，打架根本拿不出手，于是便又偷偷捡起了课本，想着自己搁家里复习复习，明年再去考个中专试试。这算是十几岁的他，为自己谋的一条出路。还有另一条出路是，他希望自己再长得结实点，和母亲一起去下矿。

　　现在父亲死后，第三条出路摆在了眼前，进炼钢厂当学徒。三条路，其实也不用怎么权衡。考中专，也不一定能考上，就算考上了，弟弟还在上初中，母亲一个人扛两人的学费，太艰难。去下矿，那矿坑里面黑漆漆的，没天没日的，他跟着母亲下去过一次，最矮的地方，蹲着才能爬过去。这些都还不怕，怕的是走水，是矿坑坍塌，就算没被砸死，吃屎喝尿在里面熬几天，也没几个能活着出来的。

于是他穿上父亲留下的深蓝色工装，带上饭盒，骑上父亲的破旧的二八自行车，一路叮叮咣咣进了炼钢厂，也一头扎进了自己的命运里。

进了机修班，他是年纪最小的学徒，也因为年纪小，他还不能体会到父亲一辈子困在车间里不得志的郁闷憋屈，也不能理解父亲为何想当官，想要往上爬。年少时没有苦闷和欲望的折磨，日子也就过得清爽。他每日跟着老师傅检查机器，拧好螺丝，上好机油，剩下的时间就是闲荡。在某些个夏日的午后，他听到工厂门前卖冰棍的叫卖声，拿着水瓢跑出去买上几根，回来先献给师傅，然后自己留下一根，蹲在车间门前吃，看着天上的云和大烟囱冒出的烟仿佛融为一体，就觉得这日子也挺好的，这么简单地过一辈子也挺知足的。

后来的后来，在很多时候，他听到人们形容曾经的那些日子是一眼就能望到头的，听起来是贬义。可他却觉得，一眼能望到头，不就是安稳的意思吗，这有什么不好的？

好，当然好，那是很多人的旧梦，一片昏黄的笼罩下，夕阳里的碎金子都闪着光。四季分明，春风秋月，下雪了，厂子里给分了一车白菜、一车煤，喝几口小酒，就熬过了整个冬天。

可四季能一直轮回，年也一直能复下一年，但一眼能望到头的日子，却终有到头的一天。

王相佑二十岁那年，当了快三年的学徒，终于出徒了，可以拿正式职工的工资了。一家人吃了顿羊肉火锅，母亲又惦记着找找人，把他弟弟也弄进厂子里。弟弟也是初中毕业，没考上高中，三天两头打架斗殴，成了个真实的小混混。他弟弟不愿进厂子，受几部电影影响，想去南方，转道去香港，成为古惑仔。这话听着就不着调，弟弟被母亲呵斥了一顿，不再提了。

这头话放下，母亲又张罗另一件事，给王相佑娶媳妇。王相佑本来在厂子里处过一个对象，是食堂女工何美静，可两人刚偷着约会了两次，就被何美静家里人知道了。何美静母亲是个杀猪的泼妇，提着刀去王相佑车间骂，骂的话极其低俗，却没有实质内容，都把王相佑骂糊涂了。后来这话传到他母亲耳朵里，母亲又去打听了一下，才算弄明白，何美静家是嫌弃王相佑家条件不好，不同意两人谈恋爱。何美静本人没啥主意，都听家里的，之后在厂子里再见到王相佑都躲着走，这初初萌生的爱情就了断了，王相佑也没觉得太难受。

这次母亲又提结婚的事情，还通过媒人约定了相亲时间。王相佑本是有点抗拒的，怕的自然还是家庭条件被人瞧不上。

母亲却说："这回这个指定没问题，咱们不嫌弃她就不错了。"

他弟弟说："不会是个残疾嫂子吧？"

母亲拍了他一把，说："人家利利索索的，长得还带劲。"

王相佑疑惑了。

母亲说："她家是农村的，一年到头种大地，也赚不了几个钱，就羡慕你这种铁饭碗。"

王相佑吃了口羊肉，心里的抵触消散了，说："对，咱们还是城市户口呢。"

相亲约在周末，没在家里，是在一个小饭店里。上菜前，媒人找借口离开了一会儿，留王相佑和女孩在包厢里。王相佑这才好意思细打量她，脸圆乎乎的，身子也圆乎乎的，不算难看，但也算不上漂亮。他问她叫啥名，她说叫小凤，说完脸就红了。

两人那天没聊上几句话，媒人倒是在中间说了不少，先说王相佑能赚多少工资，逢年过节厂子里还能分大米和豆油，以后没准还能分房子；又说小凤家有多少地，还有菜园子，以后在城里吃菜都不用买了，去小凤家摘就行。这听起来两人要是不结合，都吃了好大的亏似的。

回到家里后，王相佑母亲问他："感觉咋样？"

王相佑说："没你说的那么好看，就是个普通人。"

"咱这人家要的就是普通人，长得太好看了也养不住。其实你俩吃饭时，我也偷着过去看了两眼，那圆乎乎的身板，一看就能生儿子。"

"妈，你别扯了，生儿子生女儿还能看出来？"王相佑笑了，然后顿了顿又说，"其实生啥都一样，只要能好好过日子就行。"

"你这意思是相中了？"

王相佑点了点头。"吃饭时，她虽然不太说话，但吃完出来，她说：'我看你爱吃辣椒，我家今年种了个小辣椒，嘎嘎辣，下回给你带来点。'"

母亲一拍手："看看，这姑娘，多有眼力见儿。"

王相佑就笑了。

母亲这头忙着和媒人商量，啥时候和亲家正式见面，啥时候过头茬礼，最好是年底前就把婚结了。小凤家也都好说话，说姑娘进城是享福了，能早过来就早过来，寻思等着忙完这阵秋收，就全家来城里洗个澡，顺便把事情都定了。

秋天的北方大地，总是一片忙碌，人们抢着在初雪之前，把粮食都收进粮仓。可炼钢厂在这个秋天，却不太平静，在人们等着看今年分的白菜大不大，腌酸菜够不够用时，一份下岗名单悄悄在职工中间流传。王相佑没听到啥传言，母亲却隔着老远在矿井下面听到了，有人说这名单里有王相佑。母亲立马慌了，买了两瓶白酒，拉着他去找他师傅。

他师傅把酒收下，说："这都是谣传，就算是真下岗，那也轮不到机修班，把他们都弄走了，机器坏了谁来修？"

母亲一听这话，说："对对对，还是师傅事看得深。就算是下岗，也该是后勤部那群老娘们儿，天天把菜往家里带，一个人上班，全家都吃厂子里的。"

母亲心里踏实了，带着王相佑离开，隔了几天，还真听说后勤部的几个老娘们儿去厂长办公室闹，把保安的脸都挠花了。这事正好证实了师傅的话，王相佑也不再多想了，照常上下班，周末还和母亲去买了两件新衣服，打算正式见小凤父母时穿。

周一，下起了秋雨，王相佑出门上班前，母亲跟他说天凉了，把衬裤套上，小心着凉。他说不冷，过几天再穿，披上雨衣骑着自行车出门，一路上还想着小凤家的地应该快收完了，也不知道她来时，那个嘎嘎辣的辣椒能不能记着带。

到了厂子门前，却见门前堵了一大群推着自行车来上班的人，王相佑纳闷出啥事了，走到近前看，厂子大门被一条大铁链子锁着，保卫科的一群人站在门里，人手一根警棍，雨哗啦啦地落在他们的雨衣上，有种潮湿的险恶。

保卫科科长手里拿着份名单，说："我念到名字的就往里进，没有念到的以后就别来了。"

有人问："别来了我去哪儿上班？"

保卫科科长说："去哪儿上班你别问我，就是在家待着我也管不着。"

又有人问："这又不是你家的厂子，你凭啥不让我进？"

保卫科科长说："下岗，下岗懂不懂？"

有个老职工说："我在这儿上半辈子班了，凭啥说下岗就下岗啊！"

保卫科科长说："秋天了，田地里的庄稼还没收完，天还不是说下雨就下雨！"

有人说："你扯这些没用的干啥，我们要见厂长！"

保卫科科长说："厂长去北京开会了，不知道啥时候能回来，要不你回家等等吧。"

保卫科科长说完就开始念名单，念到名字的，脸上有了中奖般的喜色，但也不敢太张扬，缩着脖子，溜进去了。名单越念越短，门前的人也越来越少，随着最后一个人进去，大铁门又被哗啦一声上了锁。保卫科科长把单子塞进兜里，说："剩下的都回去吧。"

有人说："你瞧仔细了吗？真的没有我？我可是英雄炉的！"

保卫科科长说："我眼神好使着呢！"

有人说："总不能这么黑不提白不提地就让我们走人吧！"

保卫科科长说："你要是不闹事的话，有人会去你家里跟你算工龄补钱的。"

有人说："那我还偏要闹事了。"

于是几个刺头就要往厂子里翻，保卫科的人就隔着门和他们打了起来，一片乱糟糟的，雨水和泥巴混在了一起，骂娘声和歇斯底里声融在了一起。

王相佑向后退了几步，与人群隔开一小段距离，离厂子的大门也就更远了。他抖了抖身上的雨衣，突然就觉得母亲说得对，是该穿条衬裤的，他此刻浑身上下都感觉冰冷，想要掉头回家，都哆嗦得迈不动步子。

当天晚上，母亲又带着他去找师傅。

师傅一个人在喝闷酒，说："我自己现在是泥菩萨过江，没准下一批名单里就有我。"

母亲说："你不是说没了机修班，机器坏了没人修吗？"

师傅把酒杯往桌子上一砸，说："他们连厂子都不想要了，还他妈的修什么机器啊！"

隔天王相佑自己缓过神来，去找其他下岗的工友商量办法。宣传科的小黄跟他挺熟的，平时鬼点子也多。他骑着车子穿过半个城市，到了小黄家楼下，却和一辆救护车擦肩而过，再往前跑两步，就看到一群人围着地上的一摊血。他呆住了，小黄跳楼了。

小黄没抢救过来，这事一时炸了锅。有人说小黄这人平时鬼机灵，没想到心眼这么小，太想不开了。有人说他本来就得了病，早就不想活了。还有人说小黄是被人弄死的，因为他写了检举厂长的信。

流言蜚语，真假难辨，传到王相佑母亲的耳朵里，都成了炸弹。她怕儿子心眼小，也怕儿子心眼太活，最后都走了这条路，便不再让他去想办法，老老实实接受了下岗的条件。他工龄短，给的钱也就少，算来算去，勉强够结婚用的。那也行，先把终身大事办了，接下来的日子再走着瞧吧。

秋雨一连下了半个来月，终于放晴了，王相佑和母亲等着小凤一家人来城里洗澡，可左顾右盼，只等来一脸为难的媒人。

母亲急着问："咋啦？"

媒人说："小凤他爸变卦了，说闺女还小，还想在家留两年。"

"这人咋说变卦就变卦呢？留啥两年啊，女大不中留他不知道啊？"

"这当父母的心咱都该理解，可能是真要嫁人了，就舍不得了呗。"

王相佑问："那小凤啥意思啊？"

媒人说："小凤那姑娘孝顺，也没啥自己的主意，就说听爸妈的。"

"你也别帮着褶绺子①了，她是不是听说我下岗了，就不乐意了？"

---

① 褶绺子：方言，找借口。

"你咋这么说你大姨呢？我只负责传话，不帮着编瞎话。但下岗这事这么老大，人家肯定会听到几耳朵。"

母亲急了："那她家也不能这么办事啊，这下岗是天灾又不是人祸，她就能保证她家的田地不遭灾，年年丰收啊？"

媒人说："老姐，你别急，你说的话在理，但人家田地今年遭灾明年还能有收成，咱家孩子这一出厂子，明年也回不去了啊。"

母亲说："那话也不能这么说啊，我们下岗了，也不是就没别的出路了。"

"可人家看上的就是咱的铁饭碗，你说对不？"

"对是对，可是也不对劲……"

王相佑打断母亲："妈，别说了，就这样吧，人家没看上咱，咱也别强求了。"

他说完，就推门走了出去，沿着筒子楼的台阶，一路往下走，再转个弯，就到了街上。

他立在街头，憋了一肚子气，看着车来人往，太阳明晃晃的，却突然不知该往哪里走。

王相佑讲到这里，西边的太阳开始落下，金色的光芒在江面上铺了一层，细细碎碎的。他的目光从往事中抽离出来，人很疲惫地从椅子上站起，说："我好累，想躺一会儿。"不待丁唯珺回应，他径自上了床，拉过被子，蜷缩在里面。

"好的，那我就不打扰你了。"丁唯珺随即也站起身，想走出门，却又停下脚步，"你就是因为被悔婚，便决定杀人？"

王相佑想要说什么，却猛烈地咳嗽了起来，咳得整个身子都成了张哆嗦的弓。丁唯珺耐心地等他平复。他抽了一口长气，缓了过来，淡淡地说："怎么会呢？怎么会呢？"然后便似陷入了睡梦，虚弱地闭上了眼睛。

丁唯珺推门离开，一出来便看见宫浩在走廊里，弄了两把椅子，坐着一把，双腿搭着一把，靠在上面睡着了，鼾声轻微地传来，睡得还挺香。她一时感动，不忍心叫醒他，就站在那儿看了许久，待走廊里有别人经过，宫浩才被吵醒。

　　他把双腿放下来，抹了抹脸，看到丁唯珺站在一旁，说："我咋还睡着了，你啥时候出来的？"

　　"刚出来，看你睡得香，就没叫你。"

　　"昨天晚上替同事值夜班，没咋睡。你采访得咋样？他配合不？"

　　"挺配合的。"

　　"那问出啥有用的东西没？"

　　"问出来了，但他一次不能说太久，我打算明天再来。"

　　"看样子你一点都不怕了。"

　　"听他讲过去的事情，有几个瞬间，还真忘了他是杀人犯。"

　　"忘了行，但千万别聊出感情了。"

　　"你滚一边去。"

　　宫浩就笑了。

　　两人开着车子往回走，丁唯珺问他："晚上想吃啥？我请客。"

　　"今天我老舅过生日，在饭店订了包厢，你一块去呗？"

　　"你家里人聚餐，我去不太好吧？"

　　"那有啥不好的，可可你也认识，一块热闹热闹呗。"

　　"可可我是认识，但你家的其他长辈都在，我去了挺不自在的，你还是把我送回酒店吧。"

　　"你社恐啊？"

　　"有那么一点。"

　　"那我就不强求了，本来还寻思让你见见我老舅，当年可是他抓住的王相佑。"

丁唯珺听了这话，寻思了寻思，说："前面路过超市你停一下。"

车子停在超市门前，丁唯珺下车跑了进去，宫浩在车里和他妈打电话："人家一会儿到了，你别问东问西的，人家脸皮薄……真不是女朋友，人家住得老远了，在深圳，就是过来出差几天。"他看到丁唯珺拎着两瓶白酒从超市里出来，就说："妈，我先挂了，一会儿就到了。"

他挂了电话，丁唯珺就上了车子，宫浩看着白酒说："你买这东西干啥？怪破费的。"

"人家过生日，我总不能觍着脸空手去吧？"

"这有啥觍着脸的，吃饭嘛，就闷头造呗，反正你过几天拍屁股走人了，也不会和这些人再见面。"

"那万一再见了呢？这世界也不大，兜兜转转的。"

"现在人都健忘，几年不见，大街上迎面走来，都和陌生人似的。"

"那你也会忘了我吗？"

宫浩被问得愣住了，一时感受到一些暧昧的气氛在车厢里蔓延，不知道怎么回答才好。

身后传来的鸣笛声解救了他，宫浩摇下车窗，冲后面喊："警察的车你也敢哗！"

后面的人也摇下车窗，是个五大三粗的寸头男，说："咋的，警察就牛啊，这路是你们警察局修的啊？"

丁唯珺以为宫浩会发火，刚想劝他，没想到他却笑了，摇上车窗说："现在警察也不好当啊，谁都敢呲儿几句。"说完启动了车子，轮胎碾压过雪，咯吱咯吱响。

丁唯珺听着那声音，心里痒痒的，也笑了。

饭店叫四季青，包厢叫全家福，丁唯珺跟着宫浩进去，门一开，本来的说话声霎时停了，一家人都齐刷刷地盯着门口看。丁唯珺被看得有些羞赧，一群人里也只认识可可，便和可可打招呼。

"丁姐，你可算来了。"可可热情地把她拉到自己身边的空位，然后看着宫浩说，"哥，你这接待工作做得也不行啊，也不赶紧介绍一下。"

宫浩说："我进来光看都有啥菜来着，我和你丁姐出去吃过几次饭，我发现她不爱吃香菜，就看看哪个菜里放了。"

可可说："你还挺会关心人。"

"这叫观察入微，没有这本事咋干接待？"然后宫浩开始给大家介绍，"这位就是丁大记者，大家也别装了，来之前可可肯定都讲过了。"

大家就都笑了。

然后宫浩给丁唯珺介绍："这两位是我爸妈。"一对老夫妻坐在那里，冲丁唯珺笑。

宫浩父亲前些年得了脑出血，半边身子不听使唤，笑起来也是半拉脸不能动弹，看起来像在嘲笑人。

宫浩母亲烫了一头波浪卷，说："姑娘个子长得真高，人也漂亮。"

丁唯珺说："阿姨也很漂亮。"

宫浩母亲很受用，弄了弄头发。

宫浩说："我妈老厉害了，这头都是自己烫的。"

丁唯珺说："阿姨手艺也很好。"

"那是闹笑话呢，我妈自学理发十来年了。"

宫浩还想聊下去，身后传来咳嗽声，宫浩回身，看到他老舅程松岩喝水被呛到了，便说："寿星老不开心了，这咳嗽是想吸引人注意呢。"

程松岩说："你别扯犊子了，快让人姑娘坐下，吃饭了。"

宫浩说:"好好好。"

丁唯珺看着程松岩,头发花白,人有些发福,但脸上还是能看出刑警的锐气。她说:"这就是程警官吧?祝您生日快乐。"说着把买来的酒递过去。

程松岩说:"姑娘,你太客气了,还带东西来干啥!"

丁唯珺说:"您也别客气了,赶上您过生日,也是种缘分。"

张桂琴坐在程松岩身边,说:"哎呀,这姑娘真会说话,太招人喜欢了。"

宫浩说:"这位是我舅妈。"

丁唯珺说:"您好。"

张桂琴说:"赶紧别站着了,快坐下,咱们吃饭,吃饭。"

可可说:"可不是吗,在这儿一顿介绍,整得跟见家长似的。"

丁唯珺也猛地反应过来:"可可,你别乱开玩笑了,和各位长辈第一次见面,说两句话不是很正常吗!"

宫浩说:"是呗,可可你再乱说话,丁大记者该害羞了。"

丁唯珺瞪了他一眼,大家又笑了起来。

酒菜开吃,宫浩母亲一个劲地给丁唯珺夹菜,这热情让丁唯珺都有些不好意思了。宫浩给他妈递眼神,意思是别夹了,人家要招架不住了。

这眼神让张桂琴捕捉到了。"大姐,你坐得远,别张罗了,丁记者这边我来照顾。"她说着举起酒杯和丁唯珺碰,"欢迎丁记者来采访,认识就是缘分,我们东北人都热情,不见外,来了就都是朋友,希望你也能把我们当朋友。"

"您太客气了,能认识大家,我也很开心。"丁唯珺说完把酒干了。

可可说:"好酒量。"

宫浩说:"看我舅妈会敬酒吧?她在地下商场做了好多年生

意了。"

可可说："我阿姨是个场面人。"

张桂琴说："啥场面人啊，天天出床子，见人说人话，见鬼说鬼话呗。"

宫浩母亲说："那你现在说的是人话还是鬼话？"

张桂琴说："和家里人当然说的是知心话啊。"

丁唯珺跟着大家笑了，一杯酒下肚，身子也温热起来，她端起酒杯说："程警官，我敬您一杯，祝您青山不老，永葆青春。"

"谢谢谢谢，记者说话就是有水平。"他笑着说，干了杯里的酒，吃了两口菜压了压，问，"你这几天采访得咋样？"

丁唯珺说："宫浩带着我去档案室看了资料，这两天还去采访了王相佑。"

这话一出，程松岩有些吃惊："你采访的是王相佑的案子？"

丁唯珺说："是啊，宫浩没和您提吗？"

程松岩摇了摇头。

宫浩说："我提那么细干啥啊，我老舅又不是我的领导，用不着我汇报工作。"

"对对对。"程松岩转着桌上的转盘说，"可可你多吃点蔬菜。"他很刻意地想把话题转走。

张桂琴却把话接了过去："丁记者，你说你采访了王相佑？"

丁唯珺说："是啊。"

张桂琴说："是在监狱里吗？"

丁唯珺说："不是，他保外就医了……"

程松岩又拦住话头："吃饭吃饭，一会儿这个牛肉该凉了，咬不动。"

宫浩母亲说："是啊，好好过生日，又聊这个杀人犯干啥啊？"

宫浩父亲歪着嘴说："对，对，吃，吃。"

可可端起酒杯说："爸，我敬您一杯，生日快乐，这些年您和阿姨都辛苦了。"

丁唯珺这才反应过来，可可一直叫张桂琴"阿姨"，原来她不是可可的妈妈。

程松岩和女儿碰了碰杯，张桂琴却有点走神，程松岩用胳膊肘碰了碰她，她回过神来，说："都是一家人客气啥，只要你健健康康的，我和你爸就知足了。"

三个人又碰杯，把酒都干了。

"既然大家都这么敞亮，我也不能差事啊。"宫浩说着把小酒盅换了个二两的酒杯，倒满，说，"我祝我老舅身体健康，越来越壮。祝各位家人，永葆青春。"

可可说："哎，这可不行啊，你这不是抄丁姐的话吗！"

"行啦，就是那么个意思，我干了，大家随意！"宫浩一仰脖，酒都进了肚子。

丁唯珺也陪了一口，抬起头，看张桂琴在看自己，她冲着张桂琴笑了笑，又看向程松岩，他脸上有了些刚才没有的阴沉，似乎是王相佑的话题导致的，这里面一定藏着些东西，隐没在这家庭的岁月里，不便再提。

酒劲很快上来，丁唯珺觉得脸颊发烫，便去洗手间洗了把脸，又站在门前抽了根烟。夜晚的天气可真冷，脸上的热度很快就退去了。

抽完那根烟，她稍微清醒了些，回到包厢里，却见包厢里多了一个中年女人。程松岩管那个女人叫"许丽"，说："你不是值班吗，怎么还跑来了？"

许丽说："您的生日，我家老沈又出差了，那我再忙也得过来啊。"两人闲聊了几句，许丽又问程松岩："现在派出所改户口年龄好改吗？亲戚家有个小孩要当练习生，年龄得往下改一改。"

程松岩说："前些年还行，现在都联网了，就算身份证上的出生日期能改，但身份证号也动不了……"

丁唯珺听两人聊天听得出神，张桂琴又来给丁唯珺倒酒。

宫浩说："舅妈，你这可是灌酒了。"

张桂琴一脸红扑扑的，说："这点酒算啥灌啊，就是酒逢知己千杯少。"

宫浩说："是，能喝多少是多少。"

丁唯珺笑了："没事，我能喝点。"然后端起酒杯和张桂琴碰杯。

宫浩说："那我也陪一口吧。"

"那我也来。"可可说着却冲宫浩挤了挤眼睛，"丁姐，你今天就放开了喝，喝多了我哥送你回去。"

那晚丁唯珺真喝多了，但还能控制住，没露出醉态。宫浩也同样，控制着身子没东倒西歪。本来想叫个代驾，但丁唯珺提出想走走路。宫浩就陪着她，在寂静下来的小城里，从一盏路灯走到下一盏路灯。

丁唯珺问宫浩："你老舅程警官，现在怎么在户籍科工作啊？他之前不是刑警队队长吗？"

宫浩说："我也不知道，当年是他自己主动申请调过去的，好像是破案子破烦了，你也知道，刑警这工作做长了，阴暗的事情看得太多，精神容易出问题。"

"你的精神有问题吗？"

"你看我像有问题吗？"

"我看你像有精神病。"

"现在这时代，谁都有点精神疾病。"

"你说的也有点道理。"

又走了一段路，丁唯珺看到前边路边有个卖糖葫芦的，就说：

"好久没吃过这种真的是冻成冰的冰糖葫芦了。"

宫浩一听，立马上前买了一根，递给丁唯珺。丁唯珺也不客气，立马伸手去接。宫浩却贱兮兮地收回手来，自己先咬下一颗，然后再递给丁唯珺。

丁唯珺这回没用手接，而是直接张嘴咬下一颗，说："真好吃，又冰又甜。"

宫浩被这暧昧的动作弄得一愣。

丁唯珺说："你发什么呆呢？"

宫浩褶绺子说："我看你今天吃饭时好像不太开心，是不是觉得太别扭了？"

"我要是说我很开心你相信吗？"

"真的？不是蒙我吧？"

"爱信不信。"

丁唯珺往前走，宫浩紧跟两步，把糖葫芦塞给她。她又吃了一口，说："我好久没和家里人一起吃饭了，我这么说你别生气啊，就是那种，家里人说的话，明明和你的理念、观点都不相同，开的玩笑你也觉得烂俗不好笑，一直劝你吃劝你喝你也觉得烦，但就是挡不住从心里往外冒的欢喜，觉得温暖，觉得踏实，觉得这就是人间烟火，甚至还贱兮兮地想要为大家都做些什么。"丁唯珺转身看着宫浩，眼里有了些星光，说："我这么说你明白吗？"

宫浩说："明白，当然明白，你是不是想家里人了？"

丁唯珺定了定说："我没有家人了。"

宫浩愣住，看着她，等着她把话说明白。丁唯珺蹲下身子，像是系鞋带，站起身却抓了一把雪，打在了宫浩脸上，随即笑着跑走了。宫浩抹了一把脸上的雪，也抓了把雪追了上去，两人一路嘻嘻哈哈地追打，把酒醉后的快乐洒满了夜晚，才发现离酒店这么近，几步就到了门前。

宫浩说："那你先进去吧，我明天一早来接你。"

丁唯珺却突然拉住他的手，说："你要不要进去陪陪我？"

宫浩愣了片刻，随即咽了咽口水。

两人一进房间，就贴着门背亲吻了起来，一边亲吻一边脱衣服，都脱到裤子了，宫浩突然按住丁唯珺的手，说："等一下。"

丁唯珺不明所以。

宫浩说："有件事我想问你。"

丁唯珺说："问什么？"

"我们这代表什么？是当男女朋友还是睡完就拉倒？"

"你想怎样？"

"我想发展长期关系。"

"我也是。"

两人就又亲吻了起来，再次脱裤子，丁唯珺的手又被宫浩按住，宫浩说："我还有件事和你说。"

丁唯珺说："什么事？"

"我之前骗了你，其实我不是刑警，我只是个辅警，相当于刑警队的合同工，你介意吗？"

丁唯珺停下了手，想了想说："我也和你说个秘密，我不是什么大记者，我在我们单位混得很差，如果我这次采访做不好，有可能就被开除了，你介意吗？"

两人都笑了，又亲吻在一起，这回谁都没有再说话。

夜里，丁唯珺醒来，忘记拉窗帘了，有月光照进来，她看着躺在身边熟睡的宫浩，发出均匀的呼吸声，她忍不住伸手去摸他的头，他梦里不太耐烦地翻了个身。丁唯珺笑了，又转头去看那月光，这么多年都波澜不惊，照耀着人间的悲欢。

她想起王相佑今天讲了一半的人生，他说杀人都怪命运，可命运是什么呢？是两个嵌套的齿轮缓慢旋转？是山顶寺庙里一炷香灰的跌落？是人们在疲惫生活里的无奈借口？还是……都不管了，在明知是错的事情里，找一个赖以做下去的理由。

或许还有很多，比如她和宫浩的相遇。

一夜酒醒，人比不醉时更理智，于是昨夜种种，都成了慌乱的梦。但也知道是真，却也像极了假。

宫浩醒来，愣了一会儿才分辨出这儿是哪里，昨晚的事情也在记忆里冒出了头，他听到浴室里传来洗澡的声音，便慌忙地穿上衣服。刚套上内裤，洗手间的门就开了，丁唯珺裹着浴巾出来，两人近似赤裸地又相见了，都有些尴尬。宫浩急忙往身上套衣服，丁唯珺退回浴室，让宫浩帮忙把衣服拿过去，宫浩"哦哦"地答应着，把她的衣服团成一团递过去，等她再出来，两人都衣衫完整了。

宫浩说："你饿吗？要不要去吃早餐？"

丁唯珺看了看时间，其实已经不早了，说："起床太晚了，就不吃了。"

"那也行，等中饭一起吃。我先送你去王相佑那儿吧。"

"好的好的。"

"那你等我一会儿，我先去取车，回来了给你打电话你再下楼。"

"麻烦你了。"

关系的陡然变化，两人似乎都还不太适应，言语间都变得客气起来，听起来别别扭扭的。宫浩离开，丁唯珺反倒松了一口气似的，冲了杯速溶咖啡，一边喝一边翻看昨天的记录，不一会儿，手机响了起来，她以为是宫浩，却看到是主任打过来的。她有些胆怯，犹豫了几秒才接起电话。

"喂，主任。"

"丁唯珺，在东北采访还顺利吗？"

"挺顺利的，还采访到了当年的罪犯。"

"我听刘晓琼说了，这是个机会，你要好好把握。"

"主任，我明白的，我一定争取多挖出一些东西来。"

"好的，我很期待看到你这篇稿子，如果写得好，今年的优秀员工我会极力推荐你。"

丁唯珺心里一动，急忙说："谢谢主任，我不会辜负您对我的信任。"

挂了电话，丁唯珺发了会儿呆，知道自己在单位的境遇发生了扭转，心情也随之大好，她有些坐不住，不等宫浩回来，便下了楼，站在酒店门前等。今天的阳光也很好，照在一片雪地上，明晃晃地让人睁不开眼睛。她看到一个身影朝她走来，以为是宫浩，近了才发现是张桂琴。

张桂琴离着三两步远就在说："丁记者，丁记者，我紧赶慢赶还是赶上了，就怕你出门了。"

丁唯珺想了想，本来想叫她舅妈，但又觉得突兀地随着宫浩称呼，有点怪，便还是管她叫了一声"阿姨"，说："您怎么来了？"

"我来给你送点吃的，我看到有卖大楂粥的，一想，这不是我们东北的特色吗？便寻思买来给你尝尝。"张桂琴说着，从拎着的布袋里掏出个保温饭盒递给丁唯珺。

"阿姨，您真是太客气了，还麻烦您跑这一趟。"

"麻烦啥啊，一点都不麻烦，我的床子离你这儿可近了，就隔着两条街。"

丁唯珺接过保温饭盒，捧着还是温热的，她说："阿姨，谢谢您，那我一会儿就吃。"

"这个大楂粥配点小咸菜最好吃了。"

丁唯珺说："好的好的。"便也不知道该再说些什么。

"你今天还要去采访吧？"

"是，等宫浩来接我呢。"

"离得还挺远啊？"

"在江中间的岛上。"

"哦，那边啊，我好多年都没去过了。行，那我就不打扰你了，我也得回去看床子去了，你这几天不走，有空就去家里吃饭。"

"嗯嗯，好的，阿姨，我有空再去拜访。"

张桂琴捂着冻红的耳朵，小跑着离开。丁唯珺松了口气，对过于质朴的热情，她还是不太有力招架。她把保温饭盒塞进包里，再抬头，张桂琴已消失在视线里。再过了片刻，宫浩的车子就停在了酒店门前。

宫浩说："咋啦？怎么提前出来了？这么一会儿就等不及了？"说完又觉得关系变化后，这玩笑开得太一语双关了。

丁唯珺倒觉得没什么，上了车子，副驾上却出现一个袋子。丁唯珺说："这里面是什么？"

"打开看看呗。"

丁唯珺打开，拿出来，竟是一套保暖秋衣秋裤。

"看你整天冻得哆哆嗦嗦的，就给你买了一套，你明天就穿上。"

"你的好意我非常感谢，但是这大红的颜色是不是太土了点？"

"土吗？我看挺喜庆的。"

"你告诉我在哪儿买的，我去换一下。"

"换啥啊，穿里面又没人能看见。"

"你就能看见……"丁唯珺说完便反应过来，有些尴尬，猛烈地咳嗽起来。

宫浩倒没注意这话，只说："看吧，都冻咳嗽了。"

丁唯珺不再说话，扭头看窗外。车子很快又到了江边，天气好，来玩的人多，人来人往的。

宫浩停下车子，说："我今天要出任务，不能陪你采访了，我和那里的保安打过招呼了，他在门口守着，等你下午采访完了，我再来接你。"

"你出什么任务？"

"有个毒贩流窜到市里了，我去配合抓捕。"

丁唯珺脸色一变，说："会不会太危险了？"

"危险也得去啊，这是我的工作。"

丁唯珺想了半天，也想不出别的话来，只能握了握他的手，说："一定要小心。"

"放心，我会的。你呢？我不在会不会害怕？"

"通过昨天的接触，我也没那么害怕了，你放心吧。"

丁唯珺下了车子，往前走了几步，宫浩突然打开车窗喊她。

她回头，说："怎么了？"

宫浩犹豫了一下问："昨晚说的事情是不是认真的？"

"什么事啊？"

"哦，没事，忘了就忘了吧。"

宫浩说着要关上车窗，丁唯珺却突然想起来了，他问的是两人要不要做男女朋友的事情。她笑着冲宫浩喊道："我想起来了，是认真的！"宫浩也笑了，那笑容明晃晃的，把丁唯珺的心晃得一跳一跳的。

第六章

1996 年，下岗半年后的王相佑，给自己找了条新出路，买了辆倒骑驴^①，安装了个棚子，走街串巷地拉客人。别人近道五块，远道十块，他近道三块，远道八块，生意自然就比别人好一些。生意好，腰包就鼓得快，腰包鼓起来，心情也就跟着轻松了不少，他对再难对付的客人也堆着笑脸，于是客人都说这小伙脾气好，仁义，将来肯定有出息。王相佑听了也是嘿嘿一笑，把车费再塞进腰包里。

腰包里有了钱，但王相佑从来不乱花，他报了个驾校，盘算着等拿到驾照就租个出租车，当个正经的出租车司机，那玩意儿四面都有棚子，风吹不着雨淋不到，人也清清爽爽的，比穿着油脂麻花的工装要体面得多。他还盘算着，租出租车先干个几年，等攒够了钱，就自己买一辆。有了自己的车，那就是另一种铁饭碗了，还不用再看领导和老天的脸色吃饭，生死全都握在自己的手里。

他把这打算和母亲说了，母亲一拍大腿，说他有想法有能耐，还催着他弟弟也赶紧去考驾照。他弟弟那时已经给一个黑老大当了小弟，整天出入舞厅夜总会，有钱人见得多了，自然是瞧不上这卖苦力的活，叼着牙签说："妈，你拉倒吧，就别老给我瞎操心了，我自己的人生我自己做主。"

---

① 倒骑驴：三轮车的一种，车厢在前，骑车人在后。

母亲看不惯他弟弟那个样子，说："你就混去吧，我也懒得给你做主，等你吃几次亏你就老实了。"

他弟弟说："老实啥啊，我大哥常常和我们说，年纪轻轻的不要怕吃亏，吃亏是福。"

母亲说："行，那你晚上就别吃饭了，去吃亏吧。"

他弟弟不爱听，牙签一吐，管王相佑要了一百块钱，摇晃着身子走了。

他弟弟一走，母亲又埋怨："你给他钱干啥？给了也是胡花。"

王相佑说："他在外面混，就算买盒烟抽，手里也得有点钱啊。"

母亲叹了口气，不愿再聊他弟弟，话头就又回到王相佑身上，说："你现在新工作也稳定了，要不妈再找媒人，给你介绍个新对象？"

"还是那个我管她叫大姨的媒人？"

"那个大姨不行，两头捞好处，胳膊肘还往外拐。这回我听说城北有个男媒人，手里有一本大相册，里面全都是好姑娘。要不哪天，我把他约家里来，你翻一翻他的相册？"

"算了吧，妈，这事我也不急了，我想先多赚点钱。我现在是想明白了，兜里钱充裕的话，选择的余地也能多一些。"

母亲想了想说："你说得没错，现在人确实是看到钱和看到祖宗似的。行，那这两年，妈就不提这事了。"

母亲起身去做饭，王相佑却说："别给我做了，我晚上约了几个蹬三轮车的人一起吃饭。"

"去哪儿吃啊？"

"新华街那边开了个自助火锅店，可便宜了，十八块钱一位，刚开业酒水还免费。"

"那你可少喝点，别喝多了。"

王相佑答应着，推门出去，下楼骑上三轮车却没去新华街，而是绕了一圈到了朝阳街的旱冰场。旱冰场在室外，用护栏圈了一圈水泥地，又在头顶拉了几条彩灯，一群年轻的男男女女，在里面旋转跳跃转圈圈。王相佑以前没注意过这地方，这段时间来得频了些，是因为认识了一个总来这儿滑旱冰的女生，最近两人走得有点近。

王相佑不知道女生的全名，只听别人叫她"二春"，便也跟着叫了。他和二春认识，也挺特别的。有一天，他送一个客人去工地，到了后，那人掏出一百块，赶巧王相佑兜里没零钱，那人就抽回钱，说去找工友破点零钱。可那人走进去好一阵都没出来，王相佑怕他逃了，便进工地里找，找了半天没找到，有个开塔吊的人让他去食堂找，说这个点正吃中饭呢。他顺着方向往食堂走，路过混凝土搅拌站，听到有个女声喊"哎！哎！"，王相佑回头看，是个年轻女性，灰头土脸的。女生叫他过去，王相佑过去，看到她不知为何陷在了混凝土里，混凝土不算深，但也没了膝盖。女生让拉她一把，王相佑伸出手，混凝土初凝了，费了好大的劲才把她拉出来。

两人坐在混凝土坑边，气喘吁吁。王相佑说："你是咋掉进去的？"

女生搓着裤子上的混凝土，说："清理混凝土罐子，一不留神就翻了下来，还好是腿先着地，要是脑瓜杵里面，就喊不出声了。"

王相佑说："这要不是我经过，再过一会儿，混凝土彻底凝固了，你的腿也够呛了。"

女生嘿嘿一笑说："那倒不会，以前我们工地有个人就是灌混凝土里了，给消防员打了个电话，用电镐一点点刨，还是给刨出来了。"

"行，不和你闲聊了，我还要找人去呢。"

"你刚才帮了我，我现在也帮你，你找谁，我带你去。"

那女生还真带着王相佑把坐车的人找到了，那人本来要赖账，女生硬给揪了出来，还当着工友的面一顿数落他。那人恼了，说："二春，你这丫头真是的，从小跟着你爸混工地，我们都是你的叔叔伯伯，你总得给我留点面子。就那几块钱，我能不给吗？我是一时还没破开钱。"

二春说："那你把钱给我，我帮你买包烟去。"然后她拿了钱去商店，买了包烟，自己却先打开抽出一根叼嘴里，又递给王相佑一根，利落地给他点上，又数出零钱给了他。

王相佑把钱推回去，示意了一下手里的烟，说："行了，拿这根烟顶了吧。"

二春说："你这人倒还挺敞亮。"

"敞亮啥啊，就是怕以后路过这儿让人下钉子。"

二春笑了："你等我一下，我去换身衣服，你拉我去个地方。"

王相佑看了看天说："大晴天的，工地下午也不停工啊。"

"我一个小工，赚的也是半个力工的钱，躲一下午也没人发现。"

"你这是老油子了。"

"干啥活都得有技巧。"

王相佑等了一会儿，二春出来了，化了个大浓妆。上半身穿了个小吊带背心，胸脯虽然不大，但里面穿了件胸罩，倒也显得挺饱满的；下半身穿了条小短裤，腿上套了条黑色的丝袜，还蹬了双高跟鞋，一扭一扭地走了过来。那高跟鞋一看就穿得还不是很熟练，扭了几步就差点摔倒，她晃了晃又站稳，说："妈的，这玩意儿咋这么难穿，你们男的是不是就爱看女的穿这玩意儿？都他妈变态！"

王相佑载着她，她也不说去哪儿，就说："往前再往前，左转，再左转，顺着这条路一直干到底。"停下车，王相佑看明白了，是个旱冰场。

二春下了车，说："你也下来玩会儿？"

王相佑说："我下午还得拉活呢。"

"差这一下午你就能发财啊？"

"我不会滑。"

"可好学了，我教你。"

王相佑就没了推托的理由，把倒骑驴停在一边，和她就进了旱冰场，蹬上那带两排轱辘的旱冰鞋，整个人都站不稳了。二春让他扶着栏杆先慢慢走两圈。王相佑就扶着小心地往前挪，却见二春一圈圈滑得利索，跟着那音响里哐哐哐的音乐，人都快飞起来了。王相佑看得入迷，手就松开了栏杆，没意识地往前走了两步，啪叽就摔在了地上。二春正好一圈滑过来，来不及躲了，被王相佑的身子一绊，整个人都扑在了王相佑的身上。

王相佑能感受那胸脯压在胳膊上的柔软，还有她身上那股刺鼻的香气，有几秒钟，他陷入了恍惚，没有了思考，却有了一下子把这具肉体狠狠揽入怀中的冲动。

二春从他身上爬起来，看着自己的胳膊说："你瞎啊！不知道躲着点，给我胳膊都磕破皮了！"

"不好意思，我不是故意的。"王相佑慌忙起身，却怎么都起不来，好不容易站起来，又一个大劈叉坐在了地上。

二春看他那窘态，倒笑了，扶着他站起来，说："你等我一会儿。"然后她去管老板要了个创可贴，贴在了胳膊上，又滑回来，伸出手，说："我教你滑。"

王相佑伸出手，二春牵着他，一点一点地挪动，转圈圈。王相佑学得倒也挺快，几圈之后，自己就能站住了。二春转过身说："你抓住我的腰，我带带你。"王相佑犹豫了一下，伸出手，却不是抓住，而是一把环住了她的腰。二春也不在乎，唰唰地滑了起来，王相佑跟在后面，弓着身子，也挪动着脚步，一圈一圈都是刺鼻的香气，全都是风带起的眩晕，全都是不曾触摸过的柔软。

这天夜里，王相佑又到了旱冰场，看到二春已经在里面滑上了，嘴里嚼着泡泡糖，一边滑一边吹泡泡。王相佑把倒骑驴停好，冲二春招手。二春减慢速度，趴在栏杆边喊他进来。

王相佑说："我今天不想滑。"

"不想滑来这儿干啥？"

"你饿不饿？我带你吃东西去啊？"

"吃啥？"

"新华街那边新开了个自助火锅店，我请你吃吧。"

"行啊，我好长时间没吃火锅了，工地那烂饭菜，我是早吃腻了。"

王相佑带着二春来到火锅店，二春爱吃肉菜，一下子拿了七八盘羊肉。老板娘看不惯，说："那玩意儿吃完了再拿呗，怎么跟土匪似的？"

二春说："咋的，嫌我拿多了？不是自助餐吗，还怕人吃啊？"

老板娘说："小丫头片子能吃完吗？"

"长身体呢，就是能造。"二春说完又去拿了两瓶啤酒，用牙咬开瓶盖，递给王相佑一瓶。"能喝点吗？"

王相佑说："这咋不能？"

二春仰头咕咚咕咚喝了一大口，说："看你蔫了吧唧的，喝完酒话能多点吗？"

王相佑也喝了口酒，说："我觉得我话不少。"

"那你蹬倒骑驴时也和客人唠嗑吗？"

"那有啥唠的啊，都是基本见不到第二次的人。"

"咱俩不就见第二次了吗？"

"咱俩不一样，咱俩是先认识后拉客的。"

"那确实不一样，你今年多大？"

"我二十一，你呢？"

"肯定比你小啊。"

"小多少？"

"不管小多少，我都得管你叫哥。"二春举起瓶子，"我以后就认你当大哥了。"

王相佑和二春碰了碰瓶子，说："当大哥有啥意思啊？"

"那你想当啥？"

"当对象。"

二春瞥了他一眼，说："你还挺着急的，那哥哥妹妹叫着，不比对象亲啊？"

"那能一样吗？"

"咋不一样？我在工地见的多了，哥哥妹妹叫着叫着，就叫进被窝了。"

这话说得王相佑浮想联翩，他盯着二春咽了咽口水。二春又拿起啤酒，仰头把剩下的半瓶都吹了。王相佑说："你还挺能喝。"

"前阵子啤酒厂举行喝啤酒大赛，你知道女子组冠军是谁吗？"

"不会是你吧？"

"不是，是个胖老娘们儿，生过三个孩子，肚子大，我实在干不过她，最后拿了个亚军。"

"那也挺厉害了。"

二春一脸不服气，说："等我练练，明年一定能赢她。你知道吗？冠军的奖品是辆摩托车，我早就想要了。"

"那玩意儿要是买二手的，也没多少钱。"

"拉倒吧，你一个蹬倒骑驴的，就会说大话。"

"我是不想买，我要是想买随时都能买。"

"那你想给我买啊？"

"那你想和我处对象吗？"

二春歪了歪脑袋，打量王相佑，然后给他夹了块羊肉，说："吃完饭再说。"

那顿饭吃了挺长时间，二春喝了七八瓶啤酒，王相佑喝不过她，只喝了五六瓶，但也挺晕的，摇摇晃晃地出了火锅店，却爬不上倒骑驴。

二春笑他:"都东倒西歪的,还骑啥驴啊,小心驴尥蹶子翻沟里了。"

王相佑也笑:"那不骑咋回家啊?"

二春就过来,拉住他的手,往前走去。王相佑问去哪儿,二春不吭声,就是往前走。夏天的夜里星河满天,王相佑就看着那头顶的星星在转圈圈,转着转着,二春停下了脚步,王相佑晃了晃脑袋,定了定神,看到是一家小旅馆的牌子。

他一下子清醒了很多,说:"这是要干啥?"

二春说:"你想干啥就干啥。"

王相佑定定地看了看二春,反握住她的手,把她拉了进去。

小旅馆里的夏夜,闷热异常,王相佑出了一身的汗,喘着粗气拱在床上。二春拿了条毛巾裹在身上,给他点了根烟,自己也抽了一根。两人都没说话,只有交错的一呼一吸声。

王相佑喘匀气,说:"几点了?"

二春看了看表,说:"十二点多了。"

王相佑起身,说:"不行,我得回家了,不然我妈该担心了。"

二春笑他:"这么大了还找妈妈。"

王相佑说:"你妈不管你吗?"

二春说:"我是我爸带大的,我都没见过我妈。"

王相佑说:"那你爸呢?"

二春说:"这个点在工地早就睡觉了,他天天喝酒,一喝多也就把我忘了。"

王相佑想起了他的父亲,也是爱喝酒,最后把自己喝死了。他生出了一点同病相怜的感受,又躺回床上,说:"我今晚不走了,陪你。"

二春说:"谁陪谁还不一定呢。"

两人又搂抱在了一起,酒劲还没散去,二春翻坐在王相佑身上,王相佑只觉得阵阵眩晕,阵阵下坠,眼前是晃动的肉体,闭上眼就是明丽的景致。

他在箭矢离弦的瞬间,生出些汹涌的感动,满心的春色荡漾,以为瞥见了命运的眷顾,却不知那是一把铁钩,死死地钩住他,他翻着白肚被拖进深渊。

第二天一早,两人离开小旅馆,吃过早饭,二春让王相佑送自己回工地。去火锅店附近找倒骑驴的路上,经过一家首饰小店,二春钻进去,挑了一副小耳环,也分不清是塑料的还是贝壳的。王相佑给她付了钱,不贵,十几块钱的小玩意儿,二春戴上却乐得蹦蹦跳跳。

王相佑蹬着倒骑驴,把二春送回工地,两人约定晚上还去旱冰场滑冰。二春离开前在王相佑脸上亲了一口,王相佑感觉有点痒,嘿嘿笑着搓了搓脸颊。

他骑上倒骑驴离开,刚蹬了几步,就听到身后传来杂沓的脚步声,回头看了眼,十几个男的拎着棒子跑了过来。他纳闷,这群人是要去哪儿打架?他想着别挡道了,便往边上靠了靠。

可这群人却停在了他身旁,把他围住了。为首的中年男人把那棒子指在王相佑胸前,说:"我闺女昨天晚上和你在一起?"

王相佑说:"你姑娘是谁?"

"别他妈装糊涂!"男人说着一棒子就挥了上来。

王相佑被打蒙了,从倒骑驴上栽了下来,接着更多的棒子就落在了他身上。他感觉头上一紧,有东西流了下来,一路到了眼睛里,是一片猩红,接着整个大地开始摇晃,他缓慢地往一片浩渺的漆黑里倒去。

过了很久，车子拉着鸣笛声呼啸着赶来，但不是救护车，是警车，一老一新两个警察下车，王相佑被戴上手铐，推进了警车。王相佑脑袋上的血凝固了，脑子也清醒了过来，但还是不明白自己为啥被抓，可他一嘴的血沫子，说不出话来，倒在警车的后座，听两个警察闲聊天。

　　"孙哥，这强奸犯胆还挺肥，强奸完还敢把人往回送。"

　　"小程，我和你说，这强奸犯都是畜生。"

　　"对，人家那小姑娘还不到十四岁呢，怎么下得去手？"

　　"变态呗，这种人越来越多了。"

　　王相佑听着两人的话，知道是在聊自己，可又觉得很陌生，自己怎么就成强奸犯了？还没满十四岁的小姑娘是二春吗？她看起来不像啊，又抽烟又喝酒。他努力拱了拱身子，坐了起来，费力地张开嘴，吐出嘴里的血沫子，说："两位警察大哥，我不是强奸犯，我和二春是男女朋友。"

　　副驾的年轻警察回过头，态度也不算恶劣，但明显有些嫌弃，他说："到底是什么关系，回警察局再说。"

　　再说，听意思是还没下定论，王相佑心里就缓了口气。到警察局录口供，他把前因后果都讲了一遍，反复强调自己没强奸，双方都是自愿的，那小旅馆都是她领着自己去的，这不算强奸。

　　理儿是这么个理儿，警察从二春那儿得到的口供，和王相佑的也基本一致。但法是另一个法，凡是和不满十四岁的幼女发生性关系的，不论幼女是否自愿，都构成犯罪。公安部门把掌握的材料提交给地方检察院，几个月后案子就进行了宣判，王相佑因犯奸淫幼女罪，被判处有期徒刑十年。

　　法庭上，法官宣判完毕，王相佑还是不敢相信这是真的，几个月的看守所生活，他始终过得恍恍惚惚。强烈的不真实感，让他每天醒来都会觉得又是一场酒醉一场梦，或是一个庞大的误会，把自己错投其中，总会有厘清之时，就如同二春陷到那混凝土之中，总会有人伸手拉一把。

此刻，当锤子落下的瞬间，他才后知后觉，双腿发软，一切的不真实感和恍惚感都被这一锤定音驱散，他没有悲愤，也没有怨念，心里只剩下一个劲地说完了完了。他看向母亲，母亲已经哭得倒在了地上；他看向弟弟，弟弟要冲过去打二春，被保安拦住，拖拽出了法庭。

他的目光最后落在二春身上，二春这天穿得干净，没有高跟鞋和丝袜，没有浓妆，只是一件白色的短袖，衬托着倒有了几分女孩子的稚嫩。二春低着头，不敢看他，但也在偷偷看他。他知道是这个女人毁了自己的全部，可此刻还是恨不起来，这恨不起来，不是因为喜欢，而是因为茫然。他知道她不是故意要害自己，或许也是真心喜欢自己，可一切都在她这年岁的无知和过早的成熟里，盘根错节地结出了恶果。

如今，这恶果他要独自吞下，然后再用长达十年的时间，反刍，消化。

2021年，疗养院病房里，落地窗前的日光，一寸寸地挪移成了夕阳余晖，又一点点掠过江面，被大地收了回去。

丁唯珺和王相佑两人落入了沉默，都望着远处的江面失了神。有辆凿冰车在取冰，巨大的冰块被切割出来，码上了车子，之后这些冰会被雕刻成各种造型，摆上街道和广场，安上灯，通上电，年下时亮起，全是悬灯结彩。

有敲门声，打破了那沉默，两人回过神来，看护士推门进来，拿着药和温水，盯着王相佑把药吃下。王相佑吃了药，看着护士离开，又看了看丁唯珺，说："你也该走了，我的故事都讲完了，后面的你都知道了。"

丁唯珺看了看本子，刚合上，却又打开，说："我还有几句话想问你。你说你在法庭上时，并不恨那个叫二春的，可等你出狱后，为什么要去杀害那些无辜的女孩？"

王相佑想了想，弱弱地说："人是很复杂的，我在法庭上时，是不恨二春，但是等进了监狱后，就跟吃了东西好久才回过味来一样，又开始恨了。"

丁唯珺疑惑，她不太明白这回过味的转念。

王相佑说："监狱那地方，太熬人了。"

到底怎么熬人呢？没有自由，没有尊严，时间也慢得没有尽头。人进了那里，什么都藏不住，人性中最残忍、最自私、最可怕的欲望，都冒了出来。如果够强势，还能拼得一处安身，若软弱，只能任人凌辱。起初还会反抗，但时间久了，反抗不动了，人也就蔫巴了。可处境不变，日子还长，人就像是被丢进一口大铁锅，下面架着火，水里放着调料，慢慢地炖着炖着，就把好多后悔都炖了出来。

别人能在这炖锅里反思自己的罪恶，反思如何一步步迷了心窍走进这窄门。可王相佑却找不到根基和脉络，越炖只能炖出越多的怨念来，这怨念在空中飘着，总得寻一个落处，便统统落在了二春头上。若不遇见她，他便不会沦落至此，若不是她带他进了小旅馆，如今他已经开上了出租车，人生往后去哪儿都是顺路。

丁唯珺说："所以你出来后，把对二春的恨转移到了那些未成年女孩身上？"

王相佑点了点头说："我出来后第一个想杀的人就是二春，可是找不到她。我的愤怒无处发泄，看到那些十几岁的小姑娘都像她，于是就开始动手了。"

丁唯珺想了想说："我最开始问你的时候，你说你杀人这件事，要怪的话，就怪命运吧，这个命运现在看来，就是二春吧？"

王相佑摇了摇头说："我第二次进监狱，待了更长的时间，在里面看了好多书，也想明白了很多事，我慢慢发觉，命运从来都不是一个简单的人或事情组成的。"

"那是什么？"

"我因为奸淫幼女罪被判了十年，在里面待到第七个年头时，我看到了一条新闻，法律条款修改了。把和幼女发生性关系这条修改为，行为人确实不知对方是不满十四周岁的幼女，双方自愿发生性关系，未造成严重后果，情节显著轻微的，不认为是犯罪。你知道这是什么意思吗？就是说，如果我和二春的事情，晚几年发生，我就不会进监狱了。"

丁唯珺翻看手机，查到并非他说的修改了法律条款，而是在2003年对强奸幼女的法规有了新的司法解释，但后来这司法解释因为不合适而废止了，其后又出台了更为具体的意见。

王相佑说："我还记得看到这条新闻时，我愣了很久，愣着愣着我就笑了。丁记者，你说这是不是就叫命运弄人？"

丁唯珺回答不上来，只说："每个人一辈子都会遇到很多事情，有人受了欺骗，也有人蒙受了冤屈，还有人遭受了意外，但这些都不是去伤害另一个人的理由。"

王相佑苦笑了一下说："对，你说得完全正确，可这世界上那么多人，为什么偏偏倒霉的是我啊？刚学会了技术，就下岗了；相好了对象，对方又悔婚了；好不容易谋了条新出路，又被关进了监狱；在里面熬了几年，快要被释放了，法律又改了……你说我活得怎么就那么不赶趟呢？"

王相佑仍旧盯着窗外的那些景色，那里面有过往所有的旧梦，但却给不了他一个答案。

最后一抹天光也收回了，丁唯珺起身准备离开，说："谢谢你接受我的采访。"想伸手和他握一下，但又打消了这个念头。她打开门，又回过身来，对着王相佑的背影说："你或许觉得自己被命运和时代操弄了，但你至少还活了大半辈子，可那些被你杀害的孩子，她们做错了什么？凭什么要替你背负这些怨念？她们的家人无端遭受这些灾难，又要去怪谁？"

王相佑不回答，低下了头，整个人都萎靡在没开灯的阴沉里，接着猛烈地咳嗽起来。

丁唯珺离去，走出疗养院，走在寒风又起的江面上，她并没有工作结束的轻松之感，反而有一股郁结之气堵在胸口。她恨这罪犯没有反思，也恨自己曾在那故事里同情过他，她更后悔自己与他相见，若不见，他便是穷凶极恶，可见了，他就有了血肉，那痛恶就不再纯粹。

可人间哪有那么多纯粹啊？人性的横切面，肌理纵横，复杂难测，都在那灰度空间里来回摆荡，不敢轻易示人。

江风吹得她清醒了一些，她搓了搓脸颊，长出了一口气，从那过去的世界与罪恶中抽出心思，宫浩的电话也打了进来。

她接起，宫浩问她："出来了吗？"

她说："快到江边了。"

"好的，天黑了，你慢点走，我在这边等你。"

丁唯珺加快了脚步，几乎是小跑着来到车边，开车门钻了进去，便看到宫浩脸上擦伤了一块。

"怎么弄的？这伤口也不处理处理。"

"小伤，不挡害。"

丁唯珺想起他白天说要去抓毒贩，就问："毒贩抓到了？"

宫浩嘿嘿一笑说："抓了半天，抓了个假毒贩，整了一堆安乃近，用擀面杖擀成粉面子，冒充毒品去卖。我们到那儿还没动手呢，就看到他被一群吸毒的按在地上揍，我这脸是拉架被误伤的。"他冲着后视镜看了看脸颊，又说："妈的，那个吸毒的老娘们儿手指甲还挺老长，现在被关进戒毒所该老实了。"

丁唯珺笑了，也是松了口气，说："你这警察当的，就没抓过一个正经的犯人。"

宫浩强调是"辅警"，又说："哎，你今天采访得怎么样？"

"采访完了。"

"挖出啥值得大写特写的东西了吗？"

"应该有吧，但我现在脑子有点乱，可能是那屋子里暖气太足，热得发昏，等明天清醒了再仔细思考思考。"

丁唯珺打开包，想找支唇膏出来抹抹，却发现里面有个保温饭盒，这才想起来，是早上张桂琴给自己送的大楂粥，都忘记吃了。

宫浩也看到了保温饭盒，问："这是啥？"丁唯珺便把张桂琴的事情讲了讲。宫浩说："我舅妈这人一直这样，待人特别热情，小时候我去她家玩，每回走时兜里都揣满了零食。"

丁唯珺说："我昨天听可可管她叫阿姨，她不是可可的亲生妈妈吧？"

"不是，可可的亲妈在她很小的时候就死了，她是后来和我老舅在一起的，但是对可可老好了，和对亲生闺女没啥差别。"

丁唯珺感叹："她真是个好人。"

宫浩也感叹了一句："好人没好命。"

丁唯珺听不明白："怎么没好命了？"

"她和我老舅在一起之前，有个女儿，后来死了，你猜是咋死的？"

丁唯珺有种不祥的预感，宫浩缓缓开口："被王相佑杀的。"

丁唯珺愣住，定定地看着宫浩。

"你看我干啥？"片刻后他回过味来，一脚踩住了刹车，"你怎么才和我说？"

丁唯珺说："是你怎么才和我说！"

宫浩一边给张桂琴打电话，一边掉转车头，车头掉了过来，可电话却迟迟没人接。宫浩便猛踩油门，一路又朝着江边飞驰而去。

车子停在江边，两人跳下车，往岛上跑。江面本就滑，走起路来还算勉强能前行，快跑起来脚根本抓不住地。宫浩踉跄几步摔倒在了冰面上，气得爬起来，直冲到一旁租冰上摩托的摊位，拖过一个就骑了上去。

老板说："哎！这可不是白玩的！三十块一圈。"

宫浩说："少废话，警察办案！"说完便拉着丁唯珺坐了上去，一路往岛上开，摩托飞快，扬起大堆的雪面子，眯得丁唯珺睁不开眼睛。

摩托停下，两人下车往疗养院跑，进了走廊，往最里面钻。到了王相佑门前，房间门虚掩着，宫浩一脚踢开，便看到张桂琴握着一把刀，刀尖对着王相佑的胸口，王相佑双手握着张桂琴的双手，死命抵抗着。但是王相佑毕竟病重，体力明显不支，脸上虽狰狞着，人却越来越虚弱。

丁唯珺两步冲过去，从身后抱住张桂琴的腰，用力往后拽她，张桂琴吼着："你别拦我！我要杀死这个畜生！"丁唯珺不松手，宫浩也过去拉张桂琴。张桂琴不知哪儿来的那么大力气，两个人费了好大劲才把她拉开，劲道一泄，三人都跌坐在了地上，而那把刀，软绵绵地落在了床上。

王相佑大口喘着气，从床上爬起来，伸手去够那把刀。丁唯珺觉得不妙，宫浩反应最快，起身去抢，王相佑却先拿到了那把刀。

宫浩愣住，不知他会做出什么，但下一秒，他却把刀掉了个头，老老实实地把刀柄递还给宫浩，说："你们快带她走吧，我刚才按了保安铃，一会儿保安过来就不好解释了。"

丁唯珺拉张桂琴出去，张桂琴还要冲向王相佑，冲他吐唾沫，冲他吼着："你别在这儿装好人！你还我女儿！你还我女儿！我要和你同归于尽！"

宫浩也拉着张桂琴说："舅妈，你冷静点！为了这种人渣你再搭条命，值吗？你女儿要是还活着，她愿意看到你这样吗？"

张桂琴说："她看不到了，看不到了，她早就看不到了！"她身子一下子瘫软了，坐在地上痛哭起来，怎么拉都拉不起来。

丁唯珺看着她撕心裂肺的样子，也忍不住红了眼眶，下午的摇摆和灰度都消散了，最后看向王相佑的眼神里，只剩下了无尽的愤恨。

宫浩和丁唯珺把张桂琴送回了家。程松岩披着一件衣服在单元门口等着。他还住在老房子里，那房子当年说卖，一直没卖出去，后来说要拆迁了，又是个遥遥无期的空消息，于是就一直住到了现在。

张桂琴从车上下来，整个人看起来很疲惫，她倦怠地看了程松岩一眼，没说话，先上楼了。

程松岩低声问宫浩："这事怎么搞的？怎么能让她知道王相佑的住处呢？"

宫浩还没说话，丁唯珺先开口了："程警官，这事怪我，她早上给我送东西，闲聊天我就讲了。"

宫浩说："也不能怪你，你也不知道这里面的事。其实这事赖我，我不带你去给我老舅过生日就好了，可我看我舅妈这些年活得挺开朗的，我以为她把那些事情都放下了呢。"

程松岩说："这事谁真能放下，只不过是藏心里面不说罢了。王相佑保外就医这事，我一直都没敢告诉她，怕她心里好不容易快长全乎的窟窿，再给捅开了。"

丁唯珺又说："对不起，差点惹了大祸。"

程松岩说："其实王相佑那个畜生死了倒也解气了，就是为了他再搭条人命进去不值得。"

宫浩说："我也是这么劝舅妈的。哎，要不我把这个消息透露给其他受害者家长，让他们去捅王相佑怎么样？"

程松岩说："你上一边去，别胡闹。"

宫浩笑了："我开玩笑呢，这种事我才不会干呢！"

程松岩也笑了笑，看着丁唯珺说："谢谢你今天拦住了她，不然真出大事了。"然后他又看了看宫浩说："你带丁记者回酒店休息吧，今天这情况就不请你们进家里坐了。"

宫浩说："行，老舅，你快上去吧，我俩去吃点饭。"

丁唯珺说："程警官再见。"

程松岩点了点头，折身上楼了。

丁唯珺看着他的背影发呆，宫浩说："哎，寻思啥呢？快上车啊，这天干巴地冷。"他捂着耳朵先上了车。丁唯珺回过神来，也上了车。

宫浩说："你想吃啥？带你去。"

"随便吧，我没啥胃口。"

"没啥胃口就吃点有胃口的。"宫浩踩一脚油门，车子开了出去。

车子七弯八拐，到了一家餐厅门前，丁唯珺看着牌匾的韩文说："吃韩国料理啊？"

"你们叫韩国料理，我们叫朝鲜族饭馆，其实都差不多。"

两人进了店里，点了两份石锅辣牛肉汤，汤还没上来，先上来一堆小菜，丁唯珺吃了几口，胃口似乎开了一些。

宫浩说："这店多好，都不用点菜，光这些小菜都够下两碗米饭了。"

丁唯珺说："我身上有点冷，想喝点酒。"

"你明天痛快地把我给你买的秋衣秋裤穿上，别再嘚瑟得感冒了。"然后他回头冲服务员喊，"你们家那个烧酒来一瓶。"

服务员说："真露呗。"

"不是真露难道是假露啊！"

回过头来，宫浩看丁唯珺托着下巴在看他，眼里有浅浅的笑意，他说："你用这眼神看我干啥啊？"

"我之前以为你是暖男，现在看来你这个暖男，还暖得挺霸道。"

"这不正好吗？你们女的又喜欢暖男又喜欢霸道总裁，我合二为一了，偶像剧里男一男二的戏都让我演了。"

"你还真打蛇随棍上。"

"别整那文绉绉的，这叫给个杆就往上爬。"

两人说着，烧酒就上来了。宫浩给丁唯珺倒了一杯，自己也倒了一杯，喝烧酒的杯子很小，两人掬着手碰杯，小心得像怕把爱意洒出来。

酒一连干了好几杯，稍稍有点辛辣，牛肉汤倒是够劲，三五口下肚，汗就冒了出来。牛肉汤喝完，酒还没喝尽兴，他们就又要了一瓶烧酒，小口抿着。

丁唯珺的脸颊绯红，是热，也是有些微醺。她说："宫浩，我上回和你说咱俩是老乡，你咋不相信呢？"

"得了，你别总拿一件事逗我，有点新意行不行？"

"行，那我换一件事，你今天说想把王相佑的住处告诉其他受害者家属。"

"我那是开玩笑呢。"

"我知道，但是有一个家属已经知道了。"

宫浩有些紧张："谁？哪个？"

丁唯珺又喝了一小杯酒，说："就是我。"

宫浩瞥了她一眼，说："上一边去，你是不是喝多了，怎么净冒虎嗑呢！"

"真的，我没骗你，当年你老舅带人在水库旁的小房子里抓住王相佑时，屋里还有一个小男孩，那个小男孩是我弟弟。"

宫浩眼里有了几分认真，说："我听我老舅说过，抓王相佑时，屋子里确实有个小男孩，但是警察冲进去把王相佑控制住后，那个小男孩就跑了，警察也没追上，到现在也不知道是谁家的孩子。这事卷宗里根本没写，你是听谁说的？"

"我弟弟亲口说的。"

"你家原来真的是这儿的？"

"我没必要骗你。"

"那当年你弟弟失踪了，你家为什么没报警？"

"我弟弟下午跑出去玩，几个小时后就回来了，我家根本没意识到出事了。等人回来把事情一讲，家里人才吓了一大跳，我爸妈想着带他去报案，可到了门口，听说王相佑已经被抓了，犹豫了下就没进去。"

"为啥？"

"还能为啥？怕别人传闲话呗，王相佑都是奸杀，我弟弟虽然死里逃生，但别人会认为他没受到一丁点伤害吗？"

"王相佑真没对你弟弟动手？"

"看吧，怕的就是你这种人。"

"我是纳闷，他之前一直都是对女孩下手的，这次作案行为为啥发生了改变？"

"可能是因为我弟弟长得清秀，他错认成女孩了吧。"

"嗯，是有这种可能，八九岁的小孩，容易搞错。"随即他回过味来说，"你不会真想找王相佑报仇吧？"

"不会，逗你玩的。虽然这么说有点没同理心，但确实是，我弟弟没受到啥伤害，我对他的恨就没那么多。"

"这个也是人之常情。"

"但我看到你舅妈那么痛苦的样子，我心里还是挺难受的，还有种很复杂的愧疚感，所以我和你说这事你也别和她讲啊，万一她心里怪老天不公平，该更难熬了。"

"我舅妈心里应该没那么阴暗吧，都是孩子，能活着多好啊。"

丁唯珺笑了，举起酒杯，很认真地说："谢谢你。"

"谢啥啊？"

"谢谢你当年救了我弟，如果警察再晚去一会儿，我弟没准也没了，你和你老舅，都算是我弟的救命恩人。"

丁唯珺这么认真，宫浩倒不好意思了，说："你整得这么正经，我都有点接不住话了。"然后他和丁唯珺碰了碰杯，说："咱都是东北人，就不整那些虚的了，都在酒里了。"他仰头干了酒，丁唯珺也干了。宫浩夹了两口小菜，嚼着嚼着突然觉得有点不对劲，说："我能问你一个问题吗？"

"你问。"

宫浩要张嘴，又犹豫了，最后下了下狠心，说："我就是猜测啊，纯属猜测，咱俩才认识这么几天，你就喜欢上了我，是不是因为我救了你弟弟的命啊？"

丁唯珺愣住了，她没想过宫浩会这么问，思考了一下，很诚恳地说："确实有这方面的因素。"

宫浩的眼里闪过一瞬落寞，点了点头说："哦，哦，我知道了。"

"你怎么了？这件事让你不舒服吗？"

"不是，不是，这有啥不舒服的，电视剧里不都是这么演的吗？"宫浩站起身说，"我去趟洗手间，汤喝太多了。"

宫浩起身离去，丁唯珺隐隐察觉出他有些不对劲，难道他很在意这种类似报恩的喜欢？他想要的是那种纯粹的感情？他的心思有这么细腻吗？丁唯珺胡思乱想了一通，电话就响了，是个陌生号码。

她接起来说："喂，你好。"那头却先传来了咳嗽声。丁唯珺喉咙一紧。

那头说："丁记者你好，我是王相佑，我让我弟弟打听到了你的电话号码。"

"你找我什么事？"

"你采访用的笔记本落在我这儿了。"

"好的，我明天过去取。"

"我弟弟说疗养院不安全了,把我转移走了,你给我个地址,让我弟弟把本子给你送过去吧。"

"你让他把本子送到刑警队吧。"

"好,好。另外,我打电话过来,还有一件事。"

"什么事?"

"我是来向你道谢的,谢谢你今天救了我。"

"你不用感谢我,我不是想救你,我只是不想让那个母亲再为了你把自己搭进去。"

"都一样,反正结果就是你救了我,不然那个泼妇还真难对付。"

丁唯珺心里腾地升起一团火,说:"你对被你害死的孩子的家人,就一点愧疚心都没有吗?"

"愧疚心有什么用啊?愧疚心够多的话,人就能复活吗?还是说愧疚心能帮我减刑?法律已经惩罚我了,我已经完成了赎罪,我不需要再对任何人有愧疚。"

"我真后悔,采访你的时候还有几个瞬间同情过你!现在听你说出这种话来,我才明白你就是个穷凶极恶的坏人!"

王相佑也不恼,还笑了,说:"丁记者,你真年轻,年轻真好,还在给人分好坏。你说我是坏人,那他们呢?那个带你来的小警察,还有他的舅舅程警官,他们就一定是好人吗?"

"你这是什么意思?把话说明白。"

"你的本子我看了,什么去市场卖野鸡啊,什么小福尔摩斯啊,那就一定是真的吗?"

丁唯珺愣住,手掌却下意识地紧紧握住手机。

此时宫浩从洗手间回来,丁唯珺远远地看着他一步一步地朝自己靠近。四目相对,那目光比过往深邃阴沉了许多,如大雪封山后,一整个冬天里的寒彻与寂静。

第七章

丁唯珺住的酒店暖气管道跑水了，工人正在楼下抢修，管道里的热水流了一地，像漫过地表的温泉般冒着热气，再多等一会儿，便又结成薄薄的冰面，踩上去出溜溜地滑。

丁唯珺路过那冰面，小心翼翼地走进房间，没了暖气，便如踏入冰窖。她想起小时候住过的地方，也有个地窖，冬天里存些土豆、萝卜、白菜什么的，爬下去时，触摸到那些蔬菜，也都是冰凉的。

她把房间里的空调打开，升温还有一个缓慢爬坡的过程，她便裹着被子坐在床上，身体因刚刚喝酒产生的热度，慢慢地被消耗着，和今晚的心境一般，一点点地往下坠。

在朝鲜族饭馆里，宫浩从洗手间出来后，结了账，两人便草草地离开。宫浩也没说要送她，她也没提出让他陪自己回来。两人的态度，都有些别扭的淡漠，似乎胸口都藏着一些话，但一个没想好怎么问，另一个没想好怎么说，于是就只能剩下无言，然后两人在刺骨寒风里背对背走散。

丁唯珺裹着被子，又想起王相佑的那通电话，说程警官和宫浩都不一定是好人。她给王相佑再拨回去电话，那头却换了个人接，是王相佑的弟弟，说刚才他哥哥说的都是胡话，不要相信，同时也表示不要再打来了，他希望哥哥不再被打扰。

这越发让丁唯珺觉得蹊跷，一个说胡话一个在辟谣，那这或许就是真的。可真的背后又是什么呢？那后面似乎藏着一个更深层的秘闻，勾着她去好奇地拼凑。关于王相佑的这个案子，如今还有什么疑点是她没探究到的吗？对了，她想起来了，王相佑为何从死刑变成了无期？

关于这个问题，她问过宫浩，宫浩说不知道是怎么回事。那时她相信宫浩的话，也觉得不过是常有的事情。但此刻她心里却有了摇摆，如果他刻意隐瞒，那就是里面有什么见不得光的事情。当年负责抓捕王相佑的是程松岩，那这件见不得光的事情，是否和他有关呢？是不是他做了什么，让死刑犯死里逃生了？

想到这里，她猛地站起身，王相佑的案子，似乎比她预想的要复杂，她要去找程松岩打探一下，如果有机会，那就探个究竟。

她匆匆出了酒店，拦了辆车子，直奔程松岩家。到了小区门前，她下车步行进去，就快到楼道口，却见程松岩和一个男人在楼道口拉扯，男人手里提着个红色的布袋子，看起来像是银行提款时装钱的。

她急忙躲到阴影里，再仔细看，那人似乎很熟悉，好像在哪儿见过，再一细想，想起来了，王相佑的病床边，放着张合影，照片里的人一个是王相佑，另一个就是他，这人是王相佑的弟弟。

丁唯珺急忙掏出手机拍下几张二人的照片，二人拉扯一番后，一同上了楼。丁唯珺定在那阴影里，愣了半天，已经能拼凑出个大概。当年可可患心脏病，一直没钱做手术，程松岩抓捕王相佑后，他弟弟从外地归来，用金钱收买了程松岩，于是程松岩从中做了手脚，保下了王相佑这条命。

推测至此，丁唯珺不寒而栗，程松岩为了自己的女儿，放了王相佑一条命。那张桂琴一定是不知此事的，才会和他生活在一起，小心地藏好多年的恨意，等到王相佑出来，寻一个机会去报仇。若她早知此事，想杀的人会不会是程松岩？此念只一闪而过，她便又急迫地否定了，不会的，张桂琴不会这么做的，仇恨的转嫁虽容易，可人情的消磨却是艰难的。都是为了女儿，都是为人父母，谁都没有做错，都是没了选择的选择，能活下来一个，不是比全都失去要强得多吗？用王相佑的命换可可的一条命，若是轮到自己的亲生女儿，她也会毫不迟疑的吧？

丁唯珺又想，还有更可怕的，或许张桂琴早就知道一切。她和程松岩之间，从一开始就坦白了，没有藏着掖着，他们只是小心地对外界守护好这个秘密，然后在装有愧疚的心安理得里，度过漫长的日子。只在面对其他受害者家属时，那愧疚才会悄悄爬上来，在他们心头缠上一两道，回家互相也不提，背对背装睡过去，把心头的缠绕挣扎断。

那在这件事里，宫浩又扮演着什么样的角色呢？丁唯珺实在猜不透，她想给宫浩打个电话，问问这一切，可也没有把握他会说。

如果宫浩说的真是假的，她又会怎么做呢？是探查到底吗？若幸运，找到所有证据；若更幸运，没有中途招致黑手，揭穿这一切，她便可在新闻界名声大噪，一步登天。还是说到此为止呢？退回到安全的境地，假装一无所知，再喝几顿酒便飞回南方的城市，继续从前的潮汐起落，就连那因这错误而生出的情感，也跟着一起湮没，从此埋下这个秘密，和宫浩表面相交，背地里老死不相往来。

她踟蹰在那阴影里，做不出抉择，寒夜早已把身体冻僵。手机响了起来，她才如解冻般抽出神来，掏出手机来看，是宫浩发来的消息："如果我不是救你弟弟的人，你还会喜欢我吗？"

丁唯珺定定地盯着那信息，这是逼着她做抉择，她已经无路可走，不能捂着耳朵和眼睛说没来过这一遭，于是狠了狠心，却也不知道在狠什么心，回了一句："见面聊。"

她走出小区，街边的店大多都关了，只有个彩票站还开着，她推门走进去，和老板说："我在这儿坐会儿等个人。"

老板说："等吧，没事，屋里暖和。"

她说过"谢谢"，老板又说："干等着多无聊啊，买几张刮刮乐刮着玩呗，中个三十五十的不也挺好的。"

她本来没什么心思，却也叫老板拿了一张过来，想着如果中奖了，她就往左走，做一名称职的记者，不管多险恶，都一路查到底；如果没中奖，就往右走，人间奇事与真相，都不如爱人怀里的温柔。

丁唯珺缓慢地刮着那张彩票，一个中奖号码，二十次中奖机会，一直刮到第十八个，都没有中奖。她拿着硬币朝最后两个刮去，硬币还没落下，门就被撞开了。

宫浩带着一身寒气进来，看到丁唯珺，先问："你怎么不在酒店，来这儿干吗？"丁唯珺扬了扬手里的彩票，宫浩说："刮张彩票不至于跑这么远吧？"

丁唯珺说："是，刮多少张都不至于跑这么远。"

宫浩疑惑："你是来找我老舅的，还是找我舅妈？"

"找你老舅。"

"你找我老舅干什么？"

"应该和你来找我是同一件事。"

宫浩愣住："你是听谁说了些什么吗？"

"听到了一些，也看到了一些。"

"你说话别绕圈子。"

"好，那我问你一个问题，你老舅是不是和王相佑弟弟有来往？"

"不可能，我老舅和他来往干什么？"

"你是不知道，还是故意帮着隐瞒？"

"你到底知道了什么？"

丁唯珺犹豫了一下，还是决定对宫浩坦诚，说："咱俩吃饭时，王相佑给我打电话了，他说他看了我的采访笔记，说你们都不一定是好人。"

宫浩愣住，脸色闪过一丝复杂，说："怪不得我去洗手间回来，你脸色就不对劲了。"

丁唯珺看着宫浩的表情，已经能确认个大概了，王相佑说的不是假话。她死死盯着宫浩的眼睛说："你为什么要骗我？"

宫浩低下头，良久的沉默。

丁唯珺说："我知道这件事很难开口，我们也刚认识不久，你不想连累到你的家人们。"

宫浩抬起头，露出怀疑的眼神说："你都知道了？"

丁唯珺点点头："我猜出了个大概。"

"你说来听听？"

"我猜当年程警官抓捕王相佑后，被王相佑弟弟用金钱买通，于是他从中做了手脚，让王相佑免于死刑，之后拿着钱给可可做了心脏病手术。是这样的吧？"

宫浩越听眉头皱得越紧，说："你在胡说些什么啊？这都是从哪儿听来的？你觉得我老舅是那种警察吗？"

"我也不愿意相信，但你看这个。"她亮出手机，屏幕上是她拍到的照片。

宫浩看着照片里的王相佑的弟弟和程松岩，说："这是什么时候的照片？"

"刚拍的，我本来要上去找你老舅聊一聊，看到这个就没上去。"

宫浩嘀咕着："这是怎么回事？"推门就要往外走。

丁唯珺一把拉住他，说："你干什么去？是想要通风报信吗？"

"我不知道王相佑弟弟今天为啥会来，但事情根本不是你想的那样！"

"那事情是什么样的？你倒是说啊！"

"你今天喝了酒，不冷静，我改天再和你说。"

"你不说的话，我就认定是我想的那样，然后把我认定的东西，都写出来。"

宫浩看着丁唯珺执着的样子，片刻后，泄了气，他握住丁唯珺的手说："好吧，我本来也打算今晚告诉你的。"

他在彩票站踅摸了一圈，拉了把椅子过来，把丁唯珺按在了椅子上坐下，自己则点了根烟，站在她面前，抽了一口，往事就又都飘了出来。

2007 年，春节前夕，程松岩得了一场重感冒，先是发高烧，打了两天的点滴，烧退了，但咳嗽还不见好，喀喀地咳嗽了一个多星期，嗓子都咳哑了。队里给他放了假，让他在家里好好养着，病好了再回来上班。他就难得有了一整段休息的时间，把可可从姐姐家接了回来。

可可放了寒假，也没了出门的由头，父女俩便整日窝在家里，一个养病，一个写寒假作业，写一会儿看一会儿电视。程松岩闲不住，一到下午还要去楼下菜市场逛逛，这逛逛也不光是为了买菜，还顺便贴一贴卖房的广告。他这次狠狠心，房价又降了五千块，可广告上留下的电话，却还是少有人拨打，仅仅响过两次，一次是推销新楼盘的，另一次是同性交友。程松岩把对方都骂了一通，挂了电话自己也生了一肚子气。

有一天电话又响了，是可可接的，一个女声问："你爸在家吗？"

可可说："我爸在看书呢。"

女声说："你让你爸接电话呗。"

可可把电话给了程松岩，程松岩接起来才发现是张桂琴。

张桂琴说："你看啥书呢？"

程松岩说："没啥书，就是破案方面的。"

"你家在几号楼啊？"

"你干啥啊？"

"我到你家小区了，但不知道是几号楼。"

程松岩急忙来到窗边，推开窗户，一股子冷气就灌了进来，他伸头往下看，张桂琴拎着个红塑料桶一边打电话一边四处踅摸。程松岩喊了一声："你抬头。"

张桂琴抬起头："原来就在眼面前儿啊。"

张桂琴拎着塑料桶进屋，累得气喘吁吁的。程松岩说："这里面是啥啊？看着还挺沉的。"

张桂琴掀开盖子，是一桶酸菜，说："你家没腌吧？"

"想腌来着，可也不会啊。"

"我一猜就是，寻思年跟前了，给你送来点，你也好包点饺子炖点猪肉吃啊。"

"我家就两口人，吃不了多少。"

"两口人还嫌少？我家就剩我一个人了。"

一句话，把两个人都整忧愁了。程松岩让张桂琴坐一会儿，自己把酸菜挪出来，又让可可给倒水。

张桂琴看着可可说："这孩子嘴唇咋这么紫呢？"程松岩也没瞒着她，一五一十说了可可的病。张桂琴摸了摸可可的头说："真是个小可怜。"可可和张桂琴不熟，不太自在地躲开了，躲进卧室不再出来。

程松岩把酸菜桶空了出来，说："我给你洗过了，一点味都没有。"说完又咳嗽起来。

张桂琴说："你咋啦？生病了？"

"不挡害，就是感冒了。"

"你这一个人忙里忙外的，也没个人帮衬。"

"早都习惯了，也挺好的，没人帮衬也没人管束。"

张桂琴笑了笑说："那我也不打扰了，先走了。"

"你走这么急干啥啊？多坐一会儿呗。"

张桂琴想了想说："不坐了，看着你的孩子，就想起自己的孩子，心里难受。"

"那你回家一个人待着不是更难受？"

"再难受也比一开始好受点了。"

这话说得程松岩心里不是滋味，他看张桂琴也比刚认识时老了许多。他犹豫了一下说："今天是小年，要不你留下一起吃顿饭吧。"

张桂琴想了想说："你不说我都没记着，小年是该包顿饺子吃。"

"我家里还有点面，要不你和和？我实在不会弄，面食就会做点疙瘩汤。"

"老爷们儿没有几个会和面的。"张桂琴笑着说，又径直走到冰箱前，打开在里面翻腾了一下，拿出一块冻疙瘩问，"这是猪肉吧？"

"是，好像还是八月十五买的。"

"行，我缓缓，都给你拌饺子馅里。"

可可的门推开一道小缝隙，露出一双闪着星光的眼睛，她问："爸爸，咱们今天是要吃猪肉酸菜馅饺子吗？"

"是啊，你张姨给你包。"

"那我还想吃个黄瓜拌凉菜。"

程松岩笑了："真是个馋丫头，爸这就下楼给你买黄瓜去。"

程松岩下楼不仅买了黄瓜，还捎了瓶酒上来，她记得张桂琴喜欢喝两口。张桂琴也手脚利落，和了面，拌了饺子馅，面醒一会儿就能包了。程松岩不会包饺子，就拌凉菜，黄瓜、胡萝卜、白菜干、豆腐都切丝，豆瓣酱和猪肉丝炒一炒，再加点酱油、醋、白糖和辣椒油，一通大拌，就装盘了。

张桂琴尝了一口，说："你这拌菜手艺真不错，就是这么辣孩子能吃习惯吗？"

"孩子随她妈,喜欢吃辣的。"

"孩子她妈是咋没的?"

程松岩沉默片刻,不太想提。

张桂琴有眼力见儿,转身掀开面盆看了看,说:"饺子好像能包了。"这话题就顺着面盆转走了。

张桂琴一个人连擀饺子皮带包饺子,程松岩虽只会帮着揪剂子,但两人搭配倒也算合适,很快两盖帘饺子就包好了,烧开水下锅,翻滚三回,饺子就上桌了,天也跟着黑了下来。

程松岩去卧室叫可可出来吃饭,可可却睡着了。

张桂琴也跟了过来,说:"让孩子睡吧,睡一半叫醒了浑身难受也没胃口,我留盘饺子馏锅里,等她睡醒了再吃。"

"还是你们女人心细,知道怎么照顾孩子。"

"女人都这个命,有了孩子,再粗的心眼也磨细了。"

两人坐回桌前,程松岩把酒打开,给张桂琴倒了半杯,说:"我感冒了,就不陪你喝了。"

"你能陪我坐这儿唠唠嗑我就挺知足了,一个人在家里的日子,太难熬了。"张桂琴说着喝了一口酒,又夹了一口凉菜。

程松岩夹了个饺子,蘸蒜泥吃,边吃边竖大拇指,说:"饺子馅拌得真鲜。"

"我馅拌好了,又滴了几滴香油进去,这还是我在家当姑娘时,跟我妈学的。"

程松岩又夹了一个饺子送进嘴里,咽下去又咳嗽了起来。

张桂琴说:"你感冒这么多天,队里不乱套了?"

"我没那么重要,各人守着各人的岗位,离了谁都能转。"

"那你手里的案子也交给别人了?"

程松岩愣了一下,明白她在问什么,又夹了口凉菜,边嚼边说:"你闺女的案子,我没忘。"

"你别误会了，我今天来不是催你的，就是话赶话聊到这儿了。"

"我知道，就算是你催我，也是应该的。"

"我看通缉令贴了满大街，就真的一点线索都没有吗？"

程松岩摇了摇头，起身拿了个杯子，也给自己倒了半杯酒，抿了一口，说："快吃吧，一会儿饺子该凉了。"

张桂琴知道他也为难，便低着头，不再询问，默默地喝了一大口酒，眼前却见一个饺子夹到了自己盘子里，她抬起头，程松岩却不看她，把头别过去看窗外的夜色，小年夜有人在放烟花，远远的，小小的，一明一灭的。

他缓缓开口："你相信我，这个案子，我一定不会放弃的。"

一周前，程松岩又摸到了王相佑的踪迹。他查看了王相佑之前入狱的档案，犯的是奸淫幼女罪，被害的女孩叫刘敏春，身边人都叫她二春。

一般的连环杀人犯，都会有一个目标原型，那王相佑的目标原型，极有可能是二春，此次王相佑出狱，应该是把对她的仇恨都转移到了其他未成年少女的身上，才会对那些孩子加以伤害。

程松岩顺着这条线往上摸索，探听到了一些消息，当年王相佑是从混凝土里把二春救出来的。这个消息，进一步与王相佑把孩子装进混凝土里的作案行为相吻合，他幻想那些孩子都是二春，他当年就不该救她，就该让她在混凝土里活活"凝"死。

程松岩试图去寻找二春或者她的父亲，几番都无果，最后在一个五金建材店里找到了一个男人，他自称和二春的父亲当过工友，还坐过王相佑的三轮车，也帮着二春的父亲一起打过王相佑。他告诉程松岩，二春的父亲去世好些年了，二春也不知道跑哪里去了，听说好像是在外地当小姐。

程松岩问："最近还有没有别人来找过二春？"

男人一激灵，说："你说王相佑啊？他一个通缉犯，怎么敢跑我这儿来露头啊，那还不让我一眼认出来了？"说完他又夹着根烟点评："这个王相佑，当年也是被二春给害了，二春那丫头，妈死得早，和她爸全国到处混工地，早熟，十来岁就跟个大姑娘似的……"

男人可能是无聊，也可能是想起太多往事，一直说个没完。程松岩便给他留了个电话号码，离开了，可走了几步又扭回身问："你还记得当年王相佑是在哪个工地救了二春吗？"

男人说："这咋能忘呢？那个工地的包工头，现在还欠我钱呢。"

程松岩按照男人给的地址，七弯八拐，来到了一片烂尾楼。当年工程干到一半，开发商的老总被逮进去了，资金链断裂，就成了烂尾楼，七八年过去了，再也没人接手。

程松岩走近了才想起来，当年自己和老孙就是在这附近抓走的王相佑，只是那时抓到队里就移交给其他人了，没有再继续跟进。现在回来，他竟有了一种重回故地的命运感。

烂尾楼一共有三栋，都是齐刷刷盖到五层就停了，支棱八翘的钢筋水泥，还保留着当初停工时的模样。工地的大门早就没了，只剩两根水泥柱子，还保留着门的形状。没有人烟，荒草便会丛生，齐腰高的草棵子里，拴着几匹马，不知道是谁把这儿当成自家的马场了，那马咀嚼一会儿草，又望一会儿天，嘴里冒着哈气，给这城市的荒凉添了一笔不该有的辽远。

程松岩爬上其中一栋楼的顶部，俯瞰整个工地，隐约还能找到当年搅拌站的位置，虽然设备早已拆除，但那混凝土固定的底座上，没有被荒草侵袭，突兀地露出一片灰白，把罪恶的起点保留了下来。程松岩想着，王相佑会不会偶尔也来这里看看，静下心来捋一捋，他的人生是从何时开始走样的。

程松岩那天在顶楼站了一会儿，风有些大，刮得他的脸有丝丝痛感，他一边下楼，一边盘算着，该不该派个人在这里蹲守着。他因寻思着事情，就走错了台阶，不是按上来的路走的，而是从中间的单元串到了旁边单元。咔嚓一声，他踩到了什么东西，思路被打断了，回身发现已经到了三楼，抬起脚，地上竟是一根踩断的铅笔。

程松岩愣了一下，立马察觉到了异常，四下查看，前面还有东西，他走过去，一路都是散落的文具——橡皮、钢笔、尺子，然后是一个最靠边的房间，里面有一个书包，几件衣服，一个塑料桶，塑料桶里一双脚倒竖在外面。

程松岩一个激灵，急忙靠过去，看清那是一双小孩子的脚，其他部位都被混凝土埋没。他扒了扒混凝土，梆梆硬，至少凝固三五天了，孩子早就没了活路。

他急忙环顾房间四周，在角落里，有一床被子和一些脏乱的生活用品，程松岩知道，自己又找到了王相佑。

他给小沈打了个电话，让他赶快过来。挂了电话，他便躲到另一间屋子里，静静等待王相佑的归来。

小沈来了，程松岩把情况简单和他讲了一下，让他带着孩子的尸体和遗物回去，尽快查明身份。小沈问要不要再派队里的人来轮番守着，程松岩说不用，一定要自己亲自在这里候着。小沈劝不住他，就脱了自己的外套留下，让他有情况随时联系。

程松岩在那间房子里蹲了一个下午带一宿，黄昏过后，月朗星疏，气温降到零下三十摄氏度，鼻腔里都结了冰碴子。虽然穿了两件棉警服，他还是被冻得快失去知觉。好不容易熬到天亮，他缓慢地站起身，活动下冻僵的身子，看日光从晨雾里钻出来，心却一点点往下沉。一夜未归，王相佑回来的概率就不大了，难道是自己又打草惊蛇了？

他正琢磨着，突然听到外面有动静，是远远的脚步声。他小心地贴着墙根下楼，出了烂尾楼，到了荒草中。那脚步声也近了，影影绰绰能看清是个男人的身影。

程松岩咽了咽口水，蹲下身子，只能看见男人的双腿，大步朝自己走来，眼看还有两三步了，他一个飞跃扑上去，把男人牢牢地按在了地上。男人发出一声惨叫，程松岩把他的头扳过来，却不是王相佑的脸。

男人说："你是谁啊？干啥抓我？"

程松岩说："我是警察，你是谁？"

男人说："我是来给我的马喂水的。"

两匹马走过来，不明白发生了什么，俯身轻轻拱着男人，那是喜欢主人的表现。

程松岩把男人放开，说："不好意思，抓错人了。"

男人起身，揉着被压疼的胳膊，说："你在这儿抓谁啊？"

"你天天都来这儿吗？"

"嗯，天天来给马喂点盐和水，等春天了就送去马场了。"

"那你在这儿有看到过其他人吗？"

"有，秋天时见过一个精神病人，就住在这楼里，用被子包了个荞麦枕头当孩子，哄得可来劲了，后来被家里人找回去了。"

"最近有吗？"

"前天见过一个流浪汉，头发和胡子都快连一块了，跟个野人似的，也住在这楼里。我问他：'在这儿住不冷啊？去地下通道也比这儿暖和啊。'他不吭声。我说：'你住几楼啊？我看看家里有没有啥破被，下回给你送来，你也帮我看一下马。'他'嗯啊'了两声，像个半语子似的就走了。后来就再也没看着他。"

程松岩找出王相佑的照片，递给男人，说："是这个人吗？"

男人眯着眼睛看了看，说："好像有点像。"

程松岩点了点头，王相佑应该是被男人搭了两句话，害怕他杀的孩子被发现，于是逃走了。这一下子，又行踪不明了。

程松岩匆匆回到刑警队，小沈迎上来，问："情况怎么样？"

他简要和小沈说了一下，又问小沈："那孩子的身份确认了吗？"

"确认了，是新丰小学三年级的学生，前几天自己一个人去找同学写作业，然后就失踪了。"

"通知家属了吗？"

"刚通知了。"小沈说完指了指法医室。

程松岩走过去，还没到门前，就听到一对父母撕心裂肺的哭声。那声音听着瘆人又揪心，他停下脚步，不敢进去，就站在门前，点了根烟抽。

那根烟抽完，里面的父母也被其他刑警扶着走了出来。刑警看到程松岩，喊了句"程队"。那对父母看着程松岩，像是在预谋着什么，说："你是他们的队长吗？"

程松岩说："我是。"

那对父母突然狠狠抓住他的衣服，说："你就是废物！你们警察都是废物！那个畜生杀了那么多孩子！你们为什么就抓不住！你们这群废物！"

那对父母像野兽一样，嘶吼着，胡乱抓着程松岩的衣服。程松岩向后躲避着，其他刑警也反应过来，急忙去拉拽那对父母。可那对父母像疯了一样，死命地往程松岩身上抓，说："你还我女儿！你还我女儿！"

程松岩呆在原地，竟一句话都说不出来，看着那对父母被刑警们拖走，自己紧紧攥着的拳头，指甲已经抠进了肉里。小沈跑过来，看着程松岩凌乱的衣服，扣子被抓掉了好几颗，说："程队，你没事吧？这两人是不是精神病啊？"

程松岩苦笑了下，说："他们说得没错，抓不到犯人的警察，就是废物。"

他说完腿一软，跌坐在了地上。小沈急忙去扶，可扶了几下都扶不起来，说："程队，你怎么了？"伸手一摸他的额头，已经滚烫。

小沈跑走去招呼人来帮忙，程松岩身子往后一倒，死沉死沉地躺在了地上。

小年夜，程松岩和张桂琴吃完那顿饺子，张桂琴在厨房洗碗，程松岩在一旁帮忙收拾，他看了眼时间，可可还没睡醒，他嘀咕了句："这孩子今天怎么这么能睡？"

张桂琴说："可能是白天玩累了吧。"

程松岩觉得有些不对劲，擦了擦手来到卧室门前，推门进去，轻轻摇晃了几下可可，可可没有什么反应。程松岩看她脸色奇怪，心里咯噔一下，又用力推了推，说："可可，起来吃饭了。"可可还是没有反应。

张桂琴也走了进来，说："孩子咋啦？"程松岩一把把可可抱起来。张桂琴说："你干啥啊？"

"去医院！"程松岩说完已经抱着可可冲了出去。张桂琴也知道出事了，急忙拿了两件外套，跟着跑了出去。

医院走廊里，程松岩和张桂琴等在抢救室门前，低着头都不说话。走廊里暖气不足，夜里凉飕飕的风就贴着脚面溜过来。张桂琴出门时着急，只拿了可可和程松岩的外套，此刻只穿了件毛衣的她，冷得直抱胳膊。程松岩看在眼里，脱下外套披在了她身上。她冲程松岩笑了笑，却又觉得笑得不合时宜，便又看向抢救室的门，说："这孩子咋病得这么重呢？"

"从出生身体就不太好，一直小心地养着，六岁那年查出来心脏有问题，但当时也没觉得是大问题，就这么一直保守地治着，没想到今年突然就危险了……"程松岩说着就红了眼眶。

张桂琴也跟着难受，说："程大哥，你信命吗？"

"以前不信，现在经历的事多，就快信了。"

"可信命要信啥呢？是信这辈子是上辈子修来的，还是信善有善

160

报，恶有恶报？"

程松岩答不上来。

张桂琴说："你说，咱们都是好人吧，可命咋就都这么苦呢？"

程松岩苦笑了一下说："好人有啥用啊，好人除了好，就没别的本事了。"

这时，抢救室的门推开，医生走了出来，程松岩和张桂琴急忙迎上去。医生告诉他们，可可脱离了生命危险，但还要住院观察几天，另外，手术要赶紧做了，下次再遇到这种情况，就真的不好说了。

程松岩点着头说："我一定尽快筹钱。"

当晚程松岩就留在了医院陪可可，张桂琴离开前，程松岩拜托她，看身边有没有人想买房的，帮自己卖一卖。

张桂琴说："没问题，我还认识一个在银行上班的朋友，看能不能给你做个抵押贷款。"

两人就此分开，再见面是在年三十，可可出院了，程松岩带着她去姐姐家吃饭。由于夜里十二点还有顿接灶王爷的饺子，所以晚饭就吃得早，太阳刚偏西，下午两三点钟就开饭了。姐姐做了一桌子菜，姐夫开了瓶单位分的白酒，和程松岩两人先开喝了。宫浩和可可饭吃到一半，就急着玩游戏机，姐姐弄了个盘子，把每道菜都扒拉进去一点，干脆给他俩端进房间吃。

再回到桌边，姐姐也给自己倒了半杯酒，三人碰了一下，却说不出太多祝福的话。姐姐放下酒杯说："瞧着可可脸色更不好了，也没啥胃口，整个人都蔫巴了。"

程松岩说："我都看在眼里呢，这几天找身边人借了一圈，可我们这群当警察的，虽然都热心，但也都没啥钱，你五百我一千的，凑了还不到一万块。"

姐姐说："我和你姐夫手里还有几千块钱，你也拿去。"

姐夫说："这点钱能当啥用啊？"

"不当用你倒是帮着想办法啊！"姐姐说。

姐夫又说："咱家的事一直不都是你出头吗？这些年你又不让我出去维系朋友，不让去喝那没用的酒。看吧，现在有事了，知道抓瞎了吧？"

"就你那几个烂蒜的朋友，还租房子住呢，就算维系了能拿出钱来啊？"

"那你呢？你的小姐妹呢？就没交下一个肯借钱的？"

"你一个大老爷们儿，指望我干啥？"

姐夫眼珠子一转，说："我看那电线杆子上有无抵押贷款的广告，要不咱们去试试？"

"瞅你出的那主意，那些是正经贷款吗？那是黑社会，是高利贷。"

"咱家是警察，还怕他们？到时逼着要钱，就把他们一窝端了。"

"行，那你去，到时还不上钱大不了就割你一个肾。"

"你这人说话就难听，现在怎么好像变成我一个人的事了？"

两人说着就要吵起来，程松岩听着心里难受，闷闷地干了杯子里的酒，说："姐，姐夫，你俩别吵了，钱的事，我自己想办法。"

姐姐把和姐夫吵架的怒气转移到了他身上，说："你还能有啥办法？有办法也不至于拖到现在！"

程松岩说："是，都怪我没本事，我当年就不该当这个警察！"

这话一出，姐姐沉默了，把脸转到一旁，缓了缓才说："是，当年要不是家里困难，你也不会为了省钱去上了警校。"姐姐说完端起酒杯喝了一大口酒。

程松岩也不想看姐姐难过，说："也不光是因为家里困难。"

那还为了什么呢？当年程松岩上高中，学习成绩在全校都是拔尖的，他的目标是考去南方，北京、上海或更远的地方，彻底逃离家乡的冰天雪地。可高三那年，作为铁路警察的父亲，在抓捕两个偷铁轨的小偷时，被小偷用锤子敲坏了脑袋，抢救了几天没救过来，殉职了。

家里一下子遭了变故，本来身体就不好的母亲也一下子倒了，两个小偷后来虽然被抓捕了，但程松岩的这个家却如破了窟窿的帐篷，再也补不回来了。

病弱的母亲，带着刚进厂子上班的姐姐和还在上学的程松岩，日子一下子难熬起来。程松岩恨死了那两个小偷，打听到了行刑的日期，偷偷跑去后山枪毙场去看执行死刑。两声闷闷的枪响，小偷倒地了，生命的消逝以此种方式呈现在眼前，给他造成了巨大的冲击。他一路疯野地跑下山坡，跑得一脑门子的大汗，跑到两腿发软瘫坐在地上，心里却一下子明镜似的敞亮起来。

他此刻又抿了一口酒，对姐姐说："我当年选择当警察，除了省学费，还因为我喜欢抓坏人，我看到他们受到应有的惩罚，我就觉得特别解恨！我就觉得是替所有受害者，还有替咱爸，都报了仇！"

姐姐不吭声，抹了几把眼泪。

程松岩说："姐，你说做好人有啥用，当警察有啥用？就算我能抓了坏人，报了仇，解了心里的恨，可日子也全都回不去了啊！你说要是咱爸没死，要是可可妈妈也没死，日子是不是就能换个样子了？"

姐姐说："我知道你这些年心里苦，先是咱爸走了，然后是咱妈，后来是你媳妇，现在又……"

"你别说这些，这不还没到那时候吗？"姐夫给她递了张纸巾，又给程松岩夹了块排骨，"今天大过年的，别聊这些了，痛痛快快喝顿酒，咱明天再一起想办法。"

程松岩说："好，明天就是新的一年了，一定能有办法的！"

三人借着酒劲，也借着这新一年虚无的幻觉，都干了杯子里的酒。

这时敲门声响起了，姐姐纳闷："这个点谁会来啊？"起身去开，门外竟然站着张桂琴。

姐姐愣了一下，急忙在脸上堆起笑容，说："你咋来了？快进来！快进来！"

张桂琴进来，手里还拎着两瓶酒，说："我前几天听程大哥说他带可可在你这儿过年，我就自己找上门了。"

"瞅你，来就来呗，还带东西干啥？"姐姐回身说，"松岩啊，桂琴来看你了。"

程松岩起身来到门前说："你咋来了？"

张桂琴说："给你打了好几个电话，你都没接。"

程松岩说："哦，哦，可能是手机调静音了，没听见。"

张桂琴进了屋子，姐姐把她拉到桌旁，说："快坐下来一起吃点。"

张桂琴说："我吃过了。"

姐姐说："吃过了也不打紧，坐下来喝两杯，我听松岩说你能喝点。"

程松岩说："你一个人过年啊？"

张桂琴说："我本来要和我弟弟一起过的，可他跑外地耍钱去了。"

姐夫说："一个人在家过年多冷清啊，早点说就来这儿一起过呗。"

张桂琴说："没事，慢慢就习惯了。"

姐姐给张桂琴倒了点酒，说："我们这喝得时间长，菜都凉了，你瞅瞅你爱吃哪个？我给你热热去。"

张桂琴说："姐，真不用了，我坐一会儿就走。"

姐姐说："你客气啥啊，我热了菜大家一起吃。"说着就端了几盘菜去厨房热了。

姐夫冲张桂琴举了举杯说："过年好。"

张桂琴说："过年好。"然后抿了一口酒。程松岩也喝了一小口。张桂琴看他脸颊发红，说："你没少喝吧？"

程松岩点了点头说："过年呢，就多喝了两杯。"

张桂琴又环视四周说："可可呢？"

"在屋子里和她哥哥玩呢。"程松岩这才想起来问，"哎，你给我打电话是有啥事吗？"

张桂琴："也没啥事，就是前几天你托我帮着卖房子的事，我问了一圈人，都没有想买的。"

程松岩说："没事，我那个房子确实不太好卖。"

张桂琴："银行贷款的事我也打听了，可人家说银行也是有流程的，要先评估一下才行，还说现在办贷款很严，就算是评估通过了也要等老长时间才能放款。现在又赶上过年，那些信贷员都过了十五才上班。"

程松岩搓了搓脸颊，说："我知道了，谢谢你啊。"

张桂琴说："谢啥啊，也没帮上啥忙。"

姐姐端着热好的菜回到了桌旁，劝着张桂琴快吃。张桂琴勉强吃了两口，然后犹犹豫豫地从包里拿出一个存折来，说："程大哥，这存折里有一万多块钱，本来是攒着给我闺女以后上大学用的，现在也用不上了，你拿去给可可做手术用吧。"

程松岩愣住，急忙把存折推回去，说："你一个人生活也不容易，你的钱我不能拿。"

张桂琴抓住程松岩推回来的手，说："我知道这钱不多，离手术费还差得远着呢，但也算我的一份心意。我这么大岁数了，怎么都能活，救孩子最要紧。"她在程松岩的手上用力按了按，说："你现在可能还没啥感觉，但我知道孩子没了的滋味，没了就是真的没了，再也回不来了。"

她说着，眼泪就落了下来。程松岩反握住她的手，眼泪也跟着落了下来。他一时说不出话来，都堵在了喉咙里，只能一再地握着她的手，握了再握。

姐姐在一旁也陪着抹眼泪。姐夫起身说他再去拿瓶酒，打开柜子时也红了眼眶。

整个屋子，都沉浸在寂静的眼泪里，只有宫浩的房间，传出游戏机欢快的配乐，那里面的角色，死多少次，都还可以复活。

那天，酒一直喝到傍晚，程松岩喝多了，想出去散散步。姐姐怕他出事，让姐夫跟着。到了楼下，姐夫想吃雪糕解解酒，进商店买了两根出来，程松岩已经不见了。

程松岩一路溜溜达达，漫无目的地走着，身边不时传来小孩子放鞭炮的声音，还有几个小孩子提着通红通红的电子灯笼，在街上玩耍着。程松岩想起小时候的春节，自己也喜欢提着灯笼玩，只是那时的灯笼都要自己做，弄个玻璃的罐头瓶子，瓶口拴上绳子，绳子另一头拴根木棍，再在罐头瓶子里放上半根蜡烛，一个灯笼就做好了，夜里一点着，也明明亮亮的。

他这么寻思着，又想起了这灯笼不防风也不结实，摔个跟头就碎了。那童年摔倒的痛感，此刻又传到了身上，他下意识地揉了揉胳膊，回过神来，已经走到了铁路边，小时候的家，就在这附近。

那时，沿着铁路，一排的平房，夜里火车一过，所有窗子里的灯光都跟着摇晃。房子对面，越过铁路，是一大片的田地，每年种的庄稼不同，风景也就跟着变，黄豆苗在夏天一片绿油油，玉米在秋天一片金灿灿，但无论其他三季怎样的风景，到了冬天都是一片白雪皑皑，只有鸟兽能留下踪迹。

后来铁路扩线，房子都拆了，对面的田地倒是亘古不变地养活着庄稼。程松岩想迈过那铁路，看一看童年的景色，可刚走几步，就见那田地里燃起了一处野火，火势不算大，但也有一人多高，远远看去火舌摇曳，这景致在寒夜里显得诡谲。

程松岩踉踉跄跄地小跑过去，越靠近那火焰，就越感觉温暖，到了近处，看清燃烧的是玉米秆。秋季玉米收割后玉米秆便被粉碎打成捆，排列在田地间，如一个个巨型轮胎。

此时这个玉米秆捆子，已经露出燃烧的颓势了。程松岩看着那火焰夹着灰烬，慢慢地下落，猛然觉得不对劲，几年前的某个连环杀人案，凶手就是个喜欢在野外燃火的人。当时他还不懂这其中的关联，只觉得是古怪的习惯，近期他在读了些犯罪心理学的书籍后，才猛然醒悟，原来连环杀人犯都有着某些共性，喜欢纵火就是其中一个。

这一瞬，他立刻想到了王相佑，他是不是也有这种共性呢？他借着火光环顾这黑夜，茫茫四野，放火人早已满足了欲望，隐遁了踪迹。但程松岩并不懊恼，反而在心里燃起一股渺小的火焰，他在这农历年最后的一天里，撞开了一扇古老的门，有了抓捕王相佑的新方向。

接下来几天，程松岩仍旧把可可留在姐姐家，自己则整天在野外跑，最后在隔壁的镇子里，找到了一座瞭望台，那瞭望台本来是林业局建造的，用来观察森林火灾，近些年有了更先进的监测设备，瞭望台便废弃了。程松岩顺着铁楼梯爬上去，钻进瞭望台上的小屋子里，从那里看出去，城市成了一个渺小的沙盘，被辽阔的大平原包裹着，一眼万里，渺渺茫茫。

程松岩在小屋子里，一连盯了五天，终于观察到荒野里一处冒起的烟，他急忙用牙咬掉手套，掏出个望远镜，调整了几下，几十里内的人烟就有了踪迹。他对准那处烟，看到一个人影立在一旁，再努力对焦，望远镜到了极限，看不太清面容，只能看到是个胡子连着头发的男人。

程松岩心跳加速，跑出屋子，下了瞭望台，开上车子往冒烟处赶。车子绕绕弯弯，那烟就如狼烟，一路给了指引。他再拐一个弯，离那烟只有几百米了，他不敢再靠近，坐在车里拿出望远镜，这次看清男人就是王相佑。他刚要冲过去，却见男人上了停在路边的一辆港田三轮车，开着走了。程松岩慢慢跟上去，那港田三轮车在路上也是七绕八绕的，最后在一个水库旁停了下来，王相佑钻进了水库旁的小房子里。

程松岩在离着几百米的树林里停下车，刚要下车去抓捕他，脑子里却闪过另一个念头。

王相佑的通缉令发出来后，半个月了，迟迟没有线索。上级部门心急如焚，把悬赏金额从一万增加到了十万。如果能拿到这十万块钱，可可的手术费就有了。

程松岩咬了咬牙，拨了姐姐的电话，可是迟迟没有人接。他又拨了姐夫的，接电话的人却是宫浩，宫浩说他和他爸来爷爷家了，他爸去铁道边买鱼了，手机落下了。

程松岩想到宫浩的爷爷家就住在这水库附近的镇子里，他觉得这是老天在帮自己，便说："宫浩，你帮老舅一个忙，你打电话报警，就说你看到王相佑藏在向阳镇水库旁的小房子里。"

宫浩说："为什么？"

"你别管了，你先报警，以后我再告诉你。"

程松岩挂了电话，便握着手机，焦急地等在车里，差不多过了五分钟，手机响了，是小沈打来的，说："程队，王相佑有线索了，接到群众的电话，说他躲在向阳镇水库旁的小房子里。"

程松岩说："你立马带人过去，我也赶过去，咱们在水库边会合。"

过了十几分钟，小沈开着警车和老孙一起赶来，程松岩下了车，和小沈、老孙冲进了水库旁的小房子里。

冲进房子的一刹那，程松岩才发现，房子里不只王相佑一个人，还有个小孩，哆哆嗦嗦地站在角落，王相佑拿着根铁丝，试图勒死小孩。王相佑看到警察冲进来，跳窗就跑了出去，程松岩、小沈和老孙也跳窗追了出去。

王相佑沿着水库边死命地奔跑，跑到头是个泄洪的闸门，程松岩和小沈在后面紧追，老孙绕道堵在了闸门的另一头。王相佑看了看前面，又看了看后面，已无路可逃。他又看了看旁边的水库，十几米高的落差，水已结冰，跳下去非死即残。

他动了动身子，终究没敢跳，缓缓地举起双手蹲了下来。

程松岩和小沈冲上去，把他按在地上，戴上了手铐。

他们把他押上警车，再折身回屋子，那个小孩却不见了踪影，在附近找了一圈也没找到。小沈说："先把王相佑带回去吧，那孩子应该是自个儿跑走了，回头我再派人找一下。"

程松岩押着王相佑回了刑警队，他没有过多抗争，经简单审讯，就把事情全都招了，所有证据都确凿，警方便把他移交给了检察院。

之后，宫浩因为提供重要线索，被奖励了十万块钱。程松岩拿着这笔钱，给可可做了手术。

可可出院那天，他们一家子，包括张桂琴，又一起在姐姐家喝了一顿大酒，这回谁都没哭，只是一个劲地说笑，在那些笑声断开的空白里，沉默悄悄蔓延，大家就又都想起了这个秘密，互相看了几眼，急忙心照不宣地聊起另一个话题。程松岩把宫浩揽在怀里，说该给他们的小福尔摩斯包个红包，一群人就又笑了起来，就像他说的都是真的。

又一根烟点着，时间就跟着明灭的火光回来了。彩票站的老板打着哈欠，一天的生意又快熬到了头，一地撕碎的彩票，都是没中的欲望，他拿扫把把碎纸归拢在一起，倒进垃圾桶。

丁唯珺长长地吐出一口烟，事情的真相，比她的想象要柔和得多，她心里拐着弯地轻松了些，她问宫浩："所以你之前和我讲的那些故事，都是假的？"

宫浩说："是我老舅编好了让我背下来的。"

"那刑警队的人就没有怀疑是你们串通好的吗？程队自己姐姐的孩子发现了罪犯，这也太碰巧了。"

"可能会有人怀疑吧，但有个记者先采访了我，隔天这事就上了报纸，还给我冠了个小福尔摩斯的名头。当时快退休的老局长看了报纸，还把我叫过去合了影，这样一来，这事就定性了，没人再瞎猜了。"

"那你是怎么想的？"

"小时候没多想过，就觉得还挺满足虚荣心的。慢慢地，这事讲多了，有时就真的觉得是自己发现的王相佑，那些编的谎话都感觉是真的了。"

丁唯珺苦笑了下，记忆若能篡改，也并非都是坏事，容许自己骗一骗自己，会活得轻松一点。这事她最能理解。

宫浩说："现在事情你都知道了，你打算怎么做？还写吗？"

这话把丁唯珺问住了，事情变成了另一个事情，但仍旧值得去书写，她低头看着还有两个数字没有刮的彩票，又抬头看宫浩，说："你希望我写吗？"

宫浩没想到她会这么问，沉默了片刻，说："我当然不希望。"他想了想又说："我骗了你，导致你喜欢上了我，这是我不对。但如果你弟弟有一个救命恩人的话，我老舅应该算是，他做了一辈子警察，为了救女儿才犯了这个错误，所以我想求你帮他保住这个秘密。"

丁唯珺没有回答可不可以，而是起身，走出了彩票站。宫浩不知道她要做什么，跟了出去。

两人刚走出彩票站，便看到王相佑的弟弟从小区里出来，刚才拎着的装钱的袋子已经不在手上了。他上了停在街边的黑色轿车，车子刚启动，就见从靠街边五层楼的窗户上，丢下来一个袋子，那袋子在半空中便倾倒钞票，红色的钞票漫天飞舞下来。

王相佑弟弟这些年生意越做越大，糟心的事情也越来越多，人到中年，难免惶惑，怀疑的事情多了，总得相信些什么，便信了佛法。于是很多利益算尽、他人坑害的事情，都慢慢归拢到天道轮回、因果报应上。对他哥哥王相佑所做的残忍事情，他也有了新的理解，想要去代替他哥做些补偿，买个心理安慰，也买个流年顺遂。于是当张桂琴作为受害者家属，第一个冒出来行凶时，他便趁着黑夜赶来，留下一笔钱，想要听到一声谅解。

王相佑弟弟急忙下车，抬头看，隐约看到窗边张桂琴的一张脸，冷漠地俯视着他。

他这些年在商场沉浮，如在战场进退维谷，需要拿钱买命的事不少。但他不知道的是，钱能买通地痞流氓，也能买通穷人草芥，却永远不能从父母手里买走孩子的命。

司机也下了车，和他一起俯身去捡那飘散的钞票。路过的行人也俯身，在抢这突如其来的好运。司机呼喊着："这是我的钱，别他妈乱捡！"

丁唯珺和宫浩看着这一切，又看了看窗口的张桂琴，都明白了这一切的缘由，对看着笑了笑。

彩票站老板收拾完屋子，准备关灯，却看到丁唯珺的那张刮刮乐留在了桌子上，他拿起来，见还有两个数字没刮，便用指甲划开，竟有一个数字对上，中了十块钱。

他急忙跑出门，喊住丁唯珺："哎！你的刮刮乐中奖了。"

中奖了，该往左走，做一名称职的记者。丁唯珺回过头，来到老板身边接过刮刮乐，说："谢谢你。"

宫浩跟了过来，问："中了多少？"

　　"十块钱。"丁唯珺看了看说，然后把刮刮乐在宫浩面前晃了晃，"你想不想十块钱买走？"

　　宫浩疑惑："为啥？"

　　丁唯珺说："你买走了，它就不是我的了，就是你中的奖了。"

　　宫浩还是不明白她为啥要这么做。

　　丁唯珺说："别琢磨了，痛快给我钱。"

　　宫浩迷迷糊糊地给她转了十块钱。丁唯珺便挎住了宫浩的胳膊，往前走去。

　　从此，这个秘密，又多了一个守护的人。

第八章

当晚，宫浩陪着丁唯珺回到了酒店，酒店的暖气修好了，屋内又热腾腾的。

两个人躺在床上，宫浩从身后环住丁唯珺，闻着她头发上的香气，他下巴上的胡楂，扎得丁唯珺脖子痒痒得一个劲地往回缩。

两人嬉笑了一阵，宫浩说："我能问你个事吗？"

"你不说我也知道你要问什么。"

"那你说来听听。"

"你是不是想问，我都知道了你不是救我弟弟的人，我为什么还和你在一起？"

"是的，但我现在又突然觉得不用问了，肯定是我的个人魅力征服了你。"

"这么自信吗？那是谁跟个怨妇似的给我发信息说：'如果我不是救你弟弟的人，你还会喜欢我吗？'"

"我那就是一时 emo① 了。"

"你一个五大三粗的警察，心思还挺细腻的。"

"也不知道最近咋啦，我特别不喜欢自己这个样子。"

丁唯珺翻过身，盯着宫浩看，然后突然很认真地说："我不否认，

————————

① emo：网络流行语，一般指忧郁、伤感等情绪。

对你的感觉的变化是从知道你救了我弟弟开始的，但后来和你接触越久，就越喜欢你这个人本身，但具体喜欢什么我也搞不清，就是那种想和你待在一起，和你在一起时很有安全感，还有一种从来没有过的轻松。有时自己待着，想到你都会忍不住笑出来。"

"哦，我知道了，我就是个笑话。"

"不是，你是一个我从未想过会遇上的好男人。"

"我不算好男人，还害你为了我违背了自己的职业道德，你本来可以写出王相佑案子的真相的。"

丁唯珺想了想说："真相是很重要，但一部分的真相是允许被掩盖的。"她顿了顿又接着说道："我做记者头几年，觉得这职业是有使命感的，挖掘真相最重要。但后来慢慢发现，新闻早已进入了后真相时代，就是在真相中加入诸多个人情感来完成情绪的驱动，真相就被放在了越来越低的位置。简单点说，真相很重要，但精彩的具备爆款文潜质的真相才是最重要的。所以，在王相佑的故事里，小福尔摩斯要比悲苦老爸救女儿，更能抓人眼球。再说了，这件事前些年就被你们的局长盖棺论定了，我在没有证据的情况下，写什么都是瞎写，还容易触碰红线。"

"谢谢你安慰我，你说的可能有道理，但我还是愿意相信你是为了我，或者是为了我老舅和可可，因为心软做了一件好事。"

"是因为我心软，就更值得喜欢吗？"

"不是，是因为如果真是这样的话，我在你心里的分量就更重了一些。"

"够了，恶心，你现在就是个恋爱脑。"

"不会吧？这就恋爱脑了？我觉得自己挺理智啊。"

"好，那我问你，你一开始既然怕我写，那为什么又要告诉我真相呢？"

"是你逼的啊，你还拍到了照片，我虽然相信我老舅不会和王相佑弟弟勾结在一起，但如果你真把照片发出来了，万一引起了舆论，说都说不清了。"

"不对吧，那你给我发那条信息是什么意思？你来的路上就没想过要告诉我？"

宫浩突然翻了个身，背对着丁唯珺。

丁唯珺说："咋啦？又 emo 啦？"

宫浩不回答，片刻后喃喃地说："我不知道你有没有过这种时候，就是突然想和一个人坦诚相见，一点都不想再欺骗她，哪怕是心里最深层的秘密，都想告诉她。"

丁唯珺盯着宫浩的后背，那里有脊梁清晰的凸起，如一生的山路，起伏不定。她这些年独身一人，寄居在这汹涌的世界里，他人对自己体面客气，点到为止，自己也对他人处处防备，避免交浅言深。而在这深冬寒月，久违的故乡里，突然冒出这么一个人来，把一腔的热诚，如炉火般倒灌过来，她被热得红了眼眶。

她想回报一些坦诚，或是说些话温柔这长夜，却又忍不住笑意爬上心头，支起胳膊，拍了拍宫浩的脸颊，说："看你这样的，还说自己不是恋爱脑？"

宫浩难得有了些大男孩的羞涩，拉起被子，蒙住了头。

丁唯珺也钻了进去。

第二天，王相佑弟弟派人把丁唯珺的笔记本送到了刑警队，宫浩正好在那儿，下班时就顺道给丁唯珺送到了酒店。他一进门，就见丁唯珺的行李箱摊在地上，又是要离开的预兆。丁唯珺接过笔记本，翻了翻，就放在了桌子上，继续收拾东西。

宫浩问："机票订了吗？"

"准备和你商量呢，你觉得我明天是上午走还是下午走？"

"没啥急事就晚上走吧。"

丁唯珺走过来拉住他的手说:"你不舍得我啊?想和我多待一会儿?"

一句话就把气氛推得有点伤感了。虽然之前两人也聊过异地恋的问题,但也都觉得现在交通便利,没什么好怕的。况且丁唯珺的工作又经常出差,就算两人在一个地方待着,也是聚少离多。至于更以后的事情,还没多想,也是还没到那个份儿上。

宫浩轻轻挣开丁唯珺的手,四仰八叉地倒在了床上,说:"要不我跟你去南方得了。"

"你工作不要啦?"

"反正也就是个辅警,我也干腻歪了。"

丁唯珺开玩笑说:"小福尔摩斯不干警察多可惜啊!"

宫浩笑了,掏出根烟点着,抽了一口,悠悠地说:"前段时间刑警队又来了一批新人,都是公安学院毕业的,我们这些辅警,要裁掉一部分了。"

"会有你吗?"

"啥都有可能。"

"你别担心,等我回去后,帮你打听打听,看看那边招警察是啥条件,如果可以的话,你也有意愿,就把这边的辞了呗。"

宫浩不说话,躺在那里抽烟,像是要把心事都抽干净似的。

丁唯珺的手机响了,是主任打来的,她走进洗手间,接通了电话说:"喂,主任,我正收拾行李呢,明晚的飞机回去。"

主任说:"我觉得你应该在那边再多待几天。"

丁唯珺疑惑:"为什么?"

主任说:"你今天发的稿子大纲我看了。"

丁唯珺想起上午主任关心她采访的情况,她便把大纲整理好发了过去。丁唯珺说:"主任,您觉得怎么样?"

"内容没什么大问题,王相佑的犯罪心理成因也挖得比较深,把个人命运和时代结合在了一起。只是我看的时候，一直有个疑点，王相佑为什么死刑改成无期了？我以为你会把这个疑点的答案放在最后，可是根本没有，这是怎么回事？"

"主任，是这样的，我心里也一直有这个疑点，但是档案上没有写，接待我的警察也不清楚。王相佑本人呢，采访他的时候出了点意外，现在也不允许见面了。所以我也不知道该怎么查了。"

"所以啊，这就是我让你别急着回来的原因，一时不知道该怎么查，那就想办法查啊。如果作为一个调查记者，只是翻翻档案，然后问一问其他人都能问出来的东西，那这个活谁都能干了。"主任顿了顿接着说，"你要清楚，解决了这个疑问，你的报道才是清晰的，这个故事才算是完整的，一篇文章，千万不要给读者留下不该有的疑惑。"

"主任，我明白了，我再想想办法吧。"

挂了电话，丁唯珺一脸愁容地走出洗手间，看宫浩还躺在床上。宫浩说："和谁打电话啊？还背着我。"

"我们主任，汇报了下工作。"

宫浩坐起身说："看你脸色好像不太好，咋啦？被骂了？"

丁唯珺摇了摇头说："他让我在这儿多待几天。"

宫浩一个蹦高站起来说："这是好事啊！但为啥啊？"

"我饿了，边吃饭边说呗。"

"走吧，你想吃啥？"

"吃烧烤吧，第一天来时，都没吃上。"

"走吧，哥带你撸串去！"

宫浩催着丁唯珺穿上外套，两人下楼，又跑到了满街的长风里，说笑着推迟了那不可避免的分离时刻。

烧烤店里，仍旧是烟火缭绕，人声喧闹，服务员看了看丁唯珺又看了看宫浩，说："宫哥，你女朋友吧？"

宫浩说："你眼神挺好使啊。"

"刚才在门口你俩是不是挎着胳膊进来的？挺厉害啊哥，几天没见就把大美女划拉到手了。"

"你上一边去，扫雪啊，到处划拉。"

"哎哟，哥，你还脸红了。"

"你别在这儿扯犊子了，我这是让炭烤的。"

丁唯珺看两人说话好笑，也加入了，说："小兄弟，我问你个事，你宫哥除了我，还领别的女的来过吗？"

服务员说："姐，你可别小瞧我哥，他领着来过的女的可多着呢！"

宫浩说："你别瞎说话。"

丁唯珺说："没事，你说。"

"宫哥就爱带老娘们儿来这儿，"服务员掰着手指头说，"有他妈，他舅妈，他大姑……"

宫浩和丁唯珺都笑了。

宫浩说："你快闭嘴吧，再说我把你嘴缝上，赶紧上串，我们都饿了。"

服务员应声小跑着离开。

丁唯珺眼里的笑意还没散去，她问宫浩："你以前谈过女朋友吗？"

"谈过一个。"

"后来为啥分开了？"

"没为啥，就是她整天嘚了巴瑟的，我看不惯，就给她甩了。"

"咋样的算嘚了巴瑟的？"

"就是……就是……这个也说不清，大概就是大冬天的穿个超短裙露着大腿去蹦迪吧。"

"你还挺男权的。"

"我是怕她被冻截肢。"

"截肢了坐在轮椅上也能蹦。"

"都坐轮椅了那还叫啥蹦迪啊，那叫复健。"

两人说笑着，烧烤就上来了，丁唯珺今天胃口挺好，一连吃了好几串，口口留香。她喝了口啤酒，放下杯子又问起了王相佑为何死刑改成无期的事情，并把主任的话大概和宫浩讲了一下。

宫浩听了面露难色，说："这事我真不知道，要不我帮你打听打听去？"

"你老舅会知道吗？当年人是他抓的，他应该最了解吧？"

"按理应该知道，可我从来都没听他提过这事，估计也是机密吧。"

丁唯珺点着头，思考着。

宫浩说："你不会还觉得这事和我老舅有瓜葛吧？"

丁唯珺摇了摇头说："我相信你说的，你老舅不会干出帮王相佑脱罪的事情。"

"也不知道王相佑现在转移到哪儿去了，要不我去打听打听，咱们再偷摸问他一下？"

"算了，上次你舅妈那事，我现在还心有余悸，别因为我再搞出其他乱子了。"

"也是，上回出了那事，队长都把我给训了。"

"你受处分了？"

"那倒没有，我们队长和我老舅关系好，就是骂了我两句，我嘻嘻一笑就过去了。"

"你这关系户脸皮倒是挺厚，这么看来，你应该不会被裁掉。"

"那可不一定，裁员这事水最深，领导为了显示自己廉明，最喜欢拿关系户开刀。"宫浩喝了口啤酒，说，"算了，这事不聊了，车到山前没油了，船到桥头却沉了，都是不受自己控制的事。"

"喝了两杯酒，你倒是心大了。"

"那你这个小心眼，接下来想怎么办？"

丁唯珺白了他一眼，说："你觉得我去问你老舅，能问出来吗？"

"我又不是我老舅，我哪知道？但你要是把可可绑架了，威胁他一下，他应该能说出来。"

"你怎么都是损招儿？"

"那还有个小妙招儿，你把他灌醉了，没准也能套出点话来。"

"我是个记者，怎么能干这种事！"丁唯珺想了想又问，"那你说，我该找个什么由头把他约出来呢？"

"这还不好找？他可是你弟弟的救命恩人。"

丁唯珺眼珠子转了转，说："干杯。"

第二天下班后，天刚擦黑，宫浩带着丁唯珺去找他老舅。户籍科不在刑警队附近，而是在政府行政大楼里。

宫浩把车子停在了行政大楼门前，说："我老舅一般都是晚个十来分钟出来。"

丁唯珺说："没事，时间来得及，我订的包厢是六点半的，哎，你老舅有啥忌口的吗？"

"没有，我自己倒是不太喜欢吃内脏。"

"那我一会儿点个炒猪肝和羊腰子。"

"听说羊腰子补肾，我可以硬吃两口。"

"你滚一边去。"

说话间程松岩就从行政大楼里出来了，拎着个保温杯，往自行车停车场走去，他有辆电瓶车停在那儿，自己给车筐做了加高加固，下班买个菜啥的也方便。宫浩按了声喇叭，程松岩回头看。宫浩又使坏地闪了两下大灯。程松岩用胳膊挡着，眯着眼睛才看清是宫浩。

他笑着走过来说："小瘪犊子，你还敢晃你老舅。"

"我这是给你照亮呢，怕你骑错车。"

"你来干啥啊？"他看到丁唯珺也在，说，"丁记者还没走呢？"

丁唯珺点了点头，还没等说话，宫浩先说了："老舅，快上车吧，带你去吃饭。"

"去哪儿吃饭啊？"

"去饭店，包厢都订好了。"

"今天啥日子啊，不年不节的。"

"吃饭还非得挑日子啊？今天是人家丁大记者要请你，就看你给不给这个面子吧！"

程松岩疑惑了，说："丁记者啊，你为啥要请我吃饭啊？"

丁唯珺说："程警官，咱们在这儿聊天多冷啊，到饭店我慢慢跟您说。"

程松岩有些警惕，说："不行，我不能不明不白就吃你的饭，你得把话和我说清楚，不然我不去。"

丁唯珺无奈，只得讲出程松岩当年救了她弟弟的事情。

程松岩听完愣住了，说："我记得那个小孩，真是太巧了，竟然是你弟弟，他现在挺好的吧？"

丁唯珺点了点头说："您救了我弟弟的命，您说我该不该请您吃顿饭？"

程松岩说："我们警察救人是天经地义的，你的好意我心领了，但这饭我真不能去吃，我去了这是要犯错误的。"

丁唯珺说："就是吃个便饭感谢您一下，怎么能算犯错误呢？"

宫浩说："老舅，你这人也真是上纲上线，你上回过生日，咱们也不是没在一起吃过。"

程松岩说："那不一样。"

宫浩说："咋不一样啊，你就这么拒绝了丁记者，人家的一片热心都给冻凉了。"

程松岩一脸为难，寻思了一下说："要不这样吧，你俩去我家吃吧，我亲自下厨，做几个拿手菜，这样谁也说道不着咱。"

丁唯珺和宫浩对看了一眼，都有些无奈。

程松岩以为他俩担心张桂琴在家，想起之前那事会别扭，便说："我给你舅妈报了个旅行团散散心，去长白山和冰雪大世界玩去了，要好几天才回来呢。"

丁唯珺说："我俩不是那个意思。"

宫浩说："那行吧，我也挺长时间没吃我老舅做的菜了。"

丁唯珺说："那酒我带过去，这个您就别推辞了。"

程松岩说："行，那你们先开车过去吧，我骑车子去趟菜市场。"

宫浩说："这道溜滑，你骑车慢一点。"

程松岩说："我够慢的了，再慢就推着走了。"

宫浩说："更慢是扛着车走。"

程松岩笑着又骂了句"瘪犊子"，骑车走了。宫浩也挂挡倒车，掉了个头，奔着程松岩家开去。

当了这么多年警察，程松岩手脚一向麻利，转到灶台上也一样，半个多小时，几道菜就做好了，清蒸鱼、红烧排骨、酸菜炖血肠，还有老醋花生、哈尔滨红肠。宫浩和丁唯珺把菜都摆上桌，程松岩拿了几个小酒盅过来，说："别客气，快坐下吃。"

丁唯珺问："可可呢？等她下班回来一起吃吧。"

程松岩说："可可值夜班，晚上不回来。"

宫浩说："这医生的工作和警察一样，老得值夜班。"

程松岩说："是啊，夜里根本不会闲着。"

丁唯珺准备把拿来的酒打开，程松岩阻止她，说："这个你退回去，别乱花钱了，我上回过生日你送的酒还没喝呢，今天就喝那个吧。"他折身去柜子里拿，打开了给宫浩和丁唯珺倒上。

丁唯珺端起酒盅说："程警官，我正式敬您一杯，感谢您当年救了我弟弟。"

程松岩喝了酒，说："啥感谢不感谢的，人活着比啥都强。"

宫浩说："老舅，我也敬你一杯。"

程松岩说："咱爷俩还客气啥啊。"

宫浩说："你光和丁记者喝，不和我喝，是不是瞧不起我啊？"

程松岩呵呵笑着说："你还挺爱挑礼见怪的。"说着把酒盅又满上，两人碰了一杯，程松岩又干了。

宫浩冲丁唯珺使了使眼神，丁唯珺急忙又给程松岩满上，说："程警官，好事成双，我再敬您一杯。"

程松岩说："你俩今天是要把我灌醉啊！"

宫浩说："这小酒盅，能把谁灌醉啊？"

"就小酒盅喝起来没个数，最容易醉人了。"程松岩虽这么说着，但还是又干了一杯，然后夹了颗花生米，说，"你俩也吃菜啊。"

宫浩和丁唯珺也吃了几口菜，正想着怎么灌酒和怎么把话题转过去，没想到程松岩却先提起那事了。他说："丁记者，王相佑的案子，你这就算是采访完了吧？"

丁唯珺说："基本上是结束了，只是还有个疑问，想咨询咨询您。"

程松岩说："啥疑问？"

丁唯珺说："就是当年王相佑明明被判了死刑，但后来为啥没执行，还改成无期了呢？"

程松岩又夹了颗花生米，送进嘴里，慢慢嚼着。

宫浩说："老舅，当年这案子是你办的，你知道咋回事吗？"

程松岩不吭声，给自己倒了杯酒，自顾自地喝了，才缓缓开口说："王相佑当年是我抓的，但判刑是法院的事，所以我也不太清楚。"

丁唯珺说："那您当年就没和别人打听打听，到底是因为啥？"

程松岩皱着眉头，想了想，又摇了摇头。宫浩和丁唯珺都觉得他有些奇怪，似乎很不想聊这件事。宫浩了解他老舅，可能里面真是有些复杂的东西让他为难了，便给丁唯珺递眼神，意思是算了，先别问了。但丁唯珺却又给程松岩倒了杯酒，说："程警官，我再陪您喝一杯。"

两人碰杯，程松岩刚要喝，敲门声却响了，程松岩说："哎哟，忘了和你俩说了，我还叫了个人来吃饭。"

宫浩和丁唯珺纳闷是谁，程松岩开门，进来一个四十岁左右的男的。

"沈队，你咋来了？"宫浩立马起身问。然后他转身给丁唯珺介绍："这是我们刑警队的沈队长。"

沈队长说："叫什么沈队长，在你老舅面前，我永远是小沈。"

程松岩笑着拍沈队长肩膀，说："你咋来这么慢呢，我们酒都喝好几杯了。"

"队里有事，刚处理完就紧赶慢赶地跑来了。"沈队长回答。然后他看着丁唯珺说："你就是丁记者吧，我听程队说了，我们当年救的小孩是你弟弟。"

丁唯珺和沈队长握手，说："真的十分感谢您。"

沈队长说："这屋子里三个警察，我的功劳最小，你最该感谢的除了程队，就是我们的小福尔摩斯啊。"他笑着拍了拍宫浩的肩膀。

丁唯珺笑着说："大家的恩情我都不会忘。"

"这感谢那感谢的，这话今晚就打住在这儿吧，我耳朵都要听起茧子了，谁也不准再提了。"程松岩说着拉沈队长坐在自己身边，给他倒上了酒，"你当了队长后，这几年太忙了，咱俩好一阵子没在一起喝酒了。"

沈队长说："现在治安好了，犯罪率下降了，您当年当队长时才是真的忙呢。"

两人干了一杯，又开始聊起工作上的一些事情，丁唯珺和宫浩插不进去嘴，只能陪着又喝了些酒，这酒就慢慢上头了。她见今晚也问不出什么东西来了，就拉了拉宫浩，意思是找个借口先走吧。宫浩却听得来劲，没明白意思，以为她要去洗手间，就指了指洗手间的门。

丁唯珺就真的去了洗手间，迷迷糊糊地坐在马桶上，外面他们聊天的声音断断续续地传来，她听见沈队长说："程队，您可真的别再叫我沈队长了，这不是在笑话我吗？当年要不是因为王相佑害得您去当了户籍警，这队长的位置哪能轮到我啊……"

丁唯珺听到这里，一个激灵站起来，想冲出去问个明白。可当她回头准备冲马桶时，却见马桶里有隐隐约约的红色。她蹲下身，盯着那红色的液体在水中漫延，如同诡异的纹路在肌肤上攀爬，爬着爬着，就爬到了心脏上，使劲缠绕住，然后用力一拉，整颗心就扑通一下，跌落了下来。

宫浩在酒桌旁，听到沈队长讲起王相佑害他老舅当了户籍警的话，也觉得满是疑惑，他头一次听到这个说法，看来王相佑没执行死刑，真的和他老舅有关，可是有什么关系呢？他正想开口问，却听到洗手间里传来扑通一声，是人跌倒的声音。

他一个箭步冲了过去，洗手间门忘了锁，他推门进去，看到丁唯珺趴在马桶边。宫浩说："你没事吧？"

丁唯珺急忙按下马桶的冲水键，一阵哗啦啦水在旋转的声音，她勉强笑了笑说："没事，喝多了，吐了。你送我回酒店好吗？"

宫浩送丁唯珺回了酒店，丁唯珺一进房间就倒在床上，很不舒服的样子。宫浩要留下来陪她，但丁唯珺让他回去，说自己没事。宫浩以为丁唯珺今天没问出啥来，情绪上有些小失落，便没强求留下，下楼去买了解酒药送上来，又在床边放了一杯温水后就离开了。

丁唯珺等宫浩离开，又坐起来，靠在床边，给在深圳做体检时认识的俞医生发了条信息："医生，我好像尿血了。"

之前就是做体检时有些指标出了问题，医生才建议她复查一下的，俞医生片刻后回了条信息，让她把复查的报告发给他看看。丁唯珺慌乱地去翻找，发现报告早早地都发在小程序里了，便统统转发给了俞医生。俞医生很快又回话："我有个急诊，一会儿给你看。"

丁唯珺等了又等，俞医生都没再回信息。她喝了口温水，又吃了解酒药。但酒劲退去总是缓慢的，她觉得困倦，便又蜷缩回被子里，半梦半醒间，脑子里闪过小时候，自己也看到过尿出的血，那时比此刻要无知、恐惧得多，以为自己要死了，到了后来的后来，才知道那是人生的另一个开端。

程松岩今晚有点喝晕了，送走小沈后，简单收拾了下桌子，碗筷堆进厨房里，也懒得洗了。他靠在沙发上，点了根烟，摆了个舒服的姿势抽着，今晚话说得有点多，刚抽了两口嗓子就跟着疼。他起身把烟掐灭，想给自己冲杯茶喝，可暖瓶却空了，他又来到厨房，点着煤气灶烧水，水灌得多，开得慢，他就想起宫浩和丁唯珺吃饭时问自己的事。他能感觉到两人是在套他的话，他也不是不知道这事，只是不想讲。

这些年，他把这事都埋在心里了，想着最好是死个透透的，可回忆这玩意儿，不是腐肉，时间越久烂得越干净。它似药酒，越年老味道越浓，有时实在憋不住了，倒出来喝一口，以为能换个平静，却又呛得人浑身难受。

他此刻靠在那冰箱门上，后背一片冰凉，眼前煤气灶上的火焰烤得他双眼通红，可仔细看，那眼睛里的火焰，已经回到了1999年的夏天，那里有世纪末的灯火和颠簸，也有田野里的蛙鸣和星河。

1999年，程松岩还不是刑警队的队长，工作也没有后来那么没日没夜，但周末也要经常加班。周日这天，他盯着表熬到下班，骑上自行车就直奔郊区，他岳母家住在那里。

程松岩的老婆陈慧茹在出版社当编辑，周末她领着可可回姥姥家玩，可可那时还不到一岁，像个不倒翁似的摇摇晃晃刚会走路。程松岩到岳母家，停好自行车就往屋里跑，正好撞上出门来的岳母。

岳母说："瞅你着急那样，不就两天没见到老婆孩子吗？"

程松岩嘿嘿一笑，闪开身子就要进去。岳母却把手中的瓶子递给他说："帮我打点酱油去。"

程松岩接过瓶子说："好，但是妈，我进去看一眼孩子再去。"

岳母说："锅里炖的是你爱吃的鱼，你爸下午钓的，不赶紧放了酱油出锅，鱼该煳巴了。"

程松岩又笑了，掉头就往外跑，跑了两步又回头说："我爸的酒还有吗？我给他打二斤回来。"

岳母说："那玩意儿你少买点，他灌点酒就知道睡觉，啥活也不干。"

程松岩买了酱油和酒回来，岳母就张罗鱼出锅放桌子吃饭了。程松岩回到里屋，看老婆坐在床边守着可可，可可睡得正香。他看着那肉嘟嘟的小脸，忍不住想上去亲一口，老婆拦住他说："她刚睡着，别弄醒了。"

程松岩不情愿地抬起头说："那我不亲，抱抱总行吧？"

"睡觉呢，又跑不了，有什么好抱的！"然后她用手里的纸筒敲了敲程松岩的脑袋，"赶紧洗手吃饭去。"

"你不吃啊？"

"我这稿子还有几页就看完了，你先去吧。"

程松岩出去洗了手，饭菜就在桌子上摆好了。

岳父已经坐在了桌边，说："喝点啊？"

程松岩摆了摆手说："不喝了，一会儿还得回去呢。"

岳父也不强求，自己给自己倒了一杯，说："那快吃吧。"

程松岩点了点头，两人就没了话。他和岳父向来没什么话说，不是他不想说，是岳父这个人不太爱说话，好像和谁都不亲，总是板着一张脸，挺吓人的。

岳母端了盘馒头进来，看程松岩杯子空着，说："你咋不喝点呢？今晚就住这儿呗，明天一早再回去。"

程松岩说："不行，明早我们单位体检，起早回去来不及了。"

岳母"哦"了一声，转身冲里屋喊："慧茹啊，痛快出来吃饭，吃完了跟着松岩回去，走夜路还得趁早。"

陈慧茹趿拉着鞋过来说："妈，你嗓门小点，孩子好不容易哄睡着。"

"我声音不大点，你能麻溜出来吗？吃个饭还磨磨蹭蹭的。"

"我有点工作还没做完呢。"

"啥工作能比吃饭重要？一会儿凉了再吃胃不疼啊？"

"凉了你再给我热呗。"

"瞅你说那屁话，我是你用人啊？"

程松岩听着她们母女俩拌嘴，觉得好笑，咬着馒头呵呵乐。

陈慧茹就掐了他胳膊一把，说："你倒是捡了个乐。"程松岩疼得龇牙咧嘴。

岳母拍了陈慧茹一把，说："你那手咋那么欠呢，你掐他干啥？"

陈慧茹说："我老公，我爱掐就掐，眼馋掐你自个儿老公去。"

岳母伸手就想要掐岳父，可看他那副死板的脸，又不太敢，手又收了回去。

这回陈慧茹和程松岩都乐了，岳母自己也觉得好笑，哈哈笑了起来。岳父瞪了她一眼，喝了口酒，说："鱼好吃吗？"

程松岩愣了一下才明白过来这是在问自己，急忙说："好吃好吃。"

岳父说："那你下回来我还给你钓。"

"谢谢爸。"程松岩急忙起身给岳父倒满酒。

当晚吃过饭，程松岩就骑着车子，载着老婆和孩子往家赶。夜路很长，满天星斗是唯一的光亮了，不过这路他一年要跑好多趟，也都熟透了，哪里不平、哪里有大坑心里都有数，骑起车来也算平稳。

可可还在熟睡着，陈慧茹一路抱着她坐在后座上。

程松岩说："这孩子怎么这么能睡？"

"可能是下午玩累了，我妈她三姐来家里溜达，逗了可可好长时间。"

"她儿媳妇一直怀不上孕，她肯定着急了。"

"可能是，她看到谁家孩子都喜欢，都迈不动步。"

程松岩用力蹬了几下车子，车子就爬上了坡，接着是一路的小下坡，不用蹬就唰唰往前跑，他的头发都被风吹了起来。

陈慧茹说："这夏天晚上的小凉风吹着真舒服。"

"你把孩子的被子裹紧了，别冻着了。"

"这野外的虫鸣蛙叫特别悦耳。"

"那蚊子嗡嗡咬你时，你咋不觉得悦耳呢？"

"你这人真是一点都不浪漫。"

程松岩嘿嘿一笑说："我整天干的都是抓坏人的事，要是觉得浪漫不坏事了！"

两人说着话，车子转了个弯，就看到前面的田野里，有一簇火光。

陈慧茹说："这大晚上的，谁上坟烧纸吗？"

"烧纸哪能这么大的火啊，是烧荒吧？"

"哪有夏天烧荒的？"

"没准是小年轻闲得无聊玩火。"

那火光摇摇晃晃，倒是让黑夜里多了一朵光亮，陈慧茹突然说："你是夏日里的野火，坟墓上的闪电，草丛里的银河，我身上的脉络。"

"你嘀咕啥呢？"

"这是一首诗，我这几天一直在看这个诗人的稿子，出版社准备出版他的诗集。"

"哦，我觉得这诗写得不咋的，坟墓上咋还有闪电呢？是活着时候缺德事做太多了，死了还遭雷劈啊！"

"你上一边去，一点意境都不懂。"

"我是不懂，我就懂把你和孩子照顾得好好的，这就比啥都强。"

陈慧茹笑了笑，没有再说话，一只手抱着孩子，另一只手轻轻揽住了程松岩的腰。视野里，田野里的火光，渐渐退去。

前方城市的灯火，覆盖过来。

第二天，程松岩体检完后去上班，自行车刚停好，就见老孙慌里慌张地往里面跑。那时小沈还没进警队，与他关系最近的是老孙，他紧跑两步追上去，拍了一把，说："老孙，咋啦，这么着急，闹肚子啦？"

老孙说："闹什么肚子啊，听说出案子了。"

程松岩纳闷出了啥案子，跟着跑了进去。当时的老队长姓文，正在张罗大家开会，有个小刑警磨磨蹭蹭要去上厕所，文队在他后脑勺拍了一巴掌，劲使得挺大，小刑警不敢去了。程松岩看着文队那阴沉的脸，知道案子不会小了。

会议室里，文队先大致介绍了案情，从7月6日到7月22日，本市接连发生了三起杀人事件，被害者均是女性，被害地点分布在各个辖区的江边、公园或桥下等地带，地形环境开阔，但也隐秘，人迹稀少。

接着法医介绍尸检情况，三名被害人的致命伤都是后脑遭受重击，身上携带的金银首饰和现金被劫掠一空。被害人都没有被性侵的痕迹，初步可以判定犯罪动机是劫财。接着法医出示了一组照片，照片里都是尸体被发现时的情况。法医说犯罪者极其残忍，在抢劫首饰的时候，耳环都被直接拽下来，导致死者耳垂豁开；戒指撸不下来，也干脆切断手指。但也因此可以判断出作案工具，应该是那种一头是方形一头是扁形的锤子。

老孙说："这工具不就是刨锛吗？方头敲脑袋，扁头剁手指头。"

法医点了点头。

文队说："这三起案子之前都是从各个辖区的派出所报上来的，所以一直当单独案件处理，现在看来，可以并案了。"

法医说："没错，这三起案件从犯罪手法和动机来看，都属于同一人或一组团伙所为。"

程松岩想了想说："可是像这种以劫财为主的连续杀人案件，死者除了女性外并没有其他共同特征，嫌疑人目标很难锁定。"

老孙说："劫财嘛，下一步当然就是销赃，我觉得可以以这个作为突破口。"

文队点了点头说："老孙的想法没错，被劫走的饰品根据家属提供的信息，都收集到了照片，那老孙你就带人去查这条线吧。其他人分成两组，一组去查曾经有过抢劫偷盗前科的，一组加强公园、江边等地的巡逻，发现可疑的人都给我带回来。"

大伙领命离开。程松岩的任务是在城北公园一带巡逻，那公园挺偏僻的，来往的人也不多，只有些见不得光的情侣，躲在那坏掉的椅子上。他拿个手电，四处踅摸，照来照去，就总是不小心照到几张惊慌的脸，那些人嫌弃地看着他，弄得他倒像个偷窥狂似的。

程松岩头一天熬到天亮才回家，陈慧茹都起床了，做了早饭，有包子、粥和小咸菜。他看了眼孩子还没醒，困劲也顶上来了，不想吃了，倒头就睡。可躺了会儿又睡不着，他便爬起来，坐在餐桌边，和老婆商量，想把岳母从乡下接过来帮着看孩子。

陈慧茹说："也行，天天往你姐那儿送，也不是回事，她那儿虽然是厂子里的幼儿园，但可可太小了，我心里也不踏实，我今天就让我妈过来。"

程松岩又说："你最近下班了就赶紧回家，别贪黑，最近外面不安全。"

"那个案子我也听说了，是挺吓人的，你放心吧，我会多加小心的。还有你也是，天天大晚上巡逻，多穿件衣服，虽是夏天后半夜也凉啊。"

"知道了，我没事，我火力旺。"

陈慧茹笑着给程松岩盛了碗粥，说："你多少也吃点吧，熬了一晚上了，空着肚子对胃不好。"

程松岩就着咸菜喝了碗粥，喝完来了食欲，又吃了两个包子。陈慧茹也盛了碗粥，慢慢地吃着。

程松岩说："我前几天看别人家小孩，戴着个红绳编的手链，上面挂个生肖的金吊坠，老带劲了。我寻思，咱们可可这不是快周岁了吗？也给她弄一个小老虎戴上呗。"

"小孩没必要戴那么贵重的东西，那金吊坠也不便宜。"

"贵就贵点呗，也算给孩子留个纪念。"

"孩子那么小懂啥纪念不纪念的，还不都是给大人看的，我觉得咱俩还是多存点钱吧，孩子以后花钱的地方多着呢。"

程松岩还要说话，可可的哭声就从卧室里传了出来，陈慧茹起身，程松岩却把她按住说："你快吃饭，我去抱。"他赶紧把粥扒拉进嘴里，进了卧室。

陈慧茹听着程松岩在屋子里"哦哦"地哄着孩子，喝了口粥，柔软爬上心头，痴痴地笑了。

窗外的日头一点点往上跳，又一个夏天来了，阳光透过纱帘细碎地落进这间小屋子，落在她的头顶。她的头顶别着个发卡，上面有只红蜻蜓，摇晃着像快要飞起来。

夜里，程松岩又在城北公园一带巡逻，今天公园比往常热闹些，有个河南来的杂技团，在公园里画了个圈搭了个棚子搞演出。这种演出敲锣打鼓地把人聚过来，不收门票，节目途中也不绕着场子收钱，而是演到精彩处停下来，卖一卖跌打损伤的药。

程松岩巡逻了一圈也没啥事，便立在这人群外看圈内的演员表演生吞铁球。演员是个小伙子，光着上身，一顿运作气功，然后把半个拳头大的铁球吞进了肚子，绕场转了一圈，待把铁球吐出来了，却几番干呕，哕出了一口鲜血来。观众吓坏了，一阵骚动，抻着脖子往里看接下来会怎样。小年轻又哕出一口血，看来是真的演砸了，被两个团员抬进了棚子。接下来，团长声泪俱下地讲起演员有多不容易，路边捡来的，没爹没妈，望父老乡亲帮忙出点钱送去医院。

程松岩明白了这是新的赚钱套路，看透了也就觉得索然了，不似那些被骗得云里雾里甘心掏钱的人有福分。他从人群里后退出来，走到公园角落处，点了根烟抽。

城北公园不在郊区，但紧靠着一大片拆迁后的空地，那片的房子早早都拆掉了，可不知道哪里出了问题，过了好几年都没盖起新楼盘来，于是那一大片空地就荒芜在了那里，有些附近的居民还圈了一块种起了菜。

程松岩抽着烟，看着前方那巨大的空地中，本来漆黑如荒漠的地方，却突然悠悠地冒出一簇火苗。然后那火苗慢慢地生长，有了一人那么高，在夏夜里摇晃着。

程松岩一开始觉得是谁在那儿点荒草熏蚊子，看了会儿又觉得不对劲，这野火和那天从岳母家回来时远远看见的有点像，可也理不出啥联系，最后便只因无聊和好奇走了过去，快走到边上时，闻到了一股毛发和肉体烧焦的味道。

他心里咯噔了一下，放慢了脚步，悄没声地靠近那火焰，然后蹲下了身子，看清了那火和味道都是来自铁桶里，而铁桶旁站着个中年男人，火苗和烟遮挡住了他的脸。

程松岩深呼吸了两口，然后猛地站起身，朝男人跑去。男人感觉到有人来了，拔腿就跑，程松岩大吼一声："站住！"男人并没有停下，继续朝前奔跑。程松岩更觉得不对劲了，打开手电，照着男人的背影紧追，一路追到了这片空地的边缘，一堵墙挡在了前面，墙光秃秃的，男人往上爬，一脚没踩住，摔了下来，程松岩正好赶到，一把将他按在了地上。

"你是谁？为什么跑？"程松岩说着掏出手铐给他铐上。

男人不说话，只是在扭动。程松岩扳过他的脖子，看到他脸的一瞬间，吓了一跳。那是一张重度烧伤的脸，早就没有了人形，五官扭曲在一起，如一个滑溜的怪胎。

程松岩镇定了一下说："你是谁？叫什么名字？"

男人"呜呜啊啊"了一会儿，程松岩才明白过来，他是个哑巴。

程松岩把男人带回警察局，那个燃烧的铁桶也拎了回去。老孙和文队从外面找了个懂手语的，一起审这个男人。双方比画了一会儿，他们发现男人不是全聋全哑，他能听见，只是前些年遇到了火灾，声带被烧坏了。

程松岩等在法医室门前，法医把铁桶里的东西检验完了，是些小猫小狗。

程松岩说："这是虐杀动物？"

法医说："不是，这些猫狗被烧前都死了。"

审讯室里，老孙和文队也问完了，男人叫全金龙，他交代这些猫狗都是他在路边捡的，捡的时候都死了，有的是被车轧死的，有的误食了耗子药，还有的死了被人扔在路边。他看着可怜，就捡起来给火葬一下。

老孙问他："既然是做好事，看到警察为啥跑？"

他比画说："黑灯瞎火，一个黑影冲过来，我当然害怕，谁知道是警察啊？"

文队看男人也没啥疑点了，就把他放了出来。抓错了人，程松岩也挺不好意思，主动提出把全金龙送回家，老孙也跟着一起，说："送完他把我也捎回家。"

程松岩开着刑警队的车子，先是把全金龙送到了他家的小区门前，全金龙鞠躬表示感谢，程松岩看着他走进楼道，掉转车头往回开。老孙却突然说：你知道这是哪儿吗？"

程松岩说："居民楼啊，还能是哪儿？"

老孙指了指全金龙进去的那栋楼，还有旁边的几栋，问："你听说过'鬼楼'吧？"

程松岩一愣，这个词当然听说过，十多年前，市里的纺织厂爆炸，烧伤烧死了几百号人，那些严重烧伤的年轻工人，被集体安置在了几栋居民楼里。由于重度烧伤者的面容都很扭曲丑陋，加上最初几年，夜里总会传出年轻女性撕心裂肺的号哭声，于是这里便被市民们称为"鬼楼"。"鬼楼"这名声一出去，外边的人渐渐就更不来了，这里几乎就成为一个与大地相连的孤岛。只剩下一群烧伤患者聚在一起，互不嫌弃地抱团取暖。

程松岩说："原来'鬼楼'就在这儿啊，我以前光听说过，还真没来过。"

老孙说："现在知道了，看起来是不是更阴森森的？"

程松岩说："是有那么一点，但细想想，有什么阴森的啊，都是一群可怜人罢了。"

老孙点了点头说："也是一群倒霉的人，就拿这个全金龙来说，审讯时他说自己之前在纺织厂是开货车的，你说如果没遇上爆炸，他现在至少是个运输班的班长了吧？"

程松岩说："天灾人祸，想躲也躲不掉的。"

老孙想了想说："也是，谁也说不上咋回事，没准没遇上爆炸，后来也下岗了。"说完他嘿嘿笑了两声，又觉得不该笑似的收住了。

两人都没再说话，各自点了根烟抽。

程松岩摇下车窗，没有一点风，闷热闷热的。他心里没来由地起了些烦躁，拽了拽衣领子说："这么闷热的天，是不是要下雨了？"

老孙歪头看了看天说："下吧下吧，下了就能凉快点了。"

第二天还真下起了雨，程松岩也和同事轮岗，不用去巡逻了，他便主动申请跟着老孙去追查赃物。他们一天跑了五六家金店，店员个个都和吃了摇头丸似的，摇着脑袋说没人来卖过这些首饰。程松岩还想继续往下一家走，老孙却说没下一家了，前两天都查过了。

程松岩纳闷："那些首饰不卖给金店还能卖哪儿去？总不会自己留着戴了吧？"

老孙说："可能是还没来得及销赃呢，也有可能是攒着一堆去外地卖呢。"

两人坐在警车里说话，警车停在路边，雨刷器刮来刮去，天慢慢就黑了。程松岩准备回家，老孙却拉着他去吃饭，说刚开了家得莫利鱼肉馆，鱼又肥又新鲜，他请客。程松岩挺意外，老孙这人向来抠门，抽根烟都爱蹭别人的，怎么突然要请客？

老孙嘻嘻笑着说："我一年有三次请客额度，这次让你摊上了，算你运气好。"说完他踩一脚油门，车子就奔向了鱼肉馆。

鱼肉馆里挂着大红灯笼，还有红绿搭配的花布装饰，一进屋就感受到一股浓郁的老东北风情。

老孙说:"咱俩上炕吃啊?"

程松岩说:"大夏天的炕上多热啊。"

"也对。"

两人就坐在了靠窗的位置,窗户没关严,雨点子飘了一桌子。

服务员是个胖老妹,一边擦桌子一边问:"两位大哥吃烤鱼还是吃炖鱼啊?"

老孙说:"吃炖鱼吧,多放两块豆腐。"

服务员说:"那鱼我就看着选一条不大不小的,够两人吃就行呗?"

老孙说:"行,但你们可称准点,别坑人啊。"

服务员说:"大哥说笑了,我坑你你还不得给我抓走啊?"

程松岩说:"你咋知道我们是警察?我们开的车上也没放警报灯啊!"

服务员指了指老孙说:"这位大哥之前来过,我印象挺深的,点了一条最小的鱼,但免费的小菜可没少吃,光黄瓜就吃了好几根,后来警官证落这儿了,我们才知道是警察,不然还以为是竞争对手派来吃黄我家的呢。"

老孙脸上挂不住,说:"去去去,快下单上菜去吧,话咋那么多呢,免费的还怕人多吃?"

服务员走了,程松岩看着老孙忍不住呵呵笑。

老孙说:"这家也真是的,不就是两根黄瓜吗,又不是啥好玩意儿。"

"对对对,是黄瓜又不是黄金。"说完程松岩又想起那销赃的事来,想和老孙接着聊一聊,但老孙却起了另一个话题。

"你有没有听到风声,文队要被调走了?"

"调去哪儿?平调还是升了?"

"好像是调到隔壁市,当个副局。"

"文队这人能力强，在队长这个位置也干好多年了，该升一升了。"

"他是该升了，但他升了，队长这个位置就空出来了。"

程松岩听明白了，说："老孙，你惦记这个位置呢？"

"队里谁不惦记？你不惦记？"

"我资历浅，还得磨炼几年。"

"那你觉得队里谁资历深？"

"那当然是你啊。"

老孙笑了说："还是你会说话。"

"我没有捧你，我说的是真心话，队里的情况你也不是不知道，新来的没经验，年纪大的又都是老油子，没几个干实事的。"

老孙夹了口免费的小菜，嚼了嚼说："我其实都听到些风声了，上面已经在考察我了。"

"真的？那得喝两杯庆祝庆祝啊。"

"喝什么啊，这时候喝酒那不是误事吗！"

"对对，这时候千万不能让别人抓住一丁点的把柄。"

"这觉悟才是对的。"老孙吃了口菜又说，"我听说这上面的考察，也会问一问身边同事的意见，要是问到你，你可得帮我说点好听的。"

程松岩眼珠子一转，说："我终于回过味来了，原来这顿鱼不是白请啊！"

老孙被拆穿后脸通红，说："你把我想成什么人啦？咱们兄弟这么多年，请你吃顿饭还弄得跟有目的似的，我不是那种人，我就是唠嗑唠到这儿了，没别的意思。"

程松岩不逗他了，说："我知道你没别的意思，我也是闲唠嗑，你放心，要是真考察到我这儿，我一定全力相助。"

老孙这下踏实了，回身冲服务员喊："鱼咋还没上来呢？这么慢！"

服务员跑过来说："大哥，您稍等一会儿，咱家是柴火锅炖鱼，这外面下雨了，柴火有点潮，火烧得慢。要不我再给您上点免费的小菜，您先吃着。"

服务员跑走了，程松岩把头扭向窗外，那雨稀稀拉拉的，完全没有要停下来的意思。

当晚，老孙和程松岩把那条不大不小的鱼吃了个精光，多加的两块豆腐也入味入得刚好，配着米饭一同进了肚子。

程松岩回家往上爬楼梯时，还打了两个饱嗝，推开家里的门，看时钟已经走到晚上九点多了。岳母抱着可可在屋子里晃悠，"哦哦哦哦"地哄着。

程松岩问："孩子这么晚了怎么还没睡？"

"本来睡了，后来打了两个响雷又给吓醒了。"

程松岩在屋里趸摸了一圈，没看到老婆，又问："慧茹呢？这么晚去哪儿了？"

"哪儿也没去，是还没回来呢，下黑时打回来个电话，说晚上加班。"

程松岩听了这话立马要出门。

岳母说："你干啥去？"

"最近晚上不太平，我去接她下班。"

"那你也加点小心，大下雨天的，别骑自行车了，坐车去吧。"

"知道了。"程松岩开了门一溜烟跑下楼，跑出小区，在门前拦了辆出租车，一路往出版社赶。他到了出版社门前抬头看，见只有一扇窗子还亮着灯，就急忙跑了上去，推开门却见里面坐着的不是陈慧茹，而是她的女同事。

女同事认识程松岩，一口一个"姐夫"，说："你大晚上的来干啥啊？陈姐东西落下了？"

"陈慧茹今晚没在加班吗？"

"陈姐本来是在加班的，但加了一会儿就被我们主任叫走了，说是陪作者吃饭。"

"你知道他们去哪儿吃饭了吗？"

"不知道，没叫我我就没细问。"

"你们主任有手机吗？"

"我们出版社没啥油水，主任也买不起手机。"

"好吧，那我自己再想想办法。"

女同事看程松岩一脸着急的样子，说："姐夫，你咋啦？找陈姐有急事啊？"

"不是，我就是担心她。"

"我们主任很正派的，有他在不会出什么事的。"

"我不是那个意思，就是怕她这么晚了一个人回家不安全。"

"好羡慕陈姐啊，老公对她这么好。"

"你这话可别让你自个儿老公听见，好多家庭矛盾都是这么说话说出来的。"

"姐夫你啥记性啊，我离婚都半年多了。"

程松岩不想再和她闲扯下去，刚准备走，却又被女同事叫住说："姐夫，我们出版社招待客人，就那几个固定的地方，你这么着急，要不你挨个去找找？"

程松岩听了她的办法，管她要了那几家饭店的地址，焦急地跑走了。

夜雨绵长，下个没完，和这火锅店里翻腾的锅底及没完没了的酒局一样，都让陈慧茹感到烦躁。她今晚本来想着加会儿班，把工作多做一点，这样好明天请半天假，带着可可去把疫苗打了。可加班只加了一半，主任就把她叫走了，说是陪个作者吃饭。这种事情陈慧茹向来不参加，但主任说她必须来，因为今天这个是她负责的那本诗集的作者。陈慧茹一听，便不忍再推辞了。于公，她有些关于诗集的问题想要和他沟通一下；于私，她因喜欢诗人的诗，所以还挺想见见他的。

可刚见面，她便后悔了，这诗人和她幻想中那个清秀且带着几分忧郁的形象完全对不上号，完全就是一个邋里邋遢的中年酒蒙子，一头长发感觉一个月没洗了，都快比火锅锅底油了。

那诗人眯着眼睛说："咱们书的定价能不能再高一点，这样版税我还能多拿点，手头能宽裕点，出门前也能去发廊找小妹洗洗头。"

这话陈慧茹听起来不舒服，但还是和他耐心解释："定价太高的话，会影响销量。"

诗人说："不会的，我的书一出来，肯定大卖，卖得裤衩子都不剩那种。"

陈慧茹冷着脸说："你哪儿来的自信？诗集的市场本来就不好，再说你还是个没啥名气的新人。"

一句话把诗人整忧郁了，他兀自喝了杯酒。

主任出来打圆场，数落陈慧茹："咱们的作者虽然是新人，但写得挺不错的，除了咱们，好几家出版社也都抢着出这本集子呢。"

诗人说："主任，您别说了，越说我越羞愧，我确实没啥名气，心气还高，人家编辑说的也是实话。"然后他举起酒杯说："陈大编辑，我敬你一杯。"陈慧茹不喝。他的酒杯就一直举着，说："你要是不喝，就是看不起我，你要是看不起我，那我就把书拿走，换一家看得起我的出版社。"

陈慧茹被架在那里，左右权衡后，举起了酒杯，和诗人碰了碰，干了。诗人这下开心了，说："敞亮，那我这本书就还在你们这儿出，但是我说真心的，价钱定高一点吧，价钱高不了，首印就高一点。

我实在缺钱，有多缺呢，就和尼姑庵缺汉子一样缺。"

陈慧茹不想接话，主任主动接了过去："咱这大诗人真会比喻啊，这随便说出一句来都能当成诗。来，为了这才情，我敬你一杯。"

诗人被恭维了，乐了，干了酒，也把提高定价的事忘一边了。接着两杯酒下肚，晕了，他把主任当成了知己，拉着他不停诉苦，从多年怀才不遇聊到单身至今，好不容易谈了个对象还是鸡，这个鸡是真鸡，不是妓女的代称，而是真实的家禽，送给他的第一个礼物是个双黄蛋……

主任被逗得一直笑，就当他是个酒疯子在说胡话。陈慧茹早就被诗人磨叨烦了，当他又聊到结了婚的女性身上散发着一股污浊之气时，她起身和主任说："我要回家看孩子了，今晚就不奉陪了。"主任知道她烦了，点着头示意她先走，剩下的交给他。陈慧茹偷偷给主任比了个谢谢的手势，离开了。

陈慧茹刚走，诗人也起身说去个洗手间，但他却没有进洗手间，而是悄悄尾随陈慧茹出了火锅店。

火锅店位于一个偏僻的巷子里，走出去要穿过一片小树林才能到大路边，陈慧茹快速地走进小树林。那诗人摇摇晃晃，浑身淋着雨，也跟了进去。

陈慧茹撑着把雨伞，雨滴顺着伞檐滑落，噼里啪啦，如命运坠入深渊的行板，不快，却没人能拦住她。

程松岩一连跑了几家饭店，都没能寻到陈慧茹，他在奔向下一家饭店时，脑子里冒出曾经两人去看手机的画面，陈慧茹握着手机，满是欢喜，但打听了一下价钱后，又放了回去，她说太贵了，要半年的工资呢。此刻程松岩有些后悔，当时应该咬咬牙买下来的，那样自己也不会像此刻这样，如此慌乱。

他跑进火锅店，转了一圈，没看到陈慧茹，刚要和服务员打听，就看到一个中年男人在独自吃火锅。他再细看，这不是陈慧茹单位的主任吗？两人见过几次面。他急忙走过去询问，主任说陈慧茹刚走，现在出去应该能追得上。程松岩的心放下些许，折身追了出去。

程松岩跑了几步，进入那片小树林，小树林里没路灯，幽暗深邃，雨落在树叶上，砸出噼里啪啦的声响，却有种嘈杂的静谧。程松岩大吼了声："慧茹！"没人回答，他又吼了两声："慧茹！陈慧茹！"那声音在树林里悠悠回荡，就是没人回答。

程松岩加快脚步往前走，却猛地听到前方传来一声尖叫，却不是陈慧茹的声音，而是个男人的。程松岩心头一紧，顺着声音跑去，却见一个长头发的男人跌坐在地上。

程松岩说："怎么了？你怎么了？"

长头发的男人惊恐地指着前边，哆嗦着说："杀人啦，杀人啦！"

程松岩顺着他的手指方向看去，前方地上，躺着一团漆黑的人影，他缓缓地靠过去，再靠过去，然后猛地停住了脚步，那地上的身影和陈慧茹太像了。他几乎是一个踉跄扑了过去，把人抱在怀里，陈慧茹的脸颊满是鲜血，双目紧闭，被雨水冲刷着。

程松岩颤抖着摇晃着她："慧茹，你醒醒，慧茹，你没事吧？"他抽出一只手来，想拍拍她的脸颊，却发现那托过后脑的手上也满是鲜血，他的目光扫过陈慧茹的颈部，金项链已经不见踪影。

刨锛，后脑，金首饰，他一下子全对上了。他被厄运惊得愣住了片刻，抱起陈慧茹便往外跑，边跑边说着："慧茹，你挺住，慧茹，没事的，咱们去医院。慧茹，你能听见吗？慧茹，你不要抛下我们爷俩啊……"他跑着跑着就要跑出树林了，就要看到大马路的光亮了，却被脚下的树枝一绊，摔倒在了地上。

他慌乱地又爬起来，身体却怎么也没了力气，努力挣扎之际，看到陈慧茹右手紧握的拳头松开了，露出一个红绳编织的小手链，手链上有一个小老虎金坠子。

程松岩的心脏猛地如红柚被剥开，撕裂般疼痛，剧痛让喉咙里发出号叫，如一只压抑许久的困兽。他奋力地站起身，抱着陈慧茹咬着牙往外跑，眼泪就顺着那雨水一同流进了嘴里，流进那裂开缝隙的心脏里，把往后的岁月都灌满了苦涩。

第九章

越到年底，医院越忙，看病这事像身体的年终总结似的，都往这时候扎堆。

可可值了一夜的班，接了三个急诊，乱糟糟忙了好一阵，快天亮时才抽空眯了一会儿。醒来后她和同事交班，然后换了衣服回家，到楼下看到卖豆浆油条的出摊了，就买了两份热乎的上楼，推开门却见父亲程松岩躺在沙发上睡着了。她看父亲睡得还挺香，就没叫他，去卧室拿了条毯子给他盖上，可这下反倒把他弄醒了。

他一个激灵坐起来，疑惑地看看四周，又看看窗外的白天，说："我怎么在这儿睡了一宿？"

"我咋知道？"然后可可闻了闻屋子里一整夜都没散净的酒气，说，"是不是喝多了？"

程松岩点了点头，喝了一口隔夜的凉茶，说："宫浩和那个丁记者来找我，我又叫你沈叔过来一起喝了点，你沈叔话多，我一不留神就喝多了。"

可可不在乎沈叔，只问："宫浩和丁记者来干啥？"

程松岩说没干啥，大概把救过丁唯珺弟弟的事情讲了讲。

可可听了却贼激动，说："看来我哥和这个丁记者挺有缘分啊。哎，爸，你觉得他俩般配吗？"

"咋啦？他俩处对象啦？"

可可使劲点了点头说："据我观察是的。我还听我大姑说，我哥最近经常夜不归宿，我猜就是和丁记者住在一块了。爸，要不你滥用一下职权，去酒店调一下监控，我就能拿到证据了。"

"你瞅瞅你，你哥谈了个恋爱，把你激动成这样。"程松岩寻思了寻思又说，"你哥这人，别看平时和咱们嘻嘻哈哈啥都不当回事，没准老婆放个屁都得当圣旨。"

"你想说我哥怕老婆就直说呗，不过丁记者那气场，我哥可能还真镇不住。"

程松岩叹了口气说："你哥现在还是个刑警队的临时工，也不知道和人家处久了，人家会不会嫌弃他工作不好。"

"你这是啥思想啊？人家没咋的呢，自家人先自卑上了。我告诉你，爸，现在年轻人谈恋爱，没有谁嫌弃谁，只有谁爱谁多谁爱谁少。"

"行了吧你，不着四六的道理倒是张口就来，这么懂咋没见你领回来一个呢？"

"停，此处禁止催婚，我才多大啊！再说了，你们做父母的一点都不了解子女，整天催催催的，就像我们念的都是佛学院，你们不拦着就得出家似的。其实我们心里对爱情的渴望一点都不少，只是有时遇到好的抓不住，遇到个破烂又挑三拣四。"

"行了，关于谈恋爱的话题到此结束，我以后保证不问了，除非哪天你到寺庙门口了，我再拉你一把，诚恳地问你一句，真的连破烂都不想捡了吗？"

"这段子不好笑。"可可翻了个白眼，然后打了个哈欠，"我困了，睡觉去了，这豆浆和油条你一个人吃吧。"

"你吃点再睡啊。"

"我睡会儿再吃。"可可钻进了房间，拉了个被子蒙住头，衣服也不脱就睡了。

睡了两三个小时，手机响了，她把手机拉进被子里接："喂。"

电话那头传来宫浩的声音："可可，你今天休息是不是？"

"你要干啥？听口气像是要找我帮忙。"

"你这耳力看病是不是都不用听诊器？"

"我还睁一只眼闭一只眼就能把血抽了。"

"这谁都能。"

"你到底有啥事？"

"这不年底了吗，我们队里又展开扫黄行动了，我跟着出警了。你要是没啥事，就去看看你丁姐呗？我觉得她好像有点心事。"

"你俩闹矛盾啦？情侣之间这很正常。"

"没闹矛盾，昨天在你家喝完酒她脸色就有点难看……"

"哈哈哈，被我套出来了！你俩真在一起啦？"

宫浩愣了一下，也哈哈哈笑了起来，说："你挺厉害啊，我都没防备。不过这事你可别和我妈说啊，她要是知道可麻烦了，查户口那套又上来了，都有可能把你丁姐接家里住去。"

"这个我知道，你们刚开始恋爱，还需要空间。哎，你和我细说说，你俩谁主动的？"

"这个哪天有空再和你说，我这马上要出发了。"

"行，那你快去扫黄吧，我现在就去看丁姐。"

挂了电话，可可起身洗了把脸，换了身衣服就出门了，在酒店附近买了两杯咖啡，想了想，又加了两份小蛋糕，提着就上了楼，敲了敲门，片刻后，门打开了，丁唯珺出现在门前，脸色确实不太好。

可可进了房间，说："丁姐，你怎么了？脸色看起来这么难看？看着都没血色了，要不要我带你去医院看看？"

丁唯珺笑了笑说："没事的，就是来例假了。"

可可松了口气说："原来是这样啊，我哥这人真是个傻直男，还说看你脸色不好，以为有啥事了呢，一大早把我吵醒，叫我来看看你。"

"那你哥他自己咋不来？"

"去色情场所了。"

"扫黄啊？"

可可点了点头说："看来你对我哥还挺信任的，别的女的要是一听这个，都先得炸毛。"

丁唯珺又笑了，身体很虚弱地坐在椅子上，可可把咖啡和蛋糕递给她，说："丁姐，你喝点热乎的，再吃点甜的，我每次来例假都是这么过的。"

丁唯珺接过去，喝了口咖啡，暖暖的，身体确实舒服了一些。

可可看桌子上笔记本电脑开着，说："丁姐，你采访稿写得咋样了？"

"写了一些，但是有个疑惑一直解不开。"

"啥疑惑？"

"王相佑当年为啥死刑改成了无期？"

"这事你问我爸了吗？我爸没准知道。"

丁唯珺摇了摇头说："昨天去问你爸了，但是你爸好像不想说。"

"那你去问我沈叔，就是现在刑警队的沈队长，我小时候他话就多，啥事都藏不住，现在当队长了，话也没见变少。"

"我正准备今天去问问他呢。"

"那走吧，我闲着没事，陪你去呗，我沈叔可爱和我唠嗑了。"

丁唯珺想了想说："也好。"她起身拿起了外套。

两人来到刑警队，可可轻车熟路地往楼上走，刚走到一半，就看沈队长快步从上面下来，可可喊了声："沈叔！"

沈队长看到可可，脸上立马挂了笑容，说："哎哟，啥妖风把你这个小可爱吹来了？"

可可说："是麦旋风。"

沈队长笑了，看到丁唯珺跟在后面，说："丁记者也来啦，昨天喝多没难受吧？"

丁唯珺笑了笑说："我没事，您这是要出门啊？"

沈队长说："是，省里有个大会，我要去参加一下。"

可可说："啊？我们还有事要问你呢！"

沈队长说："什么事？"

可可看向丁唯珺，丁唯珺说："就是关于王相佑的，我想知道他当年被判了死刑，为啥后来改成无期了？"

沈队长听到这事，脸色有了微妙的变化，但随即掩盖过去了，说："这事我也不太清楚……"

可可说："沈叔，你说谎，丁姐都听到了，你昨天和我爸说，如果不是王相佑的事，我爸还当队长呢。"

"那是两码事。"沈队长看了看手表说，"不行了，我再不走来不及了，车子就要出发了。"

沈队长往下走，丁唯珺让开楼梯，可可却一把抓住沈队长的衣服，一副要无赖的样子，说："沈叔，你不能走，今天不把事情告诉丁记者，我就不松手，我就躺在这楼梯上打滚，连哭带号，让你这个队长丢大脸！"

沈队长被逼得没法，说："可可，你先松手，我时间真的来不及了。这样吧，你让我先上车，我在路上给丁记者打电话讲这事。"

可可得胜了，说："这还差不多。"她松开手，和丁唯珺一起目送沈队长离开。

丁唯珺说："你还真有一套。"

可可得意地弄了弄头发，说："恃宠而骄罢了，老男人最好对付了。"

"你爸就不太好对付。"

"他可能不服老吧。"

丁唯珺就笑了，看时间也到中午了，说："可可，你饿不饿？我请你吃中饭吧。"

"好啊好啊，我想吃比萨，最近新开了一家店，可好吃了。"

"那还等啥呢，走吧。"

两人就挎着胳膊离开了刑警队。

比萨店里，可可边吃比萨边给沈队长打电话，可是却一直无法接通。可可气得把比萨狠狠咬了一大口，说："这个老男人真是太狡猾了。"

丁唯珺看着可可觉得好笑，但也因这些人对王相佑这件事的讳莫如深，反而被激起了更大的好奇心。

可可又一次拨打电话失败后，把手里的比萨一扔，喝了一大口可乐，说："真是把我都气饱了。"

"算了，你也别生气了，可能沈队长也有什么难言之隐吧。"

"不行，你请我吃了东西，我必须得帮你。"可可眼珠子转了转，说，"我觉得还有一个人可能会知道这件事。"

"谁？"

可可神秘兮兮地说："我桂琴阿姨。"

"你为什么觉得她会知道？"

"这还不简单吗？她女儿被王相佑杀了，她能不关心这事？她可是我的后妈，我爸的二婚老婆，我爸糊弄你和我哥能糊弄过去，可老婆这玩意儿哪能是那么好糊弄的？"

丁唯珺想了想说："你说的有道理。"

"她这几天出去旅游了，等回来了，我组个鸿门宴，让你问个清楚。"

"为了我的事，你真是费心了。"

"丁姐，你这人就是太客气了，是不是在南方待久了，都受不了咱家乡人的热心肠了？可我这人也不是对谁都这样，我以前一直都秉持着年轻人的原则，就是我不给你添麻烦你也别给我添麻烦，但谁叫你是我哥的女朋友呢，那咱们就有可能成为一家人，那都是一家人了，客气啥啊！"

丁唯珺被这话绕来绕去，最后也绕明白了，心里却又绕到了另一件事上，她喝了口水，说："可可，桂琴阿姨是你后妈，那你的亲妈呢？"

"我还没满周岁呢，我亲妈就去世了。"

"是生病去世了吗？"

可可摇了摇头。"是被人抢劫打死了。"她拍了拍后脑勺说，"一刨镵打在这里了。"

丁唯珺听得心一揪。

可可亮出手腕上的手链，说："我妈直到死，手里都紧紧攥着这个，这是她买给我的周岁礼物。"

丁唯珺看着那手链，上面有个小老虎吊坠，摇摇晃晃。

可可说："我听我爸说，发现我妈尸体的时候，看到她脖子上的金项链不见了，开始以为是被罪犯抢走了，后来才知道，我妈是把那项链熔了，给我做成了这个手链。我爸每次讲到这事都哭，说那时他俩工资都不高，那项链也是结婚时咬咬牙才买的，我妈可喜欢了。"可可说到这里，眼眶也有些泛红了，丁唯珺握住她的手，试图给她传递些安慰。

可可说："可是，丁姐，你知道我是怎么想的吗？就是我每次想起这事，都会想着，如果我妈当时能乖乖地把手链交给罪犯，没准就不会死了。虽然我爸告诉我，那罪犯的手法都是先打倒人再抢东西的，但我心里就是忍不住会这么想，就是那种，哪怕有万分之一的概率，我也不想让这个手链留着，我想让我妈活过来。"

可可眼泪落了下来，丁唯珺看着心痛，递了张纸巾给她，说："对不起，我不该提这件事的。"

"丁姐，没事的，我这人也是情绪化，一会儿笑一会儿哭的。"

可可擦了擦眼泪，又用纸巾擦了擦鼻子，说，"我有时也觉得自己挺奇怪的，明明只在照片里见过我妈，也没有任何关于她的记忆，按理说应该是没啥感情的。可血缘这东西就是很奇妙，它就是特别不讲道理，让你和没见过的人有了扯不断的牵绊。"

丁唯珺认真地点了点头，两人又闲聊了一会儿，可可起身去洗手间了，她也起身去结账。

那时一缕午后的光落在收银台前，落在她的脖颈后面，微微地发着热，暖暖的，就如某个遥远的、久违的亲人，和你笑着打了声招呼，让你很舒服，也很惆怅。

这惆怅的情绪一直延续了很久，丁唯珺坐在酒店的房间里，靠着椅背近似发呆地挨到了夜晚。华灯又初上，家家窗子亮起，或是有人等，或是有饭菜香，她低头看岁月，偏偏自己总是孑然一身，囫囵地又升起些悲凉的情绪，翻出根烟来，却又怎么都找不到火。

还好宫浩及时赶到，给她把火带来，烟点着，小小的火种，把悲凉烤热一点。

她问宫浩："今天工作怎么样？"

宫浩仍旧吊儿郎当，说："没扫到几个，现在这行业也与时俱进了，都是从线下往线上转移，实体店不剩几个了。"

丁唯珺听着有趣，说："感觉你还挺失望的，怎么，你们这扫黄也是有指标的？"

"以前有，现在没了，就前两年还不是这样呢，那时一出警，一抓能抓回来一车车的小姑娘，穿得溜光水滑，那时你看到的是纸醉金迷。现在，好不容易抓到一两个，还都是一把年纪的了，她们冲你讨好地笑时，脸上的褶子都把粉夹住了，一打眼就全是凄凉。"

"你倒是看到了一个行业的衰落过程。"

"也可能是人变老的过程。"

丁唯珺似体悟到了这惆怅，无奈地笑了笑，却突然说："宫浩，我能求你帮我办件事吗？"

"是请你吃饭啊，还是色情服务？"

"别胡闹，是正事。"

"还是王相佑的？"

"不是，是我自己的，我想让你帮我找找我弟弟。"

"你弟弟他去哪儿了？被人骗去搞传销了还是和哪个女的私奔了？"

"都不是，我之前没和你说过，我弟弟很小的时候就被拐走了。"

宫浩疑惑："可是你不是说我老舅救的那个小孩是你弟弟吗？"

"对，被救后又被拐走了。"

"这他妈也太倒霉了吧？不是，我的意思是，这坏人怎么总挑他下手啊？"

"我也不知道，可能就是倒霉吧。"丁唯珺从手机里翻出照片，是在一张破旧的照片上翻拍下来的，上面的小男孩长相清秀，十岁左右的样子。

宫浩皱着眉头说："这都被拐走十多年了，我去哪儿找啊？"

"当年报过案，你们刑警队一个姓孙的警察负责的，你去问问他，没准他能有些线索。"

宫浩琢磨着："十多年前，姓孙？难道是我孙大爷？"

"你有照片吗？我见过那个警察。"

宫浩也急忙翻手机，翻出一张自己刚入刑警队时的合影，指着其中一个五十多岁的老警察，说："是他吗？"

"你再放大点。"丁唯珺几乎是贴在手机上仔细辨认，男人四十多岁到五十多岁的容貌不会有太多转变，她点了点头说，"对，就是他。"

宫浩收起手机说："孙大爷当年找到什么线索了没有？"

"他当年查到我弟是被一个乞丐拐走的，那个乞丐应该是有团伙的，总是拐小孩来行乞。乞丐真名不知道叫什么，大家都称他为老扁，但是一直没抓到人。"

"那后来呢？你家里没继续找吗？"

"后来，我爸妈出了意外先后去世了，我被送到了南方的亲戚家养，那时我也太小了，根本没有办法去找弟弟，慢慢也就把这事给搁下了。今天下午和可可聊起亲人的话题，我突然就想再找找他了。"

宫浩摸了摸她的头说："行，我知道了，世上就这一个亲人了，你不找谁找。但你也别着急，这么多年过去了，也不急这一时半刻的了，我明天先带你去见孙大爷，看看啥情况。"

"好的，如果他这些年还在一直查这个案子，没准早就有了老扁的下落。"

宫浩叹了口气说："但是我得提醒你，去见孙大爷你别抱太大希望。"

"怎么了？"

"他这里出了问题。"宫浩点了点丁唯珺的脑袋，"不太认人了。"

"得了阿尔茨海默病啊？"

"不是，是前两年抓一个逃犯，抱着犯人一块从二楼跳下去，落地时他垫底下了，脑袋就磕坏了。"

丁唯珺一时五味杂陈。

宫浩说："行了，你也别多想了。饿了吧？我带你去吃饭。"

"我不饿，今天没什么胃口，要不你自己去吃吧？"

"你不饿，那你陪陪我行吗？你就在那儿干坐着也行。"宫浩不由分说地去拉丁唯珺。

手掌的温度传过来，丁唯珺就有了力量站起身，她说："你给我买的保暖内衣我都穿着了，还真挺暖和的。"

宫浩笑了，笑容里带着忙碌了一天的疲惫。

隔天宫浩带着丁唯珺去了老孙家，老孙的女儿这几年赚了钱，给老两口换了套电梯房。宫浩来之前和老孙的老婆打过招呼了，但没说什么找人的事，只说好久没来了，过来看看。

他俩拎着两盒中老年豆奶粉进门，孙大娘说："来就来呗，还拿东西干啥！"

宫浩说："我记得我孙大爷爱喝这玩意儿，路过超市就买了点。"

孙大娘看了看丁唯珺，说："宫浩，这是你女朋友啊？"

宫浩点了点头。丁唯珺礼貌地向孙大娘问好。

"这姑娘长得真好看。"孙大娘说着给两人找拖鞋，往沙发上让。"快坐着暖和会儿，外面瞅着可冷了。"她又去倒水，一边倒一边说，"我家小霜前两天也回来了，她没联系你吗？"

宫浩说："没有。"

孙大娘说："她也领男朋友回来了，我瞅着这个还挺稳定的，不然也不会往家领。你不知道吧？这个男的比小霜小好几岁呢。"

宫浩明显不想聊小霜，敷衍地说："小点也不是坏事，人好就行。"

孙大娘说："听小霜说人不错，踏实能干，小霜在广州做生意，都是这男的在帮忙打理，听说和那边黑人的关系，都是他处好的。"

宫浩说："是吗？这么能干。"

孙大娘说："是，但我还是心里不踏实，我怕小霜被人骗了。哎，要不你留下吃午饭，帮我瞅瞅，看看这人咋样？毕竟你和小霜也谈过两年，也算帮她把把关，看看合适不合适。"

宫浩尴尬地看了丁唯珺一眼，说："大娘，这不太好吧，毕竟我女朋友还在这儿呢……"

孙大娘一拍巴掌，哈哈哈笑了起来，说："哎呀，这事整尴尬了，我光顾着和你唠嗑了，都把这茬忘了。"她急忙给丁唯珺把水杯递过去，说："姑娘，你别多心啊。宫浩和我家小霜处对象都是好几年前的事了，我也是看着他长大的，所以他俩分手了，我也没把他当外人。"

丁唯珺说："没事的，阿姨，我不是小心眼的人。"

孙大娘说："这就好，这就好。"

宫浩见话题终于打住了，便急忙说："大娘，我孙大爷不在家啊？咋一点动静都没有呢？"

"好像是眯觉呢。"孙大娘说着走到卧室前，推开门却见孙大爷没有睡觉，而是坐在床上，握着一支笔，在本子上画着什么。

宫浩慢慢靠过去，看到本子上全都是圆圈，说："这是画啥呢？"

孙大娘说："我也不知道这是画啥呢，瞅着是在画鸡蛋。"

宫浩说："幻想自己是达·芬奇啊，整天画鸡蛋。"他轻轻拿走老孙手里的笔，说："孙大爷，您还记得我吗？"

老孙扭过头，愣愣地看着宫浩，说："记得记得，小萝卜头嘛。"

"什么小萝卜头啊，我是小福尔摩斯。"

老孙摆摆手说："外国人我不认识，我没出过国。"

这话把孙大娘和丁唯珺都逗笑了。

"宫浩啊，你在这儿帮我看一会儿你大爷，我下楼拿个快递。"孙大娘说着穿上外套出门了。

丁唯珺走到宫浩身边来，说："看样子是什么都不记得了。"

"他也是一阵好一阵坏的。我上次来看他，他把我当成小偷了，一个锁喉把我勒在了地上，差点把我勒死。可我要走时，他又想起来了，拉着我呜呜哭，哭得老可怜了，就像是知道自己好不容易清醒一下，要赶紧把委屈都说出来似的。"

"是啊，人生真的难预料，他肯定不会想到，自己会落到这么个地步。"

宫浩觉得这话有点冰冷，看了丁唯珺一眼。"是啊，谁能想到啊。"宫浩接着叹了口气说，"今天应该是白来了。"

宫浩把笔还给老孙，他一接过来，又开始不停地画了起来，一个圈又一个圈，把往后余生都套到了这圈里。

宫浩和丁唯珺退出房间，只等着孙大娘回来两人就离开，可等来等去，门终于开了，回来的却是小霜和她的男朋友。两人穿着一白一黑的貂皮大衣，跟两只大野熊似的。

小霜看到宫浩先是一愣，接着一脸的嫌弃，声音尖厉地说："哎呀妈呀，你啥时候来的啊？早知道我晚点回来了。"

宫浩说："刚来，看看你爸。"

小霜看到了丁唯珺，说："这就是你的记者女朋友吧？我回来这两天，都好几个人跟我提起过了。真没想到啊，你能找到这么好的女朋友。"

丁唯珺看小霜气焰嚣张，本想帮着宫浩顶她几句，但听到这种拐弯抹角的夸奖，也就不太好发作了。

宫浩说："咋的啊，是吃醋了还是自卑了？"

小霜说："哎呀妈呀，我有啥好自卑的，我现在整天睡小鲜肉不香吗？"她搂了搂男朋友，男朋友看来也是习惯了，对她的话不以为意。她接着说："再说了，当初也是我甩的你，现在看来是甩对了，跟着你的话，啥发展都没有。都三四年过去了，你还是这熊样，还是个小辅警吧？我都听说了，你这辅警好像也当不长了，要让人给裁掉了吧？"

宫浩有些尴尬，但强撑着说："我本来也打算辞职了，和我女朋友去南方发展。"

"你终于想明白了？"小霜说完看着丁唯珺，"姐们儿，你知道我当年为啥和他分手吗？就是因为我要去南方发展，他非不去，怕离开家，我也寻思不明白他到底在怕啥，可能是怕被人比下去吧。"

丁唯珺说："每个人的想法不一样，去南方也不一定就是最好的选择。"

小霜一拍手说："对！姐们儿不愧是记者，啥话一唠就明白，前几年去外面发展是好机会，但现在时代变了，大城市的生存空间越来越狭窄了，人们都往回走了。"她又看了看宫浩说："回乡潮你知道不？算了，就你那个只会灌酒的脑瓜子肯定不知道。我来给你解释解释，就是大家都回自己家乡发展创业了。我这次回来，就是准备和几个在广东认识的老乡合伙，做一点实体旅游，冰天雪地就是金山银山，你听过没？"

宫浩冷着脸说："你做什么和我无关。"

小霜说："你咋还听不明白话呢？我做什么当然和你无关，我的意思是，你又晚了，这时候才想着去南方发展，不赶趟了，你吃屎都赶不上热乎的！"

宫浩被气得浑身发抖，狠狠地看着小霜。

小霜说："咋的？你还想打我啊？我告诉你，我男朋友可是体校毕业的，练柔道的，打你个小警察跟按死一个小鸡崽子似的。"

丁唯珺拉起宫浩的手，安慰地握了几下，说："小霜，我知道你这几年在外面混得很好，赚了些钱，但人类的价值观应该是多元化的，不能单一地从经济收入来评判一个人是成功还是失败。所以我觉得你今天对宫浩的行为，特别过分，也显得你很没有修养。"

小霜抖着腿说："我就这样，我就这么评判人，你能把我咋的？"

丁唯珺说："我不能把你怎么样，但我这人有个习惯，看到新鲜事喜欢记录下来，你刚才对宫浩的言论，我已经全都录下来了，如果宫浩愿，他可以随时起诉你对他进行谩骂和人格侮辱。"

小霜努力忍了忍，说："行，你厉害，今天算我倒霉，没料到你还有这一手。"然后她又对宫浩说："恭喜你，找到了一个能保护你的女朋友，但你也别太得意，反正我的话今天已经被录下来了，你要起诉我也不差这一句了，我要说的就是，现在来看，你更像是一个窝囊废了！"

小霜说完，拉着男朋友回屋了。宫浩立在原地，泄了气似的，一句也不想回嘴。丁唯珺拉着他出门，宫浩才像回过神似的，跟着丁唯珺，一声不吭地离开了。

电梯下坠，再下坠，到了一楼，电梯门一开，正对着没关的单元门，冷风灌了满怀。

两人走出电梯，见孙大娘抱着快递小跑回来。孙大娘说："哎呀，取快递和邻居唠了会儿嗑，你俩咋走了呢？"

丁唯珺说："您女儿回来了，我俩就先走了。"

孙大娘说："别走了，留下一起吃午饭吧。"

丁唯珺说："不了，改天再来拜访您。"

"哎呀，好不容易来一趟，哪能不吃饭就走呢！"孙大娘硬拉住了丁唯珺。宫浩却突然松开丁唯珺的手，大步走了出去。孙大娘纳闷，说："宫浩这是咋啦？"丁唯珺让孙大娘别管了，然后挣脱开，追了出去。

可出了单元门，宫浩已经不见了。她又在小区里找了一圈，都没有宫浩的身影。她拨通了宫浩的电话，却也久久无人接听，最后那"嘟嘟嘟"的忙音，让她的心境就像是一串被扯断的珠子，噼里啪啦散落了一地，难以收拾。

丁唯珺给可可打了个电话，简单地把事情讲了讲，可可听了特气愤，说："那个小霜嘴巴真损，去几年广州有啥好扬巴①的！她以前可土了，我带她去咖啡馆坐坐，热咖啡她用吸管喝，嘴巴都烫起大泡了。"

"你们都挺会埋汰人的。"丁唯珺笑着，随即又说，"那你能帮我

---

①　扬巴：方言，指目中无人，趾高气扬。

一起找找你哥吗？"

"姐，我姥姥今天过生日，我来这边了。"

"好吧，那你知道你哥平时都爱去什么地方吗？"

"他那人哪儿都爱溜达，姐，我觉得你也别急，一个大男人，被前女友损了两句，不会想不开的。我估计他就是在你面前丢了面子，找个地方冷静冷静就没事了。"

丁唯珺想想或许也是这个道理，就说："行吧，那我就先不找了。"

她说着就要挂电话，可可那头又突然说："丁姐，你要是实在不放心，我倒是想起个地方，我哥和那个小霜分手后，心情不好就总去那儿待着。"

"哪儿？"

"气象站。"

佳城东面有座山，不高，几百米，整座山因植物种类丰富，被建成了植物园，本市居民凭身份证可免费进园游玩。

丁唯珺的户籍早已不在本地，但由于深山寒冬，大雪覆盖，来游玩的人如鸟兽般藏了踪迹，进园的门前就没有人看管了。

丁唯珺进了园子，顺着游览的台阶一路小跑上了山，远远地就看到，山顶上一栋白色的现代建筑，旁边还有一个巨大的风向标在轻微旋转着。

虽说山不高，但路总是兜兜转转的，等她爬到山顶时，也出了一身汗。她弓身在最后几节台阶前，喘气喘了好久，才又直起身子，走进了那栋白色的建筑。

一进门，左边是气象科普区域，有个工作人员百无聊赖地刷着手机，门的右边，是一个由巨大落地玻璃包裹的观景台，午后热烈的阳光照进来，晃得人有点睁不开眼睛。丁唯珺用手遮挡着，定了定神，看到在那片光亮里，宫浩坐在地上，出神地望着外面。

丁唯珺走过去，不动声响地坐在了他身旁。宫浩有点意外，但随即明白过来，说："是可可告诉你我在这儿的吧？"

"是啊，她说你分手后就总爱来这儿。"丁唯珺笑着说，说完又故意逗他，"我猜你这是在怀念前女友吧？"

宫浩知道她在逗他，淡淡地笑了笑，说："我那个前女友你也看到了，没啥好怀念的。"

"那你为啥心情不好就总来这儿？这地方对你来说有啥特别的意义吗？"

宫浩指了指窗外说："你看那里。"

丁唯珺顺着他的手指看过去，冬季的大平原格外壮丽，茫茫地铺在脚下，今天天气好，一直能看到天边，可也因太辽阔，她不知道宫浩具体指的是哪一处。

丁唯珺疑惑地看着宫浩，宫浩的手指还没放下，丁唯珺再扭头看出去，便看到了——在平原的中央，一列高铁似乎故意放慢速度驶过，如同一条拉链，把这地面拉开又合上，最后去了远方，了无踪迹。

丁唯珺想了想，大概悟到了宫浩的心境，她说："你是想要离开吗？"

"我之前差点就离开了。"

"是和小霜一起吗？"

宫浩点了点头说："当年是我说话不算数，所以她今天怎么骂我我都不怪她。"

"你方便和我说说为什么吗？"

"其实也不复杂，小霜高中毕业后就在商场里卖服装，每季度都要往沈阳、广州那边跑，跑着跑着，就在那边认识了些人，心思也活了，觉得在老家没啥大发展，就拉着我要去广州。我那时大学毕业两年多了，学的是畜牧业，也找不到啥好工作，就一心想考公务员，可考了两次都没考上，就有点心灰意冷了。小霜说要去广州，我自己是想去的，长到二十多岁了，连省都没出过，就挺想去外面看看的。可和我爸妈一说，两人一百个不同意，小时候我妈一心盼着我能有大出息赚大钱，可后来看我也不是那块料，就有些泄气了。其实也是因为我家邻居有个孩子，和我差不多大，学文科的，去北京待了几年，没混出啥名堂，还跳天桥死了。两口子捧了骨灰盒回来，让我妈在楼道里撞见了，打这儿起，我妈心思就变了，觉得孩子有没有出息不要紧，平平安安活着就行。"

"所以你就没去？"

"也不是，我爸妈不让我去，我就偏要去，和他俩吵了好多次架，我爸就有点让步了，说让孩子出去闯闯也挺好。我和小霜这边已经订好了机票，决定一过完年就走。可过年这天，我爸妈喝了点酒，因为我这事两人吵了起来，吵得我都插不进去嘴。我妈更年期以后，吵架老厉害了，那嘴和机枪似的，突突突个没完。我爸那几年嘴皮子也跟着练出来了，一点不让地回嘴，叽叽叽叽地回击。他俩吵了好一阵，我就坐在那儿看着他俩，吵着吵着，我爸突然没动静了，我以为是气得没话说了，可他却手扶着桌子，像是要站起来，腿颤颤巍巍终于起来了，却一个后仰，摔倒在了地上。我爸被120救护车拉走，脑出血，下了三次病危通知书，后来人算是抢救回来了，但也落下个半身不遂，你上次也看着了，几乎没了自理能力。"

宫浩缓了缓继续说："这事我很自责，就觉得如果不是我的话，我爸也不会这样。我妈安慰我，说也不全怪我，但是至少有一半怪我，另一半怪她。但不管怪谁不怪谁，广州我是不能去了，我得在家伺候我爸。我把这想法和小霜说了，结果她不理解，她说'你爸已经这样了，你不走也改变不了啥，你还是出去闯一闯，挣钱回来给他请个保姆伺候，那不比啥都强'。我和小霜就吵了起来，吵到最后，小霜提出了分手，还骂我完犊子、窝囊废，之后就一个人去了广州。小霜和我分手这事，我其实也不太难受，当初在一起，也是两家人觉得我俩合适，还都知根知底，我俩就莫名其妙处上了。她走后没多久，我老舅就找人给我安排了现在这个辅警的工作，虽然赚得不多，还挺辛苦，但至少算个正经工作，也不用惦记往外跑了。我妈觉得挺好的，我妈还说我爸也觉得挺好的，渐渐地，我自己也就觉得是挺好的。可我偶尔心情不好的时候，或是同学聚会，听出去闯荡过的人讲那些外面的事情时，我就喜欢跑到这里来坐坐，看着那一列又一列的火车开去远方，就忍不住会想，如果当年我狠狠心走了，现在会是什么样？"

丁唯珺看着宫浩，他的目光里满是忧愁，这一刻他褪去了吊儿郎当的皮囊，露出了些忧郁的底色。她说："这很正常，每个做过艰难选择的人，都会有这种想法。"

宫浩扭过头看着丁唯珺，说："你觉得我当时的选择对吗？"

丁唯珺想了想，没直接回答，而是反问道："你现在的生活，你觉得快乐吗？"

宫浩摇了摇头。"不好说。没啥不快乐的，但也没啥快乐的。"他想了想，又补充道，"很多时候就是觉得没劲，你知道吗？就是那种干什么都提不起精神的没劲。"

丁唯珺试图去理解那没劲，可一时又找不到准确的表达。

宫浩说："我昨天去扫黄，冲进一个亮着小粉灯的小旅馆里，踹开门，看到一男一女坐在床边，衣服都穿得整整齐齐的，啥都没干，就在那儿坐着自个儿刷着自个儿的手机。你知道他们是嫖客和妓女，也知道他们不止一次干过这勾当，可今天他俩凑到一起，本来是要干那事的，但是不知怎么了，突然就都不想了，然后自个儿刷自个儿的手机看短视频，可能说话也可能不说话，就干等着把钟点都打发了。"

他讲到这里，又看向了窗外的无尽辽远，说："我说的没劲，就是这种，就是这种突然对一切都没了兴致的心情。"

丁唯珺盯着宫浩看了看，犹豫了一下说："宫浩，你是不是得抑郁症了？你有去看过医生吗？"

"去看过，还做过测试，没得抑郁症。"宫浩说着笑了笑，但那笑有些勉强，"你放心，我不是那种有了病还硬撑着的人，如果我真得了抑郁症，我也不会对这病有啥羞耻感，虽然我是个警察，也不觉得羞耻，想想还觉得挺酷的，一个警察整天抓犯人，看起来挺刚强无畏的，结果背地里却觉得世界灰暗生活无望。"

丁唯珺点着头说："确实挺有冲突感的。"然后两人就没了话，各自望着远方，日头一点点偏西，时光就掠过眉眼。丁唯珺再次缓缓开口："宫浩，你喜欢警察这个工作吗？"

宫浩被问得一愣，想了想说："好奇怪，我说不清。"

"为什么会说不清呢？"

"就是说不上喜欢，也说不上不喜欢，我爸妈觉得不用去外地了，能留在家这边就挺好的。那些外人呢，因为有小福尔摩斯这个名头，也觉得我做警察是最理所应当的事情。"

"那你自己呢？你自己是怎么想的？"

"没怎么想，也觉得有个工作就先做着呗。"

"那你真正热爱的是什么？"

"你们这些搞文字的就总这样，动不动就热爱啊梦想啊追求啊。可人活着，哪有那么多纯粹的和理想的事情，大多时候不就是找一个能赚钱养家的工作吗？"

"你说的我明白，我也理解，那我换个问题问你，你当初报考公务员的时候，想做什么岗位的工作？"

"林业局，啥岗位都行，哪怕是个护林员都行。"

"麦田里的守望者啊？"

"没那么高级，就是觉得在山里转悠挺好的，多关心关心树和树之间的事，少管点人和人之间的事。可我考了两年也没考上，后来我们这边的林业局也撤了，现在又庆幸，幸亏没考上，不然也是白玩。"宫浩无奈地笑了笑，又说，"可能这就是我的命吧。"

"你啥命啊？"

宫浩听丁唯珺语气不对，扭过头看她。丁唯珺果然脸色和语气都变了，说："我问你，你啥命？烂命还是狗命？"

"你怎么了？"

"我真是瞧不惯你这种人，人有时有情绪可以理解，低落和 emo 了都正常，但别动不动就往命运上扯。你这才经历多大点事，就开始怪命运了？没有热爱的事情就去找愿意做的事情，没有愿意做的事情就去找不讨厌的事情，没有大的方向就找小的目标，没有长远的计划就去找眼前的动力。我之前采访过一个搞水稻的老头，人家出监狱时都六十多岁了还去创业呢，你年纪轻轻没病没灾的在这儿矫情个什么劲！"

宫浩没见过丁唯珺这副样子，义愤填膺地把他训得像个孙子。他一下子说不出话，只说："我……我……"

"别给我在这儿我我我的。"她指了指窗外又一辆经过的火车，"那个火车就在那儿，一天他妈有几十趟，现在你想跳上去没人能拦住你，你想卧轨的话，也没人能拦住火车。当然，你也可以什么都不做，继续在这儿坐着，继续在这儿闹情绪，但我告诉你，你闹的时间越长，就只会让我越恶心你！"

丁唯珺说完起身大步离开了，走出那间满是阳光的屋子，走出那栋白色的房子，推开门，外面仍旧是完整的冬天，冷风向来让人清醒。

她快步朝山下走去，不想让宫浩追上自己，也是想甩掉刚刚的那些愤怒，她害怕，慢一点的话，那愤怒里的往事就会追上来。那往事里，藏着她这些年人生的凛冽，和这身边的寒冬一样无孔不入。

往事确实无孔不入，可也如云烟飘荡，东一丝西一缕，想抓又抓不住。

可可的姥姥今天过生日，亲戚朋友都赶到郊区的老房子里吃饭。老房子的灶台出了问题，一烧火就冒烟，可可的老姨边做饭边咳嗽，呛得眼泪都冒出来了，埋怨她妈："一个人还住在这儿干啥？赶紧跟我搬市里住就完了呗。"

可可姥姥说："你爸才走两年，万一他不知道咱们搬家了，一回来见不着个人，怪冷清的，这房子我再守两年，实在守不动了再说。"

"妈，你可行了吧，别说这些吓人倒怪的话了。"可可老姨挥着炒勺，半个身子都快探到大铁锅里了。她又起身冲着在里屋和客人聊天的程松岩喊："姐夫，你帮我去买点干辣椒呗，这炖大鹅里放点进去，辣乎的也挺好吃。"

这些年，哪怕程松岩再婚了，她也没改口，还是叫着"姐夫"。

程松岩也回得自然："行，我马上去。"他转过头就说："可可，你去跑趟腿。"

可可说："行，等我玩完这把游戏。"

可可老姨说："等你玩完，菜都烂巴了。"

"那还是我去吧。"程松岩起身往外走，走了几步又被可可姥姥叫住了。

可可姥姥说："你别去买了，我记得仓房里好像有两串，我秋天自己串的。"

可可老姨说："妈，你那是去年串的，今年你都没种辣椒。"

可可姥姥说："是吗？我咋记得种了一垄啊！"

程松岩就笑了，说："你们娘俩就别掰扯了，这个官司我给你们断一断。"他说着就进了仓房。

仓房里一股发霉的味，靠墙摆了几个腌菜缸，其他地方堆了些乱七八糟的杂物，都分不清年头，也看不出留着的作用。他在仓房里翻找了一下，找得满手灰，还真在一个抽屉里找到一串干辣椒，但也分不清到底是今年的还是去年的。

他把辣椒拿出来，一拎线头却断了，辣椒都落在了抽屉里的一沓纸上，他就干脆用那沓纸托着辣椒出了仓房，回到厨房，说："还真找到干辣椒了。"

可可姥姥说："看吧，我就不能记错。"

可可老姨说："没准就是去年吃剩的。"

"这玩意儿去年今年的都一样，也就下锅里入入味。"程松岩说着把辣椒倒进个碗里，手里的那沓纸也要塞进灶坑里烧了，却突然觉得不对劲，那沓纸上是一排排长短不一的文字，有一行他好像在哪儿看到过。

"你是夏日里的野火，坟墓上的闪电，草丛里的银河，我身上的脉络。"

他稍微想了一下，就想起来了，这是可可妈妈给他念过的一首诗，她当年被害前，就是在做这本诗集，她遇害的现场，那个长头发的诗人也在。

他愣在灶坑前，可可老姨说："姐夫，你发啥愣呢？手里拿的啥啊？"

程松岩直起身，说："没啥，我就寻思这纸挺好的，直接烧了可惜了，留着引火用吧。"

他走出厨房，走到院子里，又走到大门前，才反应过来，自己也不知道这是要去哪儿了，便掏出根烟来抽，一边抽一边望天，深冬里，阳光还挺亮的。真快，这人间的一年又要过去了，也不知道她那边的日子是不是也按年算的？还是说那里只是在重复着同一天的光景，就像他一样，虽然这么多年过去了，可还是怎么也走不出那一天，一想到她，心里仍旧是揪揪着疼。

第十章

1999 年，连绵的雨夜，雷声在后半夜也跟着这城市一起消停了下来。

程松岩呆坐在太平间的地上，双眼无神地盯着前方，哭肿的眼睛里只剩下一片血红，老婆陈慧茹躺在两步远的冰冷的床上，白色的床单如废纸把人间隔绝开，两面都写着空空荡荡。

太平间的门被撞开，岳母脚步跟跄地冲进来，岳父跟在身后抱着可可。程松岩起身接过孩子，岳母已经趴在自己女儿的身上呼天抢地，那声音隔着几道墙听，都撕心裂肺。可可太小，啥也不懂，听到哭声也只会跟着哭，程松岩的眼泪又跟着落了下来。

岳父板着脸，一滴眼泪都没掉，缓缓地走到女儿身边，拉开白床单，看了看脸，碰了碰胳膊，说："闺女，起来，跟爸回家。"他又拉了拉女儿的手，说："快起来，走，别躺着了，咱们回家，你不要我和你妈了？"见没动静，他又走到程松岩身边把可可抱过来，抱到女儿眼前说："慧茹，你醒醒啊！你睁开眼看看啊！不要我们了行，那孩子你也不要啦？"

可可认出了妈妈，伸手去抓她的脸、她的头发，见妈妈不理自己，哭得更厉害了。岳父说："你快点醒醒啊，孩子让你抱呢，你快起来啊！"岳父吼着，眼泪就落了下来，大声地哽咽着。程松岩见他已经抱不稳孩子，就伸手去接，却被他一把推开，紧接着就狠狠地挥了一拳。

程松岩被打蒙了，捂着脸说："爸，妈，我对不起你们。"

岳父说："对，你就是对不起我们！连自己的媳妇都保护不好，你根本就不配当警察！"

"对，我不配当警察，我就是个废物……"

岳父上来又是一拳，然后狠狠地看着他说："你还在这儿干啥！你这警察怎么当的？还不快点去抓凶手！"

程松岩被这两拳打得清醒过来，愣了片刻，抹了把眼泪，暂时把这人间的巨大苦楚抛在身后，大步走出了太平间。

他一路冲回刑警队，冲进审讯室，老孙正在对诗人进行讯问，他一把抓住诗人的长头发，用力向后扯拽，问："是不是你干的？"

诗人被抓得号叫："不是我！真的不是我！"

老孙去阻拦程松岩，说："先把手松开，真的不是他。"

程松岩迟疑了一下松开手，问："那你在树林里看到了什么？"

诗人揉着头皮说："我该说的都说了，你们要是这样对我，我就去告你们刑讯逼供！"

程松岩握紧拳头就要打他，被老孙拦住，老孙说："你跟我出来。"

程松岩跟着老孙出去，在走廊里，老孙递给程松岩一根烟，程松岩不接，说："你告诉我，那个长头发的看到什么了？"

老孙说："刚才队长给我打电话了，弟妹的事，你要节哀。"

"你回答我，他到底看没看清楚凶手？"

"这几天你就别来刑警队了，把弟妹的后事处理一下，有什么需要帮忙的就招呼一声。"

程松岩火了，说："老孙，你他妈干啥呢！能不能痛快回答我，我现在就想抓凶手，我要替我老婆报仇！"

"松岩，你冷静点，你的心情我当然能理解，可是现在你的身份不只是警察，还是受害者家属，所以这个案子，你不能再跟着了，司法回避，这你是知道的。"

程松岩一愣，说："我知道，可这个案子我不能不跟，老孙，我就问你，要是换作你，你就能真的放手不管吗？这法律是法律，可也要通点人情吧？"

"我当然知道让你不管会很难受，可人情是人情，法律就是法律啊。"老孙点了根烟说，"刚才队长来电话，就是和我说这事，他担心你现在太激动，还说如果有过激的行为，就算把你铐起来，也不能让你犯错误。"

程松岩不可置信，说："铐我？好啊，那来啊！"说着他就再次冲进审讯室。

老孙一看没辙，示意了一下走廊里的两个小警员，两人冲进去，死活硬把程松岩按住，关进了另一个审讯室。

程松岩在审讯室里闹了一晚上，快天亮时，没劲了，人也恍惚了，坐在地上，看到有个人影推门进来，那人影转过身来，他才看清是陈慧茹。

"松岩，我有事要出趟远门，你把可可看好，别让她到处爬摔着了。"

"你要去哪儿？"

"我也不知道，走哪儿算哪儿吧。"

"那带我和孩子一起走吧。"

陈慧茹一笑，不作答，说："再见了。"

说完她推门出去，程松岩要追，却倒在了地上。醒了，原来是一场梦。

他冷静了下来，不再闹了，心如死灰般平静，和看着他的小刑警商量把他放出去，他得去送老婆一程。小刑警不敢做主，给老孙打了个电话，老孙匆匆赶来，看程松岩真像是不会再闹的样子，就打开了门。程松岩近乎木讷地走出刑警队。天蒙蒙亮，整个城市被下完雨之后的雾气笼罩了起来。

他走到那浓雾里，看不清方向，也看不清事物，整个世界都是混沌的状态，如开天辟地前，如人死亡之后。

他告诉自己，穿过去，穿过去就能看清楚一切了；穿过去，穿过去就是新的日子了；穿过去，穿过去或许就能和慧茹重逢了。

可是他没穿过去，被老孙拉住了，然后一路被拉到了殡仪馆，岳父岳母已经把陈慧茹的灵堂安置在了那里。接下来几天，会有繁缛的仪式，会有聚集的亲朋，会有流水的宴席，好像越烦琐越代表着对死者的尊重，可却从来不会理会生者的痛楚。

那几天，程松岩木讷地站在灵堂里，守在陈慧茹的棺木旁，在鞠躬回礼的很多瞬间里，都快忘了那死去的人是自己的妻子。但只要猛地想起这近在咫尺的天人两隔，他的心脏就会抽动着疼痛，哭肿的眼睛也要再红一回。

万事终有尽头，告别也是，再繁缛的仪式，也阻拦不住陈慧茹的尸体被推进火化炉。程松岩看着那火焰跳动的门被关上，岳父岳母哭天抢地，他却在这最该情绪激烈的时刻，生出了一种不该有的淡然。

他抱着可可走出了屋子，天蓝蓝，火葬场的大烟囱冒着白烟。那一缕一缕的烟都属于妻子，他指着让可可看。可可虽不懂，可也听话地用小手指着。程松岩告诉她那是妈妈。可可最近刚开始冒话，模糊地咿呀了一句。

程松岩问她说的是什么，可可又模糊地说了句，这下程松岩听懂了，他的眼泪就唰地落了下来。可可会叫妈妈了，可妈妈却没能听见。

可可又叫了声："妈妈。"

程松岩说："对，是妈妈，妈妈出远门了。"

陈慧茹的葬礼过后一周，老孙来看望程松岩，看他把孩子送到岳母家了，自己拱在床上，蓬头垢面要死不活的，就硬拉着他出去吃了顿饭。

这回不是吃炖鱼，而是吃水煮鱼。老孙说吃点这辣乎的，出点汗人心情能好点。程松岩不想吃东西，出来了只想喝酒。老孙劝他少喝酒，说酒会放大人的情绪，喝多了容易出事。

"对，是会放大情绪，但只要喝得再多点，就没啥情绪了，就能睡个囫囵觉了。"

"那你这么喝下去也不是办法，弟妹已经走了，老话讲了，人死不能复生，你得振作起来，不为自己也得为孩子啊。"

"道理我都懂，可一个活生生的人，前些天还在我身边说着笑着的，她的手可暖和了，但突然间就没了……"程松岩又哽咽了，喝了口酒，半杯白酒就没了。

老孙陪着他喝了一口，说："咱别聊这个了，我带你出来是想让你散心的，没想到你又伤心了。"

"行，不提这个了，咱们随便聊点别的吧，那个凶手有线索了吗？"

"得，这绕来绕去，不还是这个话题吗？"

"你多少给我透露点。"

老孙叹了口气说："还没啥进展，前几天又死了一个，在江边桥底下，我只能和你说这么多。"

"那个写诗的提供的线索没啥帮助吗？"

老孙摇了摇头，又抿了一口酒，这属于他的难事了，借酒也消不掉。程松岩还想问，老孙却一概不说了，只说自己在尽力，再这么下去，还破不了案的话，省里就该派人来了。

程松岩说："省里的专家应该会给出些指导意见协助破案。"

老孙无奈地笑了一下，说："不仅指导，还会问责。"他举起酒杯，和程松岩碰了一下，喝了一口酒又吃了两口鱼，一粒花椒呛进嗓子眼，他一个劲地咳嗽，又倒了杯茶水喝下去，咳嗽才算止住了，这话题也就没再聊下去。

那天吃饭后是个大中午，程松岩自己溜达着回家。北方的夏季短暂，初秋已悄摸摸到访，他走着走着，就走到了江边，找了把椅子坐下，看着江水滚滚，步道上好多人在散步健身，认真活着。他的心多少舒畅了些，江风一吹，酒醉也消了大半，再回头咂摸老孙的话，就咂摸出些不对劲来。

省里来人不仅指导，还会问责，那最该问谁的责呢？自然是队长。现在这个案子舆论闹得很大，问责的话不会只是单纯地内部批评，很可能为了平民愤，而把队长拿掉。那如果队长被拿掉了，谁最有可能接替这个位置呢？极有可能是老孙！

那老孙会不会因为这个，才没有尽力破案呢？如果他从诗人那里得到了一些线索，但现在还没有顺着摸到突破口，会不会也是故意在拖延呢？

程松岩想到这里，后背发凉，拿人命当升官的手段，故事里他听过很多，没想到此刻竟悄无声息地在自己身边演绎。紧随而来的愤怒，让他起身便往刑警队跑，可跑了几步，他又停了下来，这一切都只是他的假设，万一错了呢？就算没错，那老孙也不会承认，老孙做事向来有城府，不会留下反制自己的把柄，那么，在同事眼里，他只会被当作死了老婆的酒疯子在胡闹。

程松岩立在原地思考了一会儿，日头慢慢西沉，江水仍旧滚滚，他折身往另一个方向跑去。

程松岩一路来到出版社，二楼是陈慧茹所在的办公室，敲了敲门，却无人回应，应该是午休时间人都出去吃饭了。他推开虚掩的门，里面空荡荡的，陈慧茹的工位还保留着原样，好像她从来没离开过，下一秒就会推门进来，坐下来继续工作。触景生情，人难抵挡，他走到那工位旁，想要坐一会儿，或许这里还残留着爱人的温度，但门却被推开了，陈慧茹的女同事捧着个水杯回来。

女同事看到他，叫了声"姐夫"，语气里有悲伤，她说："你是来拿陈姐的东西的吧？她的东西我们都没动，就等着你来收拾呢。"

程松岩说："谢谢你们，我看出来了，你们每天还在帮她打扫工位。"

"陈姐爱干净，桌子上从来都是不沾灰的。"

话题眼看着又要陷进那斯人已逝的悲伤中，程松岩急忙把自己拉了出来，说："我今天其实不是来拿东西的，我改天再来拿。我是想问你个事。"

"啥事啊？"

"慧茹生前负责的那个诗人，他家住在哪儿你知道吗？我想见见他。"

"我知道，陈姐走了后，他的书就是我在负责了。"她说着在桌子上翻找了一下，从一份合同上抄了个地址，把字条递给程松岩。程松岩刚要接，女同事又反应过来，抽回了字条，说："姐夫，你找他不会是想要打他或者伤害他吧？我知道陈姐出事那天，是在和他喝酒，但你不能因为这个就……"

"你放心，我是个警察，我不会做违法的事情的，我去找他，真的就是有些事情想问问他。"

女同事迟疑了一下，说："好吧，就算我不给你，你也一定有别的办法找到他的地址。"然后她把字条交给了程松岩。

程松岩说了声"谢谢"，拿着字条跑走了。

程松岩按照地址，来到城郊的一处筒子楼，一楼带个小院子，木门虚掩着一半，另一半跟着风摇晃，摇晃几下，堆了半个院子的废纸箱子都被看了个清楚。

一个老太太蹲在地上捆着纸箱子，边捆边冲屋子里骂："大白天的就知道睡觉，咋不嘎嘣一下睡过去呢？养了你这三十多年算是白养了，啥玩意儿都指望不上。"

片刻后从屋子里走出来一个长发男人，穿着白背心，弄了弄头发，说："你这老太太嘴巴咋那么毒呢，有这么咒亲生儿子的吗？啥玩意儿就白养了啊？你生孩子要为的是报恩，那你这初衷就搞错了，费劲巴拉地怀那孕干啥，还不如蹲山里去救只白狐狸。"

母子俩吵嚷间，程松岩就推门进来，还没开口，诗人却先看到了他，一个蹦高就蹿走了。程松岩只见自己身边一个白影闪过，反应过来后掉头就追，前面这人白衣服长头发，也挺好认，一气儿就追到了公厕旁，见这人想利用长头发混进女厕所，就冲着在排队的女人们吼了句："他是男的！"

几个女人反应过来，确实没见过这么丑的女的，往女厕所钻的男人，不就是变态吗？三五只手一抓，把他背心都抓烂了，程松岩赶过来，逮住了他，气喘吁吁地拉走。女人们还不肯放手。

程松岩说："我是警察。"

女人们就说："警察，你可不能放过这个死变态。"

程松岩说："你们放心，我一定严肃处理。"

他把诗人一路拉到一条死胡同，松开手问："你见着我跑啥？"

诗人把坏掉的背心胡噜几把，勉强挡住身子，说："你上次在刑警队薅我头发，我写诗写得头发越来越少了，经不住你这么薅。"

"我今天来不是专门薅你头发的，我是有事情问你。"

"我后来才知道陈慧茹是警察的老婆，要早知道，我也不敢想着去小树林里占她点便宜。"

"我也不是来问你这个的。"

"那你来问我啥啊？我现在也很害怕，天天担心那个杀人犯来报复我……"

"你担心他报复你，这说明你看清他长啥样了？"

"我倒是真没看清他，可是我怕他看清我了啊，我这长头发特征多明显啊，万一他以为我看清楚他了，那他不就得来杀我灭口吗？"

"那你那天到底都看到了啥？"

"我该说的都和那个孙警官交代了，其他的我真是啥也不知道了。"

"那你再和我交代一遍。"

"咋的？你们警察消息也不互通啊？是不是谁破案谁就能拿奖金啊，所以互相都瞒着，防备着？哎哟，这事让我们人民群众知道了，得多心寒啊。"

"别在这儿闲扯了，你就痛快地把那天的情况都和我说一下，不然我把你头发都薅光。"

诗人下意识地捂住了头发，说了声"行"。然后他又看了看太阳，说："这快秋天了还挺热的，警官你能请我喝瓶汽水吗？大白梨就行。"

程松岩作势要打他，诗人又吓得缩起脖子，程松岩的手却没落下来，而是挥了挥手，带他朝附近的商店走去。

诗人在商店门口，咕咚咕咚地喝了半瓶汽水，又打了个响亮的嗝，这才开始讲当天的事情。那晚他借口去洗手间，却尾随陈慧茹一路进了小树林，他早就对这个年轻的女编辑心存好感，今夜她对他言语的冲撞，他也全都理解为故意对抗，很多女人都这样，越是对你有感觉就越是会说些难听话，他越想越觉得就是这么回事，便加快了脚步。

可这夜的酒精和雨水都让他晕眩，一进树林，眼前的人影和树影也跟着一同踉跄。踉跄了几番，他胃里就一阵翻腾，弓着身子吐了。起身抹了抹嘴巴，陈慧茹人影已经不见了，他急忙朝前面追去，隐约看见了，却突然看到一个更为高大的身影，朝着陈慧茹靠近，紧接着陈慧茹一声闷哼，倒在了地上。他知道发生了什么，这些日子刨锛杀人抢劫的事他也有所耳闻，他吓得一屁股坐在了地上，往后爬着喊"救命"，然后一道闪电划过，他回头的瞬间，看到那个人跑走了，没看到脸，只看到了背影，是个男的，穿着一件蓝色的工装。

程松岩听完，嘀咕着："工装？哪个厂子的？"

"不知道，光看背影也看不出来啊。"

"这个你也和老孙说了？"

"说了，他还问我是哪种蓝，是深蓝还是浅蓝，我说就和这八九月的天一样，瓦蓝瓦蓝的。"

程松岩看了眼天，说："其他的呢？你再仔细想想，有没有别的细节了？"

"真的没有了，你再逼我，我脑子该乱了，在记忆里瞎安插一些细节进去，你就更抓不到凶手了。"

"好吧，那你先回去吧，我有别的问题再来找你。"

"行，咱俩这也算不打不相识，那以后我要是被别人欺负，提你好使吗？"

"不好使，我是警察又不是黑社会大哥。"

"那行吧。"诗人扭身要走，又回过身来说，"我决定在书的扉页上，写上'献给亲爱的陈慧茹'这几个字，用来纪念她，可以吗？"

程松岩知道这是一种尊敬的缅怀，但就是不知道哪里有种说不上来的别扭，想了想说："我觉得挺奇怪的，毕竟她是我的老婆。"

"哦哦，我明白了。"

诗人转身离开，走了几步，程松岩又追了上来，塞给他几十块钱，说："去买件背心吧。"

诗人看着那钱，有点热泪盈眶，说："我好多年都没买过新衣服了。"然后他抬头看天，八九月的天，确实是瓦蓝瓦蓝的。

这个城市大一点的厂子，也就是配备统一工装的厂子，一共有六个，钢铁厂、机修厂、纺织厂、洗煤厂、大米厂、发电厂。除了纺织厂和大米厂的工装是米白色的，其他四个都是蓝色的工装，但发电厂是暗蓝色的。于是程松岩便把目标锁定在了钢铁、机修和洗煤这三个厂子里。

隔天，他先回了趟刑警队，见老孙不在，便把一直跟着老孙的一个小刑警叫到走廊里，和他打听情况。

小刑警警觉，说："老孙交代了，不能和你透露这个案子的消息。"

程松岩递给他一根烟，说："你别害怕，老孙昨天还去找我聊这个案子呢。"

"真的？老孙真找你聊案子了？"

"我骗你干啥，那个凶手是不是在江边大桥底下又杀了个人？"

"这老孙真是的，不让我们说，自己的嘴却是最不严的。"

"你这生瓜蛋子，啥也不懂，有些规定就是做做样子的，案子还不得大家一起破？"

小刑警被说服了，挠了挠脑袋。

程松岩就问他："那个诗人交代的，蓝色的工装，你们查了吗？"

"查了。"

"查到啥了？"

"不知道，都是老孙一个人去查的，没带我们。"

程松岩一听就不对劲，好几个厂子，他一个人得查到什么时候？况且，他如果为了拖延时间，没准只是打个幌子，厂子去没去都不一定。程松岩想到这里，眉头紧皱，使劲掐灭了手上的烟，跑走了，他要自己去查个清楚。

他先去了炼钢厂，保卫科接待了他，说："你们刑警队的孙警官前几天刚来过。"

程松岩心里一松，看来老孙没骗人。他顺着问："老孙都问到了啥情况？"

保卫科科长说："这能问到啥情况啊。就一件蓝色的工装，都不确定是不是我们厂子的，我们咋提供帮助？只说以后多留心呗。"

"那几起案子发生的时间里，你们厂子有没有谁旷工的，或是情况不对劲的？或者说，厂子里最近有没有谁手头突然变得宽裕了？"

保卫科科长为难地直用掉漆的大茶缸子喝水，说："程警官，我不是不想帮忙啊，可是我们厂子工人有好几千，这么细节的问题，我得慢慢查，慢慢打听。"

"行，那你慢慢打听着，有什么消息了，第一时间和我说。"

"孙警官也让我有情况和他汇报，那我到底听谁的？"

程松岩想了想说："你两边都汇报吧，但别和他说我来过。"

保卫科科长疑惑，说："你现在和那个孙警官是两条线啊？"

"这个是机密，你就别打听了。"程松岩抛下更疑惑的保卫科科长离开了。

程松岩接下来去了机修厂，和炼钢厂情况差不多，仍旧没能查到什么有用的线索，但却得知了另一个让他愤怒的信息，老孙根本没来过。接下来的厂子，也都是同样的情况。这一下，程松岩把老孙的行为逻辑摸明白了，他确实在故意拖延查案，却又不能完全置之不顾，应该摸查三家的就只跑一家，这样哪怕被追查起来，也能保全自己，免受失职的处分。

他想到这里，愤怒地冲回队里，老孙刚从外面回来，看到他也没察觉出不对劲，还硬拉着他去吃晚饭。程松岩见队里人多，没吭声，默默地跟着他去了冷面店，要了两碗冷面，两人吸溜吸溜地吃完，老孙一抹嘴，说："昨天忘问你了，领导这两天找你谈话了吗？我听说好像都找别的同事问了。"

程松岩一听，把冷面碗往桌子上一摔，说："你脑子里是不是只有升官这一件事？"

老孙没反应过来，说："你咋啦？这事咱们以前不是说好了吗？"

"我以前要知道你是这样的人，我死都不会答应。"

老孙皱着眉头，说："我是啥样的人了？你这没头没尾地冲我吼什么啊？"

"没头没尾？好，那我问你，刨锛杀人抢劫这个案子，你到底有没有认真在查？"

老孙被问愣住了，说："我咋没认真查了？"

"认真查的话，那几家有蓝色工装的工厂，你就只去一家？"

老孙明白他全都知道了，说："这事你听我解释……"

"解释什么啊？你根本就是在拖延，你是不是就等着省里来人问责，然后把队长撸下去，你就能当上队长了？你他妈就是个官迷！"

老孙也怒了，说："程松岩，你他妈是不是没事找事？不分青红皂白就在这儿给我扣帽子！那厂子我是只去了一家，但去一家也就知道这条路没用，查不出什么东西的！那几家厂子加起来有三万多个工人，男的有一半，那也有一万多，这么多人怎么查？大张旗鼓地排查吗？有啥更有用的证据吗？不怕打草惊蛇吗？"

程松岩冷笑着说："老孙，你没必要和我解释，到底是为了什么，你心里最清楚。"他说完便起身离开了。

老孙在他身后冲他吼道："程松岩，你疯了！你老婆死了，你就失去理智了！"

程松岩猛地回过头，冲到老孙面前，一只手抓住老孙的衣领，另一只手握紧拳头作势要打老孙，但拳头在空中停了片刻，最终还是放了下来，努力克制着说："老孙，看在咱俩这么多年朋友的分儿上，我能做的顶多就是不把这事汇报上去，其他的，你好自为之。"

他松开老孙，转身大步离开。门一开一合，他的身影就不见了，留下老孙脸上难堪的氤氲。

老孙四处看了看，冲围观的客人吼道："看什么看！再看都把你们逮进去！"

客人们急忙回避了他的目光。他整理了一下衣领，也起身离开了冷面店。外面的夜色，再次落了下来。

程松岩回到家里，愤怒渐渐平息了，再咂摸老孙的话，或许有强词夺理的偏颇，但也不乏诚恳的部分。仅靠一件蓝色的工装，确实很难从人海里搜索出凶手，他需要再想想别的办法。

他点了根烟，躺在沙发上抽，那烟随意飘着，他的目光也就跟着烟飘走，一路曲折兜转，落在了墙壁上。墙壁上贴着一张本市的地图，城市的八街九陌三转六弯都摊在眼前。他猛地想起什么，腾地弹起身，找了支笔，把凶手每一次犯罪的地点都标了出来，再把相隔最远的两点连成直线作为直径，中心点作为圆心，画出了一个圆形。

这是圆周假设理论，有很大的概率，凶手就住在这个圆里面，而越靠近中心点，概率越大。

程松岩趴在地图上，死死地盯着那中心点，此刻那里已经不再是几条街道的名字，也不是印刷的矢量像素，一切都突然立体起来，变成一栋栋真实的房子，一家家各异的小店，一个个严丝合缝的窗子。每一个里面，都有可能藏着一个男人，他穿着蓝色的工装，白日里仍旧做着日常的事情，拎着清晨的豆浆和黄昏的蔬菜，上班下班礼貌谦和，却在背过人的刹那间，阴沉下脸，一刻刻地等待着天黑，森林蛇鼠，伺机而动。

第二天，程松岩赶去那个中心点，找到了街道派出所，打听了一下这一片的居民，有多少是在钢铁厂、机修厂和洗煤厂工作的。派出所民警带他去见了个大妈，说是居委会的，谁家啥情况她最熟。大妈脖子上系了个红丝巾，小风一吹随风飘荡，说话也不谦虚，说就这一片，谁家一撅屁股拉出几个屁屁蛋她都清楚。

程松岩让她带自己去有男职工的家里问问情况，大妈却一拍手说："现在不行，今天又不是礼拜六礼拜天的，现在人都去上班了，去了也是白去，不是陪老人聊天，就是陪老娘们儿逗闷子。"

程松岩说："那我也不能就干等到周末啊。"

"你这警察当得死脑筋，谁说让你等周末啊，"大妈指了指头顶说，"这天不会黑啊，等到下班后吃饭的点，那炒菜的香味从窗户里冒出来时，人最全乎了。"

程松岩莫名被批了一顿，心里却挺服气，说："行，那大妈，我下黑再来找你。"

"行，但这事咱俩是不是得偷摸的？不能太张扬，不能打草惊蛇了？"

"对，大妈，您看来挺有经验的。"

派出所民警说："是，大妈都配合我们抓过好几个犯罪分子了。"

大妈羞赧一笑，说："是，大家都说我是居委会的夏洛克，都改口叫我夏大妈，但我其实姓黄。"

民警说："是叫黄皮子吗……"

程松岩笑了笑，和继续在贫嘴的两位告别，先走了。他边走边寻思晚上挨家走访的事情，要不要再从队里叫个小刑警出来，可又怕老孙知道了从中做些什么……他正在琢磨着，回过神来，就发现走错了路，四下环顾，挺陌生的，可陌生中又有点熟悉，好像来过。

他在原地转了几圈，想起来了，这是"鬼楼"附近，那个全脸都被烧伤的全金龙就住在这儿。

他想到这里，突然有种强烈的预感，全金龙住在圆圈的中心点，或许不是一种巧合。但随即他又打消了这个念头，全金龙之前是纺织厂的员工，纺织厂的工装不是天蓝色的。

他摇了摇头，想要离开，可脚步却不听使唤地往"鬼楼"里走，他分不清自己是想要看看全金龙，还是被那院子里传来的搓麻将声吸引，或是因为那麻将声里夹杂着的一群女人无忧无虑的嬉笑声。

程松岩走进"鬼楼"所在的小区，在居民楼前面，有个二层小楼，门上贴着"活动室"三个红字，麻将声就是从里面传来的。程松岩沿着外墙的铁楼梯上去，推开门，先是看到一群女人组成了两桌麻将，可稍一定神，却吓了一跳。这群女人全都是烧伤患者，脸上手上都有不同程度的疤痕，有的甚至如全金龙一般，整张脸模糊不清。

可能是这些疤痕丑陋得过于明显，让她们对美丽有了更复杂更强烈的渴望，她们穿得时髦且鲜艳夺目，烫了大波浪的头发妖媚地张扬，没有头发的也戴着顶夸张的假发，夹着烟的手指上做了色泽瑰丽的美甲，红唇和涂着白粉的脸庞，有种人间狰狞的放肆感。

此刻再听那搓麻将声里的嬉笑，也不再觉得无忧无虑，而是有着故意掩盖的悲苦，相互抚慰的辛酸。

程松岩被那场景震慑住，呆愣在那里，一时忘了进退。靠近门边的女人先注意到了他，她的胳膊上有一条疤痕，一路爬到胳膊肘，见了外人，她下意识地放下袖子，不太欢迎地说："你谁啊？"

其他女人的目光也都聚拢了过来，程松岩不知为何没了底气，自己容貌的健全成了亏心事，他说："我，我，我想和你们打听一个人。"

女人问："打听谁？"

"我想找一个叫全金龙的男的。"

"全金龙？"女人回头看向最里面靠窗的女人说，"金凤，找你哥的。"

程松岩顺着目光看过去，叫金凤的女人脸上的疤痕不算大，嘴角处那条最明显，顺着嘴角上扬，没有表情也看起来似笑非笑的。

她看着程松岩说："你是谁啊？"

"我是警察。"

金凤听是警察，一脸不耐烦，说："你们警察也真是吃饱了撑的，我哥都好几年不上访了，你们咋还老找他啊？是不是又要开啥大会了？"

"没有没有，我找他是有别的事。"

金凤嘴一撇说："可拉倒吧，啥别的事啊，不就这点事吗？还撒谎撂屁的。"

一屋子的女人又哄笑起来。

金凤指了指窗外说："我哥就在那儿呢，天气好，洗衣服呢。"

程松岩顺着她的手指看向窗外，逆光，啥都没看清。回过头来，却看到一缕光照在金凤的脖子上，脖子上的项链反光，金闪闪的。程松岩目光被吸引，眯着眼睛使劲看了看，心猛地怦怦跳了起来，那条项链，没看错的话，是赃物里的其中一件。

一个女人也被金光晃了眼睛，说："金凤，你那个金链子也太晃人了，这眼睛都要被闪瞎了，是不是最近打麻将赢钱了买的？"

金凤说："和你们打这五毛钱麻将能赢几个钱？这是我哥送我的生日礼物。"

女人七嘴八舌地插话，有的说："这哥真好，比老公强多了。"有的说："咱们这样的，还能找到啥老公啊？"有的说："我妈前段时间给我介绍个瘸子，我俩谁也没相中谁。"

程松岩无心听她们闲聊，又扭头看向窗外，这回换了个角度，逆光不见了，只见对面楼的三层阳台上，挂着一件刚洗完的蓝色工装，瓦蓝瓦蓝的，往下滴水。

程松岩心跳得更快了，回头问金凤："你们纺织厂的工装不是米白色的吗？你哥洗的那件怎么是蓝色的？"

"我们厂子以前工装就是这个色，这两年才换成米白色，我们这群厂子里白养着的员工，谁还给你发新工装，你当领导是傻大款啊……"

金凤话还没说完，程松岩就已经跑了出去，留下身后的女人们继续哄笑。

程松岩顺着外挂楼梯跑下来，穿过两栋房子中间的空地，抬头看了一眼阳台上的蓝色工装，瞅准了中间的单元门，可刚要拉开，门却从里面打开了。全金龙拎着袋垃圾走了出来，看到程松岩先是一愣，随即扔掉垃圾袋，撒腿就跑。

程松岩下意识地追了上去，边追边喊："站住！"全金龙就和之前那个夜晚一样，根本不听，疯了似的就跑出了小区。程松岩紧跟着也出了小区，看他往左面跑，一个急转弯也跟了上去，前边却眼看着没路了，是一个农贸市场，全金龙一头扎了进去，程松岩也冲了进去，冲得太猛，来不及刹车，直接撞在了门口的货摊上，瓜子核桃翻了一地。

摊主抓住他不放，说他眼瞎，非要说道说道。他顾不了那么多，大吼了声："警察办案！"摊主才将信将疑地松开了手。程松岩四下寻找，只这点工夫，全金龙就跑没影了。他眉头紧皱，再蹍摸了一圈，看到后门有个人影冲了出去，他立马也冲了过去。

农贸市场后院，停着很多辆卸货的车，程松岩到了那里，全金龙的身影又不见了，他低下头，一辆车底一辆车底地查看，看到最后一排，一个人影在车底下骨碌了一圈，爬起来朝大门跑去。

门口站着俩保安，程松岩大吼："给我拦住他！"俩保安常年没事干，反应慢，等明白过来是要拦谁时，全金龙已经跑出了大门。程松岩气急败坏地追了出去，追到了街上，人已经没影了，消失在熙熙攘攘的街道上。

他泄气地俯身大口喘着气，却听到前面不远处，一声急刹车，接着是稀里哗啦东西滚落的声音。他循着声音望去，好像是出了交通事故，急忙往那边跑。到了跟前，看明白是一辆拉农产品的三轮车翻了，一车子的西红柿滚落在街上，鲜红稀烂一片。

司机灵巧，车翻之前，从上面跳了下来，他指着前面吼着："眼睛瞎啊！在街上乱窜啥啊！"

程松岩顺着他的手往前看，笑了，在一片鲜红稀烂里，全金龙抱着腿蜷缩在地上，想努力爬起来，试了几次，最终还是倒下了。

程松岩把全金龙带回刑警队，老孙听闻，三步两脚地赶过来，问他："是不是搞错了，这人之前不是抓过了吗？"程松岩直接拉着老孙去了"鬼楼"，先是从全金龙妹妹全金凤脖子上摘下了项链，接着又去全金龙的住处搜索，在床头的抽屉里，翻出了一个纸包，里面还有好几件金首饰。老孙一看眼睛直了，眉毛也拧巴了，这些竟全都是自己之前死活找不到的赃物。

这些赃物推到了文队眼前，文队深呼了一口气，可能是心情沉重，也可能是如释重负。省里派来的刑侦专家，今早已经到了，卷宗也看过了，一副大人物的派头，跷着腿在吸烟。文队拍了拍程松岩和老孙的肩膀，力道分不清轻重，然后和省里的专家一起进了审讯室，全金龙和手语翻译都等在那里。

审讯室里具体发生了什么，程松岩无从知晓，只是后来听文队说，省里的专家就是厉害，几顿分析，就把全金龙分析透了。一开始全金龙还死不承认，手语打得飞快，翻译都跟不上。他说自己没杀人，自己就是个小偷，那些金首饰都是从另一个男的那里偷来的。但省里的专家认为，全金龙犯案，是缘于被烧伤后心理扭曲。而他之前有烧小动物尸体的行为，这更是暗合了犯罪心理学，大多数的连环杀手，都会有尿床的毛病和纵火的嗜好。

全金龙听了这些，不再比画了，而是梗着脖子死死地盯着专家，感觉如果不是被铐着，他就要一头撞死专家。专家身子往椅背上一靠，说："你这种人我见多了，自身遭遇了些不好的事情，就觉得谁都对不起你，所以就算杀了人，也不会有任何愧疚心理，心里憋着一股气，就像全世界都欠你的似的。"

全金龙脖子梗得更厉害了，眼睛瞪得全都是血丝。专家说："咋的，是不是又说到你心坎里去了？你可能都不明白自己是咋回事吧？那我告诉你，这就叫反社会人格。通俗点说，就是你他妈根本就不配当个人！"

全金龙猛地站起来，桌子差点都被掀翻了，文队急忙和手语翻译一起把他按住，他的脸贴在桌子上，大口喘着气，还在挣扎。文队和手语翻译只能更加使劲地按住他。他却突然眼皮一翻，身子一软，背过气去。

全金龙被提起公诉，法庭上他也没有任何辩解，只是四处寻找着什么人，可能是省里的专家，也可能是程松岩。最后，他谁也没找到，法院以杀人抢劫等多项罪名，判处他死刑。

全金凤听到哥哥的判决后，来找过一次程松岩，哭着喊冤，说："我哥绝对不会杀人的，他之所以不辩解，是因为他那人性格从小就执拗，被烧伤后就更严重了，最受不了人冤枉他。之前有传言说是他乱扔烟头才造成纺织厂爆炸的，虽然后来澄清了和他无关，可他也要找传言的人拼命。他在法庭上那个样子，我一眼就看出来了，他也是想找人拼命呢……"

程松岩说："你说的这些话可能是真的，但我是警察，我只相信证据。如果你们不服从判决，可以上诉。"

全金凤想了想说："我就不该来找你，你不光是警察，你还是受害者家属，在你心里，一定恨死我哥了，所以我说啥你也不会相信的。"

她说完就走了，有疤痕的嘴角仍旧显得似笑非笑。之后他们也没有上诉，全金龙在一个寻常的冬日，被执行了死刑，人心惶惶的连环杀人抢劫案，终于画上了句点。

可对某些人来说，这却是人生的转折点。这之前，岁月坦荡，一路春光；这之后，疾风衰草，千里冰封。

程松岩捧着束花，来到墓地看望陈慧茹，那花也不禁冻，寒风吹一吹就蔫了。他把花放在一旁，拍了拍墓碑上的雪，坐了下来，说："慧茹，我来看你了，今天天真冷啊，就没带可可来，她前几天也感冒了，打了好几天的点滴才好。"他又说："全金龙被执行死刑了，一颗枪子就进了脑袋，真解气，你听到这消息，也应该和我一样吧。"他从口袋里掏出瓶扁平二锅头，喝了口，辣嘴，他咧了咧，说："慧茹，你在那边还好吗？有没有想我们爷俩啊？"他顿了顿又说："我特别特别想你，下班回家的时候想，出门关灯的时候想，看到有人和你穿一样衣服时想，吃到你爱吃的菜时想，回爸妈家时一路上全都想……前些日子，可可会走路了，看着她扎巴扎巴地迈着步子，我就想着要是你在该多好啊，可一想到这个，我就难过得受不了……"

程松岩又喝了口酒，搂着墓碑，脸贴了上去，眼泪就落了下来，在墓碑上结成了冰，他说："你留我一个人好难活啊，我好难活啊……"山林野草呜咽，人却再也没了言语，只是把苦痛在心里流一遍。他贴着墓碑如同贴着爱人的脸颊，久久都不肯放开这人间最后的介质。

程松岩那天在墓碑前坐了很久，酒瓶喝空，暖过的身子也凉了下来，他颤颤巍巍地起身要离开，才发现脚下踢到了什么东西，捡起来，竟是一本书。

程松岩下意识地四下观望，根本望不到那比自己先来的背影，他疑惑是谁放在这里的，翻开来看，见扉页上写着：献给程警官的妻子陈慧茹。

他想起来了，是那个长头发的诗人，他也想起来那个喝汽水的下午，他说要把书献给陈慧茹，程松岩说她是自己的老婆。他以为把诗人的念头打消了，没想到他却以这样一种幽默的方式履行了承诺。

程松岩随手翻看那里面的诗歌，就又翻到了那一句："你是夏日里的野火，坟墓上的闪电，草丛里的银河，我身上的脉络。"他继续看下去，后面还有几句。

"你是平凡里的嚣张，人间里的胆量，不在身边也照亮我的朗朗日光。"

程松岩久久地盯着这几行文字，山风撩动，突然就有了种立在天地间的释怀感，他抬起头，看着日光耀眼，有了轻轻的笑意。

"她虽走了，但她仍旧在身边，她是野火，她是闪电，她是星光日光，她是每一缕风，万物都被她温柔地抚摸过，包括我，包括我。"

第十一章

　　快到元旦了，酒店里开始布置新年的装饰，一进大堂，就是一片红红火火的"欢庆 2022 年"。丁唯珺一手拎着份麻辣烫，一手接着电话，穿过酒店大堂往房间走，电话那头是刘晓琼，她在抱怨自己多倒霉，都订好了回深圳的机票，却被通知酒店里有个无症状感染者，她和她老公都被拉去做了核酸，结果虽是阴性，但也要隔离观察十四天。

　　丁唯珺安抚她："就当蜜月延长了呗，工作在哪儿不是做。"

　　"你倒是想得开，你那采访怎么样了？我听主任提了一嘴，说挺出彩的。"

　　丁唯珺想起主任提过要给自己优秀员工的奖励，又想起刘晓琼也嘱咐过别忘了把优秀员工投给她，两相一碰，话就转了头，说："出彩啥啊，主任那是两头 PUA①呢，和我说的全是打压的话，还不让我胡编乱造。"

　　刘晓琼却没听进去这些，只说："咱们都在外头，年会就办不了了吧？别到时干脆取消了，所有奖金都跟着泡汤了。"

　　"不能那么缺德吧？"

---

　　①　PUA：全称 Pick-up Artist，多指一方通过精神打压等方式对另一方进行情感控制。

"效益不好，啥事都干得出来。"

两人又说笑了一阵，就挂了电话。

丁唯珺坐在窗边，看着外面天黑了，又下雪了，一下雪，高速公路就容易封住，听说张桂琴就是因为高速封路了，才在哈尔滨多玩了两天。她打开电脑，看自己的采访稿，仍旧卡在王相佑为何死刑改判无期上，她坐在那儿将前后的稿子，却静不下心来，看着看着，脑子又跑到了宫浩那边。昨天在山顶把他骂了一顿后，也不知道他现在怎么样了？自己是不是骂得太狠了一点？

她来回寻思着，手机就响了，是可可打来的。她接起来，可可便问："丁姐，你在哪儿呢？"

"我在酒店呢。"

"我哥给你打了好几个电话，你都不接，就让我给你打个电话。"

"他有事啊？要是真有事就来酒店找我呗。"

"我听他说，你昨天把他骂了一顿，他可能是不好意思去找你吧，就寻思让我给带话。"

"带什么话啊？"

"带的话是，他有话要当面和你说。"

丁唯珺翻了个白眼，说："就是让我去找他的意思呗？"

"是的，丁姐真聪明。"

"他在哪儿呢？"

"我给你问问啊。"

"你俩没在一起啊？"

"我值班呢。"

可可挂了电话，一会儿发了个地址过来，丁唯珺一看，是家KTV，心想他还有心情组局唱歌，昨天的打击看来还是不够大。她穿上衣服出门，那刚拎上来的麻辣烫，一口都没来得及吃，挺可惜的。

丁唯珺来到 KTV，沿着走廊找到包厢，却没直接推门进去，而是扒在玻璃上往里看。本以为会是一屋子的人，却见里面只有宫浩孤零零一个人，一手拿着酒瓶子，一手拿着麦克风，摇摇晃晃又格外动情地唱着："人生不过三杯酒，醉完还有路要走，酸甜苦辣都藏在这一口，不如意十之八九，起起落落再从头，兜兜转转，回首又是几个秋……"

丁唯珺本来对昨天骂了他一顿生了很多愧疚，可此刻看到他在这儿自做苦情状，像个一败涂地的老混混在自我疗愈，那气又不打一处来，推门进去，径直走到点歌机旁，按下了暂停键。

屋子里瞬间静了下来，只有头顶的球灯在旋转着，宫浩说："你干啥啊？一来就切我的歌，我还没唱完呢。"他说着摇晃着要去按继续键。

丁唯珺拦住他说："有什么好唱的，靠歌曲疗伤呢？"

宫浩嘿嘿一笑，迷离着眼睛说："干等你也不来，我就唱首歌自娱自乐一下。"

"这才几点啊，你就喝成这样！"

"喝酒又不看时间，主要是看心情。来来来，陪我喝一杯。"

宫浩说着递了瓶酒给丁唯珺，丁唯珺接过去放到一边，说："你要是叫我来陪酒的，那我就走了。"

"来都来了，喝点再走呗。"

丁唯珺努力压下怒火，说："你叫我来，到底有什么话想和我说？"

"你喝点酒我再和你说。"

"你不说我就走了。"

丁唯珺真的往外走去，到了门边，却被一只手拉住，宫浩用力一拽，丁唯珺一个踉跄，就跌倒在沙发上。宫浩顺势把她揽入怀中，凝视着她的脸，满嘴的酒气也都喷在了她的脸上。

"你干什么！"丁唯珺火大了，用力挣脱，可宫浩却整个身子都压了过来，死死地套牢她，她一动也动不了。

丁唯珺挣脱了几下，见挣脱不开，也是没劲了，她仰视着宫浩那阴影里的脸，说："宫浩，你到底要干什么？"

宫浩见她不挣扎了，也就失去了控制的欲望，跟泄了气似的，身子一歪，坐在了一旁的沙发上，拿起茶几上的烟，点了一根，说："谢谢你。"

丁唯珺没听清，也没明白是啥意思，问："你说什么？"

"我说，谢谢你。"

"谢什么？"

"谢你昨天给我一顿臭骂，把我给骂醒了，也骂明白了。昨天我回家寻思了半宿，寻思过味来了，我爸半夜去上洗手间，我扶着他去，我看着他上厕所都费劲那样，突然心里就敞亮了。我还这么年轻，有太多能做的事情，就像你说的，没有热爱的就去做愿意做的，没有大方向就找小目标，这么找着找着，没准哪一天就能找到热爱的事情了，就找到大的方向了。"他越说越激动，又喝了口酒，"可是如果我什么都不做，不改变，就这么混下去，哪一天突然像我爸那样中风了，连上厕所都费劲，一回忆这辈子是怎么过来的，那得多后悔啊！"他转过身，紧紧握住丁唯珺的手，"所以，我要谢谢你。"

丁唯珺听着听着就笑了，原来自己误解他了，刚才那歌，以为唱的是沉沦，其实唱的是告别，她靠过来，说："听你这么一说，不是我把你骂明白了，是你爸用半身不遂把你整明白了。那你不用谢我，该谢你爸啊。"

"我爸不用谢，他连我的心情都理解不了，一谢该给他谢糊涂了。"

"那我也不用谢，我也只是讲了你早就知道的道理，你之前可能只是不想去相信罢了。"

"那就谢谢你让我相信，有句歌词怎么唱来着，在我怀疑这世界时，你给过我答案。"

"算了吧，我还是给你话筒吧。"

丁唯珺笑着起身，要把刚才按暂停的歌再按继续，宫浩却拦住了她，说："我还有件事要和你说。"

"这才一天没见，怎么这么多事？"

"可能是周一吧。"宫浩说完自己又觉得冷，便补充道，"这事是关于你的。"

丁唯珺皱眉头，说："啥事？"

"你之前不是托我帮你去找你弟弟吗？"

"有消息啦？"

"哪有那么快？"宫浩顿了顿又说，"但也差不多吧。昨天咱们不是找孙大爷，没问出啥玩意儿来吗？我今天上班，一早就被叫去开会，全国现在正在开展打拐的专项行动，各省联合抓捕人贩子，然后你猜怎么着？"

"你痛快说，别卖关子。"

"在给我们队的人贩子名单里，就有把你弟弟拐走的那个老扁。"

丁唯珺一把抓住宫浩的胳膊，说："那你们现在掌握了他的行踪吗？他在哪儿？"

"资料里显示，他最后一次露头是今年夏天在绥芬河。"

"我知道那个地方，是边境城市，挨着俄罗斯。"

"对，离咱们也不算远，就几百公里。我已经申请，加入这个小队，去抓捕他。"

"可以带我一起去吗？"

"你跟着去干啥？等人抓住了，打听出你弟弟的下落，你去找你弟弟就完了呗。"

"对对对，我太激动了，有点混乱了。"丁唯珺喝了口酒，让自己平静一下，然后说，"如果你抓了他，我能见他一面吗？"

"见他干啥啊，审讯的事有我们警察呢。"

这时服务员推门进来，说："哥，咱们包厢到点了，还续时间吗？"

宫浩说："续，再续几个小时，我们这才开始呢。"

丁唯珺看他又拿起了话筒，他似乎从幻想的行动成功里找回了自信，又恢复了他们初相识时那副随性的模样，他在点歌机上按下了继续的键，那刚进来时只唱了一半的歌又响了起来。

"人生不过三杯酒，贪了几杯泪眼蒙眬，红尘往事不过岁月一挥手。烈酒穿肠难入喉，是非对错都向东流，都已看透，不再喋喋不休……"

丁唯珺坐在那里，听着这歌，竟是劝人释怀的。可岁月一挥手，就真的能全都看透，不再喋喋不休吗？她吃不准，也猜不透，只是想着如果真的能和老扁见上一面，她会以怎样的心境面对，她又会对他说些什么呢？寒江孤影，故人重逢，光是幻想，就已有些近乡情怯般的战栗。

宫浩边唱歌边回过头来看丁唯珺，冲她很暧昧地笑了笑。

丁唯珺虽回以笑容，但心里却仍旧思忖着，对，没错，她和老扁是故人。她要从故人那里，讨回一条命来。

一天后，雪停了；两天后，封了的高速路也恢复了通车。张桂琴从哈尔滨回来了，听说玩得挺好，带了好多纪念品回来。丁唯珺和她联系了几次，想约她出来坐坐，但她都婉拒了，说出去玩了太长时间，店里有好多事要弄。丁唯珺就走进地下商场打听了一圈，打听到一个闭门的店面，隔壁店的人说这家老板娘好多天没来了。丁唯珺就知道了这是在故意躲着，应该是之前捅王相佑的事情，张桂琴觉得愧疚，没脸见自己。

宫浩也要出发去绥芬河抓人了，开年第一天就去，这天正好是他的生日，他觉得这是个好兆头，一切都从头开始。人们总爱给一些碰巧的事情找寓意，境遇好的找积极的，运气差的就找倒霉的。

生日这天出发，那生日就过不了了。可可便张罗着，提前一天给他过个生日，一家子吃顿饭，顺便跨一下年。丁唯珺赞成这么做，然后去商场溜达，给他挑生日礼物，一边挑一边想着，一家人给宫浩过生日，那张桂琴肯定会来，到时一定要找机会，问问她王相佑的事情。

生日在宫浩家里过，下午两三点钟，可可就来酒店找丁唯珺，说："丁姐，咱们在这儿闲坐着也是坐着，不如去帮着我大姑做做饭。"

"这不太好吧，直接上门就做上饭啦？这比直接上门吃饭还自来熟。"

"我知道你这是头一次去男方家里，有点别扭，还有点矜持，但你就当是陪陪我吧，你不用做，在旁边看着就行，陪我说说话，看着我做。"

"咋啦？你为啥非要做饭啊？"

"艺多不压身呗，我小时候在我大姑家待的时间多，总看着我大姑做饭，看着看着，就手痒，想上去试两下，这试着试着，就学会做菜了，还做得贼好吃。之后每年我哥生日，我都会嘎了巴瑟地献菜一道，这样也把生日礼物省下了。"

"那你今天准备献上一道什么菜啊？"

"马上要虎年了，我就献上一道'猛虎下山'吧，也正好符合我哥现在这种想干点事的势头。"

"这是一道什么菜？听起来挺厉害的。"

"不厉害不厉害，就是名字唬人，老虎菜你知道吧？就是用黄瓜、辣椒、葱丝这类东西一通乱拌的凉菜，嘎嘎辣。"

"哦，原来是这么个'猛虎下山'啊。"

"其实之前我想做得比这复杂一点，在老虎菜下面藏两个煮鸡蛋，菜名就叫'呆虎趴窝'，磕碜磕碜我哥整天就知道混日子。可惜现在他被你那一顿骂给骂醒了，用不着了，我还省了俩鸡蛋。"

丁唯珺笑了，说："你倒是挺有想法的，那走吧，我陪你去做'猛虎下山'。"

两人起身，丁唯珺拎着从商场买的礼物，可可问："啥礼物？"

"是个 Zippo 打火机。"

可可眼睛发光，说："精彩。"

"什么精彩？"

"没什么，我就是想，如果今晚把孙大爷他们一家叫来，那个小霜也弄来，我哥这生日得多精彩。"

丁唯珺忍不住拍了她后背一下，说："你这都是什么馊主意！"说完想想又笑了，确实挺精彩的。

可可带着丁唯珺到了宫浩家，来之前可可打了招呼，宫浩母亲见了丁唯珺就没有感到意外，只剩下热情，招呼她快坐，又是帮着挂外套又是端茶倒水的。但热情归热情，话倒不算多，可能也是被可可提点过，宫浩母亲明白要克制点，别把人吓跑了。

宫浩父亲坐在轮椅上，从卧室出来，见了丁唯珺半边脸笑了笑，然后指了指茶几上的瓜子，然后又指了指电视。丁唯珺明白这是让自己嗑瓜子看电视。丁唯珺笑着答应着，抓了一小把瓜子，慢慢地嗑。可可知道丁唯珺尴尬，就叫她去厨房帮忙，丁唯珺顺势就进了厨房。宫浩母亲也有眼力见儿，端着面盆就出去了，说去客厅包饺子，顺手把菜板也带走了，在客厅里一顿叮叮咣咣地剁饺子馅。

可可说："大姑，又吃饺子啊？"

宫浩母亲说："过生日不吃饺子吃啥？"

可可就和丁唯珺嘀咕："我大姑老爱包饺子了。过生日吃饺子，过忌日也吃饺子，逢年过节全都吃饺子。有一回我寻思洋气点过个圣诞节，结果她还是吃饺子，我就想，行，大姑你真厉害。然后去年她过生日，我就送了她一个刻了她名字的擀面杖，她开心坏了，现在用的那个就是。"

丁唯珺看过去，宫浩母亲的目光正好看过来，两人四目相对，有点尴尬了，丁唯珺就冲她笑了笑。宫浩母亲说："小丁啊，我记得你不爱吃香菜，我饺子馅里就不放了。"

丁唯珺愣了一下，想起是上回程警官过生日，宫浩随便说了一嘴，宫浩母亲竟记住了。这些年一个人生活惯了，冷暖喜好都无人惦记，也就忘了被惦记是啥滋味。她此刻心里一暖，竟有些眼眶发热。她努力克制住这汹涌的情绪，说："阿姨，没事，您该放放，不用照顾我。"

宫浩母亲说："那可不行，你大老远的一个人来这边，好不容易上俺家吃顿饭，还弄你不喜欢吃的，我们这心里也过意不去啊。"

可可帮腔："是，我大姑心眼可好了。"

宫浩母亲不理可可，还是对丁唯珺说："你别觉得别扭，以后就把这儿当自己家，下回想吃啥喝啥就吱一声，我都给你做。"

宫浩父亲也抬手在空中挥了挥。宫浩母亲说："你叔叔也说了，让我给你做。"

"谢谢阿姨和叔叔。"丁唯珺说完也不知道再该说什么好了，只把这情谊记在心中，留着天冷的时候在回忆里暖一暖。

可可用胳膊碰了碰丁唯珺，说："丁姐，你看这公公婆婆咋样？你要是进了家门，肯定把你当祖宗供着。"

丁唯珺说："你快做你的菜吧，光顾着说闲话，啥都没弄呢。"

"哎哟，害羞啦？"可可随即拿来几根黄瓜说，"那你帮我洗菜？"

丁唯珺接过去，拧开水龙头冲洗，一边洗一边忍不住琢磨：会有那么一天吗？住进这小屋，和这些人成为真正的一家人，三餐四季都凑一块，有时觉得幸福，有时也会感到拥挤，会有琐碎的忧愁，但不用去想大的伤痛，遇到难事共同扛一扛，遇到开心的事也有了人分享，然后日子就在这嘻嘻哈哈吵吵闹闹里过去了……

她这么想着，或许人生真的有另一种可能，但再往下想，她又不敢了，身体里的某些东西在拉扯着她，提醒着她："你会这么幸运吗？你敢坦诚吗？"

她一颗雀跃的心又收住了，只是盯着哗哗响着的水龙头。可可的声音传来："丁姐，你干吗呢？两根黄瓜用洗那么长时间吗？"

丁唯珺回过神来，关了水龙头，心思也如水般止住了。

天一擦黑，宫浩和他老舅便一起回来了，宫浩一进门就咋呼："我老舅老当益壮啊，骑自行车驮我回来的。"

宫浩母亲说："你挺大个人的，咋还像小孩似的，你老舅万一摔一跤，这年纪不得摔个好歹的。"

程松岩说："没事，我电瓶车送去修了，偶尔骑两次自行车，就当锻炼身体了。"

宫浩换了鞋，才看见可可和丁唯珺都在屋里坐着，笑着说："你俩吃饭倒是挺积极的，来这么早。"

丁唯珺说："我俩可没闲着，忙一下午了。"

可可说："可不咋的，我还特别给你献了道菜，叫'猛虎下山'。"

宫浩说："你就喜欢整这些幺蛾子，去年那道'嫦娥奔月'，我以为怎么也该是个烤兔头吧，结果是根水煮胡萝卜。"

"啥胡萝卜啊，那是火箭。你挺大个小伙子，还挺爱挑礼见怪的。好吧，你既然嫌弃我的礼物，那你应该不敢嫌弃丁姐的吧？"可可坏笑着拿出丁唯珺买的Zippo打火机，托在手心展示着，"看，

Zippo 打火机。"

她边说，边自个儿咯咯直笑。丁唯珺看不明白，不知道这有啥好笑的。宫浩却脸色一变，说："你别闹了。"

他伸手就要抢，可可躲开了，还在说："前女友和现女友，真是心有灵犀啊，但一个是水货，一个是真货。"

"你别乱说话。"宫浩又伸手去抢，两人就在屋子里转着圈跑。

宫浩母亲喊了几声，说："挺大人了，还闹什么闹，痛快洗手吃饭了！"

可可这才把打火机给了宫浩，却又跑到丁唯珺旁边说："之前小霜也送过他一个这种打火机，但是个假货，用几次就坏了。我哥还傻乎乎地到人家专卖店去维修，结果人家说只为正品服务。"

可可说完又笑了起来，丁唯珺也跟着笑。宫浩走过来说："你俩别笑了，那个打火机我一出店门就扔了。"然后他拉了拉丁唯珺的手说："谢谢你的礼物。"

丁唯珺说："客气啥。"

可可说："哥，你这回再去一次那个店，看看他们还认不认识你？"

宫浩母亲在厨房又喊了："你们别光顾着自己唠嗑，过来搭把手啊。"

可可便跑了进去，丁唯珺和宫浩也跟着进了厨房，洗手端菜。程松岩把桌子在客厅中央放上，三五次进出，一桌子菜就摆齐了。

一群人落座，宫浩母亲问弟弟："桂琴呢？"

程松岩说："她有点事，晚点过来，咱们边吃边等她吧。"

宫浩母亲依着弟弟的话，开了瓶酒，能喝的都倒上，然后一起举杯祝宫浩生日快乐。大家干了酒后便随意吃菜闲聊。

程松岩问宫浩："这回你们几个人去绥芬河啊？"

"三个人去，我职位最低，一路都是我开车。"

可可说："哥，刑警队里还有比你职位更低的吗？"

"咋没有，档案室的那个大姐就比我还低。"

"我和你哥唠正事呢，你少插话。"程松岩瞪了可可一眼。他转头对宫浩说："出去办案子，没啥职位高低的。你这回好好表现，我听你沈叔说了，过了年有几个辅警转正的名额，到时让他推一推你。"

"这好吗？我没考上公务员，能转正吗？"

"如果你真想当警察，那你就两手准备呗，平时没事把扔掉的书再捡起来。"

"行，又长一岁了，我也给自己定个小目标。"

他举起酒杯和他老舅碰了碰，两人都喝了一小口。

可可问大姑："啥时候切蛋糕啊？"

宫浩母亲说："就你爱吃甜的，蛋糕在冰箱里放着呢，吃会儿菜再切，要不几口蛋糕下去都饱了，啥都吃不下去了。"

宫浩说："一桌子菜都不够你吃啊？你咋这么能炫呢，最炫民族风都没你能炫。"

可可说："要你管，你还是多管管你女朋友吧，我看丁姐都没吃几口菜。"

宫浩母亲立马看向丁唯珺，说："咋啦姑娘？是不饿啊，还是菜不对口啊？"

宫浩立马夹了个鸡翅给她，说："这个有点煳巴，你最喜欢吃这种了。"

丁唯珺说："你们不用管我，我这人本来饭量就小，我和可可一样，也等着吃蛋糕呢。"

宫浩母亲说："除了蛋糕还有饺子。"

宫浩说："没放香菜吧？"

"哪能放啊，我包之前提醒了自己好几回呢。"

其他人又张罗喝酒，话题就从她身上转移走了。丁唯珺低头吃了口鸡翅，确实焦得挺入味的，心里也同样焦急，张桂琴为什么迟迟不来？她看了眼可可，可可瞬间明白了她的心思，小声嘀咕："她今天不会来了。"

"为什么？"

"你不知道，每年都这样，我哥一过生日，她就说晚点来，但没有一次来过。"

"她对你哥有意见啊？"

"不是，你再仔细想想，你不是采访过王相佑的案子吗？"

丁唯珺想起来了，说："你哥的生日，是她女儿的忌日？"

"对，你说那得是啥滋味？哪怕今天咱们是提前过，她心里也不好受啊。"

丁唯珺点了点头，默默地吃了口菜，细细咂摸张桂琴心里的滋味。

宫浩看过来说："你俩嘀咕啥呢？我过生日也不知道敬我一杯酒。"

可可就先站起来说："哥，来，我敬你，就和我做的这道菜一样，新的一岁，猛虎下山，虎虎生威。"

兄妹俩碰杯，干了。宫浩就看着丁唯珺，丁唯珺站起身举起酒杯，说："咱俩就不说客套话了，出门办案，注意安全。"

可可起哄："哎呀妈呀，我咋听出了点老夫老妻的感觉呢！"

大人们都笑了，又起哄一起喝了一杯，酒意就渐浓了。

窗外有人急着放起了为新的一年祈祷的烟火，都忘记了那绚烂里也有告别的味道。丁唯珺扭头往外看，烟火一颗颗坠落，她想起在南方的那些日子，新年都不寒冷，如一个个四季都少了尾巴，想抓都抓不住。而她此刻，突然想用力抓住些东西，把自己从深渊里往外拉，一寸一寸地上升，一点一点地逃脱命运，她不知能否成功，也不知这新年还能再过几个，一切的一切，都没有定数，只能拼尽全力，然后走一步看一步。

那此刻，就先沉醉在这绚烂里吧。

她起身，又提了一杯酒。

一轮月亮照着城市的两边，张桂琴躲在一个小饭馆里，一个人，一杯酒，冷冷清清的。

多少年了，都这么过来的，每到这日子，就是心里最不好受的时候。可她也不想让别人难受，那边一大家子人都没做错事，不能因为自己的难受，就让别人也跟着难受。于是她就每次都假装忙，年年找新由头，找着找着，人家也就习惯了，也知道了，便都心照不宣，在这一天各过各的，她也不怨也不恼，一个人挺好，人有时和别人在一起待惯了，一不留神就忘记自己原来是谁了。这些年她一直把可可当亲生闺女对待，这一天就是在提醒自己，她还是另一个死去的女孩的妈妈。

前段日子，她一直在外面玩，她知道程松岩是想让她散散心，可这心怎么能散掉呢？憋了十多年的仇恨，最后还是没能报了，那个该千刀万剐的王相佑，十几年前逃过了一劫，现在又没死掉，这坏人的命咋就那么大呢？

她又喝了口酒，胸中的恨意被酒一点燃，又沸腾了，可她再也找不到王相佑了，他被好好地藏了起来。于是那恨意就变成不甘的眼泪，一点一点往下滑，滑着滑着，就混合了对女儿的想念。女儿要是活着，也该有可可那么大了，她小时候像野小子一样啥都喜欢玩，长大了也不知道能做啥工作。她这么想着想着，心里竟有了些微小的轻松。她又想起女儿小时候喜欢吃卤味，就决定明天买些卤味去看她。

看女儿也是她多年不变的习惯，新一年的开端，却是女儿人生的结尾，多不凑巧的对称。

她想到这儿，心中那升起的一点小轻松，又被压了下去，她只能再多喝一杯酒，今夜才好熬一点。而窗外的烟火，还在轰隆隆绽放着。

第二天，起风了，大烟炮①刮得呼呼响，雪末子抽得人脸都疼。她围了条围巾，拎着还热乎的卤味，来到殡仪馆的骨灰堂，女儿的骨灰这些年都寄存在这里，她起初是想着，等王相佑死了再给女儿下葬，也算图个安息，可没料到，一等就等了这么多年。

她把骨灰盒拿出来，掏出手帕轻轻擦拭上面的灰尘，可是手在来的路上冻僵了，一时没拿稳，骨灰盒掉在了地上，但还好没摔破。她慌张地蹲在地上，把骨灰盒捡起来，心疼地抱在怀里，摸了又摸，嘀咕着："对不起，闺女，没摔疼吧，对不起……"念叨了几句，她的眼泪就落了下来，"对不起"也越说越多，说对不起当年没照顾好她，对不起活着的时候没给她更好的生活，对不起没能替她报仇……

她说了好一阵，越说越觉得都是亏欠，这辈子母女缘分太浅，就那么几年，自己活着的时日又太长，开心的事情从来不敢讲，怕自己过得好了，对女儿来说就是背叛，当妈的只能把自己浸在苦水里，一年一年地熬，像这卤味一样，味道早渗进了骨头，越哂摸越出滋味。

她把骨灰盒放在地上，在前面摆上各种卤味，说："闺女，吃吧吃吧，你在时家里条件差，爱吃的东西也只能吃几口，要是你现在还活着，想吃啥随便吃，该多好。"

她盘腿坐在地上，不能烧纸，就点了几炷香，那香烟萦萦绕绕地飘着，掠过她的头顶，已是一层白发。她不知道这香还能上多少

---

① 大烟炮：也称白毛风，指大风、降温并伴有降雪的天气。

年，自己就该到那边去陪女儿了，到时做牛做马都甘愿，都是为了把这辈子的债还利索。

张桂琴那天在骨灰堂坐了很久，三炷香烧得也慢，香灰终于落尽，才收拾一下，起身离开。她坐疼的双腿一下子站不直，就扶着那一排排柜子，缓慢地往外挪。

挪着挪着，她看到一个人影迎面过来，逆着光，看不清人脸，以为是其他来探望的家属。再往前走几步，光散开了，才看清那人是在等自己，她有点胆怯，说："丁记者，你咋来了？"

今天一早，丁唯珺先去刑警队送了宫浩。宫浩穿着今冬刚发的棉大衣，一身崭新的味道，和她抱了抱，就跳上了车子，说："你等着我的好消息吧。"

可可也跑来了，拎着几杯热咖啡，塞进车里。"你们路上喝。"她又对其他两个警察说，"你俩可不许欺负我哥啊。"

宫浩说："行啦，你俩快回去吧，弄得跟出国维和似的，我这连省都没出。"

丁唯珺握了握他的手说："不管去哪儿，都得加点小心。"

宫浩说："你也照顾好自己，有啥事就找可可。"

可可说："没问题，丁姐这几天就承包给我了。"

车子启动，宫浩可能是因为内心激动，一挂挡把车又给整熄火了。他尴尬地笑了笑，再重新打火，这回没问题，车子一溜烟消失在视线里。

丁唯珺和可可收回目光也要离开，可可说："丁姐，你今天啥安排啊？"

"我想去找桂琴阿姨。"

"你今天可能找不着，她每年今天都不在家。"

"她去哪儿了？"

"去殡仪馆看她女儿。"

丁唯珺愣了一下才想明白，说："哦，那我就去那儿找她吧。"

"你去那儿干啥啊？那地方多瘆得慌啊！"

"没事，我不怕。"

可可迟疑了一下说："你要是真想去，那就去吧，但我是陪不了你了，我今天得上班。"

"没事，你忙去吧，我自己去就行。"

告别了可可，她打了辆出租车，说去殡仪馆。司机见她一脸严肃，说："咋啦姑娘，家里出事了？"

丁唯珺懒得和他解释，便点了点头。

司机叹了口气说："你也别太难过，我不是说客套话啊，去年我爸去世时，我心里也难受，天天喝大酒，最后喝到胃出血住院。醒了后看到媳妇和孩子趴在床头哭，那一刻心里别提啥滋味了，但也一下子想明白了，人死了就是死了，再后悔再难过也啥用没有，咱们活着是活给活人的。"

"谢谢你，我明白。"

"明白就好，可是好多人都不明白。"

两人没再说话，一路到了殡仪馆，丁唯珺下了车，走进骨灰堂，看到张桂琴盘腿坐在地上，正和女儿说着话，她往后退了几步，又退回到门前，点了根烟，借着日光抽着，一边抽一边等她。

殡仪馆里开着家小店，卖点香烟、矿泉水和贡品啥的，冬天也提供点开水热饮，里面摆了两张桌子，人累了可以在里面坐一坐。

丁唯珺买了两杯速溶奶茶，管老板要了开水，冲泡好端着过去，张桂琴接过来，说了声"谢谢"。丁唯珺就在她对面坐下。张桂琴抱着奶茶杯暖手，时不时看丁唯珺一眼，眼神里透着些心虚。她说："丁记者，上回那事是我对不住你，不该从你那儿套王相佑的地址……"

"没关系，我也理解你的心情，我今天来找你不是因为这件事。"

张桂琴疑惑地说："那是因为啥事？"

丁唯珺喝了口奶茶，冲鼻的甜腻，她开门见山："我是想和你打听另外一件事，王相佑当年为什么死刑改成无期了？"

张桂琴眼里透露出为难，说："这事你在刑警队里没打听出来吗？"

"挨个问了，就连沈队长都问了，可他不说。"

"那……你一定也问了俺家老程吧？"

丁唯珺点了点头说："把他灌醉了都没问出来。"

"这事确实知道的人不多。"

丁唯珺看着她那模样，就知道找对了人，说："但是你知道对吧？"

张桂琴眼里冒出了愤恨，说："我当然知道，这个挨千刀的，早该死八百回了！"

"那你能和我说说到底是怎么回事吗？"

张桂琴却把头低了下去，犹豫了片刻说："丁记者，我知道你们做记者的，就是要打听出真相。可是这事都过去这么多年了，就是知道真相，也改变不了啥了……"

"既然改变不了什么，那为什么不能说呢？难道这里面有什么不能告人的秘密？"

张桂琴不说话。

"是不是有什么交易？我听沈队说，要不是因为王相佑，程警官也不会去户籍科，是不是程警官在这上面犯了错误？"

张桂琴急忙摆手说："不是的，不是的，老程怎么会干这种事？他要是真帮着王相佑了，我怎么还会和他过这么多年？"

"那到底是为什么？王相佑为什么没被执行死刑？"

"我也想知道啊，他为什么就死不了呢？"张桂琴幽幽地说，她抬眼看着丁唯珺，"丁记者，你说法律这东西，有时候是不是挺可笑的，它不管一个人有多么恶，但只要他有改变，有用处，就可以减轻他身上的罪名。"

"法律只是相对公平，但做不到绝对公平。"丁唯珺说完，已经隐约猜到了什么。

张桂琴叹了口气说："丁记者，我可以告诉你当年发生了什么，但是你能答应我，不要写出来吗？或者只写一半就好。"

丁唯珺听不明白，说："什么叫只写一半？"

"你听我说完就知道了。"张桂琴说完又补充道，"我相信你，不会去做伤害我们家的事情。"

丁唯珺听了这话，更糊涂了，似陷入了一场大风也吹不散的浓雾，渺渺茫茫，全是朦胧。

2007年，夏天，监狱里溽热难耐，很多个夜晚，王相佑都呆坐在地上，期待后半夜能凉快下来一些。

比溽热更难熬的，是迟迟不到来的死刑，没有准确的日期，每一天都有可能是人生的最后一天。

他本来对死亡是不怕的，从杀第一个小孩开始，那种随时会被抓捕的心慌就跟随着他，且一天比一天令他胆战。他四处躲避的日子，寒冷与饥饿始终伴随着他，夜里也从未睡过一个安稳的觉。可他内心对杀人的欲望，又难以被疲惫和饥寒所压制。于是这两头烧的日子，叠来叠去，他已无任何快感可言。到最后被捕的时候，他竟有种松了口气的感觉。

之后是漫长的审讯和指认，再之后，是在法庭上被宣判死刑，他内心都没有太多波澜。当年从监狱里出来的那一刻，面对无垠的大地和决绝的冬季，他对活着就丧失了大部分兴趣，仅剩的一点欲望，也是来自复仇的愤怒。如今，几条人命在手，这愤怒也都平息了。

人活着，总该为了点什么。他现在，却再也找不出那点什么了。

可是，进了监狱后，执行的日子却到来得异常缓慢。他作为死刑犯，待遇还算不错，再也没有上次入狱时作为强奸犯的屈辱，这一回，没人敢欺负他，或者说没有人想欺负他，一个快死的人，除了死亡之外，什么都能宽恕他，甚而也因临近死亡，他得到了一种扭曲的敬重。在监狱那样的地方，有些人的价值观倒置，仿佛罪恶越大，越代表能力，代表权势。

于是在等待死亡的这些日子里，倒是他这些年过得最舒服的时光，他也再次回归规律的生活，吃上了三餐饱饭，有了干净的衣服和不漏风的住处，整个人竟迅速胖了起来，脸颊白皙红润，甚而有了些富态。他有天洗漱的时候路过镜子，难得地打量了几下自己，忽然在那眉眼里，看到了些二十岁出头的样子。

二十岁出头的时候，日子也难，可心里是有劲的，那时他刚下了岗，可并不对以后感到灰心，三轮车每天转啊转，腰包慢慢鼓起来，日光永远明晃晃的。

想到这里他就猛地冒出一个念头，如果再给他一次机会，他或许也可以再像那时一样，把过去都埋掉，只等着那上面长出春草，他就再好好活一遍。

就是这一刻，他对活着，突然有了眷恋。

可这眷恋太迟了，第二天，他便被狱警带进了一个单间，里面只有一张铁床，他进去的一刹那，明白了，自己死刑的日子定下来了，他腿一软，就坐在了地上。

为了防止他自杀，他在铁床上被捆绑了三天，吃喝拉撒有个老犯人照顾他。老犯人说他是主动申请过来伺候他的，伺候死刑犯能减刑。

王相佑说："你都这把年纪了，还盼着减刑呢？出去还能活几年啊？"

老犯人说："我在这里待了十多年，已经减了两次刑，这次再减刑的话，我再待三年就能出去了，到那时我也就七十多岁，现在人平均年龄都奔着八十岁去了，我觉得还有奔头。"

"啥奔头？"

"我也不知道，但我就是觉得，人只要不死，就总有奔头。"

王相佑眼泪就掉了下来，说："我知道，我知道，我躺在这儿了才知道，可是太晚了。"

"那就记着这滋味，下辈子好好活。"

王相佑彻夜未眠，第二天狱警端来一顿好饭菜，他知道大限到了。老犯人说："你有啥话想留给家里人的吗？可以和我说，我出去了给你带话。"

王相佑想了想说："不留了，留了也都是废话。"

"你这话说得也对，人死了就是啥也留不下了。"

王相佑呆呆地看着饭菜，一口也吃不下。

老犯人说："你心里头想啥呢？"

"我不想死。"

"你不想死也没招儿了啊，但听说现在都是注射死刑了，打一针就跟睡着了似的，一忽悠就过去了。"

王相佑的身子不受控制地颤抖起来，只一个劲嘀咕着："我不想死，我不想死。"可就像老犯人说的，不想死也没招儿了啊！这又不是古代，有天子大赦，有劫法场，他孤立无援，没人能来救他，能救自己的也只有自己了，他还有什么办法呢？他这一身的手铐脚铐，有谁能解开呢？

想到这里，他猛地停止了颤抖，他想起来了，有个人好像能救他，虽没有十成的把握，但这人间景致突然风和日丽，他万分眷恋，能拖延一天是一天。

过了一会儿，狱警来带他上路了，三个人押着他，一路往外走。到了外面，阳光还挺晃眼，他被推上了一辆车子。车子一路开，城市风景一路往后退，高楼越少，树木越多，一根大烟囱冒着白烟出现在眼前，这是殡仪馆附近的刑场。

　　他被带下车，几个警察、几个执法人员和几个穿白大褂的等在那里，不远处还停着一辆客车改装的执行车，他一会儿就要在这上面被执行死刑，然后直接拉去火化。

　　他面无表情地站在那里，目光扫过人群，有几个警察面熟，最熟的是程松岩，就是他把自己抓住的。

　　法院的人先是宣读了死刑执行令，紧接着几个穿白大褂的走过来说："一会儿执行时，希望你能够配合。"接着便把他往执行车上推，那一刻，他明白这就是人生的最后几步路了，也是他最后的机会了。

　　他猛地转身，冲着执法人员和警察们跪下，高呼："我要戴罪立功！"

　　现场突然一片肃静。

　　王相佑怕他们没听懂，又大喊了一句："我要戴罪立功！"

第十二章

1999 年，全金龙被执行死刑后不久，文队找程松岩谈了一次话，先是表扬了他在连环抢劫杀人案中做出的贡献，接着唠了些家常，然后给他透露了些口风，说自己要去省里工作了，刑警队队长的位置，局里决定，由他来接替。

程松岩挺惊讶的，说："按资历不该是老孙吗？"

"是考虑过老孙，但老孙那人太聪明了。"文队说完笑了笑，就打住了。

领导的话向来只说一半，剩下的要靠自己去体悟了。程松岩稍微想想，也明白了过来，可能文队也知道了老孙的一些事情，都不显山不露水的，只能摸到个轮廓，也就只好睁一只眼闭一只眼，不追究，但也不能重用。

想到这里，程松岩就没有再多话，只说了句："谢谢领导器重。"

程松岩就这么当上了刑警队队长，老孙也没有对此表现得多难受或多不服气，还起哄让程松岩请同事吃了顿饭，吃饭的时候也是频频敬酒，说逗闷子的话。程松岩这颗心才算稍稍放下，想着或许领导也找老孙谈过话，解开过心结，只是这些也都是猜测，老孙真实的心境他不得而知。

唯一明显的变化是，从那以后，老孙整个人倒是深沉了许多，工作上诚诚恳恳，很多苦差事都抢着干。他可能是真的安分了，也可能是憋着一股劲。

有次他破获了一起偷盗案，小偷是个小年轻，食指和中指间夹着个刀片，整天在街上瞎晃悠，见到挎包的从身边一过，假装撞到了，实际是手指一划，包底下就裂了口子，里面的东西就到手了。

这小偷一连作案几十起，都没被抓着，就因为手法利索。这次他是眼瞎了，划了一个女刑警的包，让人打得一跟头摔在了地上。这小偷在审讯时交代，自己的手法是师傅教的。

那时他和程松岩在走廊上抽烟，已经是冬天了，下午的光线不太好，朦朦胧胧的。他抬眼看程松岩，说："你猜他师傅是谁？"

程松岩疑惑地说："我认识？"

老孙点了点头说："是全金龙。"

程松岩挺惊讶，但没多想，说："全金龙原来真是个小偷。"

老孙说："我这几天一直在想，一个手法这么精妙的小偷，为什么会突然去抢劫杀人了呢？这明显吃力又不讨好啊。"

程松岩眉头紧皱也在寻思，是啊，为什么呢？

老孙把最后一口烟抽完，说："算了，人都死了，还想这些干啥？"

老孙说完转身离开了，那背影在走廊昏沉的光线里，越走越幽暗。

2007年夏天的程松岩，最近总是没来由地想起这个场景，他搞不明白怎么回事，还在琢磨：自己还不到四十呢，怎么就开始怀旧了？

这天是周末，张桂琴一早来家里，要带可可去游乐园玩。最近程松岩和她走动得越来越勤了，两人虽没说破，但也都心照不宣地认可了这种亲密关系。

可可做完心脏手术后恢复得很好，整个人都活泼了不少，也长高了很多。

程松岩叮嘱："千万别带孩子玩刺激的项目。"

张桂琴说："我还能不知道？保证最刺激的就是旋转木马。"

可可说："不行，我还要坐过山车。"

张桂琴说："过山车得大人带着孩子一起坐，你胆子大不害怕，可阿姨胆小，一上去腿都软了，你不能这么吓唬阿姨。"

可可想了想说："那好吧，下回让爸爸带我去再玩。"

程松岩看着张桂琴和可可笑着出门，自己也笑了笑，这半年多来，他也是难得见张桂琴心情好，这里面的缘由不必多说，今天王相佑被执行死刑，她心里高兴是应该的。

程松岩穿好警服，便直奔刑场，其实他这天本不用去，但他想亲眼看到这个罪犯的下场，便提出了亲自配合执法的请求。来到刑场后不久，监狱的车子也到了，王相佑被押着下了车，程松岩看到他胖了些，气色也好了很多，可眼里却没有死刑犯的绝望，身子也没有发软或是屎尿一地。他看了程松岩一眼，眼神里是认出来了，可也没有愤恨或乞求的神情，他眼珠子一直转，似乎在机警地筹谋着什么。

法院的工作人员宣读完了执行令，王相佑被推向执行车，程松岩以为这就结束了，那筹谋的目光只是自己的多疑罢了。可没想到，王相佑却猛地转身跪在了地上，大喊："我要戴罪立功！"

程松岩被这举动吓了一跳，身边的执法人员也没遇到过这种情况，一时都愣住了。王相佑又高喊了一句："我要戴罪立功！"

程松岩虽没经历过这种场面，但这种情况倒也听说过，很多犯人为了减轻罪名，都会选择戴罪立功，供出一些其他犯罪者的行踪或是未被报警的案子，只是死刑犯中少之又少。

法院的执法人员和程松岩一起来到王相佑面前，问他："你要立什么功？"

王相佑看了看执法人员，又看了看程松岩，说："我知道1999年连环抢劫杀人案的凶手是谁！"

程松岩脑子嗡的一声，全金龙那张烧伤的脸在眼前晃过。

法院的人说："那个凶手已经被枪毙了。"

王相佑说："你们抓错人了，真凶不是他！"

法院的人看向程松岩说："程队，这情况我得向领导请示一下。"然后去一边打电话了。

程松岩点了点头，然后死死地盯着王相佑说："你没有说谎？"

王相佑说："都到这时候了，我不敢说谎。"

程松岩说："那你告诉我真凶是谁？"

王相佑抬头看着程松岩，眼珠子又是转了转，说："我要回去再说。"

程松岩突然愤怒，一脚把他踹在了地上。其他的工作人员急忙来拉他，说："程队，冷静，冷静。"

法院的人打过电话回来了，冲着其他执法人员说："执行任务停止，把犯人带回监狱！"

王相佑倒在地上，听着这话，突然长长地舒了口气，然后看着气急败坏的程松岩，目光里有了劫后余生的笑意。

程松岩看着那笑意，像极了挑衅，他愤怒地挣脱拉着自己的人，冲过去又狠狠地踢了王相佑几脚，但越踢，王相佑笑得越大声，那声音就像在游乐园里玩旋转木马的孩子似的，笑得都快喘不过气来了。

王相佑被带回刑警队，关进审讯室里，程松岩要亲自提审。老孙此时出警回来，路上就听说了这事，程松岩说："老孙，要不你和我一起审他吧。"老孙意味深长地看了程松岩一眼，看出了他的心虚，没多说，点头答应了。

两人进了审讯室，王相佑直勾勾地看着程松岩，说："程警官，在这里你可不敢打我了吧？"

程松岩还没开口，老孙先说话了："别他妈废话，你以为你现在就算逃过一死了？你要是交代得不好，或是敢耍我们，我立马把你带回刑场去！"

王相佑说："就算现在把我带回去，我也赚着了，多活一会儿是一会儿。"

"行，那我就算你交代完了，你根本不知道凶手是谁，完全就是在玩弄执法人员。"老孙说着径直走到王相佑身边，给他开手铐。

王相佑没想到老孙脾气这么急，连忙挣扎，说："警官警官，你别着急啊。"

老孙说："不着急能行吗，得趁天黑前把你送上路啊，我们哥俩还得喝酒去呢。"

王相佑急忙说："对不起，警官，我错了，我态度有问题，我现在立马老实交代。"

老孙说："知道错了？"

王相佑老实地点了点头，老孙背着身子挡住摄像头，照着他脸上就是一巴掌，问："还猖狂吗？"

王相佑摇头："不敢了不敢了。"

老孙又甩了一耳光，说："这是不是就叫能疼一会儿是一会儿？"

程松岩在身后笑了，老孙对付这种无赖还真有一套。

老孙说："给程警官道歉。"

王相佑看向程松岩说："程警官，对不起。"

老孙又抬手，王相佑下意识地缩脖子。老孙说："不真诚，重说。"

程松岩说："老孙，行了，快点让他交代吧。"

老孙从王相佑身边退了回来，和程松岩一起坐在了他对面，说：

"快交代吧，好好说，要是敢东扯西扯，我就把执行车拉门口来给你扎针！"

王相佑老实地点了点头，眉眼低垂，不再看程松岩和老孙，这能救命的回忆就扑面而来。

2006年，王相佑刑满释放，出来的头一件事，就是找二春报仇。他先是去了曾经的那个工地，却只见到几栋灰突突的烂尾楼，还有一片荒草和几匹马，人气早就散尽了。

他又去了曾经的旱冰场，那闪烁着小彩灯的场地里，有着他为数不多发亮的日子。可十年的时间如洪水猛烈，一切都被摧毁得不留痕迹，旱冰场早被拆除了，上面盖起了一栋新的大楼，靠街的门店有大大的落地玻璃，窗明几净，老板在门前，踩着凳子往门头上绑气球，好像在搞什么周年庆，再抬头，牌匾上写着"母婴超市"，粉粉嫩嫩的。

王相佑在那儿看了一会儿，老板就察觉到他了，低头说："兄弟，要买东西啊？进来瞅瞅呗，大人小孩用的都有，今天咱家做活动，打折。"

王相佑摇了摇头，想要走，却又没迈动步，他抬头看那老板，有些眼熟，他试探着问："你是不是之前在这儿开过旱冰场？"

老板一脸惊喜，从凳子上下来，说："是啊，这都多少年前的事了，你咋知道呢？"

"我在你家滑过冰。"

"哎呀妈呀，那真是老顾客了。"老板看了看现在的门店说，"前几年这儿拆迁了，我那个旱冰场其实房子面积不大，回迁就给了我这么个门脸，我老婆生孩子后，我伺候月子伺候出经验了，就开了这么个店。"

一讲起来，也全都是人生起伏，时过境迁。

老板说："你要不要进来坐会儿？"

王相佑摆了摆手说："就不进去了，但我想和你打听个人，她以前也总来你家滑旱冰。"

"谁啊？你说说，看我能不能记起来。"

"一个叫二春的小姑娘。"

"她啊，记得，当然记得，她出了那么大的事想忘都忘不了。"

王相佑知道老板想说的是自己强奸她的事情，这事被提起来，虽然面前的人可能不认识自己，但他还是会下意识地心虚。他说："我好像也听说过，她被人强奸了……"

老板递给他一根烟，说："是，她也够倒霉的，事一件接着一件地出。"

"还有啥事？"

"她前些年被人杀了，你不知道吗？"

王相佑脑子轰的一声，手颤抖着，打火机怎么点都点不着。老板递过来火，他把烟对着，说："啥时候的事？"

"也有好几年了，好像是 1999 年的事，那时咱们这儿不是出了刨锛杀人抢劫案吗？专刨女的，刨了好几个，二春也是倒霉，遇到了。"

王相佑想，1999 年，原来自己进去没两年，她就死了，自己这仇白多记了这么多年。

"这事你不知道吗？咱们全市都知道啊。"

"哦，哦，我前些年在外地，最近刚回来。"

"你是二春什么人啊？"

什么人？他也讲不清，想起她心里大都是怒火，那就是仇人吧。其他那些微妙的情绪，都可忽略不计，或是不想记了。他笑了笑，没回答，叼着那根烟离开了。

老板觉得这人有点莫名其妙，但也没多想，继续爬上凳子绑气球，可一不小心，手里的烟烫爆了一个气球，啪的一声，把王相佑吓了一跳，他像烟头烫了手一样，急忙把烟丢在了地上。

王相佑恍恍惚惚地走过几个街口，那心神才慢慢回来，二春死了，没仇可报了，这日子只能温暾地往下熬了。于是他经人介绍，去了发电厂当保安，守日守夜，守心里那份落寞，缓慢适应，回归到这错失多年的普通生活中。可普通生活就意味着有磨难，有苦痛，工作不体面，就要经常受体面人的呵斥，羞辱虽不至于体无完肤，但也常有。

这些本该不放在心上的事情，却因几年监牢生活的经历，让自尊变得敏感，他常会生出猜测：他们是不是知道我以前的事情？这猜测多了，那渺小的自尊就畸形生长，慢慢长成了积怨，长成了愤怒，长成了夜里辗转反侧的煎熬。于是，他急于寻一个出口，去浇灭或者满足那煎熬，二春死了，那就去找和她相似的未成年人。

王相佑辞去了保安的工作，搞了辆三轮车，自此走上了不归路。他寄居在拆迁房里，冷夜无尽消磨，欲望消磨无尽，面对那些孩子的尸体，他从一开始的战栗，到渐渐归于寻常，如一辆没有刹车的火车上了铁轨，永远停不下来，也没有回头路了。

之后他被警察抓捕，夜里狂奔，茫茫的冰湖，身后的枪响，荒野里的四处无路，都是人生走向绝境的佐证。他心怀忐忑，却也不甘束手就擒，便只剩一路躲藏。拆迁的房子住不了了，他便盯上了森林公园里的小火车，曾经帮他开过锁的一个瘸子，应该还能给他配把新钥匙，他便再次去找他，可店门开着，人却不在。他焦躁不安地在几平方米的小店里转圈圈，转着转着，他便生了点新念头，开始翻找抽屉。四处逃命，手头最紧，他希望能翻出点钱来。

抽屉里只有几个零碎的钢镚，他划拉划拉都揣兜里了，蹲在地上拉开柜门，里面一团破烂，扒拉几下，刚要关上，被一个小匣子吸引了。那匣子不大，四四方方，他觉得里面会藏些宝贝，打开来，却又失望了，都是些零碎的东西，发卡、手绢、丝巾之类的女性用品，没一个值钱的。他觉得可能是瘸子老婆的东西，刚要合上，又觉得不对劲，这里面怎么还有一副耳环，是那种非常廉价的塑料耳环，和当年他给二春买的一模一样！

他愣了片刻，脑子里闪过在监狱里和其他犯人闲聊时，听说过有些杀人犯会留下死者的一件东西当纪念品，他还没来得及想到更多的事情，门外就传来了脚步声，他急忙把二春的那副耳环塞进口袋里，然后把匣子放回了柜子里。

一起身，就看到瘸子进来了，手里拿着一袋糖炒栗子，说："哎呀，炒个栗子炒到一半，机器还坏了，等这老半天，等得耳朵都冻疼了。"

他装作若无其事，说："怪不得我干等你也不回来。"

瘸子把糖炒栗子递了过来，说："你吃两个。"

他也没客气，就吃了几个，然后让瘸子帮着配了小火车的钥匙，拿着离开了。

程松岩听王相佑讲到这里，打断了他，说："你的意思是，当年的连环抢劫杀人案，真正的凶手是那个配钥匙的？"

王相佑点了点头说："本来二春的那副耳环我还留着，藏在小火车里，后来你们找到了我的小火车，我就再也没敢回去过，那副耳环你们捡到了吗？"

程松岩想起当年小沈带回来的那副耳环，急忙通知他去物证室查一查。

老孙说："你单凭这副耳环，就认定他是凶手？"

王相佑说："不是，是后来才确定的。"

程松岩说："是后来你把他捅伤那次吗？"

王相佑说："其实是他先亮的刀子。"

程松岩问他："为什么亮刀子？"

"我去找他再给我配钥匙，他却先问我：'你是不是拿走了我的东西？'我装傻充愣。他说：'我不在店里时，就你一个人来过。'我问他：'那些东西对你很重要吗？'他不回答，就让我交出来。我说：'那副耳环是我女朋友的，你是不是杀了她？'我就是试着问了问，没想到他愣了愣，没否认，说：'我知道你也没少杀人，那副耳环就送给你了，咱俩就当谁都没见过谁。'我问他：'是不是警察来过？'他说：'小火车你别回去了。'我说：'好的。'我寻思这人也挺敞亮，想让他帮我配个钥匙再走，没想到一转身，他却先亮出了刀子，照着我后腰就捅过来。我透过门玻璃看到了，躲了过去，然后和他扭打起来，他腿脚不利索，打不过我，我一脚把他踹在了地上，把刀抢过来，直接捅了他两刀，看他没动静了，就走了。"王相佑一口气说了很多。

程松岩没想到这中间还有这么多曲折，当初没太往深里想，只单纯地以为是王相佑穷凶极恶。他说："你知道他其实没死吗？"

王相佑说："知道，后来春节时，我远远地还看见他了，那时他好像是刚出院，捂着肚子上了辆出租车。"

程松岩说："你没想要再报复他？"

王相佑说："想来着，可还没找着机会出手呢，我就被你们抓了。"

程松岩该问的话都问完了，看了看老孙，老孙把笔录推到王相佑面前，说："你看看记得有没有错，差不多就按个手印。"

王相佑说："那我这是不是就算戴罪立功了？"

老孙说："你别急，我们要先抓到那个瘸子，确定他真的是凶手，才能给你定性。"

王相佑说："好的，那我等着你们的好消息。"

老孙嗤笑一声，说："他妈的，弄得好像咱们是一伙的。"

程松岩看了看王相佑，没有再说话。他此刻内心复杂又煎熬，他不确定自己是否希望王相佑所说的一切都是真的。若是假的，虚惊胡闹一场，日子照常过；若是真的，曾经的一切都被推翻，自己抓错了人，破错了案，还冤死了一条人命。而自己也因这错误，让王相佑这个穷凶极恶的凶手，逃脱了死刑，张桂琴以及所有被害孩子的家长的仇恨，都永远得不到释放。他走出审讯室的那一刻，恨不得狠狠扇自己两个耳光。

老孙跟在他身后，像看透他心思般，拍了拍他的肩膀。他回头，笑了笑，想说"看这事弄得"。老孙却没等他开口，递给他一根烟说："抽一根缓缓神，咱俩一起去抓那个配钥匙的。"

程松岩接过烟说："带上枪吧，以防他狗急跳墙又亮刀子。"

老孙说："行，对付这套号的，就得加点小心。"

小沈跑过来说："程队，刚才你让我找的耳环找到了，我顺便还查了一下那个配钥匙的，叫丛文理，五十三岁，以前是机修厂的，1999年下岗，老婆也是那年去世的，没儿没女，这些年也一直没找对象，就一个人过。"

程松岩接过资料看了看，合上又还给小沈，冲老孙说："走吧，去抓人吧。"

老孙烟刚点着，说："别着急，这么多年都过去了，也不差这一时半会儿的。"

程松岩想想也是，确实不差这一时半会儿的了，他把头转向窗外，又一轮日头要坠落了，没啥新意，日子都是在这重复中过去的。

去抓捕丛文理时，天刚擦黑，小沈把警车停在离配钥匙的店还有几十米的路口，程松岩和老孙下车，让小沈在车里等着，车别熄火，万一人跑了好追。

程松岩和老孙到了配钥匙的店门前，却见门窗漆黑，门上挂着一把锁。程松岩想了想，今天周末，难道他又去跳舞了？他把这情况和老孙说了下，老孙说："这人还挺他妈有闲情。"程松岩决定还是去那舞厅看看。

两人刚要离开，老孙看到隔壁卖烤地瓜的大妈，那地瓜焦了皮的香味一个劲往他鼻子里飘，他问程松岩饿不饿，程松岩也闻到了那烤地瓜的香味，就算不饿也能吃两口。

两人靠过去，一人拿了一个，称了称，站在旁边扒着皮吃。程松岩吃了一口，嘴巴烫得合不上。

大妈看得呵呵直笑，说："我咋看你眼熟呢？"

程松岩说："我看你也眼熟。"

"我之前在这儿擦鞋，夏天生意不好，就改卖烤地瓜了。"

"哦，我想起来了，我之前和你打听过人。"程松岩指了指配钥匙的店。

"妈呀，我也想起来了，警察同志啊。"

"既然认出来了，那我再和您打听打听，他今天是又去跳舞了吗？"

"跳啥舞啊，你没看到门前贴着房屋出租出售吗？人家都出国了。"

程松岩一愣："出国？出哪个国了？"

"听说好像是去俄罗斯打工了，给老毛子①种菜，还不少挣呢，一年能赚五六万，比在这儿配钥匙强。"

老孙没住嘴地吃，问："啥时候走的啊？"

"走了有小半年了吧，好像刚过完年没多长时间就走了。"

程松岩问："那他和你说了吗？为啥突然就出国打工了？"

"说了，他过年前点背让人给捅了，年后伤是养好了，但人没精神了，说干啥都觉得没意思，还总做噩梦，走夜路后背发凉，整个

---

① 老毛子：旧时对俄国人的蔑称。

人都茶了。找过跳大神的，说有鬼跟着他，他不知咋的就信了，也觉得被捅是遭了报应。"大妈给炉子上的地瓜翻了翻面，"我觉得都是扯淡，人啊，走背运的时候就爱瞎想，反正后来他看到招工的，就寻思，正好也没出过国，就当出去转转了，说去了国外，鬼就跟不上他了。我寻思，咋的？鬼出国还要护照啊？"

老孙笑了笑，程松岩算着时间，他是年后走的，那时王相佑刚被抓，他走的原因恐怕是怕王相佑把自己抖搂出来，所以赶紧逃了。

老孙问大妈："那他说啥时候回来了吗？"

"没说啊，我自个儿琢磨，种菜这玩意儿的话，再怎么秋天也都收完了，那时不回来还在那儿待着干啥？我听说俄罗斯死啦冷的，比咱这儿都冷，是吗？"

程松岩说："是，比咱们这儿冷多了。"

"哎呀，那他这回是选错了，那鸟不拉屎的地方，待着多没劲啊。"

程松岩和老孙都没再说话，把手里的地瓜吃完，擦了擦手，对看一眼，又走回那配钥匙的店，趴在窗户上往里面看了看，程松岩回身在路边踅摸了一块石头，啪的一声把玻璃砸烂。老孙把破了的玻璃边缘掰了掰，手伸进去打开了窗户，两人前后脚跳了进去。

程松岩打开灯，扫了一圈，屋里还是原来的摆设，他照着王相佑的说法，蹲下身去拉开桌子下的柜子，在一堆破烂里，还真有个小匣子，他缓缓地把那匣子打开，里面却空空如也。

老孙也蹲下来看，接过那匣子打量了一下，说："王相佑这家伙说谎，那个耳环没准就是他自己的。"

"不一定，丛文理离开的时间点和王相佑被捕的时间太吻合，我觉得这不会是巧合。"

"那这匣子怎么解释？丛文理把里面的东西处理掉了？可不是已经当纪念品留这么多年了吗？"

"被人发现了，再留着就太危险了。"程松岩想了想说，"如果真被处理掉了，只凭着一副耳环我们可能没办法给他定罪。"

"那接下来该咋整？你还想继续查吗？"

程松岩沉默不语。

漫长的一天，回到家时已是深夜，程松岩拖着身子爬上楼，掏钥匙开门，钥匙还没掏出来，门却开了，张桂琴一脸焦急，说："你咋这么晚才回来？我给你打电话你也不接。"

"太忙了，手机调静音没听到。"程松岩看向可可房间说，"可可睡啦？"

"玩累了，早早就睡了。"

程松岩坐在沙发上，张桂琴给他倒了杯水，顺势也坐在了他身旁，说："你以后总这样也不行啊，我今天要是不在，你大晚上的，就把孩子这么一个人扔家里？"

"没有，不是还有我姐呢吗！我要是有任务回来晚了，可可一放学，我姐就给接她家去了。"

"是，我听说了，有时你姐有事，你就把孩子带去刑警队，孩子趴在办公桌上写作业，你们一群大老爷们儿抽烟，她呛得直咳嗽。"

程松岩苦笑了下，说："是，这孩子跟着我是受苦了，可是咋整啊？只能熬着了，等长大就好了。"

张桂琴身子往程松岩身边靠了靠，说："程大哥，我觉得这段时间，咱俩的心意是都明白的，咱们也都这一把年纪了，也没啥抹不开面子的了，我今天就把话说开了吧。"

程松岩衣服上起了毛球，他低头不作声，一颗颗地去揪。

张桂琴接着说："我这几天一直在想，我自己的闺女，命短，也是我们娘俩缘分浅。现在那个挨千刀的王相佑，也得到了应有的惩罚，死了，我这也算报仇了。心里的疙瘩能松松扣了……哎呀，我说这些干啥，我其实就是想说，我想把可可当自己闺女养，你愿意吗？"

程松岩仍旧在揪着毛球，可那毛球细小，狡猾，秃了的指甲怎么也揪不下来。

张桂琴说："你咋啦？倒是说话啊！是觉得可可这么大了管我叫妈别扭？没事，不用改口的，还叫我阿姨就行。"

程松岩还是不说话。

"那你是怕我当后妈对孩子不好吗？"

程松岩摇了摇头说："你对可可的心我都看在眼里。"

"那你这是答应了？"她看程松岩抬起头，眼眶却是红的，说，"你咋啦？咋还哭了呢？哎呀妈呀！这是被我感动的？整得我都想掉眼泪了。"

程松岩就那么盯着她，看她慌乱得不知该怎么办，然后缓缓开口："王相佑没死。"

张桂琴愣住了："你这是什么意思？他今天不是执行死刑吗？你不是去刑场了吗？"

"出了意外。"然后程松岩把事情的经过给张桂琴简单讲了讲。

张桂琴听完愣在那里，浑身颤抖，眼泪瞬间就滚了下来。

"对不起，全都怪我，当年要不是我抓错人，就没这些事了。"

他拉了拉张桂琴，张桂琴不动，只是一直在流眼泪。

"对不起，也对不起你女儿，你要是恨就打我两下吧！"他抓着张桂琴的手往自己脸上拍。张桂琴挣脱，他就自己扇自己耳光。

刚扇了一个，张桂琴就把他的手抓住了，像刚缓过神似的，说："你刚才不是说，那个丛文理出国了，也没证据吗？那你就别查了呗，就当王相佑说了谎。"

程松岩明白张桂琴在说什么，他回来的路上也一直在思考这件事，此时若停止追查，王相佑的话就会变成谎话，那他戴罪立功不成立，仍旧会被处以死刑。而自己，也不会因当年办错案而被追责。那今天的一切，便只是个狡猾的罪犯造成的小插曲，等过一阵子，王相佑彻底死掉，这件事也会跟着被掩埋，日子一翻滚起来，就没人再记得了。

程松岩说："桂琴，我明白你的意思，但如果我之前已经错过一次了，我不想再错第二次。"

"不是这样算的，你其实可以一次都没错的。"

"可是我已经知道了，我骗得了别人，骗不了自己，我毕竟是个警察！"

"警察咋啦？警察也是人啊，你为救可可的命时，不是也做了些不能让别人知道的事吗？"

程松岩愣住了，他一直觉得这是两码事，他颤抖地点了根烟，努力让自己平静下来，说："那件事和现在不一样，我那是被逼得没办法了，我不那么做的话，我女儿就死了。可现在，这个杀了这么多人的真凶还在逍遥法外，万一这个人再行凶，那我就是在害人了。"

张桂琴看着程松岩，身体慢慢地往后挪，像要拉开距离审视他一样，缓缓地开口："我明白了……"

程松岩会错意，说："谢谢你理解我。"

"我明白了，这个丛文理，杀死的是你老婆，所以你无论如何都要抓到凶手，哪怕王相佑不死也没关系，因为王相佑杀的又不是你的女儿！"

程松岩惊讶地说："你怎么会这么想？"

张桂琴目光如同刀子结着冰霜，说："那你让我怎么想？明明可以不查的案子，为什么偏要查？！"

"因为我冤死过人。"

张桂琴没听清，说："什么？"

"全金龙，他是因为我才被冤死的。我给你讲过吧，纺织厂爆炸，他和他妹妹都被烧伤了，全脸都没人模样了……"程松岩说着说着，眼泪簌簌地落了下来，"我把他冤死了，我把他冤死了……"

他的头死死垂着，就要贴在膝盖上了，然后猛地痛哭起来。

月光如幔帐，遮住窗子，到这里，也无更多有用的言语了，只剩下各自的哭泣。

张桂琴看着程松岩起伏的后背，那痛苦的呜咽声，也把她的心再次揉碎了，人想要利利索索地活着，怎么就那么难啊？生存的，生活的，外面的，心里的，处处都要熨帖，处处都是风口。

她不知道该怎么办了，就算把所有的怨恨都发泄在眼前这个男人身上，也好像使错了力气。

她最终不管内心的百转千回，只是温柔地伸出手，缓缓地落在了他的背上，轻轻拍着。

就像拍着自己曾经熟睡的孩子一样。

第二天，小沈带来消息，找到了丛文理租住的一个房子，房东领着程松岩和小沈去开门。房东是个老太太，一路嘀嘀咕咕："这个小丛不像是坏人啊，他为人可实诚了，租我这房子也好多年了，一开始是他和他媳妇两人住，后来媳妇得病走了，就剩他一个人了。"

老太太眼神不太好使，找了半天钥匙才把门打开，说："他临走前，房租还交了一年的，我隔三岔五还来开开窗户通通风。"

程松岩和小沈进了屋子，老房子很简陋，但也干干净净。程松岩和小沈在屋里翻找一番，也没找到什么可疑的东西。老太太说："警察同志，你们要找啥啊？和我说说，看能不能帮上忙？"

小沈说："您以前来的时候，有没有看到过他家里有女人用的东西？"

老太太想了想说："那还真没有，他老婆走了后，东西都烧了，我当时还帮忙了呢。"

程松岩听着两人说话，自己又在屋子里踅摸，走到阳台，看到里面堆了很多杂物，但是靠最里面的墙边，摆了张桌子，桌子上有个香炉，里面盛满了香灰。墙上还挂着一幅奇怪的画，程松岩靠过去，仔细看，像是一幅表现十八层地狱的画，怪异又阴森。

这时老太太也来到阳台，把窗户打开，风就刮了进来，那幅画轻轻拂动。程松岩问老太太："请问您知道这幅画是什么意思吗？这是佛教还是道教的？"

"什么画？"老太太问。

程松岩指给她看，她靠近了说："啊？这咋还有个供桌呢？我来这么多次都没理会。"

老太太贴近那画，看了看，突然一把扯下来了，说："这个小丛，供这吓人倒怪的东西干啥啊？"

程松岩说："这幅画怎么了？"

"他肯定是被人忽悠了，这玩意儿不保平安也不保发财的，谁没事往家里请啊。"

程松岩说："这到底是什么？"

"是驱鬼的，让鬼下十八层地狱不得翻身。"

小沈也走了过来问："驱鬼？这屋子闹鬼啊？"

"闹什么鬼啊，别瞎说话，我这屋子干干净净的，从来不招那些脏东西。"

老太太把画卷起来带着离开了，小沈也要离开，却看到程松岩立在那儿在思考什么。小沈说："程队，你咋啦？"

"昨天卖烤地瓜的大妈说，丛文理被捕之后，就信一些邪门歪道的东西，说的应该就是这个。"

"啊，那咋啦？"

"那个大妈还说，丛文理总觉得有鬼跟着他，出国了鬼就跟不上了。”

“那不就是编瞎话吗？他出国不就是怕被咱们抓吗？”

“有没有一种可能，两方面原因都有呢，他杀了那么多人，夜里肯定有做噩梦睡不着的时候。”

“所以就供了这么个驱鬼的东西？”

“或许不只是供幅画这么简单。”他拿起桌子上的香炉，另一只手伸进去，抓了抓，再拿出来，一手的香灰，香灰里多了个小手串，不值钱的工艺品。

小沈一愣，随即明白过来了，说：“他这是把受害者的遗物都放在这香炉里了。”

“是的，他想让这些受害者的鬼魂下十八层地狱，永远无法再来找他！”

程松岩说着，把香灰炉倒扣在桌子上，从一堆香灰中，翻出一堆死者的遗物，他一边扒拉，小沈一边拿袋子装这些东西，几乎和王相佑所交代的都能对应上。程松岩扒拉着扒拉着，手却停了下来，一枚发卡出现在眼前，上面有只红色的小蜻蜓，那是陈慧茹最喜欢戴的发卡。

当年，程松岩在整理她的遗物时，以为这枚发卡不小心丢在哪里找不见了，却未曾想到，是被凶手拿去当了纪念品。

他把那发卡握在手心，有轻微的刺痛感，他想起她被害前的某个清晨，她就是别着这枚发卡，坐在自己对面，两人在晨光下吃着早饭，心里揣着些不以为意的柔情，以为人会长久，日子也会一直这么明净地过下去。

程松岩抬头看着外面的日光，好刺眼，刺得他眼眶红了又红。

程松岩和小沈带着证物回到警察局，老孙也带来了新消息，他找到了帮丛文理办理出国劳务的公司，丛文理目前人在布拉戈维申斯克，劳动合同签了三年。

现在有了证物，几乎可以锁定丛文理的杀人事实，可是如何抓捕成了难题。一是可以选择和俄罗斯的警方合作，跨国抓捕。这条路审批程序烦琐，执行交接问题重重。二是等到三年后，劳务合同到期，丛文理回来后再抓他。可三年时间太长，变数太多，万一他"黑"在了那边，这等待就遥遥无期了。

程松岩想了想说："其实还有个方法，那就是把他骗回来。"

老孙说："咋骗啊？无儿无女的，没啥牵挂，为啥要回来？"

小沈说："他那个小破门店不是在卖吗？就骗他说有人要买，回来过户呗。"

程松岩说："那个门店十来平方米，也就值几万块钱，你觉得他会回来吗？"

小沈说："那咋整啊？"

老孙说："其实还有个办法，咱们让劳务公司老板联系一下那边的雇主，让他帮帮忙，给他栽赃一个偷东西啥的小罪名，在当地报个警，他很可能就被遣送回来，到时咱们在入境口岸直接给他逮回来。"

"老孙，你这招儿真损。"小沈说完知道说错话了，急忙改口，"这招儿真聪明。"

老孙说："警察嘛，要懂得变通。"

程松岩也点了点头说："从布拉戈维申斯克回国一般是在哪个口岸？"

小沈说："黑河，我大姑家就是那儿的，我小时候去过，遍地都是老毛子。"

程松岩说："那到时去的话就带上你，你顺便还能探个亲。"

小沈说："不用了，我大姑早就离婚了，现在搬到海南了。"

老孙呵呵笑了笑说："那你也得去。"

差不多半个月后，程松岩、小沈和老孙三人，一起在黑河的国门口等着，看到轮船靠岸入境，在口岸处接受检查，老孙碰了碰程松岩问是不是这艘船，程松岩点了点头，掐灭手里的烟，小沈把腰上的枪掏了出来，跟着他往船上走。

到了船边上，三人冲船员亮了亮证件，便冲上了船。程松岩一眼看到丛文理坐在倒数第二排，戴着鸭舌帽，靠着窗子。小沈抢先一步跑过去，没待丛文理反应便把他按在了座位上，戴上了手铐。

丛文理侧着头，看到小沈和程松岩，一声没吭，只是眼里的光一下子熄灭了。

从被俄罗斯遣送回来那天，丛文理心里就差不多清楚了，确切地说，是从被老毛子老板栽赃那天开始。老毛子老板对待他们这些工人，一向还是不错的，爱喝酒的他，每晚都拉着他们喝上几杯，他会讲中文，90年代也在口岸做过生意，赚了些钱，后来贸易不太好做了，便回来包了个农场，种一些瓜果蔬菜。他娶了个中国老婆，就是在黑河找的，他老婆人也不错，虽然总板着脸，可也算心地善良，大夏天的宿舍里没空调，工人热得翻来覆去，她扛了两个风扇回来，对着他们的床铺吹，暑气倒也消了不少。

可那天老板突然说自己的手表丢了，是块金表，警察直接上门，在宿舍里翻找，就在丛文理的褥子底下翻到了。丛文理本来想辩解，可和老毛子警察语言不通，说了一堆他们也听不懂，他就只能和老板、老板娘解释，老板把脸别过去不看他，老板娘仍旧板着一张脸，闭着嘴不说话，看着他被警察带走，走了三五步，她又追了上来，说了句"对不起"，警察听不懂，他能听懂，就是在那一刻，他的心沉了下来。

之后是简单的审讯，然后是被遣返回国，在轮船上，他选了个靠窗的位置，看着两边茫茫的江水，也心生过侥幸，世界庞大，或许这只是一次误会，不是陈年旧案被翻出来，也不是恶鬼缠身，回国后日子和这些年一样，依旧漫长而寂寞。

可是船刚靠岸，警察就冲了上来，就是之前在舞厅里见过的那两个，半年前见到时他心里就一沉，可却逃过一劫，此刻是无法再逃脱了。人生的侥幸，就那么几次，用一次少一次，他被按在椅子上，窗外的日光仍旧耀眼，他终于要正面应对自己多年前犯下的罪恶了。

如果人生有分水岭，那 1999 年之前，都是好日子。他在机修厂上班，拿手的是修光轮胎都比人高的拖拉机。他老婆在林业局上班，是一名护林员，三天两头往林子里钻。

他有次休假陪老婆钻过一次林子，在高大的树木之间穿梭，老婆走走停停看看，拿着本子做着记录。他不懂她在做什么，只好一步一步地跟着她，这林间空寂，山风荡漾，把他的心都荡痒了，拉着老婆在林间欢爱了一场，那虫鸣鸟叫都成了助兴。到如今夜里想来，都是难以忘怀的翻来覆去。

再往前些年，是初遇的时候，亚运会在遥远的北京举行，运动的热潮也波及了这座小城。下了班，有工友拉他打乒乓球，也有工友拉他去舞厅跳舞，他虽不会跳舞，但还是选择去跳舞，那舞厅比乒乓球台多了些说不清的魅惑。

他钻进昏暗的舞厅里，舞池里男男女女搂搂抱抱，缓慢地摇晃着身子，他的脚心也跟着痒痒。工友碰碰他的胳膊，说："你看那桌，有好几个刚来林业局上班的小姑娘，你敢不敢去请她们跳舞？"

丛文理羞赧，说："我又不会跳。"

"谁会跳啊？就搂着瞎晃呗。"工友说着就去了那桌前，丛文理远远看去，不知他说了些啥，那桌的女孩都笑了，然后一个女孩站了起来，和工友进了舞池。工友确实不会跳，女孩也不会，但也照猫画虎地搂了，晃了，沉醉了。

丛文理不甘，鼓起好大的勇气来到女孩们的桌边，吭哧了半天，却问出一句："你们刚才在笑啥？"

女孩们又笑了，说："你朋友说你想请我们跳舞还不敢来，正在那儿琢磨开场白呢！"

丛文理急忙辩白："没有，我才没有，他在说谎！"

女孩们又都笑了。

丛文理急了说："你们一个劲笑啥？"

"你这人真没劲。"女孩们不笑了，然后都扭头不理他。

丛文理被晾在那里，进退两难，这时一个女孩从洗手间回到桌边，问其他人："他在这儿干吗呢？"

其他女孩憋坏，说："他想请你跳舞。"

这个女孩说："哦，好啊，可是我不会跳，你能带带我吗？"

丛文理本想说"我也不会啊"，但看着女孩那干净的面容，在昏黄的灯光底下，有了份岁月的柔美，于是那说出口的话，就成了："好啊，我带带你。"

于是两人走进了舞池，学着别人那样搭肩搂腰，刚一迈步，就踩脚了。丛文理嘿嘿一笑，再一迈步，又踩脚了。

女孩说："你是不是不会跳啊？"

丛文理又嘿嘿一笑，算是承认了，他以为女孩要恼怒了，可她却说："那你还挺有勇气的，我来这儿好多次了，就因为不会跳，所以一直没敢下舞池。"

丛文理说："那以后咱俩搭伴，一起学行吗？"

女孩说："为啥不行啊？"

丛文理没听懂这反问句，还在琢磨怎么回答，女孩一脚踩在了他脚上，这回轮到女孩嘿嘿一笑。

一晚上，两人都踩了满鞋的脚印，那脚印自己又长出了脚，一排排连着出了舞厅，上了大马路，在那些 90 年代初的夜晚里，跟随着偶尔才有的霓虹灯和并不明亮的路灯，往日子的深邃处走，往两个人的心里走。

一个月后，两人都学会了跳慢四和快三。

三个月后，两人参加了工厂联谊的舞蹈比赛，获得了第七名。

半年后两人结婚了。

1999 年，轰轰烈烈的下岗潮，其实已经行进了好几年。身边好多熟识的老同事，都接连离去，丛文理的位置，却一直没被动过。有时他在骑车上班的路上，看到曾经的同事，在路边擦鞋、烤地瓜、捡破烂，那些在寒风中佝偻着的身影，总让他鼻子一酸，明明也只是两三年时间，却恍如隔世，换了人间。

可他的鼻酸，在酸了别人几次后，终于轮到自己了。那一人高的拖拉机轮胎，砸下来那一刻，他如灵魂抽离般，盯着压在下面的左腿，没有感受到剧烈的疼痛，只是隐隐地，却几乎是确定地，觉得自己这条腿废了。

接着住院治疗，腿没截肢已是万幸，可也落下个终身残疾。残疾并不可怕，可怕的是因残疾而到来的下岗通知，既然一定有人要走，厂里没必要死保一个不健全的人。他没哭也没闹，哭闹、自杀、喝农药的事情，这几年他在厂门口见多了，知道都是无用的。

他一瘸一拐地走出厂大门，有人在身后喊："坐车吗？坐车吗？近道五块，远道八块。"他回过头，看到蹬三轮车的，竟是以前的同事，两人认出彼此，都有些尴尬。同事说："上车吧，你去哪儿啊？"

丛文理不作声，想了想说："你这活好干吗？"

同事一愣，说："也轮到你啦？"

丛文理点了点头。

"这活没啥好干不好干的，就是卖苦力呗。"同事打量了一下丛文理说，"但是你干不了，你这腿脚咋蹬车啊？"

丛文理苦笑了下，上了车，说："那你送我回家吧。"

坐在车后座，他看着沿路的风景，再看到擦鞋的、烤地瓜的、捡破烂的，仍旧恍如隔世，只不过两三个月的时间，自己也换作和他们一个人间了。

但人间还是待不住，命运的大轮胎，仍旧翻滚着，把他往深渊里拉。

他老婆去钻林子，到了夜里还没回来，单位急忙派人去找，去搜山。以前这种事也发生过，遇到阴雨天，看不见太阳，人在林子里就容易转向，一圈圈绕，哪里都像出路，可又哪里都不像。

老婆的单位也给丛文理打了电话，他瘸着腿跟着去搜山，拿着个手电，比别人更踉跄地寻找，呼喊的声音响彻山林，把早睡的动物都惊醒了。

最终，老婆找到了，在一棵被闪电劈中的树下，那树一半死了，一半还活着，在夜幕下显得狰狞，他老婆就躺在下面，像是长眠般睡了过去。

老婆被送进了医院，做了全身的检查。检查结果是在第二天出来的，不是转向迷路了，是在林子里晕倒了，她脑子里长了瘤，是恶性的肿瘤，已经大到压迫神经，没有啥保守的治疗方式，只能做手术了。

丛文理脑子轰的一声，整个人都瘫软在地上，医生面露同情，但话语程式化："你现在还不能倒下，你倒下了，你老婆就真的没救了。"

丛文理被搀扶着从地上爬了起来，说："手术我们做，要多少钱？"

医生说："现在不是钱的事，是我们这儿技术不够，你老婆脑子里肿瘤的位置不太好，最好去专门的肿瘤医院，北京有几家都不错，去那边手术成功率能高一些。”

丛文理急忙打听北京的医院，要到了电话，询问治疗费用。电话那头是标准的普通话，冷冰冰的：“挂专家号，全面检查，住院手术，这是基础费用，万一手术出了意外，进了 ICU，一天最少也要好几千，钱呢，我没办法告诉你要用多少，但进了医院呢，钱当然是准备得越多越好。”

丛文理说：“那也该大概有个数吧。”

那头说：“那你至少准备二十万再来吧，否则万一因为钱的问题，人命没了，你这不是白跑一趟吗？”

丛文理说着“是是是”，然后挂了电话，二十万买老婆的一条命，当然一点都不多，可这二十万到哪儿去弄呢？他没下岗时，工资到最后，也才涨到八百多块钱一个月，老婆的工资更少一些，六百多。如果在本地治疗，单位能报销一点，可如果去北京，那就要全都自费。他俩平时倒是省吃俭用，结婚七八年来，攒了些积蓄，加上下岗给的补贴，有三万多块钱，平常日子里，没灾没难的，还觉得日子挺富裕，现在一出事，这点钱就像冰珠子掉进水缸里，没影了。

借吧，又能找谁借呢？亲戚朋友都没啥有钱人，日子过得比他们还紧巴，有时还来找他们借个三百五百的。变卖家产吧，又没啥家产，这些年两人住的是单位分配的房子，他下岗后，房子也被收回去了，他们租了房子住，一个月两百块钱，家里的家具家电倒是能卖掉，可顶多也只能换两三千块钱，杯水车薪。

医生说不是钱的事，是技术的事，可到头来，都是钱的事，都是拿钱买命的事。

老婆被接回了家里休养，丛文理瞒着她，说：“只是神经衰弱，休息一阵就好了。”

可老婆却说：“你别瞒我了，我其实早就知道了，前段时间，我脑袋每天都针儿针儿地疼，就自己去医院检查了。医生说长了瘤子，还说要到北京做手术，我就寻思，哪有那么多钱啊，那就不治了吧。然后让医生开了点止痛药，本来想能拖一天是一天的，可没想才拖这么点时间，就被你发现了。"

丛文理听得一愣一愣的，想起老婆这段时间确实有点不对劲，经常说着说着话，就捂着头失了神，有时夜里翻来覆去睡不着，起身喝水，其实是在找药吃。他眼眶就红了，说："你为啥不和我说？为啥不早点和我说？"

老婆也哭了，说："你腿瘸了，又下岗了，我整天看你在那儿抽闷烟，就不想再给你添烦心事，咱俩结婚这么多年，我也没能给你生个孩子，我心里特别愧疚……"

丛文理说："你说这些干啥？我不想要孩子，我只想要你活着！"

两个人抱在一起痛哭，哭得撕心裂肺，生离死别，人生最大的悲痛，不过如此。可那租来的房子特别隔音，这哭声无法传递出去，于是这悲痛只在这屋里打转，沦为外人看不到的小家庭的悲剧，和其他宏大的时代和命运都无关。

接下来的日子，只剩下难熬，难熬里，全都是不甘。丛文理每每看到妻子头痛得在呻吟，甚至在呕吐时，都会在一旁默默地抹眼泪，却帮不上任何忙。

有天妻子在吃饭时，又头痛难忍，伸手去扶餐桌，可那木头的餐桌却摇晃着倒了，妻子整个人也跟着倒在了那一地饭菜的狼藉中，和他们这人不人鬼不鬼的日子一个样。

他收拾好一地杯盘，便出门去想买个刨锛，再买几颗钉子，把这桌子修一修。可他买完后往回走，边走边想事情，就忘了脚下的路，越走越远，来到了江边。那江水浩荡，夜里的两岸灯火也都亲人，可没一盏能照亮他心里。他顺着江边走，越走越偏，灯火都甩在了身后，便看到前面有个女的，在夏夜里穿着短裙，肢体摇曳，比肢体更诱惑人的，是那对跟着一起摇晃的金耳环，还有脖颈后露出的一小截金项链，它们都在丛文理面前，不远不近地闪着光。

丛文理似乎被一束光投到了心里，豁然敞亮了，都是拿钱买命的事，那倒过个来，就是拿命换钱，天平两端一放，不轻不重的。他被这等式迷惑了，也是被那金钱逼得走投无路，又被那闪光的金子所吸引，趁女人走到荒凉处，他拖着瘸了的腿，三五步追了上去，扬起手里的刨锛，挥了下去。

丛文理做修理工这么多年，专修大拖拉机，光那轮胎都有一人多高，练就了出色的上肢力量，于是只一下，女人闷哼一声倒在了地上，再也起不来了。

丛文理慌乱地把她的耳环和项链撸下来，想了想，又拿走了她的一条手帕，当作纪念，若未来妻子真能得救，就把这当菩萨，好生供奉。

后来的日子他如鬼魅缠身，昼伏夜出，手脚也越来越利索，一下一个准，唯一空手是在一个雨夜，小树林里的女人，没啥大首饰，死死攥着个小手链，跟攥着命似的不松开。然后有人的呼救声，他听着很近，不敢多纠缠，深一脚浅一脚地跑走了。

程松岩在审讯室里，听丛文理讲到这里，时光又仿佛倒回多年前，雨夜里的绝望，人生的深渊，他目光如血，浑身发抖地握紧了拳头。老孙看在眼里，觉得不妙，急忙叫小沈拉走了他，让他出去抽根烟，缓一缓。

程松岩被拉走，老孙也掏出根烟，递给丛文理，丛文理说："不抽，戒了好多年了。"但想了想，他还是接了过去，说："抽一根少一根了。"

老孙给他点上，自己也点了一根，慢悠悠地抽了一口，说："那你抢了这么多人，后来钱攒够了吗？"

"本来攒够了，但后来被偷了。"丛文理狠狠地抽了口烟，多年没吸的味道，呛得他直咳嗽，咳嗽得眼泪都出来了。

他又想起了去卖金首饰那天，他为了不显眼，便拎了个布袋。他不敢去首饰店卖，怕被抓到，便通过人找了个私下倒腾这玩意儿的人，那人挺神秘，在郊区，他就搭了个公交车去碰头。

公交车上人挺多，他拉着扶手站在中间一摇一晃，小心地护着袋子。一个站点快到了，旁边有人起身给他让座，他腿瘸后这是经常遇到的事情，他道谢后和那人擦肩，坐在了那人的位置。

那人戴着个鸭舌帽，还戴了口罩，看不清脸，很快便下车离去。丛文理数着站牌，自己还有五六站，又看了看时间，下午三点多，再掂量了掂量布袋，不对劲，轻了好多。他手探进去一摸，摸到了自己的大腿，袋子倒过来看，漏了个大窟窿，自己的五指和钳子一样，揪住了他的心。

他几乎是一瞬间便想到了小偷是那个戴鸭舌帽的男人，他叫着让司机停车，跳下车子往回跑，跑到了"鸭舌帽"下车的站台，人却早已没了踪影。他蹲在地上，看着布袋底下的大窟窿，如心口也被人挖了个大窟窿，他大口喘着气，喉咙发出深渊般的呜咽声。

站台上的人，都只是奇怪地看着他，看着他慢慢地坐在地上，满目绝望，却眼眶干涸，没有一滴泪水。

老孙看着此刻的丛文理，他眼里还有着多年前的绝望，老孙问他："你知道偷你东西的人叫全金龙吗？他后来被当成杀人凶手，被枪毙了。"

丛文理点了点头说："我后来在新闻上看到了，他活该。"

老孙皱了皱眉头说："你对他就没有一点愧疚？"

"有啥好愧疚的？他偷了我的金首饰，害得我老婆没去成北京做手术，最后死了。"丛文理顿了顿，"一命换一命。"

"原来你是这么算账的。"

"不然怎么算？他有手有脚的，家里又没有人着急用钱治病，为啥要干偷鸡摸狗的事？死了也活该！"

老孙本来想说"全金龙也活得不容易"；但也觉得这话不该警察说，像认同有苦难就可以犯罪似的。他把话题又挪了回去，说："你老婆就是因为没去成北京，就去世了？你就没想想别的办法？"

"想了，想重头再抢劫一遍，可是来不及了，我老婆挺不住了。后来便决定就在当地医院做手术，结果人上了手术台没下来。原来当初那医生没说谎话，真不是钱的问题，是技术的问题。"丛文理说完挺无奈地笑了笑。

审讯到这里，就差不多了，老孙想把本子收起来，但丛文理还在继续讲。老婆死后他一连喝了几天的大酒，他也不想活了，有天夜里买了瓶农药准备回家喝了，一了百了。可他拎着农药晃着晃着，晃到了一个舞厅门前，门面被棉门帘捂得严严实实的，但里面的歌声还是顺着棉絮隐隐约约地传了出来，他一听，这不是当年和老婆刚认识时跳舞的那支曲子吗？人就迷迷糊糊走了进去。一进去，看着那破败的装修和老旧的人们，他一下子就觉得又回到了曾经的那个年代里，那里有经久不衰的长风和寒岁，有日复一日稳定的生活，有让人心动又沉醉的夜晚和爱人藏得刚好的温度。

于是他放下农药，搭好架势，走进了一个人的舞池，再也没有出来过。

他讲到这里，该说的也都说完了。老孙合上本子，最后这段话没有记录，说："要不我们今天就先到这里吧。"

"好的。"老孙起身要离开，丛文理又补了句，"我看咱俩年龄相仿，我能问你一句话吗？"

老孙回头看着他，他缓缓说："你说我配了那么多把钥匙，可为啥就是打不开心里的这把锁头呢？"

老孙被问愣住，想说"谁心里都有一两把打不开的锁头"，但想了想，没这么说，只说："我也不知道，你自己再想想吧。"

丛文理说："好的好的，这事我其实也想了好多年了。"

第二年开年，丛文理被执行了死刑，程松岩因为当年办了冤案，受到了内部处分，从刑警队队长的位置上被撸了下来，调到了户籍科。当年负责审讯的省里来的专家和老队长，也受到了不同程度的处罚。

程松岩下来后，市里从局里派下来个人，这人兼任刑警队队长，然后着手重点培养年轻人，小沈算是里面拔尖的。

老孙仍旧没能当上队长，他似乎也没了心劲，和程松岩两人时常约在一起吃午饭，也不是啥特别的吃的，一碗面、一盘水饺、一碗馄饨，两人慢慢地吃着，看着窗外的日头有时明晃晃，有时死气沉沉，就如他俩的仕途般，已是暮色。

快开春时，全金龙的政府补偿金下来了，程松岩主动要求亲自去送，老孙也陪着。两人到了"鬼楼"门前，却见门前停着一辆大巴，当年的纺织女工们，陆陆续续地上了车子。程松岩拦住全金凤，把她拉到一边说话。

全金凤听程松岩把话说完，接过补偿金的存折，没啥表情，可那有疤痕的嘴角却仍旧像在笑。

全金凤说："我当年就说过我哥是冤枉的。"

程松岩羞愧地低下头，想再多说句没用的"对不起"。

全金凤却又说："其实也挺好的。"

两人听不明白她啥意思，就都看着她。

她看了看天，说："其实我哥那么早死了也挺好的，不用像我们这样，人不人鬼不鬼地又活了这么多年。"

这话听得程松岩和老孙心里都不是滋味。

身后的大巴司机冲这边喊："哎！大姐，别唠了，发车了！"

老孙问："你们这是要去哪儿啊？"

"去旅游。这不是3·15快到了吗？以前有一年的3·15，我们这里面有个人投诉过纺织厂的领导，后来每年这时候，都把我们拉出去玩一圈。"全金凤讪笑了下，"其实就算不去玩，我们这些人也懒得再投诉了。"

她说完折身往回走，上了大巴，大巴缓缓启动。导游是个小伙子，说："叔叔阿姨们，咱们的旅行现在就开始了，大家亮出手掌，跟着我一起唱首歌，'如果感到幸福你就拍拍手，啪啪！如果感到幸福你就跺跺脚。啪啪……'"

程松岩和老孙听着那歌声和齐刷刷拍手的声音，随着大巴的车身渐渐远去。他俩在原地站了很久，看着那清晨旷远的天空，沉默都埋进了即将到来的春风里。

第十三章

2022 年，头一天，日头直到偏西，阳光里才短暂有了些冬季的温存，如人迟暮时的回心转意，都是不能抗拒的心意。

丁唯珺坐在出租车后座，头靠在车窗上，那日光就落了半身。车子离开殡仪馆，回到城区里，新的一年在偶尔的鞭炮声里已悄然而至，却和昨日种种也没什么分别，人们仍旧行色匆匆，在这小城里熬过年年岁岁。

刚刚在殡仪馆里，张桂琴讲完那过往的一切，然后诚恳地看着她说："丁记者，我把知道的都和你说了。"

丁唯珺知道，张桂琴是在等待自己的裁决，她本不用如此被动，但她又坚信听完整个故事后自己能够理解或产生共情。

张桂琴又说道："老程他被折磨了好多年，虽然也受到了内部的处罚，但他自己一直没能从这事里走出去，每年全金龙的忌日，我都陪他去上坟扫墓，他妹妹我们也一直在照顾着……"

丁唯珺说："我理解程警官的心情，这件事听起来，也不像全都是他一个人的责任。"

"说得是啊，那么多比他官大的领导呢，判不判一个人死刑，也不是他能全说了算的。"

丁唯珺脑子绕了个弯，试着去猜测："所以你不想让我写出来，是怕得罪其他领导？"

"不是不是，这些年大家一直不太提这事，其实就是想保护老程的名声。"张桂琴叹了口气说，"其实也不是啥名声，就是不想让更多人知道，他害死过人。要是你这一报道，不是把他的老底都抖搂出来了吗？在这小地方，他还咋活下去啊？还有，孩子们要是知道了，得咋看他啊？"

丁唯珺明白了，一个小城里，一名失意的老警察，他人的目光，孩子们的评价，都是千万斤重的枷锁。他们藏着掖着，却又是为了保护好这些枷锁，怕没了这些重量，人就变得像云，轻飘飘的，容易飞走了。

丁唯珺最后没有给张桂琴一个明确的答复，只是说了句："我理解，全都理解。"

张桂琴却已当作丁唯珺答应了不提一句，她说："我就知道，丁记者，咱们没冤没仇的，你不会来害我们家。"

丁唯珺知道这话是反复提点，确实无冤无仇，她却苦苦追问，人家出于善意或信任，说了全部，最后却只能被动地等待她的审判。不谈工作性质，不谈职业理想，不谈因果逻辑，只谈人情，她与他们确实无冤无仇，何必让他们好多年终于平静下来的生活，再起烦恼呢？

她在出租车上想着这一切，答案已渐渐清晰了，本来从采访的一开始，就扭曲了原路，谈什么职业操守和准则都是玩笑，自己此刻还有啥好坚持的？在小福尔摩斯上，不是早早就做了退让吗？

她这些年，一直以为自己是个黑白分明、底线清晰、道德纯粹的人，可不知不觉中，就和被自己采访过的人一样，变得界限模糊。人情难为，对错难分，或许这才是真实的人间吧，每个人都活得半人半鬼的。

她想到这里，突然就想去那栋"鬼楼"看看，便询问司机是否知道那里，司机是个小年轻，说没听过，要打听打听，一连拨了好几个电话，才从一个老司机那边问到。司机掉了个头，说："那地方我们年轻人还真很少知道，你看着也不大，咋知道那地方的？"

丁唯珺不想多讲，只说："去那里找人。"

司机说："哦，那要找的人应该也年纪挺大了吧？"

丁唯珺点了点头，却想着，其实人不分年纪大小，只有被岁月记得和忘记的区别。

到了"鬼楼"附近下车，丁唯珺盯着那两栋房子，慢悠悠却也近乎小心翼翼地迈进去，那二楼活动室的麻将声，隔了这么多年，仍旧清脆地传来。她顺着那声音要上去，可刚踏上第一个楼梯，就看到有人从上面下来，细看一下，竟然是程松岩。

程松岩也看见了她，挺吃惊的，先开口："你咋来这儿了？"他问完才意识到，或许她已经探访到了全部。

丁唯珺有种被无声拆穿的尴尬，说："哦，哦，我就是好奇来转转。"

"没啥好奇的，都是苦难的人，别打扰他们了。"

丁唯珺明白他在说什么，退回了脚步，也是下意识地问："那程警官，你来这儿做什么？"

"这不是元旦了吗？我给全金凤送点东西。"

"她还好吗？"

"有啥好不好的，就那样吧。"然后他顿了顿，"丁记者，咱俩找个地方坐一坐呗，我有话和你说。"

丁唯珺不知道他要讲什么，但无论讲什么，她都应该点一点头。

两人并肩离去，仍旧是小心翼翼的，似乎怕吵到打麻将的那一群人。

楼上，全金凤又自摸了一把，笑着收钱，仍旧是烫着大卷发。她比十多年前老了很多，岁月谁都没有放过。旁边的女人说："金凤，我看着那个警察又来给你送东西了，放门口就走了。"

全金凤说："是，这些年都这样。"

女人说："他年年给你送东西，你心里是不是能好受点了？"

全金凤摸了一张牌，没啥用，随手打了出去，说："我好受不好受不重要，他就是图自己能好受点。"

这话也不知别人听没听见，反正是没人接话，那牌就继续噼里啪啦地打了下去，在这屋子里，新的一年和旧的一年，向来没有区别。

程松岩和丁唯珺找了家咖啡馆坐下。程松岩不习惯喝咖啡，就只捧了杯热水，暖着那冻僵的手。

丁唯珺喝了两口热咖啡，从一整天的恍惚里回过了神，说："程警官，您找我有什么事吗？"

"你去找你桂琴阿姨了吧？"

"是的，她应该都跟您说了吧？"

程松岩点了点头："说了，给我打电话都说了，你去找她问王相佑的事情，其实也是我的事情。"

"程警官，其实这事您不用再找我聊的，我都想好了怎么把采访圆过去，不会影响到您的声誉。"

程松岩愣住，没想到她会说得这么直白，他说："怎么圆？"

"很简单啊，就说王相佑戴罪立功，指证了另一个杀人案的凶手就可以了，至于另一个案子是什么，都没关系，我采访的是王相佑的案子，只要把这个案子讲明白就行了，其他的都可以划水划过去。"

程松岩想了想，没想到可以这么轻巧地处理，他突然笑了，是很释然的笑，但那笑里也有自嘲。他喝了口水，说："丁记者，谢谢你这么为我着想，我知道你桂琴阿姨肯定求过你，你这么做当然也因为和宫浩的关系，反正不管怎样，我都应该谢谢你。"他顿了顿，又说:"但是,我今天找你来坐坐,其实并不是想阻拦你写出真相,而是想请求你写出真相。"

丁唯珺被搞糊涂了:"为什么?前几天我问这件事的时候,您不是还不愿意说吗?"

"是,前几天我还没想明白,也不是前几天,是这些年都没想明白,也因为没想明白所以一直在这件事里走不出来。但你那天旁敲侧击地问过我之后,我这些天就一直琢磨这事,才发现我就是因为不敢提这事,这些年都过得拧巴了。有回我和你桂琴阿姨去看电影,是个警匪片,里面有个警察冤枉了个好人,影院里的观众就在小声骂他,那些嘀嘀咕咕的话就像故意往我耳朵里钻似的。然后我整个人就不自在了,就像他们是在骂我一样,然后我借口去洗手间,逃了出去。"程松岩喝了口水,继续说,"还有可可上初中时写作文,写我的爸爸是个优秀的人民警察,那篇作文得到了老师的表扬,她拿回来和我显摆,我却因为心虚发了无名火,把那篇作文撕碎了……现在想想,也觉得自己挺不是人的。"

"您的心情我理解,所以越这样就越不想让别人提,对吧?"

"是,以为不提就等于没发生。可后来发现,这就是在自己骗自己。"

"那您现在是想通了?"

"是的,我今天去看全金凤之前,去看了看孙警官,你和宫浩应该也去看过他吧?就是那个脑子摔出了问题的老头。"

丁唯珺点了点头说:"是的,他一直拿着支笔在画圈圈,宫浩说这是学达·芬奇画鸡蛋呢。"

"嘿,画什么鸡蛋啊,那是在画圆周假设理论呢。当年我用这个方法抓住了全金龙,虽然抓错人了,但却因为这个当上了队长。这可能一直是老孙心里的一个坎吧,要不是这个圆圈,没准他就当上队长了。但这话他跟谁都没说,这些年也都没提过一嘴,就一个人憋着。现在脑子摔坏了，不受控制了，就开始画圆圈了。"

"所以您不想像他那样？"

"对，一直被一件事憋着，太难受了，我不想到老了，脑子不好使了，还被这事折磨着。"程松岩顿了顿，把头扭向窗外，窗外路滑，一辆车追尾了另一辆车，小摩擦，交警在处理。

程松岩仍旧看着窗外，说道："我刚开始当警察的时候，是为了解恨。但也不光是解恨，我也一直告诉自己，要做个好警察。"他转过头来，冲丁唯珺笑了笑，说："好可惜，最后还是没做成。但你如果把王相佑的事情写全了，我不是好警察这事就盖棺论定了，我也就能松一口气了。"

"那您不怕别人的目光吗？特别是可可的、宫浩的。"

"他们早晚会知道的，现在这时候正好，不早不晚。"

丁唯珺理解地笑了笑，喝了口咖啡，已经不热了，有种温暾的苦涩。

那天，丁唯珺和程松岩在咖啡馆又坐了一会儿，程松岩先离开，她看着他的背影，消失在一开一合的门外，那背影有了种如释重负的轻松。那轻松也传到了丁唯珺的心里，她这一次不用抉择了，程松岩用自己一辈子的名誉为她做了决断，这太贵重了，她不敢不收。

她抱着这份心境回到了酒店里，打开电脑还没开始写，就感到身体有些不舒服，她走进洗手间，坐在马桶上小便，再起身又看到马桶里猩红的血，小时候的噩梦重现。她要按冲水键冲走这猩红，但身体却不受控制地颤抖，之后是乏力和晕眩，然后整个人栽倒在了地上。

绥芬河，边境小城，一入夜，气温就低于零下二十摄氏度，霓虹灯的灯光也因这寒冷而显得清亮许多，满街的俄语招牌和高鼻梁蓝眼睛的外国人，恍惚间，会错觉是走在异国的路上。

宫浩和另外两个警察到了后，先和之前提供线报的人碰了个头。线人是个五十来岁的大姨，倒腾俄罗斯小商品的，常年中俄两头跑，这两年因为新冠肺炎疫情，不能出去了，但好在能发快递，生意也没太耽误。她两年前去俄罗斯进货时，见过一次老扁，前段时间，又在这绥芬河的大街上见了一回，他在路边要饭，挺狼狈的，估计是在那边混不下去回来了。

　　宫浩让大姨现在就带路去找老扁，大姨却说："找不着，这几天都没见着。"

　　宫浩说："元旦休息啊？"

　　另外两个警察大笑，一个说："乞丐还过节假日呢？"

　　大姨说："这人贩子咋还沦落为乞丐了呢？我看电视里人贩子不都挺赚钱的吗？"

　　宫浩说："有一种人贩子，专门拐小孩来做乞丐。"

　　大姨说："那是够缺德的，还不如卖给一个好人家呢。"

　　宫浩说："大姨，你这三观也不对啊。"

　　大姨说："我寻思这样孩子不是能少遭点罪吗……"

　　虽然一时没了老扁的下落，大姨还是领着三人去了小商品街，指着一个花坛，说："当时就是在这儿看到老扁的，一脸的大胡子，看起来就挺苶的，旁边还跟着个小男孩，看起来也就八九岁吧，那小孩不会就是被拐的吧？"

　　宫浩点了点头说："当然很有可能。"

　　其中一个警察打了个电话，说："联系了当地的派出所，明天会派人来配合一起寻找，今天就先休息吧。"

　　三人就去了家快捷酒店，开了个三人间，房间挺简陋的，但暖气还挺足。宫浩躺在靠窗的床边，开了一路的车，想着眯一会儿，临睡着前给丁唯珺发了个消息说他到了。还没等到那头回，他就睡了过去。

宫浩迷迷糊糊也不知道睡了多久，醒来看两个同伴还在睡觉，呼噜声一个比一个大。他起身站在窗边，点了根烟，看窗外街灯闪烁，又看了看手机，才晚上七点多，却有种深夜的感觉了。丁唯珺还没回消息，他想着可能是有事在忙吧，晚上睡前再和她视个频。

　　他抽完那根烟，有点饿了，也没叫醒那两人，就穿衣服下楼找吃的。绥芬河最有特色的就是俄罗斯餐厅，宫浩沿街走了一阵，也看不懂俄语，所以没啥好区分的，就蒙头钻进了一家。一进去他有点愣住了，里面客人和服务员没有一个中国人，靠窗的位置，一群老毛子男的在咋咋呼呼地喝啤酒，看起来醉了，挺不好惹的。

　　宫浩本想扭头换一家，但服务员叫住了他，说："大哥吃点啥啊？咱家啥都有。"一口地道的东北话，宫浩听着这话从一个俄罗斯小姑娘嘴里冒出来，就觉得挺有意思，便没走，坐了下来。他点了罗宋汤和大列巴面包，还有几个小菜，味道都挺正，还要了杯扎啤，那酒劲比瓶装的大很多，一杯全喝下去，竟有点晕晕乎乎。

　　结了账出餐厅，身上热乎了很多，夜晚也没那么冰冷了，整个城市的异乡感却重了许多，他手插在兜里，脖子缩在衣领里，沿街随便逛逛，想着也买点俄罗斯小玩意儿，回去送给丁唯珺。

　　他闲逛了一会儿，在街边的小店里，买了个俄罗斯套娃钥匙扣，出来后一边走一边琢磨，一个娃套另一个娃，里面是男的外面是女的，还挺好玩。

　　他继续闲溜达，没有方向，也没有地图，只往灯火通明的地方走，走着走着就来到一家酒店门前，抬头看，还是家国际酒店，整个酒店的墙体都散发着明亮的光。他立在那门前，耳朵冻疼了，觉得不能瞎转悠了，掏出手机想找找回酒店的路，可刚掏出手机，就觉得不对劲，好像有人在盯着自己。他机警地一抬头，便看到一个八九岁的小男孩，穿得破破烂烂，直勾勾地看着自己的手机，那眼神像是要抢。

宫浩急忙把手机收回了口袋里，说："你干吗？"

小男孩眼神里的凌厉没有了，瞬间变成一副凄苦表情，说："叔叔，行行好。"然后他亮出一个布袋，里面有些零碎的钱。宫浩愣住，想起老扁也带着个这么大的男孩，猛地紧张起来。他四处看了看，并没有老扁的身影。

男孩以为宫浩没零钱，又亮出了胸前的二维码，说："叔叔，扫一扫吧。"

宫浩看着男孩那手背，生满了冻疮，说："你就一个人在这儿要饭？"

男孩点了点头，宫浩说："大人呢？"

男孩说："用不着你管，不给拉倒，抠门。"

男孩转身就走，宫浩伸手去拉他，只拉到了衣袖，袖口里露出一个小电子手表，类似小天才电话手表那种。男孩说："你要干啥？"

宫浩松开手，说："我扫一扫。"

宫浩转给他十块钱，小男孩就走进角落，那是酒店门前一处背风的地方，他蹲在那里，等下一个路人。

宫浩走进酒店，在大堂里坐下，透过旋转门，正好能看到小男孩。刚才他本来是想把这孩子带回去审问的，但看到手表那一刻，他改变了主意。如果这个孩子真和老扁是一起的，那老扁肯放心让他一个人出来乞讨，又不怕他逃跑，一定有什么监控他的方法，那个手表极有可能有定位功能，或许还能通话和监听，他不能轻举妄动。

宫浩在酒店大堂坐了一个多小时，酒店的人来询问过他几次是否要办理入住，他都谎称在等人，一连喝了好几杯热茶水后，他看到那小男孩离开了。

宫浩急忙起身跟了上去，小男孩提着布袋，一路晃晃悠悠不紧不慢地往前走，路过卖烤地瓜的，张口就管老板要一个，老板看他可怜，给了个最小的，他连皮都没扒就囫囵地吞了下去。

吃过地瓜男孩继续往前走，一路走到背巷子里，霓虹灯渐渐少去，路灯也不似刚才那么亮了，寒夜也因寂静凸显出来，那小孩拖沓的脚步声，在巷子里回荡着。

宫浩悄悄地跟在后面，不敢大声喘气，却一不留神被地上的冰滑了一跟头，摔得后腰生疼，但也咬着牙忍住，只闷哼了一声，便爬起来，又跟了上去。

那小孩听到后面有动静，回头看了看，没看到人影，又往前走，走了三五步，又回过头。宫浩看他这么机警，以为自己被发现了，又往墙角的阴影里躲了躲。他再几次回头张望，确定没人跟着自己后，才在一户平房前停下脚步，敲了敲那木门，好像还有暗号，三重两轻。

木门吱嘎一声开了，还伴有另一个男人的咳嗽声，小男孩闪身进去了。

宫浩觉得那人肯定就是老扁，急忙给两个同伴打电话，告知地点，让他们速来。接着他小心翼翼地靠近那木门，耳朵贴着门听里面的动静。

那小男孩管男人叫"老舅"，说："今天天冷，没要到多少钱。"

男人还是一直咳嗽，说："过两天病好了，带你换个地方。"

男人问他："吃饭了没？"

小男孩说："吃了个烤地瓜，没花钱，要来的。"

男人说："那再去煮包方便面吃，加两个鸡蛋。"

小男孩很兴奋，问："真的吗？"

男人说："今天是元旦，也给你过过节。"

宫浩听到这儿，就听不到里面的动静了，他又往门边贴了贴，试图通过门缝看看里面的情况，可眼睛刚贴在门缝上，就看到门缝里面贴着另一只眼睛。宫浩吓了一跳，急忙后退，门从里面就打开了，一个满脸大胡子的男人，凶狠地盯着宫浩，问："你是谁？"

宫浩急忙胡诌："这不是王雪蓉家吗？看来是找错了。"

他嘿嘿一笑，要走，小男孩却走了出来，说："老舅，这人刚才给过我钱。"

大胡子男人立马露出凶相，眯眯着眼睛看着宫浩，说："你到底是谁？"

宫浩心里已经确认这人就是老扁了，也知道自己忽悠不过去了，打量了一下这个人，虽然凶神恶煞体格健壮，但还在病中，比画起来自己应该能有胜算。他便挺了挺腰板说："你就是老扁吧？我是警察，跟我走一趟吧。"

男人一愣，说："好啊。"随后他突然从腰间拔出一把刀来，迅速地捅向了宫浩。

宫浩猝不及防，只感到腹部一霎冰凉，心想：完了，俄罗斯套娃给不了丁唯珺了。

元旦这天，正好可可和几个要好的同事都不值夜班，大家就商量着晚上一起出去玩，吃点烧烤再去唱唱歌。可可想着丁唯珺自己在酒店里怪没意思的，就发信息问她要不要出来一起玩。

信息发过去，半天都没回复，她就再打电话，可还是半天没人接。可可心里嘀咕着，这是在忙啥呢？于是一下班，她就让同事先去占位置，自己直奔丁唯珺的酒店，敲了半天门，还是没开。她寻思，这人是趁着自己哥不在偷跑出去找别人玩了？下楼到酒店前台一问，前台说下午的时候人回来了，没看见再出去过。

可可这下纳闷了，又觉得有点蹊跷，便让前台帮着把门打开，推门进去，房间里没人，要开门进洗手间找，往里推门，却被什么东西挡住了，又使劲推了两下，推出条缝隙来，看到挡住门的东西，是丁唯珺的腿。

可可一下子慌了，叫来保安帮忙，把昏倒的丁唯珺送进了医院，她守在急救室门前，急着给她哥宫浩打电话，却一直没人接听。她握着电话在急救室门前打转悠，同事的电话打来说："可可，你死哪儿去了？咋不见人影了？"

她应付了两句挂了电话，手机就没电关机了，在手机屏幕黑下去的一刹那，心里突然就升起了非常不好的预感。

绥芬河人民医院，灯火已深，急诊室里传来杀猪一样的号叫声。

医生正在给宫浩处理伤口，伤口不深，但也要缝几针，医生扎下去一针，宫浩就号叫一声。医生说："我不是都打麻药了吗，至于这么叫唤？"

宫浩说："你那麻药打得太少了，现在针儿针儿地疼！"

旁边一个陪同的警察忍不住笑了，说："行啦，疼点就疼点吧，捡回一条命不比啥都重要。要不是我俩及时赶到，把那个老玩意儿按在地上，你这肚子说不定还得被捅几个窟窿呢！"

宫浩说："是是是，是多亏了你俩及时，你俩平时干啥都和大姑娘似的，慢腾腾的，这一次算是最痛快的了。不过也多亏我自己衣服穿得厚，要不然那一刀也得给我捅透了。"

医生说："还多亏你平时啤酒喝得多，这啤酒肚，也帮你挡了一两公分。"

三人闲说着，宫浩的注意力也就被分散了，很快几针就缝好了，贴上纱布，医生让过十天左右来拆线。宫浩说："我来不了了，明天就回家了。"

医生说："那咱俩这注定就是只缝不拆的缘分了。"

陪同的警察说："咋的？你们两个大男人缝针还缝出感情来了？"

宫浩说："你咋那么贫呢，啥玩意儿都往这上面扯，人家医生就是玩点文字游戏。"

医生说："对，我值班时闲着没事就自己玩成语接龙。"

宫浩说："那你这玩法也真是别出心裁。"

"裁，财，财源广进，进，进退两难……"医生一边嘀咕一边端着装剪刀纱布的盘子走了。

陪同的警察又忍不住笑了，说："真是啥奇怪的人都有。"

宫浩也笑了两声，可一笑伤口就扯着疼，他站直了身子，小心地往身上套衣服，问："那个老扁现在弄哪儿去了？"

陪同的警察说："弄这块的派出所去了，那个小孩也一起送进去了。这儿的派出所说了，明天派辆车，再派两个人，帮咱们一起押送回去。"

宫浩点着头，费劲巴拉地终于把衣服都套上了，说："挺好的挺好的。"

陪同的警察说："这回你算是立大功了，小福尔摩斯沉寂多年可算又出山了。"

宫浩说："啥小福尔摩斯啊，现在是老玩意儿了。"

那警察被逗得大笑，说："你话可不能这么说，你还比我小两岁呢。"

宫浩说："哎，我手机是不是在你那儿呢？"

"对对，帮你收着呢。"那警察说着把手机还给宫浩。

宫浩接过来，看有可可的未接来电，就拨了回去，却听到对方已经关机。他又看了看信息，丁唯珺还是没回，他就拨过去电话，响了一阵，没有人接。他有点担心是不是出了什么事情，就给程松岩打了个电话，程松岩说："今天元旦，可可和同事聚会，好像还要叫丁记者。"

这么一说，宫浩放心了，可可带着丁唯珺出去玩，没准喝大酒都喝多了。程松岩又问了几句他这边的情况，他简单讲了讲，把自己受伤的事隐瞒了，便匆匆挂了电话。

陪同的警察要带着宫浩回酒店休息，宫浩却说："我想去趟派出所，见见老扁。"

陪同的警察说："你着啥急啊？明天带回去有专门的人审呢。"

宫浩说："没事，你别管了，你自个儿先回酒店吧，我去去就回。"

宫浩出了医院，拦了辆出租车，便直奔派出所。到了那里，他和值班的警察打了声招呼，往里走，就看到一个房间里，小男孩躺在一张行军床上，已经睡着了。在隔壁的房间，老扁坐在地上，一只手被铐在暖气管子上，正眯着眼睛，似睡非睡的。

宫浩拉了把椅子在他面前坐下，他听到拖椅子的声音睁开了眼睛，看到宫浩，很轻蔑地笑了笑，说："你没死啊？"

宫浩说："就你那手把①还想捅死人呢？就擦破点皮，还没到医院呢，伤口就长上了。"

"你倒是挺幽默。"老扁笑了笑说，然后看了看宫浩，"你有烟吗？能给我一根吗？"

"烟那不是有的是吗，你看这一盒，还满着呢。"宫浩从口袋里掏出烟盒，然后抽出一根，自己先点着了，"给你可以，但我得和你打听点事。"

老扁说："啥事啊？这么着急大半夜跑来问我，等我被你们押回去，那不是啥事都可劲问？"

"问你你就都招啊？"

"都被你们逮着了，那小孩就在隔壁呢，人赃并获，也没啥好抵赖的了。"

"那拐卖妇女儿童，案子多的话，可是要判死刑的。"

"判就判吧，这些年东躲西藏也累了，再说我也活不了多长时

---

① 手把：方言，技术。

间了。"

"咋啦？你得病啦？"

老扁被问烦了，说："得啥都和你没关系，有啥问题想问就问呗，怎么这么磨叽呢，跟个老娘们儿似的。你到底给不给我烟抽？"

宫浩有点尴尬地说："妈的，好心和你唠两句，你还来脾气了。"他抽出根烟塞到老扁嘴里，拿打火机给他点火。

"你他妈对准点，都烧着我胡子了。"

"我他妈是故意的。"

烟可算是点着了，老扁深深吸了一口，很享受的样子。宫浩掏出手机，亮出丁唯珺弟弟的照片，说："这个小男孩你还记得吗？"

老扁眯着眼睛瞄了一眼，说："记得。"

"你看仔细点，别看错了。"

"这有啥看错的，我把他养大的还能看错？"

宫浩愣住了，说："你啥意思，啥玩意儿就你把他养大的？"

"就是字面的意思呗。"

"那后来呢？他人去哪儿了？"

"跑了。"

"啥时跑的？"

"跑走十来年了。"

"你说具体点。"

老扁想了想说："好像是 2007 年，刚过完春节就跑了。"

"咋跑的？"

老扁突然就笑了，说："妈的，这事也巧，那年咱们那儿不是出了个杀小孩的人吗？他就是被那个变态拐跑的，后来听说命大，逃出来了，就再也没影了。"

宫浩听到这儿，彻底蒙了，这和丁唯珺讲述的版本完全不一样，丁唯珺说的是弟弟逃出来后被拐走的，从此没了音讯。而老扁的意思是，他养了弟弟好多年，遇到王相佑后，弟弟才逃跑的。这两个人到底谁说的才是真的？换一个说法是，到底谁在说谎？又为什么要说谎？

如果老扁此时说的话，都是死到临头而放弃挣扎的言语，那必然是更趋近于真相的。所以，难道是丁唯珺在说谎？那她说谎的目的又是什么呢？他一下子脑袋有些乱，想不出个头绪了，十几年前的迷雾，一下子都笼罩在了他的头上。

老扁看不出宫浩的心绪，还陷在当年的回忆里，他又抽了口烟，悠悠地说："真他妈好玩，听说那个变态专门奸杀小女孩，但最后却拐了个小男孩，不过那个小男孩，长得确实像个小女孩，说话从来都细声细语的……"

此时，宫浩的手机响了，是丁唯珺的来电，他走出派出所，站在街道边接起，刚说了声"喂"，电话那头传来的却是可可的声音。宫浩问："怎么是你？丁唯珺喝多了？"

"什么喝多了啊，丁姐她昏倒了。"

宫浩紧张了起来，说："怎么回事？好好的怎么就昏倒了？"

可可把经过大概讲了一遍，说她刚拿到丁唯珺的手机，看到有未接来电就拨了过来。

"那现在人怎么样了？"

"人没啥事了，但还在睡着，具体什么原因，还要等进一步的检查。"

"行，那你好好陪着她吧，我明天就回去了。"

宫浩要挂电话，可可说："哥，你先别挂电话。"她犹豫了一下才开口："哥，刚才我们医院的医生，给丁姐做了个初步的检查，发现了点问题。"

"啥问题？"

可可还是犹豫，说："这事那医生只和我说了，没和任何人说，我们没乱透露病人的隐私。"

"你说这些干啥？痛快说重点。"

"哥，你俩谈这么长时间了，丁姐没和你说过吗？"

"说啥啊？"

"哥，你别急啊，就是，就是，医生说，丁姐好像，只是好像啊，好像做过手术……"

"啥玩意儿？啥手术？"

"就是，就是……"

可可的声音隐没了下去，宫浩彻底呆住了，看着这边境城市的大夜已深，所有的冰冷都无处遁形，大摇大摆地穿行在街道上，他的整个肉体被这过境的冷风穿过，一瞬间思绪千丝万缕。他突然站不稳身子，虚弱地往后退，往后退，就撞在了一堵墙上。

所有的问题都对上了，所有的谎言都有了缘由，他靠在墙上，来龙去脉摊开在眼前，他无须再多看，已了然于心。手机里可可的声音还在传来："哥，哥，你怎么了？说话啊？"

声音那么遥远，却也把他拉回了人间。他抬起手机，说："我没事的，我冷静一下，明天见。"

他挂了电话，点了根烟，刚抽了一口，那腹部的伤口就传来剧痛，不知道什么时候被抻到了，有可能又渗血了。可他也懒得管那么多了，只想让这烟多平复一下自己的心绪，可是每抽一口，腹部就疼一下，一抽一抽地疼，他终于觉得难忍，蹲在了地上。

寒风继续吹过他的头顶，没有时效，或是半生，或是至少到天明。

再长的夜，再深的梦，都有尽头，天一点点亮起来，把黑夜和梦都藏住，人就该醒了。

丁唯珺缓缓地睁开眼睛，从窗帘缝隙透过的光，再熹微也有些刺眼，她动了动身子，抬起胳膊遮挡住，才打量起这病房，和昨天洗手间里的昏倒对应起来，不用多思考，脑子里也如蒙太奇般，能把中间省略的部分脑补出来。

她把目光往一旁歪了歪，便看到可可趴在床边睡着了，这省略的部分，又被填补起来一些。她又动了动身子，想要坐起来，这轻微的挣扎就把可可弄醒了，她睡眼蒙胧地说："丁姐，你醒啦。"

丁唯珺说："昨天是你把我送过来的吧？"

"是的，可吓坏我了。"然后可可站起身，给丁唯珺倒了杯水。

丁唯珺接过水杯喝了两口，却发现可可没有像往常一样说很多的话或是问个不停。她试探着开口："医生说为什么昏倒了吗？"

"具体情况还得进一步检查。"可可不看丁唯珺的眼睛，又说，"丁姐，你饿了吧，我去食堂给你打点吃的。"然后她不等丁唯珺回答，便往病房外面走，快走到门前又回过头来说，"丁姐，昨天我哥给你打电话，是我接的，他说他今天就回来了，现在可能都在路上了。"

丁唯珺想问那边有结果了没，却又不知为何没敢问，看着可可离开，她找到手机，里面有可可的信息，还有宫浩的，她想给宫浩打个电话，报个平安也好，但也没敢去那么做。她心里有种忐忑，她或许即将要面对，那拖延了很久，但终究不可回避的时刻。

门外有了脚步声，那人却明显迟疑了一下才推开门，丁唯珺扭过头去，风尘仆仆的宫浩站在了门前，看到她醒着，眉眼里露出些牵强的微笑，然后走到病床边，坐在了椅子上。坐下的瞬间，他的面目有了些疼痛的抽搐。

丁唯珺说："你受伤了？"

"没事，小伤。"

丁唯珺看到他满身的疲惫和一夜之间长起来的惆怅，都藏不住地露了出来，心疼地去握他的手。可那小心翼翼伸出的手，却在即将碰触到另一只手时，扑了个空，宫浩不知是有意还是无意地，换了个坐姿，那手也就自然地拿开了。

丁唯珺心里也落了个空，强撑着不展露出来情绪，说："你怎么这么快就回来了？"

"人抓到了。"

丁唯珺的心提了起来，虽然早有准备，但仍旧心惊肉跳。她等着宫浩继续说下去，但宫浩却不再开口，也不看她，而是盯着窗边的某个虚处，看不清什么，也不知如何是好。

丁唯珺猜测，或许他是在等她先开口吧。她定了定神，知道该顺理成章地问下去。但顺理成章有太多阻碍，或许侥幸，还没被拆穿，这判决要再等些时日；或许大运到来，从头至尾都没被揭露。

她缓缓地开口，那声音里都是颤抖："那，你问他了吗？我弟弟有线索了吗？"

宫浩的目光收拢回来，直直地看着她，只一眼，她就全都明白了，侥幸和大运或许都有，但都没在此刻降临，她要和面前这个男人，确切地说是和自己，坦白了。

宫浩盯着她，一字一句地说："问他了，有线索了。"他说到这儿，声音也颤抖起来，喉咙也有了哽咽，他顿了顿，下一句话还没出来，眼眶却先红了。

他说："你弟弟就是你吧？"

丁唯珺看他红了眼眶，自己的眼泪也不受控制，她仰起头，不让它落下来。

宫浩又问："你弟弟就是你吧？"

他在等最后的答复，也是给自己一个确认。

"对不起，对不起……"丁唯珺低下头，眼泪一颗颗砸在被子上，她在最初让他帮忙寻找时，就知道会有这一刻，甚至为这一刻做了许多准备，可终于到此，还是无法强大到自然地去面对。

或许也不是这样，她自己什么都不是，再糟糕再难堪都能接受，只是她不忍看他难过，看他因自己的欺骗而受到伤害，看他那红了又红的眼眶里，满是绝望。

　　宫浩的眼泪顺着脸颊流了下来，他不去管它，仍在倔强地追问："你弟弟就是你吧？"

　　丁唯珺深呼吸了一口气，终于抬起头，看着宫浩，重重地点了点头。

　　时隔多年，她终于再次正面迎战自己的命运了。

第十四章

十岁之前，丁唯珺被叫作congcong，两个很短促的音节，也不知道具体是聪聪还是匆匆，或是其他类似的文字。他虽然不知道怎么写，但只要那个男人一喊出这两个音节，那就是在叫自己了，或者说，只要一听到这两个音节，就知道，是那个男人在叫他，这世上只有那个男人这么叫自己。

其他人管自己叫什么呢？小叫花子、小要饭的、小兔崽子、小王八犊子，都是些听起来就活该被拍两巴掌的称呼。

他从有记忆起，就不知道自己的父母是谁，一天到晚跟着的，就是一个叫老扁的男人。他管老扁叫"老舅"，其他孩子也都这么叫。那时他们住在郊区的一个大院子里，小孩子最多时有十几个，大多是不健全的，有的豁嘴，有的瘸腿，有的眼睛只剩下一只，另一只里塞了个玻璃球子，时不时还抠下来当弹珠玩。

每到开饭时，这群孩子就如狼崽般围着老扁叫"老舅"，争先恐后，却也怯生生地，怕老扁一个脸色不对，就是一巴掌。老扁力气很大，下手也没轻重，手掌粗糙而厚实，有时一个巴掌下来，被打的人脸上的红肿半天都消不下去。

白天这群孩子也如同狼群般被放出去，散落在城市的街头巷尾，各有各的片区，安静点的就守一个地方老实地卖可怜乞讨，活泼点的就围着有钱客或是善良客转个不停，不给就拉着衣角不让走。当然孩子们自己也没法走，老扁有些眼线，或是伙伴，也是挨个街口转，眼神都贼准，一逮一个准。

被逮回去的孩子，当然少不了惩罚。老扁有个整人的绝招儿，把人倒挂在院子里的树上，拿铁片狠抽脚底板，抽完后脚底板也不出血，就是肿得老高，鞋子都穿不进去，好多天只能爬着走，爬着去乞讨，膝盖和手掌一磨又磨掉一层皮。

他没想过要逃走，确切地说，他根本没有机会逃走，他是院子里少有的健全的孩子，去乞讨时老扁都把他带在身边。老扁乞讨时靠着点技能——拉二胡，那二胡一拉，就悲悲切切的，他就不用做啥，只管在一旁的地上坐着玩就好。

后来他才知道，老扁其实一直想找机会把他卖掉，赚个快钱。可趄摸了好几个买家，都没能成交，老扁的心思就躁了起来。

那时他也渐渐长大了一些，差不多有七八岁了，可以自己出去乞讨了，可他太健全了，没有啥可怜相，于是有天半夜，他正在睡觉呢，突然小腿传来一阵剧痛，他疼得哇哇直叫，才看清是老扁提了个水壶，把滚烫的热水淋在了他的小腿上。那一整片皮肤，没几天就迅速地溃烂开来，可老扁也不给他抹药，就让肉那么烂着，腐肉和新肉纠结在一起，看一眼就恶心得触目惊心。

对他来说，那是地狱的开始。他就拖着那条烂腿，日日去乞讨，去向人展示那腐烂，从一开始的疼痛难忍感染发烧，到后来生命皮囊的日趋顽强，也就渐渐习惯，没了知觉，那伤口也慢慢地不药而愈，结上了一层顽固的痂。

但老扁是最看不惯那结痂的，每当痂初初结起，老扁都会抓住他的小腿，然后一把扯掉。伴随着他撕心裂肺的号叫，那小腿瞬间又血肉模糊，老扁一松开手，他便痛得在地上打起滚来，在那翻滚之中，若有缝隙看到老扁的那张脸，便感觉比世间所有鬼怪都狰狞。

后来，为了抵抗或是为了防止这种剧痛发生，他找到了一个自我解决的方式，那就是每当腿上快要结痂时，他自己就先一点一点地抠掉它。那虽然也痛，但不是剧烈的，是一种能忍受的、一丝一毫地渗入血液的痛。

那纤毫毕现的痛，和冬日里手上渗出血的冻疮一样，每一次撕裂，都让他开始思考：自己的父母是谁？自己为什么会落到老扁的手中？

他自然是不敢去直接问的，就偷偷去问那个只有一只眼的小孩，小孩回答："老舅说了，我们都是被父母抛弃的，没人要，是他捡了我们。"他并不怀疑这个小孩说的话，可自己和他们不同，自己是健全的孩子，那为什么父母会不要自己呢？

他想再去寻找答案，可一时又没了方向。那时老扁院子里出现了一个三十多岁的女人，平时帮着老扁管这些孩子，晚上和老扁睡一屋。她看起来脾气挺温和的，特别是对他，时不时夜里偷偷塞颗糖给他吃。

夏天天气热，女人闻到他身上有酸味，就把他带到院子里洗澡，澡盆里的水晒了一白天，到夜里还热乎乎的，她帮着他把衣服脱了，说："哦，你原来是个男孩子，看你平时乖乖巧巧的，还以为是个女孩。"

他的小腿碰到水，疼得轻轻哼了一声，女人看着那小腿，心疼得不敢再看，说："咋这么祸害孩子啊？"

没人疼爱，就要早早地学会察言观色，他看眼前这人心疼自己，便抓住机会说："阿姨，你知道我爸妈是谁吗？"

女人摇摇头说："我听老扁提过两句，好像是你妈把你卖给他的。"他一听，自己果然不是被抛弃的，可被卖和被扔掉，也没啥太大的区别，他便不再说话。女人却在这话里听出了些别的意思，她说："咋的？你想找爸妈啊？"

他怕被打脚底板，急忙说："没有没有，我就是想问问。"

女人叹了口气说："对啊，哪有孩子不想爸妈的。"她让他闭眼睛，把一瓢水浇在他头上，说："我也有个像你这么大的孩子，是个小女孩，后来丢了，其实也不是丢了，我怀疑是被我老公卖了。然后我就四处找孩子，找着找着就找到这儿来了。"

他说："是老舅买了你的孩子吗？"

女人摇了摇头说："不知道谁买了，所以我得找啊，找着找着，竟然就和他们这群人混到了一起，我一开始是想报警让警察抓他们的，可警察一抓，我的线索又断了，还不如和他们混在一起，没准这样能更快找到孩子呢，你说是不是？"

他不说话，还闭着眼睛等着她搓头发。女人兀自笑了笑说："算了，说这些你也听不懂。"

她在他的头上倒了点洗发水，慢慢地揉搓着，然后头靠近他的耳边小声说："你要是想逃走，去要饭的时候路过警察局，就是有警察进出的地方，你跑进去，死活都不要再出来。"

他闭着眼睛，洗发水还是流进了眼睛，有点杀得慌，可也有股淡淡的桂花香气，搅得鼻子和心里都痒痒的。

第二天，是个雨天，一开始是小雨，淅沥沥地下着，他披着塑料布，照旧出门去乞讨。他躲在一家鞋店的屋檐底下，一旁的音箱一直喊着："甩货甩货大甩货，原价两百三百的皮鞋，现价只要三十五十……"

那音箱把他的脑袋震得嗡嗡响，他捂住耳朵，隔绝了大部分的声音，眼前的世界也成了无声的电影，雨滴砸在地上，落在行人的雨伞上，一朵两朵开成花。他的心里也冒出了些花骨朵，就着这雨水，滋养出了些冲动，沿着这街道，往前走，三个路口后左转，走到底再右转，那里进出的警察最多，他要冲进去，死都不要再出来。

他在心里规划好路线，便猛地站起身，奔跑了出去。小腿的伤口上，沾了雨水，又是针儿针儿地疼，他咬着牙不去理会，反而因疼痛而加快了步伐。雨水落在他披的塑料布上，砸出噼里啪啦的声响，那声响是鼓点，或许一步一步踏着就上了青云。

他是一路低着头，猛地冲进警察局的，撞到了一个人才停下来，那人"哎哟"一声，说："孩子，你跑慢点。"

他抬起头，看是个中年男人，没穿警服，就分不清身份。

男人说："你是谁家的孩子？你爸妈呢？"

他立马低下头不敢吭声，镇定了半天才说："我找警察。"

男人笑了笑说："我就是警察。"

"你没穿警服。"

"没穿警服我也是警察，你有啥事和我说吧。"

他看着警察蹲下身子，一脸的笑模样，来往的穿警服的人，确实也和这个男人点头打招呼，就放下了戒心，说："我是要饭的，我没爸妈，我不想要饭了，有人告诉我往这儿跑，警察会帮我的。"

男人愣了下，继续打量他，说："确实是个小叫花子。"然后又问："那平时你住哪儿？谁带着你啊？"

"老舅。"

"老舅叫啥知道吗？"

"叫老扁，他买了我。"

"好的，我知道了。"男人起身牵住他的手说，"你跟我走。"

他想起给自己洗澡的女人说的话，进去了就死活都别出来。他突然定住脚步，一屁股坐在地上，说："叔叔，我不能出去，我死活都不能出去。"

男人疑惑了："为啥？"

"不为啥，就是不能出去。"

"我带你是去核实情况，也不能你说啥就是啥啊，如果情况真和你说的一样，我再把你带回来。"

他还是迟疑，男人俯下身一把抱起他说："小家伙，你要相信警察叔叔。"

他不再挣扎了，任凭男人抱着自己放进了车子，然后车子启动，男人说："小家伙，给叔叔指指路吧。"

他点了点头，窗外传来一声闷雷，接着雨越下越大，男人看着雨刷器刮来刮去，说："咋赶上这样的天了呢？这天在家喝点酒最舒服了。"说完他那嘴角露出一丝笑意，启动了车子。

车子一路开到大院门前，男人摇下车窗，冲着里面喊："老扁，老扁在家吗？"

老扁听见声音从屋里走出来，手里还拿着半个馒头，他撑了把雨伞，说："哟，孙警官，您咋来了？"

"我咋来了？我来给你送孩子来了。你说你，自己家孩子也不看好，大雨天的往警察局跑。"

老扁一听，脸就沉了下来，过来拉开车门，就看到他蜷缩在后座。他已经感到事情不妙，但还没放弃，拉住孙警官的衣服，说："叔叔，叔叔，我不是他的孩子！叔叔，叔叔，求你救救我！"

孙警官回过头说："孩子乖，快进屋去。"然后缓慢地掰开他的手。

老扁一把把他拽出车子，接着就一脚把他踹倒在泥地里。"妈了个巴的，还知道往警察局跑了！"说着他抬脚又要踹。

孙警官咳嗽了两下，说："你就别当着我的面打孩子了。"

老扁收回脚，说："好的好的，听您的，真是给您添麻烦了。您哪天有空？请您吃饭。"

孙警官想了想说："那就周六吧，江北新开了个度假村，听说鱼挺好吃的。"

"行，那咱们就吃鱼。"

他满脸愤怒地看着孙警官的车子开走，老扁扯着他的耳朵，把他拎进了院子，一条铁链拴在了脚上，另一头拴在了树上。教他逃走的女人站在屋檐下看着他，四目相对，她的目光里全都是怜悯，可也全都是无用。

老扁拉着女人摔门进了屋子，继续吃饭。他站在树下，雨越下越大，树叶再也遮挡不住那暴雨，雨水全都砸在了他身上。他感到冷，刺骨地冷，掉进冰窟窿里似的冷，他环抱住自己的身体，缓缓地蹲在了地上，面对未知但必将到来的惩罚与恐惧，绝望地哭了起来。

黄昏时，雨停了下来，屋里传来叮咣响的摔东西声和争吵声。他蜷缩在地上，身子滚烫，却又冷得直打哆嗦，他隐约听见争吵的内容，老扁怀疑他逃去警察局是女人教的。

争吵停止许久后，女人从屋子里跑了出来，脸颊红肿，看一眼就知道是老扁那粗厚的手掌打的。她夹着个包袱，是要走的意思，走到门前，却又折回身来，来到他身边，蹲下身抱住他滚烫的身子说："对不起，我管不了你了。"然后她把卷成小纸筒的一百块钱，塞到他手里说："藏好了，饿时自己买点吃的。"她起身，仓皇地逃走了，消失在那仅剩一丝的暮色里。

过了一会儿，老扁出来，醉醺醺地拎着截铁管子，来到他身边，拉住他的腿，瞄了又瞄，说："我把你腿打折，看你还跑不跑？"

他胡乱蹬着腿，可绵软无力，只甩出些泥点子，老扁的手越攒越用力，然后那腿就被拉得直直的，不能回一点弯。老扁另一只手抬起铁管子，又瞄了瞄，他哭号着说："老舅，求你了，我再也不跑了，再也不跑了……"

老扁听不进去那求饶，脸憋得越发红，眼看手起管落，他突然一口气没喘上来，眼皮一翻，晕了过去，一整个绷紧的身子，都瘫软了下来。

老扁愣了一下，缓缓地把铁管子放下，也放下了他的腿，然后踢了踢他，见没什么反应，也不慌。听见门前其他乞讨的孩子回来了，他拍拍手回身，问："今天要到多少钱？"

一只眼的小孩看到他躺在地上，问："老舅，他咋啦？"

"他呀，不听话，想要跑，死了。"说完老扁接过孩子们递过来的零钱，一张一张耐心地数了起来。

他因发高烧，昏昏地睡了过去，院子里稍微大一点的孩子，夜里把他抬进了屋子，照猫画虎地照料着，其实也都是生死由命地挨着。到第三天，他醒了过来，烧也退了，太阳照在被子上，暖洋洋的。他算是逃过了一劫，也因这生死劫，保住了一条腿。老扁也没有再提要打断他腿的事情，还拿了个韭菜盒子过来给他吃，说："你命还挺大，以后别乱跑了，河南、山东那边有人联系过来，有几个好人家，想买个儿子，真相中你的话，你就过去吧。"

这算在他心里投下个念想，"好人家"三个字，听起来就暖烘烘的，黄昏里的烟囱，院子里的葡萄藤，都是不敢想的事情。

之后他老实地乞讨，没再生出逃走的念头，秋去冬来，还真来了一对中年夫妇，从头到脚地盯着他看，却都是挑剔的神色，嫌弃他病恹恹的，没个小男孩生龙活虎的劲，最后没相中他，倒是把一只眼带走了，说传宗接代，一只眼睛就够了，价钱还便宜一半。

他的心凉了大半截，没了"好人家"这个盼头，日日乞讨也没了精神，冰天雪地风窝子里一佝偻，有时还要被逛街的傻子踢两脚。有时他冷得急眼了，就偷溜进商场，保安不让进，就趁人多时往里混，混进去钻进洗手间里，暖和一会儿是一会儿。去洗手间的路上，会经过一家旅行社，门前立着易拉宝广告，海岛旅行，蓝天大海，椰树沙滩，看着就暖和，就向往，他想如果能生活在那里就好了。

春节到了，老扁因一只眼卖了出去，得了意外之财，心情大好，煮了一大锅饺子给孩子们吃。他也分到一碗，小心翼翼地捧着，准备回屋里吃，可到了院子里，却因不远处一个烟火的突然炸响，吓得一哆嗦，碗掉在了地上，饺子摔了一地。他急着蹲下身去捡，却被两只野狗围上来，他一边撵野狗一边想捡起几个来，最终饺子却都被野狗囫囵地吞了个精光。

他蹲在地上，气野狗也气自己，饥饿的肚子和手上的冻疮一起疼了起来，那烟火又一颗接着一颗炸开，他抬起头看，好漂亮，一片美好，可也都和自己无关。

他在那一刻，又想起了商场里的广告，蓝天大海，椰树沙滩，于是那逃走的念头，又冒了出来。

跟随着这个念头，世间的齿轮开始严丝合缝地运转，最后把王相佑这个死神送到了他的面前。

春节刚过，他继续蹲在风窝子里乞讨，骑着港田三轮车的男人来到他身边，说："小孩，跟我来，给你点吃的。"

他不想理会，也不想要那吃的，就假装没听到。男人又说："你蹲这儿干啥啊，多冷啊，我有个好地方，保证又暖和又舒服，要的钱还比在这儿多。"

这回他动摇了，寻思去看看也无妨，就跟着男人走了几步，还上了男人的港田车，男人递过一条手帕来，让他擦擦鼻涕。他寻思：这男人为啥对自己这么好？没继续多想下去，他就照做了，然后就啥也不知道了。

再醒来，他躺在一个小房子里，一打眼就看到窗外是一片冰湖，也像是水库。他的手脚被捆绑着，嘴里塞着破布，蜷缩在炕上，绳子磨得手腕和脚腕生疼。他心想，坏了，这是被绑了，那个骑港田车的是个坏人，可是绑自己要干什么呢？是要杀自己还是要卖自己？他还没来得及多想，男人进来了，嘻嘻笑着看他，说："小家伙，你醒啦？"他说不出话，只发出"嗯嗯"的声音，男人靠过来，把他嘴里的破布拿出来，又把手脚都解开，说："你别怕，叔叔不会伤害你。"

虽是这么说，但他还是吓得直哆嗦，说："那叔叔，你抓我干啥？"

"抓你来陪叔叔玩玩。"男人说着抓起他的手，拉着放在了自己的裤裆上，那里鼓鼓的，有东西在搏动。他急忙缩回了手，男人却开始脱他的裤子，他挣扎着不依，男人硬是把裤子拉了下来，拉下来的一瞬间男人便愣住了，说："你是男孩？"

他趁着男人愣住的一瞬间，在男人脸上抓了一把，撒腿就跑。屋子很小，就一扇门，他朝那门冲过去，男人转身一把薅住他的脖领子，腾空把他拽了回来，劲使得太大，直接甩在了对面的墙上。他疼得叫不出声来，趴在地上闷哼，男人把他拉起来，脸上不再有笑容，骂了句："妈的，咋看走眼了？"男人在屋子里踅摸了一根铁丝，说："看走眼了也不能放你走啊，你就当自己倒霉吧。"

男人两手各拉着铁丝的一头，靠了过来，他无处再躲，靠在身后的墙壁上，那墙壁结了一大片的冰霜，手指头摸上去滑溜溜的，却并不感觉冷。他想死可能也这样吧，听着挺恐怖，但不会太疼。

他吓得已经闭上了眼睛，却听到门突然被踹开的声音，他睁开眼看到男人已经跳窗跑走了，另外三个人追了上去，喊着："警察，别跑！"听到是警察，他一下子就哭了出来，抹着眼泪趴窗户边看他们追男人，可多看两眼他突然觉得不对劲，其中有一个是把他送回老扁院子里的孙警官。

他一个激灵不哭了，也是在那一瞬间，突然看到了命运的分岔点，他不能等在这里，那个孙警官还会把自己送回去的。他要抓住这个死神送来的机会逃走，逃得远远的，一路往南方去，再也不回来了。

他想到这里，没有再犹豫，坚定地跑了出去，一路跑到山林里，树木摇摆，棵棵如人站立，他也是其中一棵，隐没进去便难寻。

消失在山林里之前，他最后回头看了一眼，警察们已经追男人追了很远，男人无路可逃了，两头的路都被堵上了，身边一大片冰湖，数九寒天，冰冻三尺，男人坠不进湖心，只能坠入自己的罪恶深渊。

穿过山林，树木都隐退，他一路跑到了一个小镇上，远远听见火车进站的鸣笛，他知道那火车能带他去远方，便朝着那火车站奔跑而去。进了车站，看着列车表上一排排的文字，他都不认识，也不知该买哪一班车的票，他手里攥着那个阿姨临走前给的一百块钱，当时一直没花，想着饿急眼时买点吃的，现在竟成了逃命钱。他走到售票窗口，把钱递过去，说："阿姨，我买一张去南方的车票。"

那售票员阿姨斜棱着眼看他，说："啥南方啊？你家大人呢？让小孩来买票也不说清楚买去哪儿的。"

他被吓到了，也说不清楚，就退了回来，看身后一个男人急慌慌地买了张去沈阳的票，售票员说八十元，男人拿着票离开。他再次站了过去，学着说买张去沈阳的票，钱递了过去。这回售票员没说话，噼里啪啦地打字，车票和零钱一起递了回来。他拿着票还有点不放心，问："阿姨，沈阳算南方吗？"

售票员说："和咱这儿比哪儿都算南方。"

他这下安心了，但握着票，也不敢乱走，一直紧盯着那个同一班车的男人，男人坐下休息，他也坐下休息，男人去外面抽烟，他也跟在不远处等着。车站的工作人员问他："小朋友，你家大人呢？"他就偷偷指了指那个男人，工作人员也就不再多问，说："别乱跑，跟紧你爸。"

他就这么一路假装地跟紧男人，终于上了火车，找到座位，先后买的票，正好是挨着的座位，没有啥人再去怀疑他。

他头一次坐火车，哪里都新奇，东看西看，火车就开走了。风景一路倒退，好新奇，看一会儿就眼花了，可他仍旧趴在桌子上看，所有山川都后退，看着看着，竟有了点道不明的情绪，是松了口气，也是委屈太久，眼泪就落了下来。他一直在心里和自己说，别哭别哭，终于逃走了，逃走了就再也不回来了。

十几个小时的车程，他用剩下不多的钱买了桶方便面，连汤喝了个干净。车子到了沈阳，旁边的男人下车了，他也要跟着下车，可看了眼窗外，还是白雪皑皑的，怎么跑了这么久，还没到暖和的地方？

他看车上还有好多人没下车，就知道车子还会继续往南开，他多了个心眼，没有下车，而当列车员来检票时，他一出溜，躲到了椅子底下，然后就再也没出来。车子再次开动，一路摇摇晃晃，他看不到窗外的景色，只有一双双脚来回地在眼前穿行，女人的鞋子，男人的鞋子，小孩的鞋子，数着数着，就睡了过去。

梦里也都是鞋子，一双双男鞋女鞋吊挂在屋檐下，阳光还挺好，反射着皮鞋上的光。老扁和要杀他的男人并肩站着，让他快选一双穿，选错了就要挨打。他把手伸向黑皮鞋，一棍子就打来，他又把手伸向高跟鞋，又一棍子打来，他不知道该怎么选了，就赤着脚逃走，可刚跑了几步，迎面一盆水就泼了过来，脏脏的，带着点消毒水的味道。

他半梦半醒间，听到一个大妈的叫声："哎呀妈呀，这儿咋还躺着个人呢！"

他睁开眼睛，看到一个拖把伸在眼前，那消毒水的味道，就是来自这里。他从椅子下爬了出来，见整个车厢的人都走空了，一个大妈拎着桶水在拖地。

大妈说："小孩，你咋在这儿睡着了？你家大人呢？"

他还是迷迷糊糊，说："这是哪儿啊？"

大妈说："这是哪儿？这是终点站，北京。"

他嘀咕着"北京北京"，电视里看过，这是首都，有长城、故宫、人民大会堂，他撒腿就跑了出去，一路跟着人潮，混迹着出了车站，却进入了更大的人海。

车站门前接站的、拉客的、叫卖的人混杂在一起，进站出站的人流如江河入潭。他这条鱼投身至此，突然就不知道该往哪里去了，以前一心只想着要逃走要逃走，此刻终于逃出生天，反而有了更大的恐慌。

他就那么漫无目的地离开了车站，过了天桥，城市铺在眼前，太大、太宽阔，看不到边界，可也太繁华、太绚烂，处处都好玩，都让人眼花缭乱。

他胡乱看着，胡乱走着，就走到了夜色里，霓虹灯和车水马龙都比远方的小城壮丽。他走累了就蹲在路边，继续看那街景，也渐渐感受到北京的寒冷，怎么跑了这么远，还是这么冷啊？他搞不明白，那个温暖的海岛到底在哪里？

他突然感到小腹隐隐作痛，可能是着凉了，以前着凉就差不多这么痛，但这次又觉得有些不一样。他起身找了个公共厕所，想要方便一下，却只有小便，他盯着那小便的颜色，从微黄慢慢变成了血红，完全就是血流如注。

他呆住了，不知道该不该尿完，在旁边小便的小男孩，看到也吓坏了，说："你尿血了，你生病了，快去告诉你妈妈，让她带你快去医院！"

他心里的第一个念头是"我没有妈妈"，第二个才是"我生病了"。生病了就要去医院，他知道，虽然以前生病时，老扁只会塞几片止痛药给他们吃。可是医院在哪儿呢？他不知道，得慢慢地找，可现在小腹却越来越痛，痛得快直不起身来了。

他问那个小男孩："医院在哪儿？"

小男孩想了想说："出了这儿往前一直走就有一个，可大了。"

他便捂着肚子，离开公厕，一直往前走，走一阵停一阵，疼得浑身都出了汗，却越发觉得冷了。他眼看着前方就是医院了，那十字和他的血尿一样深红，可他却再也走不动了，如一只刺猬般，蜷缩在路边，夜色深重，没人看到他。

他缓缓地闭上了眼睛，世界落下了幕布。

接下来的故事，是煎锅摊蛋，人生腥气，命运肌理，炙烤久了，都该翻面了。

他晕倒后，被医院的一名医生发现，那是个和蔼的阿姨，五十几岁，从面容到脾气，都是温柔。她救了他，把他带回医院做了全身的检查，竟又是一场宿命的翻转，他尿血的原因，是患有苗勒管永存综合征。通俗点说，就是身体里同时存在两种生殖系统。难听点说，就是阴阳人。

医院进一步对他进行了染色体筛查，出来的结果是 XX，也就是说，从生物学角度讲，他是个女生。

这真是老天爷开的一个天大的玩笑，当了这么多年的男生，现在要换一个性别了。

幸好他那个年纪，还没来得及对性别产生强烈的意识，而他自身也对性别的改变没有过多的困惑，于是便懵懂地跟着阿姨的步子，被牵着去做了一轮又一轮的检查，进行了一场又一场的手术。

当某天再睁开眼时，阿姨坐在她身边，把一个户口本摊在她面前，那上面的性别已经成了"女"，姓名一栏写着"丁唯"，而那个阿姨也成了她的养母。

光阴葱郁，如梦一场，她就这么有了家，有了妈妈，也就这么从"他"变成了"她"。她和曾经那个冰天雪地里的野孩子，正式告别了。

然后日子匆匆，野草和树苗一起拔节，她的小天地里因有了母亲的庇护，不再刮风漏雨，她得以完好地长出主干，再抽枝发芽，长成大树。

再之后，庸常袭来，生老病死，都躲不开。母亲生病，她考上大学；母亲病逝，她收拾行囊，再一次告别，接受了深圳公司的这份工作。别人都说她傻，做文字工作，当然北京更有氛围。但她却执意离开，因为她清楚，只有继续离开，才能彻底抛掉所有过往。

以前一张票逃到北京，是为了活。现在一张票离开北京，是为了死，是为了彻底埋葬，是为了不再有人提起那难听的阴阳或者双性之说。

后来在某些遥望香江的闷热夏夜，她心中也早已忘记了童年向往的那座海岛，蓝天大海，椰树沙滩，都是幻象，都是命里求生时的一口气，这么多年，她终于能喘匀了。

她再一次改了名字，在"丁唯"后面加了个"珺"字。拿到新身份证的时候，她仰望青天，竟有些热泪打转，这回终于没人再知道她了，过往也都是一片薄云，可以随南方的季风，散落天涯了。

丁唯珺讲完这长长的故事，所有的情绪也跟着那故事起落，在此刻回收平整，剩下的只有忐忑。她紧紧地盯着宫浩的眼睛，却又不敢太长时间直视，除此之外再也不能做什么。此刻的任凭发落是无助，也是绝对的坦白。

宫浩却久久地愣在那里，无论是这过往的悲怆与沉重，还是那身份与性别的转变，都是巨大的冲击，山风海啸席卷，一时寸草不生。

丁唯珺试探地开口："你倒是说句话啊。"

宫浩才回过神来说："没想到你经历过这么多事情，这些年一定过得很辛苦吧？"

"那你还怪我吗？"

"我不怪你，这么大的事，确实不好开口。"

只这一句话，丁唯珺就要哭出来了，她又去触碰宫浩的手，觉得握住了，最难的就过去了。可那手只碰了一下，宫浩又像触电般躲开了。

　　"你还是在怪我？"丁唯珺愣了下说，想了想又猜到另一个方向，"还是说你心里有道坎，迈不过去。"

　　宫浩搓了搓脸颊，很自嘲地笑了笑说："这事咋就让我摊上了？"

　　"你啥意思？什么叫让你摊上了？"

　　宫浩低下头不看丁唯珺，说："就是你想的那个意思。"

　　丁唯珺脸色一下子就变了，她说："宫浩，你听着，我对我的过去，不抱怨，也不自怜，我能以现在的身份活到今天，已经满怀感激了。关于我的身份这件事，我知道这个世界上的人大多都是世俗的、有偏见的、狭隘的，我也不去强求让每个人都理解，我这些年也都很努力地去隐藏它。"

　　"你说这些干吗呢？"

　　"我说这些就是要告诉你，我不是你们眼中的变态，也不是怪物，我只是生了一种罕见的疾病而已，我没有对不起任何人，我也不需要看任何人的脸色！我知道，我们是恋人，我应该一开始就开诚布公地和你讲，这是我的不对，但现在你知道了，也不晚，你想怎么样就怎么样，我都能接受，如果给你造成伤害了，那我也郑重给你道个歉。我话说完了，你可以走了。"

　　宫浩却没挪动身子，他看着丁唯珺说："你说得对，这世界上大多数人都是世俗的、有偏见的、狭隘的，我也不敢保证我有多开明，可是……可是……你可以瞒着我的啊！你如果想的话，你是可以一直瞒下去的啊！你瞒下去不就好了吗？为什么要为难我？为什么要为难我？"

　　丁唯珺知道他的为难里，有不甘，有不舍，有很多的爱意。他知道自己一时无法转变那些固有的思想，无法不在意他人的目光，也无法大旗一张任凭生活被宣扬。所以他就想着，如果能不知道该多好，一切都没发生该多好，哪怕就算糊弄糊弄他也好啊。

可已经车到山前，覆水难收了，就算假装什么都不知道，心里的刺也扎下了。

丁唯珺看着宫浩那红了的眼眶，心里也满是酸楚，她的眼泪又落了下来，说："我没有想为难你，我真没有，我发誓，我不想让你受到一丁点的伤害。"

"那你为什么让我去帮你找老扁？你明明知道，去找老扁就会接近真相的。"

"我知道，我当然知道，但除了你就没人能帮我了，就没有人只听几句话，只看一张照片就头也不回地去帮我了……"

"是啊，是啊，你全都明白，可是我到现在却糊涂了，你为什么要去找老扁？事情都过去那么多年了，你还这么费劲巴拉地找他干什么？是想报仇还是对他有感情念旧啊！"

丁唯珺低着头说："不是，都不是……"

"那是啥？那是突然伸张正义为民除害了？还是折腾我好玩？和我玩寻宝游戏，让我一步一步找到真相，吓自己一大跳！"

宫浩气愤地站了起来，肚子上的伤口又抻到了，疼得直咧嘴。

"宫浩，你别激动。"

宫浩点了根烟，狠狠地抽了一口，说："我不激动，我就是纳闷，我就是疑惑，我就是想不通，你到底还有多少事瞒着我？！"

"没有了，就剩这一件了。"她缓缓地抬起头，盯着宫浩那被折磨得疲惫不堪的脸说，"宫浩，我要死了。"

宫浩本来要再抽一口烟，听了这话，那递烟到嘴边的动作就停了下来，手悬在了半空中，烟雾自生自灭，一点一点地缭绕。

他死死盯着丁唯珺的眼睛，想寻找到哪怕一丝丝的玩笑和谎言，可是都没有，那因哭泣而红肿的眼睛里，全都是这些年愁苦和颠沛一点一点累积的血丝。老天不知为何这么没有耐心，不等它们消退掉，就又急着对她下手了。

宫浩怒吼了一声，把烟狠狠地摔在地上。

门外，可可在那里伫立了好久，把这一出十几年的人间悲欢听完看完。她本来是去买饭的，可现在却两手空空，饭菜去哪儿了呢？她左右看了看，走廊里病人和家属来来往往，面容悲喜各有不同。

她想起来了，刚才买饭回来，被医生叫去，说丁唯珺的检查结果出来了，她才慌乱地把饭菜落在了医生的办公室。

此刻，她把手插进口袋，从那里摸出了一张诊断书，上面有一大堆医学术语，最让人揪心的是那几个字：肾衰竭，尿毒症晚期，高危。

她看了看这诊断书，又看了看门里的情况，两个人的话都到了尽头，她是时候硬着头皮进去了。

可可一进去，三人对立，丁唯珺的计划就摊开在了眼前。

丁唯珺的计划是什么呢？其实也不是什么计划，只是一个人想活着罢了。

她那晚在程松岩家尿血后，给深圳的俞医生发了个消息，还把所有的检查单子都发了过去。隔天俞医生回了电话，讲了病情，她一瞬间身子发软，坐在椅子上起不来。

俞医生看不到她的样子，继续轻柔地说："这种病也不是没得治，建议你赶快做肾脏移植手术，难处是肾源要排队等。"

她问："要等多久？"

俞医生说："每个医院情况都不一样，没有个确切的等待时间，运气好的话，一两个月就能等到。"

那剩下的没说的话是，运气差的话，可能就再也等不到了。

丁唯珺不觉得自己是个运气好的人，运气好的人不会被生活下这么多绊子。

俞医生说："除了等肾源，还可以联系一下家人，看看有没有捐赠的可能，家人之间移植的话，排异也能小一点。"

丁唯珺苦笑了下，说："我没有家人。"

挂了电话，丁唯珺抱着双腿，把脸掩埋在上面，这一路跌跌撞撞的人生，浮光掠影地又走了一遍。如果说当年遇到养母，是命运的一次垂青，那场手术，是人生的一次重塑，却不曾想到，这垂青和重塑里，也早已为今天的时刻埋下了沉重的伏笔。

从那场手术后，她遵循医嘱，服用了好多年的激素，常年的药物代谢，才导致肾脏出了问题。这一环套一环的因果，不讲理，也无法讲理，那就只能怪命不好，怪老天不公，它从来不会轻易给你一些东西，给了必然就要有代价地偿还。

她顺着这思路再往前想，这一切的因果，也不是没有源头的，那不知出于什么原因，把自己卖掉的亲生母亲，那没有阻拦或许也是同谋的亲生父亲，他们都是自己悲惨人生的始作俑者。如今的他们已经人到中年或是老年了吧，人生境遇不同了，会对抛弃孩子的事情有了新的反思吗？或是他们也早已分道扬镳，在各自的人生里酸甜苦辣着，忙忙碌碌间，把这个他们曾经共同缔造的小生命给忘了。

她觉得，现在就是她要索取的时刻了，是时候去寻找他们了，如果能找到，他们也愿意给自己捐一个肾脏，那她感激不尽，他们抛弃了她一次，但又给了她第二次生命，怨恨可以勾销。

如果他们不愿意，那也无法强求，就只当见识一对陌生人，自私又阴冷，根本不配做父母。她会把这些年的遭遇都讲给他们听，让他们知道自己的行为导致了血脉半生的痛楚。

他们听了或许会难过，也或许没有波澜，但人总会有夜深人静睡不着的时刻，那时心里的小火苗就会燃烧一点，把他们的良心放在锅里煎一煎。无论是一个肾，还是这内心的煎熬，都是老天让他们该有的偿还。

光是想象，就让丁唯珺心里生出了些慰藉，就连死亡，都没那么怕了。若世间真有因果报应，她的灵魂便能轻盈一点，若再有轮回，她想做一棵树，挺立在天地间，山风不乱，永远骄傲。

第十五章

审讯室的木椅子不舒服，老扁坐在上面，不停地挪动着屁股，一动手铐就哗啦哗啦地响，他不耐烦地看向单向玻璃，说："你们干啥玩意儿呢？快点审巴审巴得了。"

这次审讯由沈队亲自负责，临进去前，宫浩跑过来，说："沈队，您让我帮您做个记录吧。"

沈队说："不用，你伤还没好，快回去休息吧。"

宫浩却坚持，说："您就让我在旁边听一听吧，也是想和您学习学习。"

沈队笑了，说："咋突然这么上进了？"

"也不能一直就这么混下去啊。"

沈队还没松口，旁边的女记录员把笔记本电脑往宫浩手里一放，说："正好我这几天得了腱鞘炎，一打字手就疼，辛苦你啦。"

沈队说："什么腱鞘炎，我看你化妆时手把不是挺利索吗，就是犯懒。"

女记录员说："我那也是被逼得没法，要是有人替我化妆，我也不自己化啊。"

沈队笑了笑，没再多说什么，和宫浩一起进了审讯室。

一进门，老扁就说："可算来了，你们审犯人也不是大姑娘上花轿，咋这么磨叽呢？"

沈队板着一张脸坐下，说："你严肃点。"

老扁说："你管我严肃还是嬉皮笑脸呢，交代时不和你们兜圈子就得了呗，我要是像个闷葫芦似的一声不吭，你们不是又该气得拍桌子瞪眼睛了？"

沈队被撑得回不了话，宫浩说："我看你现在是死猪不怕开水烫了。"

老扁说："你都挨一刀了还没弄明白啊？我到现在伸头是一刀缩头也是一刀，有啥好怕的？"

宫浩说："既然这么敞亮，那就别废话了，早点送你上路吧。"

老扁说："行，但我想先问个问题，就是等我死了，不管是被一枪崩了，还是犯病死在监狱里了，跟着我的那个孩子，你们打算咋处理啊？"

沈队说："找到他的父母，送回去呗。"

老扁说："我就是他爸，他是我亲儿子。"

沈队说："你别胡扯了，亲儿子你让他要饭去？"

老扁说："真的不骗你，不信你们去做亲子鉴定，他是我和一个疯女人生的，后来那个女的死了，我也一把岁数了，除了要饭也没啥能耐。"

宫浩说："亲儿子你还给他戴了个定位器？"

"那玩意儿不是看他的，是怕他跑丢了我着急，再说了，就那个小手表能拴住他吗？他要是想走，摘下来随便一扔就没影了。"老扁晃了晃脑袋，好像挺得意，"警官，你说血缘这玩意儿也怪啊，那些捡来拐来的小孩，动不动就想跑，这自己的孩子打都打不走。"

沈队说："行了，别感慨了，如果他真是你亲儿子，没了父母的孩子，我们会送去福利院的。"

老扁说："这就对了，福利院有屋子有暖气，比要饭强多了。"

"那现在可以交代了吧？"沈队说着把一沓资料翻开，推到老扁面前，"看看，这些都是你拐卖过的孩子吧？"

老扁随便翻了几页，说："是是是，都面熟。"

沈队说："那还能记清都是在哪儿拐的又是在哪儿卖的吗？"

老扁一脸愁容，说："这就太难为我了，都这老些年过去了，我还爱喝酒，脑子不好使了。"

沈队说："没事，你慢慢想，想起来几个算几个。"

老扁就伸手去翻那资料，翻了几页就没耐心了，说："这些孩子吧，有一部分是我买的，有一部分是拐的，还有一部分是捡的。"他指了指其中一个说："你看这个吧，是我在那个哈尔滨的火车站抱走的，当时他妈跟个山炮似的买糖葫芦吃呢。还有这个也有点印象，是在妇幼医院后门那个垃圾堆里捡的，孩子有毛病，家里人就给扔了，我用了好几罐奶粉才喂活呢，你说我这人是不是心还挺善的？"

沈队冷笑一声，说："你有时是不是还觉得自己是个好人？"

"那咱可没有，但比起那些抛弃孩子的爸妈，我还不算个坏人。"老扁叹了口气说，"警官，你看我说得对不对，每个人其实都不能凑近了看，凑近了看都挺吓人的。"

沈队说："你别和我扯这些没用的，快点继续交代。"

老扁低下头，继续翻资料，一脸愁容，说："还交代这些有啥用啊？2008年还是2009年的时候，你们把我的大院子连窝端了，这些孩子不是都救走了吗？"

沈队说："对，当年还从你大院里挖出好几具小孩的尸体。这个你也要交代一下。"

老扁说："那生老病死不是太正常了吗！死的那几个也都是本来就有病的，还有的是不老实，打了一顿没挺过去的。"

沈队说："他们是从哪儿弄来的？还记得身份吗？"

老扁摇摇头说："真不记得了，死都死这么多年了，记得也没啥用了。"

沈队说:"对你来说是没用了,但对那些找了孩子十几年的父母们,这些很重要,他们盼了这么多年,总算把你抓着了,以为终于有孩子的下落了,他们要听的不是啥都不记得!"

老扁说:"那我能有啥办法,我就是不记得。你冲我发火,你骂我一顿,打我一顿,我也还是不记得啊,我又不是在装疯卖傻不想交代。"

沈队暗暗握紧了拳头,气得身子微微颤抖,可也没有丝毫的办法。

宫浩给他点了根烟,说:"沈队,你歇歇,我和他聊聊。"

宫浩又掏出丁唯珺小时候的照片,说:"这个人你还记得吧?"

老扁说:"你啥记性啊?前几天不是都和你讲过一遍吗?这个小孩被那个变态杀人犯抓走了,我一开始以为死了呢。后来听孙警官说才知道,命大没死,跑走了,也不知道跑哪儿去了,大冬天的没准冻死了,也没准被黑瞎子^①舔了……"

沈队听出不对劲,说:"孙警官?哪个孙警官?"

老扁说:"你们刑警队还有几个姓孙的?就是小眯眯眼,爱吃鱼那个。"

宫浩和沈队对看了一眼,他说的是孙大爷。

沈队说:"你还认识孙警官?"

老扁说:"那咋不认识?他在我这儿没少捞好处,不过也没少照顾我,要不是有他罩着,我那个大院子早就被端了。后来查得越来越严,他保不住我了,提前给我透露了口风,我这才跑走了,要不你们当年就把我逮住了。"

沈队和宫浩听了这话,都有些震惊,互相看了看,都没吭声。

"哎,现在那个孙警官咋样了?当上队长了没?他那人就是个

---

① 黑瞎子:方言,黑熊。

官迷，有次喝多了和我嘀咕，说什么好像是因为没当上队长，心里憋着气，才走歪路的。"见两人不吭声，老扁说，"咋啦？他被双规啦？"

沈队把烟掐灭，说："这些都和你无关，别瞎打听，继续交代你的事情吧。"

宫浩继续询问，说："那这个小孩，你还记得是从哪儿弄来的吗？"

老扁说："记得，这个印象深刻。你给我根烟，我讲给你听。"宫浩递了根烟给他，给他点上，他抽了一口，轻轻地吐出，像抽事后烟般舒坦。他说："当年咱们市里有条小粉街你知道吗？"

宫浩摇了摇头。老扁看向沈队，说："你知道吗？"

沈队说："痛快说重点。"

"假正经，上了岁数的男人没有不知道的。"他又看向宫浩说，"那条街全都是理发店、按摩店、小啤酒屋啥的，家家亮着小粉灯，里面的女的一码色的小短裙，你这回知道是干啥的了不？"

宫浩说："知道，扫黄的地方。"

老扁说："还真是立场不同看事情的角度就不同，我管那叫嫖娼的地方。那时我每个月都会去几回，一来二去就和洗头房一个年轻的小姑娘走得挺近，啥都聊，但也没啥实话，可能都在幻想另一种活法吧。她说她是广东来的，和男朋友分手闹别扭，一气儿就跑得远远的。可那一股大糙子口音，一听就是本地人，我也没拆穿她。我说我是开大车跑运输的，老婆孩子一个月也见不到几回，有时还挺想家的。

"她就问我家孩子是男孩还是女孩，我说是女孩，老婆生不出男的。她就说她有个小男孩，问我要不要。我问哪儿来的孩子，她说还能是哪儿来的，自己肚子里跑出来的呗。我问谁的种，她说冤种。我问她为啥自己不要了，她说本来以为自己能养，后来发现一个人带孩子太难了，她还想嫁人，也还想换个地方改头换脸做人，这孩子是个累赘。

"我问这孩子没病没灾吧，她说刚会扎巴扎巴走路，一顿能吃一碗稀饭呢。我问她真舍得给我吗，她说不是白给，多少给她点钱。我问要多少钱，她说给个路费就行。我说火车吗，她说飞机。后来我也忘了到底给了她多少钱，反正她看我诚心要，就挺能磨的，最终也给了五千八千的。"

宫浩说："你知道那个女的叫什么名字吗？"

老扁说："在店里大家都叫她娇娇，我有次不小心瞄到了她的身份证，好像叫什么刘洁心。"

宫浩说："哪三个字？"

老扁说："就是姓刘的刘，清洁的洁，心脏的心。"

宫浩把这三个字打在电脑上，也记在心里。

沈队也重复了一遍"刘洁心"，宫浩扭头看他，却发现他的脸色有了异样。宫浩说："沈队，你咋了？"

沈队说："这个刘洁心我有印象，好像是 1999 年的连环杀人案里的一个死者。"

老扁说："啊？她死啦？怪不得后来我再也没她的消息了，我还以为她真的去外地了呢。"

死了？宫浩的心里一沉，他看向沈队，说："沈队，你确定是同一个人吗？"

沈队长说："我一下子拿不准，我让他们去翻翻资料。"

很快，当年的卷宗拿了过来，刘洁心的照片被推到了老扁面前，老扁看了眼说："是她，这脸上有个痦子，我记得清清楚楚。"

宫浩听了这话，一瞬间心沉到谷底，丁唯珺的母亲死了，线索断了，她的计划才走到一半，便统统失败了。

丁唯珺出院后又回到了酒店里住,宫浩去找她时,她还在那里写稿子,她说:"还差一点就写完了,折腾了这么一大圈,不能半途而废。"

宫浩说:"我老舅的事我也知道了,我倒没啥波澜,那个年代刑侦技术有限,这种事好像也挺多的。哎,你最后照实写了吗?"

"写了,但是用了个化名,看的人是知道的就知道了,不知道的还是不知道是谁。"

宫浩就笑了,说:"挺好的,这么一来,你和我老舅都不为难了。"

"可可也知道了吗?"

宫浩摇了摇头说:"我老舅想等你的报道出来后拿给可可看,到那时再说,省得再把故事讲一遍。"

"这样倒也是省事了。"

两人说到这儿,话就说没了。宫浩看丁唯珺杯子里的水也没了,想给她倒杯热水,走到水壶边,却见里面也空了,就拧开一瓶矿泉水加进去,按下开关,等着水开。他背对着丁唯珺,说:"我们队里今天提审老扁了,你的事我也问了。"

"他还记得吗?"丁唯珺语气里不能说没有希冀。

宫浩最怕的就是这希冀,高处摔下的落空感,谁都不好受。但他又没有托住这希冀的能耐,欺骗在死神面前便成了助手,于是他犹豫再三,只好全盘托出,大珠小珠都落下,一五一十地让丁唯珺自己去数吧。

丁唯珺听了,好久没动静,宫浩也不敢回身看,两人就那么静默地站着,午后的阳光落进来,有尘埃在光中飞扬。

水壶啪的一声,跳闸了,水烧开了。这啪的一声,打破了沉默,两人都不能再拖延了,宫浩把热水倒进杯子,端到丁唯珺旁边,说:"你没事吧?"

丁唯珺揉了揉脸，苦笑了下，说："死了，看来老天早就做出评判了。"

宫浩一下子听不明白——她口中的评判是对她还是对她的母亲？他只能安慰说："其实也不只这一条路，可可说了，她会联系她能接触到的所有医院，帮着你找肾源的。"

"我知道，我知道。"丁唯珺整理了一下情绪，起身打开行李箱，一件一件把衣服叠起来往里面放。

"你要走？"

"是啊，也不能在这儿等死啊，俞医生建议我先回深圳，一边做透析一边等肾源。"

"也对也对，不能在这儿干等着，深圳那边的医疗条件毕竟比这边要好很多，你的单位也在那边，医保也在那边……"他都不知道自己在说什么，却已经慌乱地帮着丁唯珺在收拾东西。

衣服一件一件地叠放，也没有几件，行李箱合上，这告别的序幕就拉开了，生死和离别向来都是匆忙的。

丁唯珺是晚上的飞机，宫浩再次开着车去送她，夜色茫茫，雪也反射不出光。两人都沉默着，车子飞奔，这一次和上一次不同，很可能就是永别了。

两人心中都憋着很多话，可也都不知道对方咋想的，于是便也不知道先说什么。喜欢与不喜欢，爱与不爱，在生死面前，都变得缄默了，谈起来都是矫情无用。

对两人来说，这一段时间，仿佛都是生命里支出来的一条小道，崎岖秀丽，但却轻易就走到了头。

车子也很快开到了机场，车子一停，丁唯珺就要下车了。宫浩想了想，还是开了口："你到了那边好好配合医生治疗，我这边会继续帮你找家人的，你母亲死了，那我就去找你父亲的下落，我不会放弃的，你也别放弃。"

丁唯珺解开安全带的动作僵住了，宫浩的手就握了上来，暖暖的，他说："我不会让你死的。"没道理的一句话，好像他对生死有掌控权力似的，这世上哪个人能说不让人死就不死？丁唯珺笑了一下，想打趣他几句，但不知怎么，眼泪却一下子涌了出来。

宫浩的手握得更紧了，说："这几天突然一大堆的事情涌过来，我一下子缓不过神来，也挺蒙的，但现在我清醒了。和你认识这段时间，无论怎么样，我都是不后悔的，我也很感谢你，让我沉闷这么多年的人生，一下子有了光亮。关于你的过往，我承认我很庸俗，不够超脱，心里面确实有些别扭，但这都是属于我自己的事情，我会去努力克服，去想方法疏解，去校正自己的观念。我要勇敢面对他人的目光，更要坦诚面对自己。我爱你，我从来没有这么爱过一个人，只要想到你会离去，想到再也见不到你了，哪怕只是一丁点的念想，我都受不了。我不骗你，这两天我偷偷哭过好几回了，所以我不再犹豫也不再纠结了，你别死，你千万别死，你要是死了，我也活不下去了……"

宫浩的眼泪就落了下来，一滴滴砸在衣服上。丁唯珺侧过身子，抱住宫浩，也泣不成声，她说："好的，好的，我们都不要死，我们都要好好活下去。"

机场里，飞机起飞降落，离别与相聚都在同一个屋檐下。

那小小的车厢里，一盏微弱的灯，两个渺小的人，被永存的寒夜包围着。但稍微细嗅，就能感受到，春天已经在遥远的南方悄悄登陆了。

他们都忘了，寒流和春风其实也在同一片天地里。

丁唯珺走进机场，宫浩开着车子往回走，虽是背道而驰，但夜路却越走越亮，他的心不再徘徊和摇摆，前路就是前路，笔直而坚定。

快到市区时，他的手机响起，是他老舅打来的。宫浩接起，说："老舅，啥事啊？"

"把丁记者送走了？"

"是，我刚从机场回来。"

"刚才你们沈队长来找过我，我俩闲聊起丁记者的事情，她妈竟然也是那个丛文理杀的。"

"嗯，是挺凑巧的。"

"还有个更凑巧的事情。"

"啥？"

"她妈叫刘洁心，但这个名字是后改的，她原名叫刘敏春。"

宫浩觉得这名字有点耳熟，好像丁唯珺采访王相佑时提到过。程松岩说："这个刘敏春，就是当年被王相佑强奸的未成年女孩。"

宫浩愣住了，脑子稍微一回弯，难道……

程松岩知道他想到什么了，说："从丁唯珺的年龄推算，她的亲生父亲很有可能是王相佑。"

宫浩在巨大的震惊里也看到了巨大的生机，说："那要赶紧做个亲子鉴定。"

"那我去找王相佑，带点他的血或者两根头发回来，你快点给丁记者打电话，如果飞机还没起飞，那就让她赶紧下来，如果起飞了，落地就坐下一班回来。"

宫浩一脚踩住刹车，给丁唯珺打电话，响了几声，竟然接通了。丁唯珺在那头说："怎么了？我马上就要起飞了。"

"你快下飞机。"

"为什么？"

"你爸找到了！"

"什么？"丁唯珺随即反应过来，"找到了？"

"对，找到了，你快下来，我现在掉头回去接你。"

"他是谁？"

旁边跑道的一架飞机起飞了，巨大的轰鸣声，堵住了丁唯珺的耳朵。

半小时后，丁唯珺坐在宫浩的车里，听他说完了一切，然后彻底呆住了。她看了看宫浩说："你能给我一根烟吗？"

宫浩给了她一根，又帮她点着，她抽了一口，说："人家都说杀人犯的基因会遗传，你说我以后会不会也成了杀人犯？"

"你别开玩笑了，现在还没确定呢。"

"那你说我该希望是呢，还是希望不是呢？"

"当然希望是啊，能活着比什么都重要，哪怕是一点点的机会也要抓住不放。"

丁唯珺把车窗摇下来，窗外的冷风一股脑地灌了进来，把她的头发都吹乱了，她把头伸出去，对着冷风说："对啊，能活着比什么都重要，我还在这儿瞎矫情什么啊？"

宫浩也点了根烟，说："你的心情我理解，这个事情确实让人一时接受不了。"

丁唯珺把头缩回来，理了理头发，说："我以前总以为，没有什么是自己接受不了的事情了，什么乱七八糟的事都遇到过了，可没想到，真的没想到，我的亲生父亲竟然是……你知道吧，我想了很多种可能性，可能是个流氓，可能是个赌鬼，可能是个老赖，但就是没想过竟然是个杀人犯！还他妈的变态，专门杀小孩，还强奸！还他妈差一点杀了我。然后我妈吧，也是个未成年，后来去当了小姐，还把我卖了……这都，这都是什么人啊！"

丁唯珺双手使劲揉搓着自己的脸，几乎崩溃到欲哭无泪。宫浩把她手指夹着的烟拿下来，掐灭扔掉，然后轻轻地拍着她的后背，说:"这不怪你,都不怪你,你应该明白这道理的,我们这一辈子大多数的东西都可以自己做选择,但是就是不能选择自己的父母。"

丁唯珺捂着脸用力点着头,说:"我知道,我全都知道,可是我就是他妈的难受,就是他妈的硌硬!恶心!"

宫浩说:"我理解,我全都理解,但如果我是你啊,如果他是我的父亲,也愿意给我捐赠肾源,而我俩也刚好能配型成功,那我就坦然接受。"

丁唯珺侧过脸问:"为什么?"

"因为就当是他还我的了。"

丁唯珺疑惑地说:"还我的?"

"对,还你的。"

丁唯珺苦笑了下说:"对,还我的。"

她又把头扭向窗外,抬头去看那夜空,星星漫天,闪烁了亿万光年,静默无声地把人间看了个千百遍。

此刻仍旧静默无声。

程松岩从刑警队那边,拿到了王相佑现在居住的地址,去之前,先和王相佑弟弟取得了联系,把大概的情况讲了一下。王相佑弟弟在外地出差,听了一切之后,一阵沉默,电话那头传来一片嘈杂的机场候机大厅的声响,好几个航班都要起飞了。王相佑弟弟再开口,鼻子竟有些发酸,他说:"真没想到,我哥哥还有可能留下个后代,佛祖还是慈悲。"

程松岩没啥宗教信仰,但也知道他在感怀,说:"那就希望他也能配合检测。"

王相佑弟弟说:"程警官,你能先别把这个消息告诉他吗?"

"为什么?"

"我哥他最近精神状态不是很好,有点魔怔,有时忧郁,有时又有点狂躁，动不动就发火摔东西……我知道有个后代这对他来说是个好事，但我怕提到二春这个人，他又会被刺激到，所以吧，咱能不能在确定了孩子的身份之后，再想个啥不刺激他的方式告诉他。"

"这没问题，那我今天去先随便找个理由抽点血就行了。"

"那谢谢您了，程警官，等我回去请您吃饭。"

程松岩没多客套，挂断了电话。

程松岩骑着他的小电瓶车，一路到了郊区，这里新建了一家酒店，客房分布在林间的一座座小木屋里，王相佑被安排在单独的一座里，仍旧每日有护理人员照料。

程松岩一边数着门牌一边往林子深处走，想着住在这林子里，除了环境好一点，和监狱好像也没啥区别。

到了最偏僻的一角，再往里就没有灯光了，程松岩摘下手套，搓了搓冻得发麻的脸，把手套放进了车筐。他下车来到木屋前，看了看门牌号，就是这间，便敲了敲门，没人应答，又敲了敲，还是没声音，可屋里的灯光却是亮着的。他纳闷，绕到旁边的窗口去看，拉着窗帘，看不见里面，再继续绕，又到一个窗前，这回窗帘露了条缝隙，他趴在上面使劲往里看，便看到王相佑四仰八叉地躺在地上，像昏迷了过去。

他急忙拍了拍窗户，喊："王相佑！王相佑！"可躺在地上的人没有丝毫反应，他又用力拍窗户，却发现这平开的窗户竟没有锁，于是拉开跳了进去。

一进去一股烟味就窜进了鼻子，他捂住鼻子，跑到王相佑身边，才看清地上有个铁盆，燃着几块木炭。程松岩蹲下身，试了试王相佑的鼻息，还有点气，便拖着他往外走，可刚拖了两下就觉得不对劲，身后一片明晃晃的，回头看，原来床旁边还有一盆炭火，那炭火已经把窗帘点着了。

他拿起条浴巾，去扑那火，抽打了几下，火却因窗户开着，风一刮，越着越旺，噼里啪啦地就蹿到了屋顶。程松岩看着情况不好，便不去管那火，只拖着王相佑往外拉，人昏迷过去，和死人一样死沉死沉的，好不容易拉到了门前，却见门把手被拆卸了下来，根本开不了门，他猛踹了两脚，还是踹不开。

火势越来越旺，他又把王相佑拖到他刚进来的窗口，吃力地抱起他，想把他托到外面，可是一股烟呛进鼻子，他猛地咳嗽起来，抱着王相佑跪在了地上。他身子尽量贴近地面，喘匀了几口气，再使出全身的力量，挣扎着站起来，把王相佑一点点地托到了窗前，再一用力，王相佑整个身子翻了出去。

他忍不住又狠喘了两口气，烟窜进喉咙，他又剧烈地咳嗽起来。他一边咳嗽一边想爬出窗户，可身体控制不住，脚也抬不上去，那浓烟混进了意识，他抓住窗框的手没了力气，一点点地往下滑，整个身子都往下滑落。

在失去意识的前一秒，程松岩看着满屋子的火光，想起了1999年夏夜，那田地里的野火，也想起了2007年冬天，那平原里的浓烟。那些都是他人生里惨烈的时刻，也是被一堵高墙阻挡绕不开的弯子。他那时机巧，打了个洞钻了过去，又平顺地活了很多年，可后来才明白，其实心脏在那时就已经停跳，只是还想不通具体在哪一次，是野火还是浓烟？或是根本无须分清，一切事物的消散，都是在那过程里，一点一寸，烟尘四起。

那晚，木屋酒店的工作人员看到林子最深处的火光，赶忙报了火警并前去救人。他们先拿着灭火器赶到附近，发现住在里面的贵宾王相佑已经越出了屋子，躺在窗外的荒地上。王相佑被抬到离火源远一点的地方后，迷迷糊糊地醒了过来，开始以为眼前的零落就是地狱，再清醒一点，才明白还是人间。

这一次他一心想死，漫长人生早已无趣，疾病的消磨全是疲惫，他终于不再贪恋活着，死去或是一个新鲜的体验。他偷偷积攒了些炭火，点燃一把，等待死亡平静地抵达。他再不像当年，一心想着自救，刀抵在脖子上也硬拉回一条生路，可却再一次被人死死拽了回来，他不知道那人是谁。

消防员赶到时，屋子已烧得快塌架，他看着消防员从木屋里抬出了一具烧焦的尸体，那尸体伛偻着，像一只烤焦的山雀。他觉得那人应该是个保安，或是照顾自己的护士，却又觉得都不像。他看到木屋的路边，停着一辆电瓶车，前面的车筐里，有一副手套。那是副皮手套，看起来用了好多年了，手指头上的皮子都磨掉了。他想着，这人日子过得真紧巴，破成这样，也不舍得换一副新的。

三天后，程松岩的告别仪式在殡仪馆举行。可可要把这幅手套放进他的棺木。这副手套是她刚上大学时，用自己打工赚的第一份钱买的，父亲拿到时一直说，挺贵的买这玩意儿干啥，可还是咧着嘴急着戴上，说这真皮的戴着就是软和，然后一戴就是这么些年，再不舍得换新的。

可可把那副手套放进去，最后看了父亲一眼，那烧焦的身体已看不清容貌，她想多记住都记不住了，只能再往前想，想自己小时候，总是频繁地住医院，有次小年，本来是在屋子里睡觉，可醒来时却躺在了医院里。父亲双眼通红地趴在床边，握着她的手，一个劲地说："闺女对不起，闺女对不起，爸没能耐，爸让你遭罪了……"她伸手去给父亲擦眼泪，那眼泪滚烫滚烫的，怎么擦也擦不完……

棺木合上了，可可蹲在地上泣不成声，宫浩和张桂琴把她扶起来，她站不住，哭得嗓子都哑了，也把两人的眼泪都引了出来。

宫浩把张桂琴和可可带到休息室，两人这两天都累坏了，他们刚离开，丁唯珺便进来了，她戴着墨镜，给棺木旁放了朵花，看着遗照上程松岩的面容，墨镜后红肿的眼睛又红了。她冲着遗照深深地鞠了一躬，然后便退到一旁，隐没在前来吊唁的人群中。

前来吊唁的人，大多都是程松岩的同事，她站在那里，听到两个中年警察在身后闲聊。

"这老程也够倒霉的，都调到户籍科去了还摊上这事。"

"也不知道这能评上几等功？"

"评什么功啊，又不是他该出的任务，顶多算个见义勇为。"

"老程这人，这种事没少干吧？我记得前几年，咱们刑警队有个给灾区捐款的活动，他匿名捐了十万呢。"

"都匿名的你咋知道？"

"对外是匿名，那咱们内部拢账的人还不都记得清清的！"

"嗯，倒也是……"

两人聊到这儿，一个说："哎，你看沈队也来了。"

另一个说："能不来吗？沈队当年就是被老程带出来的。"

丁唯珺看过去，沈队在遗像前鞠躬，然后在和程松岩的姐姐聊着什么。

身后那两人又说话了。

"我咋没见老孙过来呢？他不是和老程一直关系挺好吗？"

"你还不知道吧，老孙被带走调查了。"

"调查啥啊？"

"好像是调查当年和人贩子有交易的事情。"

"啊？还有这事。"

"骗你干啥，可是老孙脑子都那样了，能调查出啥来啊？"

一个说话声就小了下来，嘀嘀咕咕，听不清了。

丁唯珺听着两人的话，又把这些日子的采访里关于程松岩的部分回忆了一番，浮光掠影，人生几十年就摊在了纸面上，成败得失、善恶功过到此刻都盖棺论定了，只是投在每个人心上的部分，永远难有定论。

她身体有些不舒服，蹲下身按了按腿，又浮肿了，她想出去找把椅子坐一会儿，刚要转身，就看到沈队长认出了她，径直朝她走来，三五步便到了身旁。

丁唯珺看着沈队长红着的眼眶，叫了声："沈队长。"

沈队长说："王相佑的血采集到了，已经拿着你的一起去做比对了，这两天结果就出来了。"

"谢谢沈队长。"

沈队长苦笑了下，说："本来挺好的事，却没想到闹成这样。"

"对不起，是我害了程警官。"

"姑娘，你可不能有这想法，这就是一场意外。"他顿了顿，"非要追究的话，那也是王相佑，本来都要死的人了，还闹什么自杀啊。"

丁唯珺点了点头说："谢谢您宽慰我。"

"行了，我要去执行任务，挺急的，不能再久留了。"他转身要走，临走前又看了眼程松岩的遗像，说，"老程，安心上路吧，你是个好警察。"

就这一句，丁唯珺的眼泪又一下子涌了出来。

沈队长离开后，丁唯珺也来到了室外，转了一圈，在一棵大树下，找到一把椅子坐了下来。她刚才在里面没见到宫浩，此刻想打电话给他，想了想，又知道他肯定在忙，葬礼和婚礼一样，从来都不会井然有序，总是乱七八糟地忙叨。

她便又收起了手机，就那么静静地坐着，今天天气挺好的，冬日里难得阳光充沛，落在身上，添了点暖意。

昨天主任给她打电话，催稿子的事情，她传了一张诊断书过去，主任吓坏了，批给她一个长长的病假。但随即，她又把写好的稿子传了过去，故事中，小福尔摩斯照旧，程松岩化名，自己的这一部分隐去了。主任回了个大拇指点赞的表情，便再没了消息，满意与否，他都被那疾病吓退，不会再叨扰她了。

这么一来，她的这趟工作就算完成了，好与坏无法自行评说，但对自己的人生来说，这一趟却真的有如一艘空帆船，能满载些什么归去，也就快有了定数。

她这么胡乱想着，就听到殡仪馆里传来女人的哭骂声，她急忙起身进去看，刚走到门边，就见张桂琴被宫浩拉拽着，但她还在使劲往前冲着，踉跄着，谩骂着："你滚！你滚啊！我不想看到你！你害得我们家还不够吗？你怎么还不死啊！"

丁唯珺顺着她谩骂的方向，看到前方一个枯瘦的男人站在那里，一身黑衣，鸭舌帽遮住了大部分的面容，可仅凭那露出的嘴和下巴，她也能认出来，那个人是王相佑。

他身边，站着另一个男人，应该就是他的弟弟，他拉着王相佑，一边鞠躬一边后退，姿态里全都是虔诚的道歉。可可也哭着从里面冲了出来，她捧着一个布袋子，用力地砸向王相佑兄弟俩，吼着："我们才不要你们的臭钱！你还我爸爸！你还我爸爸！"

那钱滚落在地上，这回没有被风吹散，一捆一捆，捆得扎实，就如一堆砖头般，砸在雪地上，太沉了，谁都捡不起来。

丁唯珺看着王相佑和他的弟弟离开，那回头的瞬间，他觉得王相佑看到了自己，因为他又努力回头看了一下自己的方向，就那一下，他的帽子被风刮走了，时隔多日，丁唯珺再次看到了他完整的五官。

她的心一咯噔，不知是不是心理暗示的作用，她突然发觉，自己和他的眉眼，竟真的有几分相似。

王相佑有一种说不清的嘴角微微扬起的表情。

就连这上扬的弧度，都一模一样。

几天后，亲子鉴定结果出来了，一切的猜测都成了真相，丁唯珺的身体里，确实流淌着王相佑的血液。当结果尘埃落定的时刻，丁唯珺反而因内心长久的等待而没了波澜。

接下来，王相佑答应了给丁唯珺捐赠肾脏，医院给两人进行了配型，也给出了可以移植的答案。一切都出乎意料地顺利，是霉运走到尽头时，是跌入谷底后，每迈一步，都往上走的否极泰来。

手术前夜，王相佑主动约丁唯珺见了一面。宫浩带着丁唯珺到了王相佑病房的门前，丁唯珺竟和最初去采访他时一样，在门前踟蹰着不敢进去。宫浩在她背上轻轻拍了拍，说："没事的，我还在门口等你。"丁唯珺镇定了几秒，推门走了进去。

房间里昏暗，只有一盏枯灯亮着，王相佑背对着门而坐，身前是漆黑的窗子。听到丁唯珺进来，也没有转过身来，只是轻轻说了声"坐"。

丁唯珺贴着床边坐下，一时也不知该如何应对这局面，人生中几乎没有这样的经验。王相佑除了那一声"坐"，也不再吭声，两人之间的沉默，便在房间里蔓延，但这沉默里，又似乎掺杂了诸多的情绪，如山间的风声，呼啸而过，穿林拂草，却不见踪迹。

沉默良久，王相佑猛烈地咳嗽了一阵后，终于缓缓开口："就当补偿你了。"

丁唯珺没听清，说："什么？"

"医生说我的身体已经很不好了，这次手术有可能就下不来手术台了，如果真的那样，这个肾就当补偿你了。"

丁唯珺点了点头，心想，他这么想也好，都算清了，没有谁欠谁的。可她又在想他这话的前半句，如果没那样，会怎样呢？

王相佑仍旧背对着身子，再没有说一句话，可能也在想着，如果没那样，会怎么样呢？会在生命强撑的最后一段，收获些俗世的幸福吗？自己在年轻时也幻想过那种生活吧？忙了一天，去学校门前接孩子放学；忙了一年，带着老婆孩子去暖和的地方旅游；忙了一生，儿孙绕膝过年时乐呵呵地发红包。

他想着想着，在心里就笑了。

丁唯珺看不到他的笑容，仍旧呆坐在床边，她瞄到床头柜上有本书，拿起来看是本诗集，她翻开看，其中有一页折叠着，打开那折叠页，有几行诗映入眼帘。

丁唯珺看着这几行字，微微发怔，她扭过头去看王相佑，他仍旧坐在那枯灯下，背对着自己，也背对着全世界。

这首诗，或许就是他这一生最后的判词吧。

尽管我也把生命
磨损至死亡，
我带来的丑陋
却比我存活得更久。

尾声

清明多雨，今年却是难得的好天气，春风刮在脸上，有毛茸茸的暖意。

丁唯珺捧着一束鲜花，沿着墓园的台阶，一层层拾级而上，手术后她的身体还没完全恢复，走一走就要停下来歇一会儿。她好不容易爬到了山顶，一排排墓碑竖立在山间，如影院空座的椅背，一空就是几十年。她走向程松岩的墓碑，远远地，就看到有个人影在那墓碑前，走近一点，看清了是张桂琴，拿着个抹布，擦拭着墓碑。

丁唯珺走到她身边，叫了声"桂琴阿姨"，张桂琴转过身，说："你这猛地叫一声，吓我一跳！"丁唯珺就笑了，把鲜花放在墓碑前，深深地鞠了个躬。

张桂琴擦得差不多了，收起抹布，从地上的布袋子里掏出了白酒和熟食，一一摆在墓碑前。她说："你以后也别买这鲜花了，死啦贵的，再来看你程叔，就买点白酒和熟食，他就爱这两口。"

"好的，我听您的。"

"你身体恢复得咋样了？我听说有的人换完肾有啥反应来着？"

"是排异反应。"

"对对对，就是这个反应，那你有没有啊？"

"我没有，医生说我恢复得挺好的。"

"那就好，没啥反应就比啥都强。"张桂琴把白酒拧开，又问，"哎？宫浩咋没陪你来呢？"

"宫浩今天有任务，被派去外地了。"

"哦，现在咋还总往外跑呢？那个我听说他在复习准备考公务员呢，复习得咋样了？我最近好长时间没见着他了。"

"他挺努力的，这回应该是铁了心要考上吧。"

"行，总算是知道使劲了，考上了这工作就稳定了。"

"可可呢？她今天咋没来？"

"来了，又走了，去看她妈了，她妈没埋在这儿，她前段时间和我说，想给她妈迁坟，和你程叔合葬，问问我的意见，这一问倒把我难住了，她看我为难，这事就没再提了。"

丁唯珺想想这事，确实为难，便不好发表意见，只是笑了笑。

张桂琴又说："可可过几天要去哈尔滨面试，有个进大医院的机会。"

"那还挺好的，虽然离家远点，但对个人发展来说是个特别好的机会。"

"可不是吗，所以我撺着屁股让她抓点紧，这孩子自从他爸没了之后，好长时间都没精神头，我寻思就算没啥发展，去换个环境也能换换心情。"张桂琴顿了顿又说，"其实这个机会还是你叔叔给介绍的。"

"我叔叔？"

"就是王相佑的弟弟啊。"

"我没和他们认亲，王相佑手术过后没几天就去世了，我也就和他们家没啥来往了。"

"哦，我还寻思你认了个家里人挺好的，再说犯罪的都是王相佑，和他弟弟又没啥关系。"

"阿姨，您对他家的态度怎么突然转变了？"

张桂琴无奈地笑了笑，说："我也不知道咋回事，就是在知道王相佑死了之后，心里突然就敞亮了，好多事也都想明白了。王相佑这个人，杀了我的闺女，又害死了你程叔，但其实也拐弯抹角地救了你和可可的命，二对二，你说这是不是就算扯平了？"

丁唯珺回答不上来，生命原来还可以有这种算法。

张桂琴接着说："所以那个王相佑的弟弟说可以帮着给可可换工作时，我就没拒绝，我对他心里再别扭再过不去，说白了也都是自个儿和自个儿过不去，憋气了，发火了，还能当啥用啊？都这把年纪了，最后气坏了身子也是自个儿的，还不如捞点实际的东西。"

丁唯珺点了点头说："您说的意思我明白，人确实不能自己把自己困住。那可可知道这事吗？"

张桂琴连连摆手说："这可不敢让她知道，她性子太倔，要是知道了死活都不会去的。这事你也得帮我瞒住啊，千万不能让她因为感情用事，影响了前途。"

"阿姨您放心，我不会告诉她的。"丁唯珺犹豫了一下，又说，"阿姨，那关于程叔的其他事情，可可也还是不知道吧？"

"不知道，没人和她说起过，不知道挺好的，人就活得没负担些，活得无忧无虑些。"张桂琴从怀里掏出一沓纸钱，左右看看，掏出打火机点着，"现在都不让烧纸了，我偷着烧点，你帮我挡着点，别让人看见。"

丁唯珺侧了侧身子，看着那火苗燃起，一小堆簇拥着摇曳着，不停地往上蹿着。冒起的烟把张桂琴呛得直咳嗽，她把刚才的话又接了过来，说："可可啥也不知道挺好的，你看我们这一家子，老程，我，宫浩，宫浩他妈他爸，因为知道那么多以前的事，没一个过得踏实的。现在好了，老程也死了，过去的事情终于再也没人提了。"

一阵风吹来，把几张没燃烧的纸钱吹远了，丁唯珺跑了两步帮着捡了回来，张桂琴说："丁记者，我劝你啊，也别和你那个叔叔太疏远了，他人还是不错的，在咱这地方，有钱有势的，咱也不用说和他故意走得过于亲近吧，逢年过节去家里看看就行了，等你万一有啥事，他不是还能伸把手帮个忙？"

丁唯珺心里有些不自在，但还是说："嗯，我想想吧。"

"那你之后是咋打算的？还回不回深圳了？"

"那边的工作我辞了。"

"那就在这儿找个工作呗，你这能力，在哪儿都能干得好。"

"不急，我还没想好干啥呢。"

"对，不急，一辈子这老长，总急啥啊！"

两个人都没有再说话，只有那纸钱还在燃烧着，她们小心地守护着这簇火，怕一不小心没看住，就燎原了。

几天后，可可去哈尔滨面试，正好赶上宫浩休假，宫浩便提议开车送她过去，带着丁唯珺一起，等面试结束三人准备去周边玩几天，去火山口湿地之类的，运气好的话，还能看到巨大的积雨云和丹顶鹤拦路。

出发的时间定在了一大早，太阳还没出来，雾气飘了满街满巷，宫浩开车，丁唯珺坐在副驾，可可一个人躺在后座，说她有点紧张，昨天晚上没睡好，现在补一觉，让宫浩开车稳一点。宫浩说："看我不给你颠得飞起来。"可可笑笑，不理会，戴上眼罩眯过去了。

车子上了路，丁唯珺看着满眼的大雾，能见度低得可怕，就也叮嘱宫浩开慢一点。宫浩说："放心吧，你看我这迈数表，都没超过四十，再慢都赶不上自行车了。"

宫浩喝了口水，把车速又降下来一点。"小时候，我记得也总起这大雾，我早上起来洗脸，远远就听见有推车叫卖豆腐的，我妈就塞给我一块钱，让我去买两块。我说：'妈，这雾这么大，我去哪儿找卖豆腐的啊？'我妈就说：'你不会听动静啊？你顺着声音找就行。'然后我揣着钱跑下楼，一头钻到那大雾里，钻进去了就啥也看不见了，就低头能看到自己的鞋，我只好顺着那叫卖的声音小步挪动着，可挪着挪着就转向了。"

"后来呢？你买着豆腐了吗？"

"没买着，我后来听着身边多了好多自行车的铃声，然后越来越多的人骑着自行车从我身边穿过去，把那雾都穿散了，我才发现自己竟然站在了一个破破烂烂的工厂门前，一群穿着工装的人骑着自行车下班，我才明白过来，我竟然穿越了。"

丁唯珺翻了个白眼，说："你又开始胡扯。"

"闲唠嗑嘛，不然一会儿我也该困了。"宫浩嘿嘿一笑，他回头看了一眼，"这可可挺大个姑娘咋还打呼噜呢？"

丁唯珺笑了，说："咋的？打呼噜还是你们男人的专利啊？"

"哪敢啊？我就是怕她憋着。"他说完顿了顿又说，"其实我买豆腐遇见的雾，和这眼前的雾一样，等风和太阳来了，一吹一晒就都没了，实在啥也等不来，那就穿过去就好了。"

丁唯珺侧头看了看宫浩，不言语，又转头看向了窗外，那雾气贴着玻璃飘过，丝丝清冷，可等车子再兜兜转转几个弯，竟也真的越发稀薄了。

等车子再穿过一片山谷，眼前的景色豁然开朗，浓雾被甩在了身后，一整个平原都铺陈在了眼前。

丁唯珺放下车窗，趴在上面，风拂动她的头发，太阳也从春天的地平面升起，穿过无垠的旷野，落在了她的身上。

宫浩说："你别趴在那儿，冷。"

丁唯珺不理会，说："你给我放点音乐听。"

宫浩说："还整点情调呗。"

收音机打开，几声哗啦哗啦声后，飘出了一首轻快的歌：

Hey darlin'

嘿，亲爱的

We could get out of town

我们可以出城了

See the beautiful world around

看看周围美丽的世界

Wanna see it now?

现在想看吗？

Pack our bags and get in that car

收拾行李上那辆车

Leave a little note and we'll drive real far

留个小纸条，我们会开很远

Let's get out, we can leave this city

我们走吧，我们可以离开这个城市

Let's drive to the open air

我们开车到户外去吧

Yeah the countryside is so pretty

是的，乡村是如此美丽

With the wind blowing in your hair

风吹过你的头发

We can look back some day

我们总有一天会回顾过去的

Baby don't you understand?

宝贝，难道你不明白吗？

That we only get one life, I wanna make it count

我们只有一次生命，我想让它有意义
Honey come on now and take my hand
亲爱的，过来牵我的手
…………

"嘿，亲爱的，过来牵我的手。"

全文完